U0034015

低眉集

臺灣文學／
翻譯、遊記與書評

許俊雅／著

自序

　　本來沒打算為本書寫序，當然也不願驚擾朋友寫序推薦。一直以來，每逢專書要出版，總是煞有其事，自我清理一番，慎重交代書之內容及自己的一些感懷，但年歲漸老，似乎愈來愈沉默，欲說還休，因此當我把電子檔交給責任編輯孫偉迪先生時，我特意遺漏了序言。但當一校稿校畢時，我靜靜看著書稿，對此空白，我反而猶豫了，似乎沒有一篇序言，就像處於未完成的狀態，雖然，我從不認為書之出版即是已完成的狀態，我每次總在書出版之後感到懊悔，無一例外。

　　我想我還是說說近年我的人生軌跡和學術歷程吧。這幾年我極關注翻譯文學，優秀的翻譯作品，其意義和價值不下於創作，而日治以來中外文學在臺灣的交流史、影響史與接受史的搜羅梳理，可為臺灣（翻譯）文學史的撰寫奠下基礎。無論是從詞條選擇，還是意義分析來看，我們都無法拒絕把「翻譯文學」作為20世紀以來臺灣文學一個可能的關鍵字，臺灣文學史的書寫需要此一部份作為參照。因此在整理臺灣日治翻譯文學時，也隨興寫了幾篇譯家譯作的討論。我個人尤其看重朴潤元一篇。日治時期的臺灣翻譯文學，主要是日翻中，或者是將中國的中文譯作直接轉載，相較之下，朝鮮與臺灣的翻譯（對譯）情況較少見。本書所討論的朝鮮作家朴潤元在臺灣的翻譯之作：〈堅忍論〉與〈史前人類論〉，此二文乃譯自崔南善編纂的朝鮮國語教科書《時文讀本》。朴潤元將韓文譯為漢

文，其「韓漢混合式的文字」及翻譯所透露的民族文化思想，提供了譯作的背景及翻譯緣由。由於〈堅忍論〉譯本是經一再轉譯的歷程，因此本文探討譯本《西國立志編》（《自助論》）的流傳與傳播，以及在中韓各自不同的影響力，因而得出朴潤元所依據的崔南善譯文，畔上賢造《自助論》之影響較中村正直譯本為多之結論。透過本文之耙梳研討，將可填補過去臺灣、朝鮮比較研究之不足，同時對目前熱絡的東亞研究，提供參照係數。

至於游記、旅行文學，是因數年前執行本校（臺師大）學術計畫時的議題，因此郁永河、江亢虎來臺之遊，成了研究的課題。淡水是我一直關懷的課題，十年間寫過兩篇論文，因淡水歷經西、荷、鄭氏、清朝、日本、國民政府輪替統治及英國人租借，充滿了各階段的歷史記憶。這些交雜的中西文化風情和歷史遺跡，由於其特殊的歷史及地形、天候的關係，文學中的淡水地景有著特殊的樣貌。其街市狹窄，街鎮聚落沿著河岸與山腳之間發展，為數眾多的歷史古蹟與古老建築，佔據了淡水空間經驗中絕大部分，如教堂建築（尖塔）及舊砲臺、紅毛城等建物，深深影響淡水人的生活及精神，文學作品也充分反映了這些。而同樣的地景因視角與態度的不同而有差異，西、荷、滿清、日本對淡水的描寫，隨著時間的延續與民族立場的差異，而有不同的呈現。書評則多是應朋友邀稿而寫，我個人頗喜歡這樣的閱讀，只需肆無忌憚沉溺文本中遐想，無需閱讀千江萬海的史料文獻及冗長的學術論文，好似深深專情於固定的對象，沒有旁騖之心，也沒有望這山想那山的窘困及尷尬。

對於臺文，我素來不善於追新逐異、跟風趕潮，總是懷著一種虔敬的心情來鑽研一個自認為有價值的問題，希望通過自己的努力，對於學術的積累和推進發揮一些微弱的作用。今日隨著全球經

濟一體化的逐漸形成和電子資訊的高速發展，人類加速邁進了一個全新的歷史階段。與這一進程相應，知識全球化成了精神生活和文化領域的新的現實，對學術研究是一種挑戰，也是一種機遇。在面對這種挑戰和機遇時，我總是想著如何得以開拓創新並保有自我獨特性，以延續臺灣文學研究的契機。

最後想說明的是，去年以來突發奇想，欲為自己學思所得之專書命以五官之名，目前已用書名有《游目集：臺灣文學花園》、《足音集：文學記憶／紀行／電影》、《回眸卷：三十年文集》，另有《拂耳錄》、《盾鼻編》編纂之中，也等於以此激勵自己努力完成這一系列的書目。我笑著跟朋友說，下一回將以動物鳥禽來命篇，話出之際，心裡頭暗驚，日後果有此精力完成否？末了，權且以此自勉。

本書稿的寫作過程，特別感念好友施懿琳、楊雅惠教授曾給予的協助與鼓勵，而在我2007年生病期間，向陽、胡衍南、徐國能教授二話不說，在百忙中為我代課一學期，及業師陳萬益教授長久以來的提攜，對此我一直銘感在懷，不敢或忘。同時感謝責任編輯孫偉迪先生、圖文排版邱滿諠小姐、封面設計王嵩賀先生之幫忙，使本書得以很快呈現在讀者面前，對於他們付出的勞動，我由衷感激，一併深致謝忱。

許俊雅
謹序於臺師大 837 研究室

目次

輯三

輯一

朝鮮作家朴潤元在臺的譯作

──並論《西國立志編》在中韓的譯本 *

一、前言

　　日治時期的臺灣與朝鮮作家的交流文獻極其有限，如果又是以譯作進入文壇，更是少之又少。本文所探討的對象朝鮮作家朴潤元，在臺時期曾發表兩篇文章〈堅忍論（二）〉及〈史前人類論〉，刊登於1921年的《臺灣文藝叢誌》，此二文刊登時，並未標示是翻譯之作，經過查證，此二文與1916年發行的朝鮮國語教科書《時文讀本》所錄相同。〈堅忍論（二）〉是《時文讀本》第3卷第11課〈堅忍論（下）〉，〈堅忍論（上）〉為第3卷第10課，但《臺灣文藝叢誌》的〈堅忍論（一）〉今未見[1]。〈堅忍論〉的來源出處為「自助論」弁言，原是在日本留過學的崔南善所譯《西國立志編》（《自助論》）部分。而〈史前人類論〉以「史前之人類」這個題目被收錄在《時文讀本》第4卷第21課，其為崔南善本身的作品。所以〈堅忍論（二）〉與〈史前人類論〉並非朴潤元的創作，而是他將崔南善《時文讀本》裡刊載的文章翻譯成中文之譯

*　本文為國科會計畫「東學・西學・新學／「世界」建構與國族想像──日治時期台灣翻譯文學的發展脈絡與特點」（編號97-2410-H-003-074-MY3）的部分研究成果，謹此致謝。

1　〈史前人類論〉見《臺灣文藝叢誌》3卷2期，照理而言〈堅忍論一〉宜見此卷期，但遍查此卷及前面諸期均未見，未悉何故？尋找過程，感謝施懿琳、林淑慧教授的協助，謹申謝忱。

作。此二文是《臺灣文藝叢誌》的邀稿還是他主動投稿，他與臺灣文人的往返互動如何？迄今仍是空白，一無所悉。

　　《時文讀本》是朝鮮國語教科書，寫作目的為提供標準語言及書寫典範，是由崔南善（1890～1957）[2]發行的早期書籍。韓國被日本佔領

2　崔南善，詩人、史學家。雅名昌興，字公六，號六堂。出生於漢城。自習
　韓文，1901 年開始投稿於《皇城新聞》，隔年，入學京城學堂學習日文，
　1904 年以皇室留學生身份，當上少年班長，雖然進入東京府立中學就讀，
　僅 3 個月後就返國，1906 年再度前往日本，就讀早稻田大學高師部史地科，
　編輯留學生會報《大韓興學會報》，同時發表了新形式的詩與詩調。1907
　年因模擬國會事件，勒令退學。歸國後，在自宅設立新文館，兼作印刷與
　出版事業。翌年創刊雜誌《少年》，並發表朝鮮最初的新體詩〈海邊致少
　年〉，並刊登了李光洙（1892～1950）的啟蒙小說，成為韓國近代文學的
　先驅者之一。1909 年與安昌浩（1878～1938）創立青年學友會，隔年創設
　朝鮮光文會，發行 20 餘種的六錢小說，其後陸續創辦了《孩子們侍者》、
　《星星》、《青春》等雜誌，對初創期新文學的發展有相當大的貢獻。1919
　年「三一」運動時，起草「獨立宣言書」，被捕入獄，翌年獲假釋。1922
　年創建東明社，主辦《東明》雜誌，連載了《朝鮮歷史通俗講話》，著意
　鼓吹民族主義思想，並廣泛研究朝鮮的民俗、地理、宗教、歷史，以建立
　民族文化體系。1924 年創辦《時代日報》，自任社長。1925 年任《東亞日
　報》客員，專門撰寫社論。1926 年在《東亞日報》上連載了紀行隨筆《白
　頭山覲參記》，同年出版了最初的個人時調集《百八煩惱》。1927 年擔任
　朝鮮總督府朝鮮語編修會委員，並任《時代日報》社長。1932 年在中央佛
　教專科學校任教。1938 年赴中國東北，任《滿蒙日報》顧問。1939 年在滿
　洲國建國大學任教授。回國後，1943 年與李光洙等赴日，對在日朝鮮學生
　進行宣傳，動員學生參加學徒兵，為日本侵略戰爭服務。因此，終戰後以
　有反民族行為罪行而被起訴，1949 年一度入獄，後因病保釋。1950 年 6 月，
　任海軍戰史編委會特邀人員、漢城市史編委會顧問。他在朝鮮近代文學初
　創階段，作為一名先驅者，用言文一致的文章實踐及「國主漢從」（國語
　主導，漢字從屬）文章的確立等對新文學的開拓有其貢獻。參考王逢振等
　主編：《新編二十世紀外國文學大詞典》（南京市：譯林出版社，1998 年），
　頁 6，及崔成德主編：《朝鮮文學藝術大辭典》（長春市：吉林教育出版社，
　1992 年 7 月）。

的1911年，朝鮮總督府頒布「第一次教育令體制」，朝鮮語言開始失去
國語的地位，朝鮮語言教育也淪為次等教育。崔南善的《時文讀本》出
刊就在這時期。崔南善對抗朝鮮總督府的抹殺朝鮮語政策，將韓文與傳
統以民族主義觀點整理後展開普及的工作，教科書的發行與此工作的進
行是崔南善一直以來的願望之一。

　　《時文讀本》是以正式教科書發行的最初書籍。本書共分為四卷，
每卷有30課共收錄120課的單元。各單元的份量佔一定的比率配合課程
的進度，第一卷為比較簡單的文字到第四卷進入形而上學，難度較高，
以配合學習者的較高水平。一個單元的份量為2～4頁左右，每個單元結
束後，註明其來源出處。無論內容或文章體型以單元並列的安排方式與
一九○○年代的讀本相似。但是與一九○○年代的日本教科書的翻譯或
個人著作的個人編輯讀本不同的是，其形式為重新收錄一些有標明來源
出處或作者名稱的文章。崔南善在序言說明此書「收集傳統與新式以及
編寫新文章，以適當思考方式編輯」，其目的極為明確，即是使用能作
為國文（韓文）寫作形式標準的文章為方針，樹立模範的文章形式。[3]本
文即對此二譯作加以敘述，並討論原出處《自助論》在中韓譯本的傳播
流動情形。

二、〈堅忍論（二）〉與〈史前人類論〉的內容及翻譯文體

　　第一篇〈堅忍論（二）〉述說成功是源自忍耐與毅力，永恆的成功
秘訣就在於努力。並以林肯、格蘭特、拿破崙等人物為例，說明他們就

---

[3]　김지영（Kim Chi-young）（金智英）：〈崔南善之《時文讀本》研究──以
　　近代寫作的形成過程為主〉，《韓國現代文學會》（韓國現代文學研究第
　　23集，2007年12月），頁87-89。

是因著堅毅不拔的忍耐方能成功。第二篇〈史前人類論〉則是敘述紀元前人類歷史的人類學文章，文中從古石器時代、新石器時代到銅器時代，敘述人類的言語、器械、家屋制度、畜牧與生產活動，火的發現到文字發明、城市建設等，對人類的起源、文明的發展與過程、人類進化等一一敘說。

　　刊載在《時文讀本》的〈堅忍論〉是摘譯自蘇格蘭醫生出身的斯邁爾斯（或譯斯馬洛茲、斯麥爾斯）（Samuel Smiles, 1812～1904）的「自助論（*Self Help*，1859年）」的部分文章。「自助」的譯字，自1906年至1908年透過新聞與雜誌媒體介紹《自助論》時已廣為社會大眾所知（另詳見後敘）。斯邁爾斯早年喪父，母親以樂觀進取的態度獨力持家，深信只要努力「The Lord will provide.」。母親的信念深深影響了斯邁爾斯，而他也極願意幫助窮苦的年輕人。在接受由里茲的年輕工人組織的讀書會邀請他以「勞工階級的教育」為題演講的邀約後[4]，斯邁爾斯思考如何引導這群年輕人，他以其淵博的見聞，將當時歐洲偉人歷經艱苦而成功的故事，來教導年輕人如何勤奮的自我修養（Diligent Self-culture）、自我磨練和自律（Self-discipline and Self-control），以誠實、正直的態度，認真地履行職責而獲得幸福生活。換言之，他教導年輕人如何經由自助及互助的過程來榮耀人格的特質（glory of manly character）。他的故事結合了維多利亞時代的道德觀（Victorian morality）及自由市場的概念，很有說服力的呈現出節儉、勤奮、教育、堅持不懈，以及合理的道德觀特質（a sound moral character）的優點。他取材許多各行各業成功的例子，例如瓷器工業的偉治武德（Josiah Wedgwood, 1730～1795），

---

[4]　최원식（Choi Won-Sik）：《韓國近代小說史論》，（首爾：創造與批評出版社，1986 年），頁 255-256。

鐵路工業的瓦特（James Watt, 1736～1819）和史蒂文生（George Stephenson, 1781-1848），以及紡織工業的查卡（Joseph Marie Charles, 1752～1834）。這些故事深深打動了聽眾的心。這些年輕人依其指導，有為者亦若是，後來出人頭地，活躍在英國社會，成為各個領域的菁英。

斯邁爾斯發現他的演講有效提升了年輕聽眾，於1856年時他決定根據這些演講稿寫出一本書，讓他的理念更廣泛流傳。書中講述並分析西方歷史上各行各業有重要成就的人物的事蹟及其思想，以激勵人們的心智。三年後（1859），斯邁爾斯完成了《自助論》（Self-Help）。這本書和達爾文（Charles Darwin）的《物種起源》（Origin of Species）及彌爾（John Stuart Mill）的《論自由》（On Liberty）並列為1859年歐洲出版的三本巨著。本書不僅同情當時英國勞工悲慘的環境且指責資本家的跋扈，將勞工階級的不滿與追求新生活視為理所當然，因此在英國廣受歡迎，甚至在日本、中國與韓國引起旋風。

此處將比較〈堅忍論〉刊登在《臺灣文藝叢誌》與《時文讀本》的內容。《時文讀本》是以韓漢文混用體編寫的。內容如下：[5]

> 저 南北戰爭을 看하라. 링컨은 天縱의 英傑이요、그랜트는 稀世의 將師요、戰士가 百萬이요、戰費가 무궁하였으되、初에 푸란에 패하여 銳氣가 先折한 후로 항상 敗績이 승리보다 多하고、他邦의 동정까지 敵軍에 在하여 外勢가 심히 불리하였으며、게티즈버어그의 최후 勝捷을 得하기까지

5　韓漢混合式的文字，是一種實詞用漢字的字義，虛詞用漢字的讀音記錄韓國語音，語法按照韓國語語法。這種混合文字稱為「吏讀」。當時以韓漢混用文體發行的教科書和報紙雜誌多論及文明開化思想或介紹新學，這些書原典多來自中日，因此翻譯文章很自然地將概念、新名詞等用原文的漢字標記，其他部分用韓文標記，此為當時啟蒙知識分子的折中選擇。

必<u>弱氣短</u>者로 하여금 必<u>敗</u>를 <u>斷</u>케 함이 <u>一二</u>에 止치 아니하였으니、설혹 <u>一敗</u>에 <u>再起</u>하고 <u>再蹶</u>에 三<u>奮</u> 하였을지라도 능히 <u>堅忍又爾</u>하여 <u>連敗</u>에 連起함이 아니면 최후의 승패가 분명 <u>地</u>를 <u>易</u>하였을지라……（중략）……人과 <u>並駕</u>하도록 <u>堅忍</u>할 따름이요、人에 우월하도록 <u>堅忍</u>할 따름이요、<u>堅忍</u>으로써 否會를 遂하고 <u>吉運</u>을 迎할 따름이요、<u>堅忍</u>으로써 최후의 <u>勝捷</u>을 <u>得</u>할 따름이요、<u>堅忍</u> 으로써 영원한 <u>勝捷</u>을 <u>得</u>할 따름이니라. 나폴레옹이 <u>曰</u>、<u>勝 捷</u>은 최후의 <u>五分間</u>이라하니、<u>絕世英才</u>가 <u>得意壇場</u>의 <u>最大能 事</u>로도 오히려 최후까지 <u>堅忍</u>함으로써 성공의 비결을 <u>作</u> 하니，하물며 역경의 <u>凡夫</u>가 <u>至大</u>한 시험을 당함이랴.[6]

　　《時文讀本》的文體承繼自一九〇〇年代開始提倡的國文體運動。但是實際收錄的文章卻以國文（韓文）的詞序為基礎，出現類似純國文以及強烈受到漢字文法影響的文章等多樣性的文體。其多樣性又類似國文體甚至帶有漢文體的色彩。[7]

　　而載於《臺灣文藝叢誌》的〈堅忍論（二）〉，即朴潤元上述的韓文翻譯成中文的內容，如下：

看此<u>南北戰爭</u>。林肯<u>天縱</u>之英傑。克蘭斯頓稀世之將師。戰士百 萬。戰費無窮。<u>初敗於波蘭</u>。<u>銳氣先折</u>之後敗績常多於勝利。<u>他 邦</u>之同情反<u>在</u>於敵軍。<u>外勢</u>雖甚不利至於<u>得</u>最後勝捷。乃使心弱 氣短者。果斷必敗不止<u>一二</u>。設或<u>再起於一敗</u>。三奮於<u>再蹶</u>若非

6　崔南善：《時文讀本》（首爾 ：玄岩社，1973 年），頁 533-534。
7　김지영（Kim Chi-young）：〈崔南善之《時文讀本》研究──以近代寫作 的形成過程為主〉，頁 84。

能<u>堅忍又爾</u>。<u>連敗連起</u>者則最後之勝敗。分明為<u>易地</u>矣。……（中略）……<u>堅忍以并駕人優越人</u>。<u>堅忍以逐否會迎吉運</u>。堅忍以剩得最後及永遠之勝捷而已。拿巴倫曰勝捷是最後之<u>五分間</u>云。<u>絕世英才</u>。<u>得意壇場之最大能事</u>。猶以最後之<u>堅忍</u>。乃<u>作</u>成功秘訣而況逆境之<u>凡夫當至大</u>之試驗乎。

若將《時文讀本》裡的〈堅忍論〉與《臺灣文藝叢誌》裡的〈堅忍論（二）〉內容做比較，會發現兩者使用的漢字部分都是一致的，朴潤元在翻譯韓漢文混用的文章時，其漢字都是直接使用。例如：「南北戰爭、看、天縱、英傑、稀世、將師、戰士、百萬、戰費、初、銳氣、先折、敗績、多、他邦、敵軍、在、外勢、勝捷、得、必弱、氣短者、必敗、斷、一二、止、一敗、再起、再蹶、三奮、堅忍又爾、連敗、連起、地、易、人、並駕、堅忍、人、堅忍、否會、遂、吉運、迎、曰、五分間、絕世、英才、得意、壇場、最大、能事、作、凡夫、至大。」

〈堅忍論〉的文章與純粹國語相比，使用更多漢字而接近漢字體，所以認為朴潤元翻譯中文時，考慮到臺灣是使用相同漢字的文化，因此採用翻譯方便的漢字體文章。《時文讀本》收錄的漢文體文章共有26篇左右。26篇文章中朴潤元何以選擇翻譯了〈堅忍論〉？在這麼多文章中，朴潤元挑選出〈堅忍論〉的原因為何？選擇此作品絕非偶然，1921年，在日本統治下，那是個受到嚴酷痛苦的漫漫長夜時期，〈堅忍論〉是在當時黯淡的朝鮮國情下以啟蒙國民為目的編寫的文章，朴潤元將文章介紹給類似朝鮮國情的臺灣，傳達在被殖民的冷酷的現實中，以堅忍的精神克服痛苦與煎熬。此作品為培養自主獨立含有一種內在的啟蒙思想，看得出來作家朴潤元想要傳達的是在這苦難的時期應該不挫折不灰心，挺住一切，以無止盡的忍耐勝過自己，必定會克服苦難的欲想有密

切的關係。此文在彰顯性強的文藝性句子使用接近國文的文體，在抽象概念與思想性強的文句則使用深受漢字與漢文影響的文體。因此由這些脈絡來看崔南善譯文也就有著濃厚的文藝性與思想性[8]。需說明的是崔南善以及當時的翻譯，多非緊貼譯本逐字翻譯，因此這裡不比較畔上賢造或中村敬宇譯本中的漢字使用情況。《臺灣文藝叢誌》在刊登〈堅忍論（二）〉後，緊接著刊登了張采鑲的〈確立的青年〉一文，提出成功之真詮，需積極的發奮勵精，刻苦努力，戒慎恐懼，如此方是真男兒、大丈夫、時代的人物。其精神正與〈堅忍論〉一脈相承。至於刊登在《時文讀本》的〈史前人類論〉，內容如下：

> 木燧의 발견으로 말미암아 인류가 점차로 石器時代를 免하게 되었다. 古石器時代에는 볼 수 없던 陶器를 新石器時代에 와서 現出하기는 확실히 불의 힘이다. 불의 힘이 더욱 진보하여 礦物界로 侵入하여 銅이 인류에게 이용되게 되매、石器時代가 옮겨 銅器時代가 되었다. 그러나 銅은 軟한 礦物이므로 銅으로 만든 것은 平和의 器具거니 武器였다. …… (중략) ……최초의 문자는 이제 아메리카의 인도人들 쓰는 것 같은 畫文字였다. 그 다음에 意思畫라고 말할 수 있는 會意의 문자로써 상상이나 음성을 그리게 되었다. 다시 진보의 몇 계단을 거쳐 이제와 같은 音字로 도달하였다. 문자를 발명한 뒤에 進進無已하는 인류의 진보가 드디어 鐵을 쓰도록 되었다. 銅器時代가 지나가고

鐵器時代가 왔다. <u>西曆紀元前 一五○○</u>에는 <u>西亞細亞</u>의 <u>人民</u>이 이미 <u>鐵</u>을 썼다.[9]

此文說明鐵器時代，人們開始使用鐵來製造工具和武器，人類社會都進入了有文字記載的文明時代。下列是載於《臺灣文藝叢誌》的〈史前人類論（續）〉，即朴潤元上述的韓文翻譯成中文的內容，如下：

> 人類實由於<u>木燧</u>之發現而漸免石器之時代。古石器時代難見之陶器<u>現出</u>於新石器時代者。誠是火之力也。益去進步侵入礦物界而<u>銅</u>為人類之利用。故<u>石器時代移為銅器時代</u>。然銅是<u>軟質</u>之<u>礦物</u>。銅製之器自是<u>平和之器具</u>及<u>武器</u>之效用。……
>
> 最初之文字今世亞米利加之印度<u>人</u>所用之<u>畫文字</u>其次可謂<u>意思畫</u>之<u>會意</u>文字發明文字之後進進無已之人類潤步長進遂為用<u>鐵</u>之世而<u>銅器時代已過</u>。<u>鐵器時代當到矣</u>。<u>西曆紀元前一五○○年西亞細亞之人</u>已皆用<u>鐵</u>。

說明著人類的進步與人類智慧的重要性，亦與〈堅忍論〉一樣，都是在韓漢文中，直接使用其漢字。例如：「木燧、石器時代、免、古石器時代、陶器、新石器時代、現出、礦物界、侵入、軟、礦物、銅、平和、器具、武器、人、畫文字、意思畫、會意、進進無已、鐵、銅器時代、鐵器時代、西曆紀元前、一五○○年、亞細亞。」

朴潤元挑選出《時文讀本》裡〈史前的人類〉一文進行翻譯的原因為何？朴潤元在〈臺遊雜感〉提到說：「大概蕃人擁有約三百年以上的悠久歷史，但是他們似乎才經歷過石器時代，如今剛進入鐵器時代，至今仍然保有酋長制度與部落生活，相互間的語言與風俗都各自不同，他

---

[9]　崔南善：《時文讀本》，頁 576-577。

們每天從事的業種實際上可分為農業、狩獵、漁業等三種。（대개번인은 약 삼백년 이상의 긴 세월의 역사를 지녔다고 한다. 그런데 그들은 오늘날 석기시대를 거쳐 철기시대를 막 맞이한 듯하다. 오늘날까지도 추장제도와 부락 생활을 하고 , 상호간에 언어와 풍속이 각기 다르다.）」[10]朴潤元認為當時臺灣的文化，如今剛進入鐵器時代，至今仍然保有酋長制度與部落生活，是一個以漁獵採集為生的隊群社會。朴潤元挑選出〈史前的人類〉的原因，無法在文獻中得到驗證，但可以推測朴潤元對原住民有著一份難以割捨的情懷[11]，他對仍維持著古代生活方式的原住民感到新鮮與好奇，因而介紹人類的起源、文明的發生、人類的進步等。而當時人類學、生物學等學說著作亦漸受關注，《臺灣文藝叢誌》當時也轉載了〈現存人類始祖〉、〈貓類之始祖〉、〈昆蟲飛昇之研究〉、〈唾沫蟲〉、〈食人樹〉等科學新知。〈史前的人類〉分兩期刊登，可以推知也是合乎《臺灣文藝叢誌》的訴求。

三、譯本的旅行：《西國立志編》（自助論）在中韓的譯本

　　朴潤元翻譯了崔南善〈堅忍論〉，而崔南善之作又是從日譯本來，日譯本則是根據蘇格蘭作家斯邁爾斯Samuel Smiles（1812～1904）的 *Self-help* 而來，其間的數次翻譯跨界行旅，如能就各譯本細膩比較，必然是相當有趣的現象，但本文重點不在此，那應該另有專文處理。此處主要就《西國立志編》（自助論）對日中韓的影響及其後被朴潤元介紹

10　同注 2，頁 93。自頁 6 至此為女弟黃善美博士候選人撰述，謹此說明。
11　對照 1930 年〈臺灣蕃族與朝鮮〉一文，大約可推知朴潤元對臺灣蕃族之關注，與其對〈許生傳〉之解讀有關，認為許鎬先生在臺灣有過開拓並訓導，蕃族與朝鮮有密切的關係。

到臺灣來的諸種時代背景，加以耙梳。《西國立志編》是一本闡揚英國十九世紀倫理思想（Victorian virtues）的勵志書，1859年11月出版後，同月即在英國重印四次，不久，美國立即有了盜印版，斯邁爾斯講到，各種盜版「氾濫成災」，而他對此無能為力。至1910年，此書凡重印34次。書中的名言警句和生動的故事曾激勵了無數的有志青年，*Self-help*成了西方勵志書中的經典。*Self-help*出版11年後，中村正直[12]（1832-1891）的日譯本於明治三年（1870）初版，名《西國立志編》（又名《自助論》），在明治時代幾乎成了知識青年的聖經，受到熱烈的歡迎。中村極其認真翻譯，從手稿上多次修改的痕跡和「庚午十月四日夜二時」之標記，可以想像他如何的投入及慎重其事。

---

[12]　中村正直（なかむら まさなお，1832～1891），幼名釧太郎，稱敬輔，號敬宇，江戶（今東京）人。慶應二年（1866）赴英國留學，1870 年，中村正直在從英國回日本的船上，他一直讀著 Self-help，因為 Self-help 在一個側面為大英帝國為什麼繁榮如斯提供了說明。漫遊兩個月的航程，他有充分的時間理解和琢磨。 歸國是 6 月，幕府已經沒有了。皮之不存，毛亦失附，曾經擁有的地位都沒有了。7 月，江戶改稱為東京。8 月，中村正直在靜岡找到了教書的工作。安頓下來後，他便開始了 Self—help 的翻譯。到 10 月底，全書翻譯完畢。1871 年正式與讀者見面。據說中村正直最初把這本書命名為《立志廣說》，最後定為《西國立志篇》，並在下面用小字標明「原名《自助論》」。曾任東京女子師範學校校長攝理、東京大學文科教授、文學博士、女子高等師範學校校長，於江戶川橋設立同人社，教授弟子。同人社與三島中洲創辦的二松學舍、福澤諭吉創辦的慶應義塾，並稱為三大學塾，為明治初年的教育作出了很大貢獻。因此，被世人尊為「江戶川聖人」。年輕時崇拜西洋文化，在 1874 年接受基督教洗禮，他的思想與基督教有著密切的聯繫。除《西國立志編》十三卷，尚有《敬宇文集》十六卷、《敬宇詩集》三卷等。另可參袖海生（館森鴻）〈閑日月／談叢（十三）・中村敬宇〉，刊《臺灣日日新報》第 1505 號，明治 36 年（1903）5 月 9 日，第 1 版，館森鴻〈懷舊錄（三）・中村敬宇〉一文，刊《漢文臺灣日日新報》第 3018 號，明治 41 年（1908）5 月 24 日，第 4 版。

原為漢學家的中村敬宇將其學問視野擴展到西學的原因之一，是受到了清末的《海國圖志》、《瀛環志略》等介紹西洋世界的名著，以及由當時來到中國的英美傳教士翻譯的儒教經典英譯著述的影響。他將《自助論》消化吸收後，加上了自己的感言，藉此書告訴國人，西方也提倡忍耐、儉約、勤勉的倫理道德，同時也存在天道。將此書的精神以適合日本國情的形式呈現於日本人面前，使日本人易於接受。在其所翻譯的《西國立志編・綜序》中寫道：「余又讀西國古今之俊傑之傳記，觀其皆有自主自立之志，有艱難辛苦之行，原於敬天愛人之誠意，以能立濟世利民之大業，益有以知彼土文教昌明，名揚四海者，實由其國人勤勉忍耐之力。」關於這一點，敬宇在他的《西國立志編》中《自助論・第一編序》中表達得十分明確，其序云：

　　余譯是書，客有過而問者曰：於何不譯兵書？余曰：子以為兵強國即賴以治安乎？互謂西國之強由兵乎？是大不然，夫西國之強，由於人民篤信天道，由於人民有自主之權，由於政寬法公。拿破命論戰曰：德行之力，十倍於身體之力。斯邁爾斯曰：國之強弱，關於人民之品行。又曰：真實良善者，品行之本也。蓋國者，人眾相合之稱。故人品行正，則風俗美，風俗美，則一國協和，合成一體，強何足言。方國人品行未正，風俗未美，而徒汲汲乎兵事之是？

　　《西國立志編》並非單純翻譯，而是在譯者中村正直消化吸收後，加上了自己的感言以及借助假名、漢字、旁注等手段，努力使文章變得通俗易懂。《西國立志編》開頭有「緒論」，每篇開頭又有「序言」，提綱式的簡介，十三章中有七章中村正直都加上了自己的感言（評語），如其引申「人當以全部精力，勉力於一時一事，其人即使人性至鈍，一

生之間也能成就一事。」[13]深遠影響了日本人的敬業態度。他認為對於西方世界的描述是不可以單純作為紙上文字來理解的，他敘說自己的經驗：「余尚記童子時，聞清英交兵，英屢大捷，其國有女王曰維多利亞，則驚曰：『渺乎島徼，出女豪傑乃爾，堂堂滿清，反無一個是男兒耶？』後讀清國《圖志》，有曰：『英俗貪而悍，尚奢嗜酒，惟技藝靈巧。』當時謂為信然，及前年游于英都，留二載，徐察其政俗，有以知其不然，今女王不過尋常老婦，含飴弄孫耳，而百姓議會權最重，諸侯議會亞之，其被選於眾，為民委官者，必學明行修之人也。……凡百之事，官府之所為，十居其一，人民之所為，十居其九。然而其所謂官府者，亦惟為民人之利便而設之會所爾……審其大體，則稱曰政教風俗擅美西方，可也。而魏氏之書，徒稱其貪悍尚奢嗜酒，是蓋見西國無賴之徒居東洋者而概言之耳。」書內各編常見加上了大段的譯者序按語，對原作做了較大刪改，日本學者松派弘陽認為是考慮到讀者的知識與興趣，對無關巨旨的部分加以刪削。而且對原書重要詞句以儒教經典中來的漢語詞語或成語對譯，因之以和漢混合體譯哲學、歷史書籍，在中日韓近代翻譯史上屢見不鮮，其漢字使用則古雅。其按語不同於他的譯文，多用漢字寫成。所加按語，也可稱之為評語，主要有兩類，一是贊同之辭，一是引

13　梁啟超錄中村正直譯本〈自助論序〉，下云：「原書十三編，有序者凡七，前所錄一篇，乃係總論。今並擇錄其各編之序如左。」梁氏所錄六篇是「第一編序・論邦國及人民之自助」、「第四編序・論用心之勤及作業之耐久」、「第五編序・論修業及勉修藝業之事」、「第八編序・論剛毅」、「第九編序・論務職事之人」、「第十一編序・論自修之事及其難易」，《飲冰室文集類編下談叢》（日本東京帝國印刷株式會社，1904 年），頁 667-672。其中一篇未錄，第十一編序後復錄〈偉人納耳遜軼事〉、〈放棄自由之罪〉、〈國權與民權〉。

出或概括出重要話語，使之更為醒豁。二者顯然都反映出譯者的態度，除按語外，中村還對其他較為重要之處加上圈、點，以示凸出[14]。

1871年中村正直翻譯為《西國立志編》[15]後，1906年畔上賢造再翻譯為《自助論》。《自助論》開宗明義曰「天助自助者（Heaven helps those who help themselves）」這句話應該是抄自富蘭克林（Benjamin Franklin, 1706-1790）的《窮理查曆書》（*Poor Richard's Almanac*）中的格言：「God helps them that help themselves.」這本書高度推崇能克服苦難走向成功的人們。他說：「艱難困苦和人世滄桑是最為嚴厲而又最為崇高的老師……貧困並不可怕，可怕的是人沒有自立的精神……如果永遠不能自立，將永遠不能擺脫貧困。只有自立的人格力量才能拯救自己。」

就此觀之，近代日本介紹西方的倫理價值，其重點反而是在個人主義的道德觀和國家意識。所謂個人主義的道德觀，很接近現在一般講的新教倫理，強調個人的勤奮、獨立自主、有責任心，相信經過自我的努力必然可獲致成功，日人稱此為「立身出世」[16]。福澤諭吉亦一再主張，日本人民應該培養獨立的性格。後世學者對敬宇譯此書予以高度評價，東京大學平川格弘教授稱這部書為「明治日本工業化的國民教科書」。

[14]　參見松派弘陽、山下重一對明治、大正翻譯史，指出「明治初年的啟蒙思想家皆以和漢混合體譯書，如西村茂樹……福譯諭吉，特別是中村正直。」周建高著《日本人善學性格分析》則云「全書至少比原書少 20%。刪除、壓縮的主要是關於企業家、藝術家事例的章節。」（天津市：天津社會科學院出版社，2007 年），頁 68。

[15]　東京博文館在大正 7 年為 24 版，大正 14 年復再版，書名標《（改正）西國立志編》，中村正直譯述。今上海圖書館有館藏。另見上海圖書館編，《上海圖書館館藏舊版日文文獻總目》（上海市：上海科學技術文獻出版社，2001 年），頁 682。

[16]　陳弱水：〈日本近代文化與教育中的社會倫理問題〉，《臺灣教育史研究會通訊》第三期。

梁啟超1899年稱：「日本中村正直者，維新之大儒也。嘗譯英國斯邁爾氏所著書，名曰《西國立志編》，又名為《自助論》。其振起國民志氣，使日本青年人人有自立自重之志氣，功不在吉田、西鄉下矣」[17]可謂定評。石井研堂云：「先生繼《立志編》之後，又刊行《自由之理》、《西洋品行論》等，《自由之理》研究民權，《品行論》則如《立志編》之補翼，亦為社會所歡迎，銷售不讓前書，均發行數十萬冊，當時之讀者，不僅限於少年子弟，而且橫亙各階層。尤其是官吏及教職人員，若不通讀此三書，則被視為於資格有所欠缺，皆不得不爭而讀之，故先生之名，郁然高於海內，至販夫走卒，無有不知先生之名與其著書者。」[18]

　　此譯著雖非文學讀物[19]，但其中穿插了文學知識，如介紹或引用了莎士比亞和莎劇有三處，第10編裡引用〈漢姆雷特〉第一幕第三場裡的句子，可算是莎劇最早的譯例[20]。因此，書中的一部分當時還被編成劇本上演。最初的散切狂言是外國劇的翻版，明治五年在京都上演的〈其粉色陶器交易〉和〈鞋補童教草〉，都是佐橋富三郎取材於《西國立志編》中的插話而寫成的作品。

---

[17]　《梁啟超全集》，北京出版社，1999年版，頁344-345。此處之吉田、西鄉分別指吉田松陰、西鄉隆盛，二人於日本推翻封建幕府統治，促成明治維新，被視為功勳卓著的政治思想家及軍事家。

[18]　石井研堂：《自助的人物典型·中村正直傳》，明治40年，見鄭匡民：《梁啟超啟蒙思想的東學背景》（上海：上海書店出版社，2003年），頁83-84。

[19]　謝六逸〈近代日本文學〉一文倒是說「可以範入文學之內，但不是純粹的東西」，同時書名稱之「西國立志篇」，《小說月報》1923年第11期，頁7。

[20]　王克非，〈從莎譯看日本明治時代翻譯文學〉，收入孔慧怡、楊承淑編《亞洲翻譯傳統與現代動向》（北京市：北京大學出版社，2000年），頁73。另亦見氏著《明治文學史上的翻譯文學》，頁329。唐月梅認為「是日本近代翻譯劇的開端，被認為是將啟蒙書戲劇化，在戲劇翻譯史上是劃時期的作品。」見《日本戲劇史·近代戲劇改良與話劇興起》（北京市：崑崙出版社，2008年），頁437。

不單如此，該書在1871年天皇侍講加藤弘之（1836～1916）以之為輔導天皇之讀本，文部省編輯局長西村茂樹（1828～1902）以之為啟蒙人民之書。文部省將此書做為倫理學教科書，並以該書中人物事例為素材，編成插圖故事書給低齡兒童學習。1873年，明治皇后訪問日本惟一的國立女子教育機關明治女子學校時，將《西國立志編》贈送給了該校的學生，明治時期日本小學校的修身教科書也多用此書。此外，模仿《西國立志編》的創作、翻譯也相繼而起。這一點單從書名上便可得出判斷，如久保田梁山的《近世女子立志編》（明13）三田一郎的《軍人立志編》（明18）、上野理一的《皇朝女子立志編》（明16）、西村富次郎的《少年必攜日本立志編》（明23）、加藤眠柳的《女子立志編》（明36）、松村操的《東洋立志編》（明13-15年）、乾河岸貫一的《日本立志編》（明33年）等等。另外還有一些不以「立志」命名，但實際上仍屬於此一範疇的，如平左衛門《出世の階段》（明45）、《少年修學旅行》（明36）等，更是不計其數[21]。正因為如此《西國立志編》在當時被譽為「明治三書」之一。

　　《西國立志編》在日本出版後23年，亦即1894年，甲午一戰，中國為日本所敗。次年，簽署下關條約，乙未割臺。清廷朝野講求知己知彼，

21　夏晓虹：《觉世与传世：梁启超的文学道路》（北京市：中华书局，2006年）提及僅據康有為《日本書目志》所錄，即有《萬國立志編》、《（少年必攜）日本立志編》、《婦人立志編》、《商人立志編》等。（頁186）另參見鄭匡民，《梁啟超啟蒙思想的東學背景》，上海：上海書店出版社，2003年。唐玉欣〈被建構的西方女傑──世界十大女傑在晚清的翻譯〉，復旦大學中國語言文學系博士論文，2008年4月，頁63。姜義華校《康有為全集第三卷・日本書目志卷四》（上海市：上海古籍出版社，1992年12月）載中村正直譯《西國立志編》三種，售價分別為一角、二角、二角五分，頁725。

黃遵憲《日本國志》成為流行書。1898年，張之洞撰〈勸學篇〉，以為：
「遊學之國，西洋不如東洋。一、路近省費，可以多遣。一、去華近，
考察易。一、東文近中文，易通曉。一、西學甚繁，凡西學不切要者，
東人已刪節而酌改之。中東情勢風俗相近，易仿行。事半功倍，無過於
此。」[22]是年，留日學生的譯書開始出現，流亡日本的梁啟超亦在1899
年稱：「日本中村正直者，維新之大儒也。嘗譯英國斯邁爾斯氏所著書，
名曰《西國立志編》，又名之為《自助論》。其振起國民志氣，使日本
青年人人有自立自重之志氣，功不在吉田西鄉下矣」[23]，推尊中村為「維
新之大儒」，又將敬宇所作的七篇原序（皆以漢文寫成）錄出，認為足
令「讀者起舞」。《西國立志編》很快就被注意到，蔡元培（1867～1940）
在1901年5月12日（新曆6月27日）日記載：「到理文軒，購日文書數種：
《西國立志編》、《日本風俗》、《東京游學案內》。」5月15日（新
曆6月30日）又云：「閱《西國立志編》，皆鞭辟頑懦之言，岡本氏《西
學探源》，多採於此。」[24]在1900年留學生第一個譯書團體「譯書匯編
社」成立之後，不久即開始出現 *Self—help* 的中文譯本，大約有四：一
是中村大來重譯的《自助論》，轉譯成漢文。1901年羅振玉和王國維在

---

[22] 由於張之洞在此書中採取了調和中西、折衷新舊的態度，因此給人以不偏
不倚的感覺，而且又帶有較多的學術色彩。此書一出，立刻引起許多人的
讚賞。 並且受到光緒皇帝的重視。西方帝國主義勢力對此書也非常重視並
給以支持。羅炳良主編：《張之洞勸學篇》（北京市：華夏出版社，2002
年10月），頁88。

[23] 《清議報》第28冊，光緒25年歲次己亥（臺北：成文出版社，1967年臺
一版），頁1803-1806。

[24] 高平叔撰著：《蔡元培年譜長編》（北京市：人民教育出版社），1996年，
頁208。

上海創辦《教育世界》[25]，*Self-help*較早的中譯本之一《自助論》即登載在《教育世界》第46至50號（即1903年3月-5月，癸卯四期至八期）[26]，後來收入1911年「教育世界社」的教育叢書中。二是湖南編譯社的《西國立志編》，此書出版情況不很清楚，乃據「湖南編譯社已譯待印書目」著錄，其出版單行本之廣告羅列二三十種書目，謂已譯大半，希冀海內同志勿重複翻譯，時間是「光緒28年10月15日敘」[27]，可能光緒29年（1903）方得出版，時間與中村大來重譯的《自助論》同時。然此譯著與下文「通社叢書」宜不同，因湖南編譯社交代原著者是「斯麥爾斯」，而不用「斯邁爾」。三是清光緒29年（1903年），上海通社的「通社叢書」中收入的《自助論》，題為：「自助論，英·斯邁爾著，羊羔重

---

[25]　1901 年在上海創辦的《教育世界》，是 1907 年以前私人創辦的教育雜誌中發行量最大、出版時間最長、影響也較大的一種。發起人羅振玉，主編王國維。王國維特別熱衷於介紹純粹的西方哲學，他認為「夫哲學，教育學之母也」，介紹〈尼采氏之學說〉、〈德國文化大改革家尼采傳〉及康德的〈汗德之哲學說〉等，該誌重視介紹外國教育制度和教育理論，如刊載過〈希臘大哲學家亞里大德勒傳〉、〈希臘聖人蘇格拉底傳〉、〈希臘大哲學家柏拉圖傳〉、〈法國教育大家盧騷傳〉、〈英國教育大家洛克傳〉等。此外，還有日本谷富的《歐洲教育史要》，小泉又一的《歐美教育記實》，富永岩太郎的《大教授法》，熱田真吉的《家庭教育論》，熊谷五郎的《大教育學》，英國模阿海特的《倫理概論》，斯邁爾斯的《自助論》、《職分論》和《勤儉論》等等。在第 123 號刊載了〈英儒斯邁爾斯傳〉。

[26]　請參見上海圖書館編：《中國近代期刊篇目匯錄（2）第二卷（上冊）》（上海：上海人民出版社，1979 年），頁 141。學界對中村大來的相關討論完全闕如。

[27]　見羅家倫主編：《中華民國史料叢編·游學編譯》（中國國民黨中央委員會檔史史料編纂委員會編，1983 年 4 月），頁 283、284。湖南編譯社為 1902 年湖南籍留日學生發起創立，編輯出版《游學編譯》月刊。陳天華、黃興、楊守仁等編輯，以翻譯為主。

澤」[28]，通社重譯此書，目的在於：「今者明哲之士，多以道德腐敗、青年墮落之尤詳。為中國憂，此種書蓋不可不亟讀焉。」全書包括論邦國及人民之自助、論發明機器之元祖、四大陶人、論勤敏、論機會、論工藝之發達、論貴族、論剛勇、論務職業，論用財宜慎、論自修、論儀範和論德行之關係等十三編。第一編開篇引兩段西哲語錄，表明全書宗旨。其一，「彌爾曰：國奚以強？合人民之強以為強。國奚以富？合人民之富以為富。故國與國之比較，常視其人民以判高下。」其二，「垤大禮立曰：天下之談士，相聚而論政治，謂法治之宜改良者常多　謂人民之當自助者常少。」著者強調人民的自主自立意識和才幹對國家富強的影響。日譯者中村正直在總序中也指出：「人君苟能善啟其民，使之自立自助，則其為效，較諸多設法綱，多布禁令，固已多矣。」此書採用兩面印刷，西式裝訂，除活字形體不同外，與日本印刷裝訂的格式基本相同，這是上海出版最早的中文西式圖書。

後來林萬里（1874～1926）校訂之《自助論》版權歸商務印書館，林氏序文云：是書「上海通社據和文之本重譯行世，已再版矣。嗣以稿歸商務印書館主人，主人謂其文稍病蕪雜，屬萬里刪節而潤譯之，且屬為序」[29]。「日本譯印是書正明治初年，少年學生。殆無人不讀，

---

[28]　王紹曾主編：《清史稿藝文志拾遺　子部新學類》（北京市：中華書局，2000年）另云「一名西國立志論，十三編無卷數」，「西國立志論」首見，疑是「西國立志編」，另云「羊杰重譯」。羊羔、羊杰何者為是？無法確定，頁1533。光緒29年（1903）「通社叢書」尚有《近世之怪傑》（英國約翰拉糈著，穆湘明、穆湘瑤譯）一書，可見印刷所為上海虹口之澄衷學堂，通社地址為上海三馬路胡家宅。通社叢書目錄書影，可見唐國良主編，《穆藕初：中國現代企業管理的先驅》（上海社會科學院出版社，2006年），頁259、260。

[29]　林萬里，即林白水，字少泉，福建閩侯人。1903年與黃興等共組華興會，後加入同盟會。曾任總統府秘書，創辦《公言日報》、《新社會日報》，

迭版至數十百次。遂以養成國民勤儉忍耐之特性，戰勝攻取，定霸東亞，不得為非此書之功也。今主人重印是書，吾知吾國民之讀此者，本之於心身，措之於日用，大足以改善國性，先以道德戰勝於他民族，則器械之戰易易耳。」這反映該書在學界的影響。林序撰於宣統元年（1909）冬十一月，次年出版，1914年復見再版。文中提到「商務印書館主人」，應該就是當時商務編譯所所長、著名出版家張元濟。通社舊稿似乎只有這部書為商務所看重並重印[30]。1901、1903年《自助論》譯本出現後，該書在當時知識階層已很快流傳，如孫寶瑄（1874～1924）《忘山盧日記》癸卯（1903年）十月有接連數日「觀《自助論》」的記載。除摘錄警句外，常有大段引申發揮。如十月二十日（新曆12月14日）：「《自助論》云：田畝財產，祖父可傳之於子孫；學問才智，祖父不可傳於子孫。是故人貴自勉。」十月二十七日：「《自助論》云：福祉實其慧眼，常隨勤勉之人而行。……忘山曰：嗟乎！人但恃聰明而無忍耐之力者，安得有所成就？」[31]。1916年郁達夫（1896～1945）寄兄嫂書函云「邇

並主筆《杭州日報》、《警鐘日報》等。1926 年為軍閥張宗昌槍殺。著有《林白水先生遺集》、《生春紅室金石述記》，譯有《日本明治教育史》及校訂《自助論》譯本等。林萬里曾致書汪穰卿先生，可窺其當時若干經歷與交友，「《時報》中之宣字，《時事報》中之樊字，皆係鄙作。」時居「上海新馬路梅福里」。見上海圖書館編，《汪康年師友書札 1》（上海：上海古籍出版社，1986 年 2 月），頁 1166、1167。林氏復有呈報大總統袁世凱福建情形分飭核辦文，知其幫辦福建善後事宜。見周秋光編：《熊希齡集（中冊）》（湖南出版社，1996 年 11 月），頁 842。

30　柳和成、劉承：〈上海通社與《通社叢書》〉，《出版史料》2009 年第 1 期（新總第 29 期）。

31　孫寶瑄著：《忘山盧日記》（上海市：上海古籍出版社，1983 年）。其例甚多，1901 年、1903 年孫氏尚有數則閱《自助論》心得，頁 305、784、785。

每讀Smile司馬候爾氏《自助論》，及……等，防閑居為不善也。」[32]1917
年楊賢江（1895～1931）10月5日在《學生雜誌》發表〈讀《自助論》〉
及譯文《意志之修養》[33]。楊賢江〈讀《自助論》〉文云：「《自助論》
者，英人斯邁爾司所作四大名著之一（其他為《品性論》、《勤儉論》、
《職分論》）。日人中村正直譯為和文，名曰《西國立志編》，以激勵
該邦青年，使之奮發有為者也。吾聞之謝鴻賓先生有言：『吾見青年人，
必首詢以閱《自助論》否。』先生為吾國學界名人、後進楷模，所言必
可信，則知是書誠吾儕青年之福音、之良藥也。余久思一閱，苦不得閒。
假中有暇，乃償夙願，如飢者之得食，如寒者之獲衣，喜可知已。每竟
一編，不無可感。爰綴以辭，誌不忘耳！」[34]直到1936、1937年仍可見
其嘉言、名人史事被引述[35]。

---

[32] 「1916致郁華、陳碧岑」，郁達夫著：《郁達夫文集第9卷日記、書信》
（廣州市：花城出版社；三聯書店香港分店，1984年），頁312。郭文友
著，《千秋飲恨：郁達夫年譜長編》，（成都市：四川人民出版社，1996
年），頁208。郁風〈郁達夫留日家書手稿〉（《新華文摘》，1985年第
10期），頁137。

[33] 《楊賢江全集》第6卷（開封市：河南教育出版社，1995年04月出版）。

[34] 原刊《學生雜誌》1917年第10期，頁107。收入《楊賢江全集》第6卷（開
封市：河南教育出版社，1995年4月出版），頁104。此外《西國立志篇》，
該譯書名稱或稱「編」或云「篇」，稱「篇」者，如日本筑波大學教育學
研究會編，鍾啟泉譯，《現代教育學基礎》所引「改訂・西國立志篇，1876
年，10月版」（上海市：上海教育出版社，1986年6月），頁138。在《楊
賢江全集第四卷》則云「託購改正《西國立志編》一書」，筆者按、此處標
點宜作《改正・西國立志編》（開封市：河南教育出版社，1995年4月），
頁13。

[35] 陳士豪、徐茂、董鎮南編輯：《古今中外格言集成》（經緯書局，1936年1月），
頁175。楊壽楣著，《覺世寶經中西彙證》（不著出版社，1937年），頁142。
其例甚多，復有蔡元培、孫秀三、吳虞之例。政協河南省方城縣委員會文史資

四是林文潛（字左髓，1878～1903）依中村正直譯本而重譯的《論邦國與人民之自助》，依據譚汝謙、小川博所編《中國譯日本書綜合目錄》，標明其出版日期為1911年前，出版地點為上海。劉曉峰曾提出疑惑：「一九〇三年，從日文譯本重譯時書名已經正確翻譯成《自助論》的Self-help，何以在上海出版時又變成了《論邦國與人民之自助》？要知道《論邦國與人民之自助》只是日譯本第一編的題目，而與邦國相比，Self-help的闡釋核心顯然在個人的自立問題。《論邦國與人民之自助》出版的時候，譯者林文潛恐怕已經去世了吧？那麼，是什麼人做的這一改變呢？是出於什麼目的做的這一改變呢？關於這一點，很遺憾目前沒能找到任何資料。」[36]有關林文潛生平，文獻所載不多。孫詒讓創立「瑞安演說會」時，林氏為活動骨幹，對其早逝甚為惋惜，云「傷我國士，竟厄盛年」，作〈祭林左髓文〉痛悼之，稱其「海帆東指，扶桑輪困，櫻花旖旎，徐福仙鄉，延攬奇士，……鞮譯精通，空海箸錄，載緝其觚，導徹寄學。」讚其精通東西洋文字，著有《寄學速成法》，主張「漢字改革」。林氏在上海支那翻譯館從事日文翻譯時，享有「溫州日文譯字之興，文潛實為先導人物」之譽[37]。今日則復易書名為《自己拯救自己》，依據英文本翻譯。

料研究委員會編，《方城文史資料第9輯》，1992年10月，頁66。趙清、鄭城編：《吳虞集》（成都市：四川人民出版社，1985年），頁9。

[36] 劉曉峰：〈書名的漂流〉，《讀書》2004年10期，頁77、78。

[37] 俞雄：《孫詒讓傳論》（浙江人民出版社，2008年），頁217、218。另見宋炎〈林文潛、孫詒讓對漢字改革的探索〉，收入溫州市政協文史資料委員會編，《溫州文史資料第9輯》（浙江人民出版社，1994年3月），頁42、43。即林政友，在《浙江潮》上發表文章，思想進步。1903年癸卯秋因病歸國，不久逝世，年26。

　　吳稚暉〈譯英國斯邁爾斯原著自助論〉，他對中國的支那病夫、睡獅之辱稱，深受刺激，以為挽救之道在於依靠民力實行革命，首先，他認為「邦國之隆盛，為人民各自勉強之力與正直之行所集合而成，……故最為邦國之害者，即令人民之性行卑惡是也」，中國欲「免瓜分」、「求進步」，就「必有一種不畏艱險之朝氣」[38]。從自助、自由的角度而言，無論西方的作者，還是日方的譯者，以及中方的傳播者，他們的意圖無疑都是從道德方面啟蒙教育國民，做一個獨立自助與自由的公民。對梁啟超而言，更是旨在變「舊民」為「新民」的強烈願望。因為，「國所以有自主之權者，由於人民有自主之權。人民所以有自主之權者，由於其有自主之志行。」有人認為西方之所以有自主的國家，是因為有英明的君王之輔助，「殊不知西國之民，勤勉忍耐，有自主之志行，不受暴君汙吏之羈制，故邦國景象，駸駸日上」。國家的自主來自國民，國民若有了自主的行為，何怕不除其奴隸根性？在梁啟超看來，「自由」的反面是「奴隸」，「奴隸」包括身奴和心奴，二者都不是獨立自主的表現。應該說，獨立是自由的一種表現，一旦有了獨立自助的能力，就意味著人有了自由。總的來說，日本近代啟蒙思想家有關國民性的理論，為中國國民性改造提供借鑒，國民的德智是促進國家強盛與進步的基礎[39]。

---

[38]　吳稚暉著，方東亮編：《吳稚暉全集》第 18 卷（群眾圖書公司出版，1927年），頁 1076。

[39]　梁啟超將《新民叢報》第二期以「棒喝」為題，據編者識云：棒喝集乃師法張茂先〈勵志〉詩、崔子玉〈座右銘〉，意在諷勸。故「譯錄中外哲人愛國之歌，進德之篇，俾國民諷之如晨鐘暮鼓，發深省焉」。除志賀重昂之作外，集中同時收有德國格拿活〈日爾曼祖國歌〉、日人中村正直〈題進步圖〉、日人內田周平譯〈德國男兒歌〉諸譯作。詞句或與原文有所出

在中國很少提及畔上賢造的譯本《自助論》，此譯本在中國幾乎沒有影響力，反而是在韓國受到較多的關注。本來韓國漢文界受中國典籍影響不小，對梁啟超以降的胡適、郭沫若等人的介紹亦不少，尤其梁啟超的著作在朝鮮有強烈反響，甚至曾只要其新作問世，立即被譯成鮮文，傳播於朝鮮。如〈朝鮮亡國史略〉、〈越南亡國史〉、〈伊太利建國三傑傳〉、〈中國魂〉、〈飲冰室自由書〉等著述都是在第一時間就被譯介到朝鮮，有些文章還被選入為朝鮮教科書教材。梁啟超圍繞朝鮮問題所發表的一系列論著，諸如對日本滅亡朝鮮過程與手段的揭露、對朝鮮滅亡原因的剖析等等，既是對朝鮮亡國史的研究，也成為當時激勵朝鮮人民改革和振興民族的精神食糧，同時警醒中國人免蹈朝鮮亡國之覆轍，在當時具有很強的現實意義。然而中村敬宇《自助論》由梁啟超在《清議報》（1899）轉錄若干則後（見前述），朝鮮在1906年6月25日方於《朝陽報》的創刊號發表首次的介紹，並於1906年至1908年透過《大韓每日申報》（1907）、《共修學報》（第一期，1907.2）、《西友學報月報》（第一卷第十三、十四期，1907.12～1908.1）、《大韓自強會月報》（第二卷第七期，1907.8）等翻譯介紹。且多圍繞畔上賢造的譯本，相較於中國的譯本，這是比較特殊的情況。

塞繆爾・斯邁爾斯的思想集中地被介紹是《西友》1907年11月的刊物。這本書的第一章「國民與個人」雖然翻譯後連載，但是最終還是沒能全部刊登。《西友》的論說表明《自助論》的主要目的是「鼓勵青年們能懇懇的做正事，不迴避努力與痛苦，努力克己與自我抑制，不去依賴他人的幫助或庇護，只依靠自己的努力」。

入，「其所裒集者，或由重譯，或采語錄其詞句，或毗于拙樸焉，買珠者不必惟其櫝也。」這些歌詞不僅對於「新民」發生積極影響。

圖 1：〈西友學會月報〉（第 13 號）

　　1909年10月的《少年》，將《自助論》、《儉約論》、《義務論》、
《人格論》（四大著書）以「斯邁爾斯先生的勇氣論」為題刊登。直至
1918年4月，這個時代的最高翻譯家六堂崔南善發行了《自助論》單行
本。這是重新翻譯日本語翻譯本的版本[40]。1906年，畔上賢造翻譯成上、
中、下三卷，得到了高度的關心。崔南善翻譯的根據是其中的上卷。從
1906年首次被介紹後，直到1918年發行崔南善單行本為止，足足需要了
12年的時間。當時代表性雜誌《青春》以譯者的序言作為特別報導，在
13號與14號刊登了祝賀《自助論》發行的廣告，並用5頁的篇幅大規模
廣告。評價為「無數傳記的集合，切要格言的類聚，對人生大問題的最

---

[40] 與當時朝鮮譯者外文水準尚不是很高有關，朝鮮 1891 年才在漢城（首爾）
　　創設第一所日文學校，之後才陸續設立法語（1895）、俄語（1896）、德
　　語（1898）學校，新式學校中設英文課程。

切實的答案，文明發達與人事成敗的全景，對修齊治平的一代論文」[41]。雖然廣告或不免有誇張的成分，但是其評價宜反映了同時代人們的感覺。接着，1923年洪蘭坡[42]以〈青年立志篇〉這個題目翻譯出版了「自助論」。

圖2：〈青春〉刊載的〈自助論〉廣告

根據황미정（Hwang Mijeong）〈崔南善譯『自助論』──論中村正直譯與畔上賢造譯的關聯性〉一文的研究，提出「崔南善翻譯時使用

41　소영현（So，Young-Hyun）：〈近代印刷媒體與修養論、教養論、立射成名主義〉，《尚虛學報》，第十八集，（2006年），頁202-203。

42　洪蘭坡（1897～1941），原名永厚。1915年畢業於朝鮮正樂傳習所洋樂部，成為該所的教員。1918年東渡日本，在東京上野音樂學校學習兩年。歸國後，1920年作曲〈鳳仙花〉，1922年創設研樂會，創刊《音樂界》。並發表了小說集《處女魂》、《向日草》、《暴風雨過後》等。1931年任朝鮮音樂家協會常務，本年渡美，在美國音樂大學進行研究工作。歸國後任梨花女子專門學校講師。1936年任京城中央廣播局洋樂部負責人。曲作有〈成佛寺之夜〉、〈在昔日花園〉等充滿民族情緒與哀愁的歌曲以及〈迎月〉、〈白天出來的半月〉等童謠曲。著有《音樂漫筆》、《世界樂聖》等。

的用詞115個中與中村譯一致的單詞為『衛星、圓轉木、化學……搖籃、勞作』等25個，一致率25%。與畎上賢造一致的單詞為『印度人、雲母、永遠……搖籃、歷史、勞作』等72個，一致率63%。」可見崔南善翻譯較接近畎上賢造，崔南善刊行的時間亦與畎上賢造較接近。因此就時間上、用詞上觀之，崔南善應以畎上賢造的底本翻譯的[43]。

　　「自助論」在韓國被介紹的時期是「國家」與「民族」，還有「個人」之間的關係非常微妙地相連在一起的時期。「自助論」首次介紹的韓末是大韓帝國這個國家的存在出於危險的時期，是朝鮮人士在日本主動留意到此譯本予以引介，還是日譯本流傳於朝鮮境內而被引介，目前尚須進一步考察，但1910年開始，朝鮮為日本併吞後，進入殖民地時期，韓末知識人們充分意識到進入非常緊急的時期。因此，為了能度過時代性的危局，試圖謀求了多種方法，並將「自助」這個概念以大韓帝國「自強」獨立的論理公論化，凸顯以個人集合體的國民與國家的觀念。在翻譯與介紹過程中，輿論將焦點便對準於「國家與個人的關係」，並在此凸出「國家」，充分地履行了啟蒙國民的作用。韓國國內最早翻譯「自助論」的《朝陽報》充分顯示這一點：

> 「自助論」是英國的巨儒斯邁爾斯的著作。凡是個人的品德思想
> 會成為國家命運的原動力，因此著述了此書，希望國民們能覺
> 醒。（中略）自助自新的精神就是人類進步的根本，只要大多數
> 國民能體會這個精神，國家的實力就必定會發展。

　　主張「自助」精神是每個人真正的成長原動力。而且，如果更多的人實現自助精神，這將會成為「國力」的本源。可見《朝陽報》刊登的

---

[43]　《語言情報》第 9 號，高麗大學語言情報研究所，2008 年，頁 152。

「自助論」，是執筆者將「個人的自助」視為「國家的自助」，個人的「自助」精神可以影響「國家的命運」，這是在面對朝鮮救亡、民族獨立的嚴峻環境下的考量，以之提高朝鮮人民的國民道德與品行，以培養了獨立與自助精神，進而改造朝鮮國民的民族素質，「自助」的意義更接近「自強」。這種解釋在《大韓學會月報》也有同樣的主張。1920年代初朝鮮社會上活躍論述青年的立身與成功，因此洪蘭坡〈青年立志篇〉除了強調青年個人追求成功的立身，也展開了將此與大韓帝國的獨立連接的相同論旨。此後，「自助論」的翻譯與介紹，亦沒有超出首次被介紹的《朝陽報》的「自助論」的論說類型[44]。

四、結語

　　朴潤元是極少數在臺灣留下文字記載的朝鮮作家，他曾將在臺灣旅居時，親眼所見、親耳所聽、所感受到的一切事物，記錄下來，寫過〈臺遊雜感〉、〈在臺灣居住的我國（韓國）同胞現況〉、〈臺灣蕃族與朝鮮〉等作品，也在《臺灣文藝叢誌》發表了翻譯之作〈堅忍論〉與〈史前人類論〉，此二文是崔南善《時文讀本》裡的作品，其背景是朝鮮（韓國）在日本統治下在展開獨立運動之際，〈堅忍論〉針對當時黑暗的韓國情勢，作為國民啟蒙的作品，朴潤元把這個作品介紹給面臨類似困境的臺灣人民，在冷酷的現實生活中，也要以堅忍的精神，克服苦痛與擔憂，而〈史前人類論〉則是傳達給讀者文明的產生與人類智慧的重要性。朴潤元所依據的崔南善譯文，比對結果是根據畔上賢造《自助論》為多，透過文獻的蒐羅閱讀，讓人出乎意料的是《西國立志編》（《自助論》）

---

[44] 頁 23 至此為女弟黃善美博士候選人撰述。

譯本的旅行，在清國、朝鮮有不同的發展，在中國幾乎看不到畦上賢造的譯本，這或許是中村正直在中國尚有其他著作被譯為中文的關係，其人於中國影響力較大。但何以韓國接受中村正直譯本的影響不及畦上賢造？本文尚無法進一步說明。不過，文學的越境所形成的文化流動，讓日、中、韓、臺有了相互的影響，而朴潤元的翻譯無意中促成了共同的話題。

參考文獻

一、專書

上海圖書館（編）:《上海圖書館館藏舊版日文文獻總目》，上海市：上海科學技術文獻出版社，2001 年。

王紹曾（編）:《清史稿藝文志拾遺・子部新學類》，北京市：中華書局，2000 年。

平川祐弘:《天ハ自ラ助クルモノヲ助ク——中村正直と西国立志編》，名古屋大學出版會，2006 年。

羊杰譯:《自助論》（再版本），上海：通社，1904 年。

李文英:《模仿、自立與創新——近代日本學習歐美教育研究》，河北教育出版社，2001 年，頁 97。

吳光輝:《傳統與超越——日本知識份子的精神軌跡》，北京，中央編譯出版社，2003 年。

周秋光（編）:《熊希齡集（中冊）》，湖南出版社，1996 年。

星新一:《明治の人物誌》（新潮社，1998 年）。

郁達夫:《郁達夫文集 第 9 卷 日記、書信》，廣州市：花城出版社，1984 年。

俞雄:《孫詒讓傳論》，浙江人民出版社，2008 年。

姜義華（編）：《康有為全集第三卷・日本書目志卷四》，上海市：上海古籍出版社，1992 年。

唐國良（編）：《穆藕初：中國現代企業管理的先驅》，上海社會科學院出版社，2006 年。

高平叔：《蔡元培年譜長編》，北京市：人民教育出版社，1996 年。

高橋昌郎：《中村敬宇》，吉川弘文館，1988 年。

孫寶瑄：《忘山廬日記》，上海市：上海古籍出版社，1983 年。

郭文友：《千秋飲恨：郁達夫年譜長編》，成都市：四川人民出版社，1996 年。

崔南善：《時文讀本》，京城：新文館，1916 年。玄岩社，1973 年。

崔南善譯：《自助論》，京城：新文館，1918 年。

荻原隆：《中村敬宇研究──明治啟蒙思想と理想主義》，早稻田大學出版部，1990 年。

楊壽楣：《覺世寶經中西彙證》，不著出版社，1937 年。

斯邁爾斯著，中村正直（譯）：《西國立志編》，東京：講壇社，1992 年。

鄭匡民：《梁啟超啟蒙思想的東學背景》，上海：上海書店出版社，2003 年。

羅炳良（編）：《張之洞 勸學篇》，北京市：華夏出版社，2002 年。

羅家倫（編）：《中華民國史料叢編》，游學編（譯），中國國民黨中央委員會檔史史料編纂委員會編，1983 年。

최원식（Choi Won-Sik）：《韓國近代小說史論》，首爾：創造與批評出版社，1986 年。

楊賢江：《楊賢江全集》，河南教育出版社，1995 年。

趙清、鄭城（編）：《吳虞集》，成都市：四川人民出版社，1985 年。

楊儒賓、馬淵昌也：《中村敬宇──行書五律立軸 中日陽明學者墨跡：紀念王陽明龍場之悟五百年暨中江藤樹誕生四百年》，國立臺灣大學出版中心，2008 年。

陳士豪、徐茂、董鎮南（編）：《古今中外格言集成》，經緯書局，1936 年。

政協河南省方城縣委員會文史資料研究委員會（編）:《方城文史資料第 9
　　輯》，1992 年。

二、單篇論文

王克非:〈從莎譯看日本明治時代翻譯文學〉，收於孔慧怡、楊承淑（編）
　　《亞洲翻譯傳統與現代動向》，北京市：北京大學出版社，2000 年。

宋炎:〈林文潛、孫詒讓對漢字改革的探索〉，收於溫州市政協文史資料委
　　員會（編）《溫州文史資料第 9 輯》，浙江人民出版社，1994 年。

이헌영（Lee Heonyeong）:〈訪中村正直於東京私第問答〉，收於《日槎集
　　略（人）・問答錄》，1881 年。

金柄珉、吳紹釷:〈梁啟超與朝鮮近代小說〉，《延邊大學學報》，1992 年，
　　第 4 期

施懿琳:〈臺灣文社初探——以 1919～1923《臺灣文藝叢誌》為對象〉，櫟
　　社百年學術研討會，臺中：臺中縣文化局，2001 年。

郁風:〈郁達夫留日家書手稿〉，《新華文摘》，第 10 期，1985 年。

柳和成、劉承:〈上海通社與《通社叢書》〉，《出版史料》，第 1 期，2009 年。

陳弱水:〈日本近代文化與教育中的社會倫理問題〉，《臺灣教育史研究會通
　　訊》，第 3 期。

陳瑋芬:〈西學啟蒙：中村敬宇和嚴復的文化翻譯與會通東西的實踐〉，《臺
　　灣東亞文明研究學刊》，5 卷 1 期，2008 年 6 月。

劉曉峰:〈書名的漂流〉，《讀書》，第 10 期，2004 年。

薄培林:〈東西文明碰撞中的明治日本文人——中村敬宇的中國觀與漢學
　　觀〉，《唐都學刊》，第 25 卷第 6 期，2009 年 11 月。

唐玉欣:《被建構的西方女傑—世界十大女傑在晚清的翻譯》，復旦大學中
　　國語言文學系博士論文，2008 年。

최희정（Choe Huijeong）：〈韓國近代知識人與‘自助論’〉，西江大學研究所
　　史學科韓國史專攻博士學位論文，2004 年。

류시현（Ryu Sihyeon）：〈崔南善的‘近代’認識與‘朝鮮學’研究〉，高麗大學　研
　　究所，史學科博士學位論文，2005。

소영현（So，Young-Hyun）：〈近代印刷媒體與修養論、教養論、立射成名
　　主義〉，《尚虛學報》第 18 集，2006 年。

김지영（Kim　Chi-young）（金智英）：〈崔南善之《時文讀本》研究——以
　　近代寫作的形成過程為主〉，《韓國現代文學會》，韓國現代文學研究第
　　23 集，2007 年 12 月。

황미정（Hwang Mijeong）：〈崔南善譯『自助論』——論中村正直譯與畔上
　　賢造譯的關聯性〉，《語言情報》第 9 號，高麗大學語言情報研究所，
　　2008 年。

황미정（Hwang Mijeong）：〈中村正直的 Liberty 譯考——以《西國立志編》
　　和《自由之理》為中心〉，《日語日文學研究》Vol. 65 No.1，韓國日語
　　日文學會，2008 年。

三、報章雜誌

朴潤元：〈史前人類論〉，《臺灣文藝叢誌》第 3 卷 2、3 號，1921 年 2、3 月。

朴潤元：〈堅忍論（二）〉，《臺灣文藝叢誌》第 3 卷 3 號號，1921 年 3 月。

袖海生（館森鴻）：〈閑日月／談叢（十三）・中村敬宇〉，《臺灣日日新報》
　　第 1505 號，明治 36 年（1903）5 月 9 日，第 1 版。

館森鴻：〈懷舊錄（三）・中村敬宇〉，《漢文臺灣日日新報》第 3018 號，明
　　治 41 年（1908）5 月 24 日，第 4 版。

《清議報》第 28 冊，光緒 25 年歲次己亥，臺北：成文出版社，1967 年。

《朝陽報》，京城：朝陽報社，1906.6.18，1906.7.10

《大韓每日申報》，京城：大韓每日申報社，1907.10.25，1907.10.27

《西友》，漢城：西友學會，1907.11 第 12 號，1907.12 第 13 號，1908.1
　　第 14 號

《少年》，京城：新文館，2 年 3 卷「斯馬洛茲書節」（1909.3），2 年 9
　　卷「斯馬洛茲先生的勇氣論」（1909.10）、「character」的一部分以「性
　　行論」（1909.10）為題目刊載

四、電子資料

《斗山世界大百科詞典（電子資料）》，首爾：斗山東亞，1997 年。
　　http://www.bookhunter.co.kr/shop/shopdetail.html，2011 年 3 月下載。

黎烈文在中國大陸的編輯、翻譯活動

一、前言：黎烈文譯事在臺灣文學史上的意義

　　這幾年個人有感於臺灣文學之研究，相關「涉外」的議題及史料的掌握，值得努力開拓。舉凡荷蘭、日本、中國、新馬等地的文史材料與臺灣文學的發展都有著延續與追蹤之必要。2000年時先完成日治時期臺灣文化人在上海的活動，同時持續蒐集當時臺灣作家在北京、瀋陽、廈門、廣州等地的材料。2002年開始著手存藏心中已久的研究議題：戰後來臺作家系列研究。先後完成對夏濟安、林海音的部分研究[1]。個人深感惟有如此，才能避開兩地各有所偏的「同中求異」、「異中求同」的盲點；也才能完整貫串作家一生的文學活動軌跡。

　　戰後初期，丁西林（1893～1974）、錢歌川（1903～1990）、許壽裳（1883～1948）、臺靜農（1903～1990）、黎烈文（1904～1972）、李霽野（1904～1997）、雷石榆（1911～1996）等先後自大陸來臺，或主持臺灣大學一些院系的工作，或參加文學課程的教學，或從事中國新文學的介紹。1949年國民政府自大陸退居臺灣，造成了海峽兩岸的隔絕狀態。從50年代起，臺灣文學即在特殊的條件下，走著相當曲折發展的

---

[1]　林海音，苗栗人，1919 年生於日本，20 年代初隨家人遷居北京，當過記者，1948 年回臺灣。夏濟安則任教臺大外文系，創辦有《文學雜誌》。拙作兩篇：〈論林海音在《文學雜誌》上的創作〉、〈回首話當年—論夏濟安與《文學雜誌》〉。

道路。目前可見的中國文學或此地文學論述，大部分這些來臺的作家展現的文學活動、文學成績都只是「一半」的。數年前個人辛苦追索《創作》月刊——一份臺、師大師生為主的文學刊物，赫然發現錢歌川、臺靜農、周學普（1900～1983）、許壽裳諸先生的譯著、著作。而這些人都從事了翻譯工作，也都與黎烈文有交往情誼。

新文學先驅者十分重視翻譯文學，它是創作之準備，也是認識外部世界的視窗與精神啟蒙的工具，具有超越地域和民族的人類普遍價值，及超越時空的審美魅力。中國二、三十年代影響較大的幾套叢書，譯著都佔有相當大的比重，如《小說月報叢刊》收譯著32種，占53.3％；《文學周報社叢書》收譯著12種，占42.9％；《文學研究會叢書》收譯著61種，占57％。翻譯文學在五四時期蔚為大觀，各文藝性雜誌與報紙副刊，翻譯文學更是佔有大量篇幅。「譯文」、「譯叢」、「譯述」、「名著」等翻譯欄目與各種重點推介的譯著之「專號」、「專輯」，成為報刊吸引讀者的一道亮麗的風景。文學的翻譯及其閱讀成為一種時代風尚，發表與出版翻譯文學成為新聞出版業的生存之道和與時俱進的表徵。可說晚清百餘年來蔚為大觀的對異域文學的譯介給中國文學業已衰朽的軀體注入了鮮活的成分，從語言風格、主題、文體、類型、技巧等各方面全方位地重塑了中國文學的面貌。可以毫不誇張地說，沒有翻譯文學的介入，百餘年的中國新文學的誕生與發展會變得無法想像，淪為無從捉摸的奇怪現象。這應該也是中國極重視翻譯文學研究的原因。

然而臺灣在這方面的體認並未普受重視，翻譯研究所的成立亦是近幾年的事，輔仁大學翻譯學研究所於1987年11月獲得教育部批准正式成立後，要再等到1996年8月國立臺灣師範大學翻譯研究所正式開辦，次年7月5日輔仁大學翻譯學研究所發起，成立「翻譯學研究會」，2004

年國立彰化師範大學增設翻譯研究所。就數量上來看，確實是居於弱勢邊緣的位置。

　　臺灣早期的翻譯文學多自中國轉載，及一些日本文人的翻譯，日治時期臺籍知識分子較少以日文翻譯外國文學，他們透過日文讀到很多世界文學[2]。戰後初期，翻譯曾繁華一時，但國民政府遷臺以來，文學翻譯幾乎宣告停擺，只能不斷出版大陸時代的舊作，數量也極其有限。一直到50年代中，紀弦（1913～）、覃子豪（1912～1963）、盛成（1899～1996）、葉泥（1924～）、侯佩尹[3]、黎烈文（1904～1972）投入法國文學中譯，60年代則有胡品清（1921～）[4]、施穎洲（1919～）等人。70年代有杜國清（1941～）、莫渝（1948～）[5]、非馬（1936～）[6]。至八

---

[2]　筆者目前有《臺灣日治時期翻譯文學集》，萬卷樓出版。

[3]　生卒年待查，1931 年 10 月出版《淞淑集》（南京書店印行），全書序 2 頁、目錄 9 頁、上卷翻譯法文詩 29 人 69 首、下卷新舊體詩詞。

[4]　譯作有：《法譯中國古詩選》以及《法澤中國新詩選》、《巴黎的憂鬱》、《法蘭西詩選》、《愛的變奏曲──法國歷代情詩選》等等。

[5]　從七十年代開始，莫渝有系統地譯介法國詩歌，八十年代進行譯詩家的研究兼顧臺灣文學研究，創作和譯著層出不窮，成果豐碩。在臺灣法語譯家中脫穎而出，成為當代頗有成就的法語文學和詩歌的翻譯家。法國詩歌譯著，如：《繆塞詩選》（Musset,1810～1857），笠詩刊社，1976 年。《法國古詩選》（收入十九世紀前法國詩人 21 家 66 首詩），高雄：三信出版社，1977 年。《在地獄裡一季》（Rimbaud 散文詩集），高雄：大舞臺書苑，1978 年。《法國十九世紀詩選》（收入十九世紀法語詩人 28 家兩百餘首詩），臺北：志文出版社，1979 年。《惡之華譯析》，廣州花城出版社，1992 年。《韓波詩文集》，臺北：桂冠圖書公司，1994 年。《馬拉美詩選》（臺北：桂冠圖書公司，1995 年）。《魏倫抒情詩一百首》（臺北：桂冠圖書公司，1995 年）。《香水與香頌──法國詩歌欣賞》（法漢對照，收入 51 首詩，附有賞析），臺北：書林出版公司，1997 年。《法國 20 世紀詩選》（收入 20 世紀法語詩人 36 家 300 餘首），臺北：河童出版社，1999 年。

○年代末，翻譯研究方在臺灣學界漸受到重視，晚近隨著科技發達，資訊流通快速，再加上翻譯人才專業化，使得翻譯文學越來越發達。外書中譯或中書外譯都較以前改善很多，但較諸中國仍是不足，尤其是在多國、多樣性上。據吳錫德（1954～）[7]所言，檢視當前臺灣地區的法國文學漢譯工作，大致稱得上熱鬧有餘，深度與廣度不足。箇中因素繁多，最致命者莫過於相關文訊闕如。譯才水準參差，致大部份譯作品質堪慮，難以達到翻譯在文化交流裡的基本作用。而臺灣的教研主管單位一向視翻譯如敝屣，無法以之視為學術研究作為升等改聘。

　　十餘年來，中國在這方面的成績可以看到的有《中國翻譯文學史稿》、《二十世紀中國的日本翻譯文學史》、《中國翻譯詞典》、《譯學大詞典》[8]。臺灣對翻譯文學史的整理、研究，則仍處於起步階段。1994年輔仁大學翻譯學研究所康士林（Nicholas Koss）教授執行「臺灣

6　何瑞雄（1933～）、尹玲（1945～）也譯過一些。相關訊息見莫渝〈法國詩與臺灣詩人〉、〈半世紀臺灣譯詩界〉，分別刊《法國文學筆記》、《彩筆傳華彩──臺灣譯詩二十家》。

7　吳錫德，臺北市人。淡江大學畢業，曾任《工商時報》記者。1981年赴法研習，獲法國巴黎第七大學歷史系學士、碩士、遠東研究院博士，曾擔任巴黎《歐洲日報》編輯。現任淡江大學法文系教授、並主編《歐洲百科文庫》、《歐洲1992年》叢書。著有《認識新歐洲》（遠流）、《旁觀者輕》（張老師）、《閱讀法國當代文學》（時報）。譯有《歐洲文明》（遠流）、《塔尼歐斯巨岩》（麥田）、《第一人》（皇冠）、《認識歐洲聯盟》（校譯、合譯／中央）、《文化全球化》（麥田）。編有《法-漢高級翻譯課程講義》（淡大）、《認識兩果》（麥田）、《世界文學》（麥田）。其文見〈漢譯法國小說目睹之怪現象〉，文刊2000年10月5日《中國時報》開卷版。

8　後兩種分別為1997年林煌天與1999年孫迎春先生主編。收錄匯編古今中外翻譯史上較重要的譯學理論、譯學人物、譯學實踐、翻譯史話、翻譯出版機構，內容廣博翔實，提供了大量翻譯學的資料。中國尚有翻譯家協會、翻譯出版社等，對翻譯的重視遠遠超過臺灣。

翻譯文學史計畫」，是目前學界零星可見的成果。其學生後來以此為論文題目的，如Li, Hui-chen. *A History of Chinese Translations（Taiwan 1949-1979）of American Novelists.*（美國小說在臺灣的翻譯史：一九四九至一九七九）GITIS, 1995年6月，賴慈芸的碩論*American Muses Sung in Chinese: A History of Chinese Translation（Taiwan 1945-1992） of American Poets*（飄洋過海的繆思──美國詩作在臺灣的翻譯史）。1995年6月。周文萍的碩論*A History of Chinese Translation（Taiwan: 1949-1994）of English Language Drama*（英語戲劇在臺灣：一九四九年至一九九四年）1994. 張琰的碩論*Twice-told Tales: Chinese Translations（Taiwan, 1949-1994）of Nineteenth Century English Novels.*（說了又說的故事──十九世紀英國小說中譯本在臺灣）1996年6月。其翻譯文學史的研究集中在英美文學。2000年該所復有碩士論文《德語文學在臺灣的中譯本》（陳世芳著），2003年碩士論文《日本近現代詩在臺灣的翻譯史：一九四九～二〇〇二》（蔡惠任著），將研究視角推延到臺灣對日本近現代詩的譯介。

　　2004年張靜二（1942～）主編《西洋文學在臺灣研究書目（1946年-2000年）*Research bibliography of western literature in Taiwan（1946-2000）*》（國科會出版，臺灣大學總經銷）可說勞苦功高，本書目著錄1946年至2000年間在臺灣編印、出版與刊登的西洋文學資料，不論撰者（譯者、編者等）的國籍或身分，也不論其所使用的語言。整本書目分成〈總論〉、〈各國分論〉與〈其他〉三大部分，總計28,223筆資料。其中，〈各國分論〉是本書目的重點；在全球七大洲65國文學中，這部分共得2,771名作家25,516筆資料。

　　近年來個人特別關注翻譯在臺灣文學上的發展，對黎烈文的研究興趣亦由此而生。黎烈文先生是現代文學史上的著名編輯，他一生最有光

彩的事業是三十年代編《申報・自由談》。他從法國回來，接手編務，便銳意改革，奮不顧身，以致夫人嚴冰之難產去世，他也不在身邊。魯迅（1881～1936）在《偽自由書》的序裡，很動情地敘及此事。不久黎氏編刊受到壓力，在《自由談》上曾發表過一則有名的啟事，譏嘲當局云：「籲請海內文豪，從茲多談風月，少發牢騷，庶作者編者，兩蒙其休。」魯迅的兩本雜文集《偽自由書》和《準風月談》的書名，都由此而來。更何況還有茅盾（1896～1981）《我走過的道路》相關章節作佐證，有巴金先生〈懷念烈文〉作補充。然而臺灣、中國有關黎烈文先生的研究卻稀疏得可憐。其重要性略述如下：（1）《西洋文學在臺灣研究書目》以「屬地」為收錄標準，並不以個別翻譯家為重點，而《西洋文學在臺灣研究書目》收錄時間自1946至2000年，而黎烈文多數譯著在1945年的中國大陸，而目前中國境內所典藏的黎烈文譯著有不少僅存一兩本，亦不准外借，個人多次赴中國，透過各種方式才順利取得影本[9]。（2）黎烈文與臺靜農、李霽野、雷石榆等人都是先後自大陸來臺，當時他任教臺灣大學外文系，因政治的關係，傾全力從事翻譯，但1949年國民政府自大陸退居臺灣後，海峽兩岸隔絕，多數人不了解他們在49年之前的一切，而中國亦以反動文人視之，在兩邊的文學論述上，大部分這些來臺的作家展現的翻譯文學活動、翻譯文學成績都只是「一半」的，甚至完全不為人所重視。（3）黎烈文的譯著有部分由志文出版社出版，但當時遭出版社任意竄改，家屬提出尊重譯者，恢復譯文原貌，但未獲重視。（4）黎烈文主編《申報・自由談》，並與魯迅關係密切，《魯迅日記》對二人交往、文學活動記述甚多，其重要性可知。（5）

9　筆者〈從上海到廈門——追尋黎烈文文學活動紀略〉（《文訊雜誌》225期，頁 9-15）一文可知黎氏甚多譯文資料取得之困難，其主編之期刊雜誌亦多殘缺，或紙質脆弱等種種問題。

黎烈文曾對外文的臺灣文獻做過翻譯介紹，如黎氏譯作中《臺灣島之歷史與地誌》及《法軍侵臺始末》二書，與臺灣關係密切，前者詳細記錄臺灣之地理位置、交通、物產、港埠、聚落及人種等，在中法戰爭中，為法軍攻臺的重要參考範本，後書紀錄法軍攻臺的始末。（6）其書信、照片已由黎氏家屬提供個人，將可提供認識其譯績，更通盤掌握翻譯文學在臺灣發展的全貌。（7）司馬長風著《中國新文學史》，著錄《舟中》小說集。還有評論集《崇高的母性》，又有長篇《崇高的田竹》。然則《崇高的田竹》是將「母性」誤識為「田竹」。可見文學史專家司馬長風先生關於黎烈文也是受限資料，《中華民國作家作品目錄》則將《最高勳章》列為「散文」，實則為「翻譯小說」，從這種種因史料不足現象來看，黎氏真是被文學界忽視、淡忘了。半個世紀的歲月竟然冲走這樣重要的作家、編輯和翻譯家。

　　黎氏在法國文學的翻譯成績，在臺灣有目共睹，但有關黎烈文的研究幾乎是一片空白。又由於黎氏赴臺後，或因當時國家情勢或因個人主觀的考量，終其一生無法與大陸朋友聯繫，即使死後巴金（1904～2005）所寫的〈懷念烈文〉都未必能真正理解這位朋友，畢竟兩岸分離太久了。巴金只能感慨的說：「好久，好久，我就想寫一篇文章替一位在清貧中默默死去的朋友揩掉濺在他身上的污泥。」[10]而我個人也是好久好久以來想替他重新寫一篇評論，給予公正的評價。

---

[10]　巴金：〈懷念烈文〉，《隨想錄》第一集，頁54。巴金曾在1946年7月下旬，到臺灣旅行，住臺北黎烈文家。8月從臺北到基隆，乘船回上海。這段經驗記載在《懷念烈文》中，這是巴金一生唯一的一次「臺灣經驗」。

二、黎烈文其人其事

　　黎烈文（1904～1972），湖南湘潭人。筆名李維克、林取、六曾、亦曾等[11]。少年時代在故鄉讀書，20歲進上海商務印書館任職。後赴日本、法國留學，入地雄大學讀書，畢業後又入巴黎大學研究院，獲巴黎大學文學碩士學位。茅盾〈多事而活躍的歲月〉：「黎烈文本是留學日本的，他在日本時，常投稿到《文學周報》」黎烈文這一時期的作品，如散文〈悅子的心〉、譯作〈蜘蛛之絲〉。黎烈祖〈烈文小傳〉：「我家貧寒，烈文兄去日、法兩國留學之經濟來源多靠自己筆耕收入。二五、二六年間，他相繼發表了一些作品，又整理、出版了幾本古典著作，有一筆較大收入。出國後仍然給商務印書館譯書，給《申報》撰寫特約通訊稿。其次，堂嬸黃松資助了不少也是無疑的。還有前輩師友的解囊相助，也是很大的支持。」黎烈文在〈從讀《水滸》到編副刊〉一文自述：「到了法國，因為感著往後生活的壓迫，下了決心，要學法律。但不料大學法科入學手續都辦好了，卻在地城（Dijon）碰著了亡妻嚴冰之。我第一次和她在地城（Parc）的大栗樹下散步時，她便把留法學生痛罵了一頓，說十個有九個學政治法律，一心想回國做官，發財，搗亂，中國一定要亡在這一批留學生手裡。凡是有過求愛經驗的男子，當然知道我這時應走的道路。我終於不顧一切，拋去了學法律做律師的決心，和她一路進了巴黎大學的學科：她學歷史，我治文學。」[12]1932年歸國後

11　至於「達五」、「達六」之筆名，目前遍翻副刊、文學雜誌尚並未發現黎烈文使用這兩個筆名。筆者另文已考證非其筆名。

12　收入鄭振鐸、傅東華編輯：《我與文學》（上海：生活書店出版），1934年6月。

二人結為連理，黎烈文先任法國哈瓦斯通訊社上海分社法文編譯，同年12月應史量才邀請，任《申報》副刊《自由談》。嚴冰之後因產褥熱過世。黎烈文在《申報・自由談》〈啟事〉：「烈文最近遭遇不幸，愛妻冰之，由同學結為夫婦，旅歐五載，艱苦相共，方期卒業歸來，建立家庭，服務社會，不料竟於月前為滬西某病院美國庸醫所誤，以產蓐熱死。兩旬以來，本談由楊幸之先生代編，得與讀者繼續相見，深可感激。現在內子喪葬粗了，烈文自即日起，照常到館辦事。惟思悲苦，難言奮鬥，甚望海內賢達，時惠佳著，俾本刊內容，日益充實，豈惟本刊之幸，實亦中國文化前途之幸也。」在他主持《自由談》期間，一反趣味主義的「茶餘酒後消遣」的文風，倡導「文藝之應該進步與近代化」，約請魯迅、瞿秋白（1899～1935）、茅盾、陳望道（1890～1977）、葉聖陶（1894～1988）、巴金等作家為「自由談」撰稿，呼籲救亡，針砭時弊，成為當時具有廣泛影響的報紙副刊。《自由談》的面目為之一新，也因而受到國民黨當局的攻擊與排擠，1934年5月被迫辭職。1935年與魯迅、茅盾、黃源（1906～2003）等組織譯文社，從事外國文學的翻譯介紹工作。1936年主編上海《中流》半月刊。在文藝界抗日民族統一戰線運動中，與巴金共同起草〈中國文藝工作者宣言〉。1939年到福建永安組建改進出版社[13]，任社長兼發行人。其間，主編過《改進》、《現代文藝》，並翻譯了不少作品，及發表轉載了大量知名作家之作。1946年來臺灣，任《新生報》副社長，後因新生報副刊普羅文學論戰等事件去職，另任

---

[13] 改進出版社社址在福建永安撫溝街 23 號，發行設於永安民權路 26 號。黎烈文主編《改進》第一卷至第五卷。第一卷一至六期的「半月談話」由黎烈文撰稿，對抗戰問題有所論述，通俗易懂，頗受歡迎。參薛晨曦、林素榮〈繁榮文化推動抗戰─關於改進出版社的調查〉，收入：中國作家協會、福建師範大學中文系合編，《福建新文學史料》第一輯，1982 年 5 月，頁2-4。

「臺灣省訓練團」高級班國文講師，次年應聘為臺大文學院外文系教授，任教達二十餘年。

尉天驄（1935～）在〈臺灣文學傳薪人：追念何欣先生〉一文中說：「那時候，文學界當然也很沉寂的。更糟糕的是這沉寂中還隱藏著殺伐之聲。記得有一陣子報上刊登著討伐一些前輩作家的言論，公開指責臺靜農、黎烈文等人是左派的同路人，是時局的『觀望派』，如果對反共大業再不表態，就應該送往綠島管訓。這種言論如果出自黨派團體，倒也可以讓人諒解，可悲的，這些殺伐之聲卻是來自一些文學團體，這就不能不讓人感到驚心了。而就在這樣的空氣中，很多人便想盡辦法離開臺灣；於是『來來來，來臺大；去去去，去美國！』就成了一般青年的努力目標。而一些無法離開臺灣或不願離開臺灣的人，便只能隱忍地從事著自己認為應該做的工作，一直工作到生命告終。在文學界，在教育界，何欣先生正是這樣一位代表的人物。」說的雖是何欣，其實也是黎烈文的寫照。黎烈文來臺後持續翻譯和介紹的工作，這些都是播種的可貴貢獻。當時還是青年、學生的作家如白先勇（1938～）、王文興（1939～）、顏元叔（1933～）等許多人受到黎烈文先生的鼓勵和啟發。

劉季洪（1904～1989）先生主持正中書局時，面對萬事待興的臺灣，邀請王夢鷗（1907～2002）先生主編世界文學名著叢書，王氏除自己翻譯《可崙巴》、《冰島農夫》外，並邀請黎烈文、李辰冬（1907～1983）、姚一葦（1922～1997）等人參與工作。1952年高雄「大業書店」創立，收有黎烈文教授譯書的『世界名著譯叢』。他同時在《文學雜誌》從事譯文評介。因此他來臺前後的著譯甚豐，主要作品有：小說集《舟中》（上海泰東書局，1926年），散文集《崇高的母性》（文化生活出版社，1939年），《西洋文學史》，《法國文學巡禮》，標點《唐三藏取經評話》（商務印書館，1926年），《新編五代史評話》十卷（商務印書館，

1934年）；《京本通俗小說》（商務印書館，1937年），《天才與環境》
（學林出版社，1997）。　主要譯作有：（法）賴納《紅蘿蔔鬚》（生
活書店，1934年），（法）斑拿《妒誤》（商務印書館，1935年），（法）
法朗士《企鵝島》（商務印書館，1935年），（法）莫泊桑《筆爾和哲
安》（商務印書館，1936年）、《羊脂球》、《兩兄弟》，《法國短篇
小說集》（商務印書館，1936年），（法）巴爾札克《鄉下醫生》（長
沙商務印書館），（法）梅里美《伊爾的美神》（文化生活出版社，1948
年），（法）斯湯達爾《紅與黑》等。於《臺灣文化》發表過〈梅里美
及其作品〉一作。寫作文類有小說、雜文，風格清新婉麗，是五四運動
後提升雜文地位的有功者。1947年起，應臺灣大學之聘，任外文系教授，
為時20餘年。1972年10月31日腦溢血病逝臺北。其大半生時間除教學
外，其餘時間全花在翻譯文學作品上。

三、黎烈文「腰斬張資平」事件

　　為了保持「自由談」的舊傳統，黎烈文接手之初，仍在左下角版面
登載一個張資平（1893～1959）的長篇小說[14]。黎烈文在法國住了多年，
對中國文壇情況不甚瞭解。起初他以為張資平是創造社的作家，他的小
說很受青年讀者的歡迎。他不知道三十年代的張資平，已被新文學家摒
棄於文壇之外，降級為一個專寫三角戀愛的文人。張資平的小說在「自
由談」上發表了十多天之後，漸漸就有新文學界人士的議論。以後很多
舊派文人也諷刺說，張資平的小說不見得比張恨水好。在左右夾攻的形

---

[14]　張資平的長篇創作《時代與愛的歧路》，1932 年 12 月 1 日起開始在《申報
　　・自由談》連載。

勢之下，黎烈文不得不中止發表張資平的長篇連載。這就是當時盛傳的「黎烈文腰斬張資平」。

黎烈文刊〈啟事〉，說：

> 本刊登載張資平先生之長篇創作《時代與愛的歧路》業已數月，近來時接讀者來信，表示倦意。本刊為尊重讀者意見起見，自明日起將《時代與愛的歧路》停止刊載[15]。

本來靠「投稿取費，出版賣錢，……需養活老婆兒子」（魯迅《偽自由書・後記》）的張資平因此心生不滿，四處攻擊[16]。1933年7月6日張氏在《時事新報》副刊「青光」登出〈啟事〉，其中有云：「我不單無資本家的出版者為我後援，又無姊妹嫁作大商人為妾，以謀得一編輯以自豪，更進而行其『誣毀造謠假造信件』等卑劣的行動。今後凡有利用以資本家為背景之刊物對我誣毀者，我只視作狗吠，不再答覆，特此申明。」[17]該文極盡造謠誣毀，黎烈文遂立即於次日亦發表〈啟事〉，據實陳述任職經過：

> 烈文去歲游歐歸來，客居滬上，因《申報》總經理史量才係世交長輩，故長往訪候，史先生以烈文未曾入過任何黨派，且留歐時專治文學，故令加入《申報》館編輯《自由談》。不料近兩月來，

15　刊 1933 年 4 月 22 日《申報・自由談》。

16　《社會新聞》（1933 年 5 月 9 日）刊出〈張資平擠出《自由談》〉一文，說此舉是為魯迅「掃清地盤」。（另參《偽自由書・後記》）。

17　1933 年 7 月 5 日《申報・自由談》曾登載谷春帆之文〈談「文人無行」〉，揭露張資平，六日，張即在《時事新報》副刊「青光」登出〈啟事〉，影射攻擊《自由談》編者黎烈文以資本家為後援，又以「姊妹嫁作大商人為妾，以謀得一編輯以自豪」。

有三角戀愛小說商張資平，因烈文停刊其長篇小說，懷恨入骨，常在大小刊物，造謠誣蔑，挑潑陷害，無所不至。烈文因其手段與目的過於卑劣，明眼人一見自知，不值一辯，故至今絕未致答。但張氏昨日又在《青光》欄長登一啟事，含沙射影，肆意誣毀，其中有「又無姊妹嫁作大商人為妾」一語，不知何指。張氏啟事既係對《自由談》而唉，而烈文現為《自由談》編輯人，自不得不有所表白，以釋群疑。[18]

他有力地駁斥張資平的造謠誣陷。魯迅相當關心這事，擔心黎烈文太「忠厚」、太「老實」而吃虧，隔天即去函說：

惠函收到，向來不看《時事新報》，今晨才去搜得一看，……我與中國新文人相周旋者十餘年，頗覺得以古怪者為多，而漂聚於上海者，實尤為古怪，造謠生事，害人賣友，幾乎視若當然，而最可怕的是動輒要你生命。但倘遇此輩，第一切戒憤怒，不必與之爭鋒相對，只須付之一笑，徐徐撲之。吾鄉之下劣無賴，與人打架，好用糞帚，足令勇士卻步，張公資平之戰法，實亦此類也，看《自由談》所發的表的幾篇批評，皆太忠厚。[19]

經過魯迅的開導及鞭辟入理的分析，黎烈文稍微平息憤怒，但不免仍有心灰意冷的情緒[20]，魯迅遂又在7月14日函致黎烈文：「至於張公，則伎倆高出萬倍，即使加以猛烈之攻擊，也絕不會倒，他方法甚多，變化如意，近四年中，忽而普羅，忽而民主，忽而民族，尚在人記憶中，

18　黎烈文在《時事新報》副刊「青光」登〈啟事〉，1933 年 7 月 7 日。
19　魯迅〈330708 致黎烈文〉，《魯迅全集・書信》（北京：人民文學出版社，1982 年），頁 194。
20　參茅盾：〈多事而活躍的歲月〉，《新文學史料》第 3 期，1982 年。

然此反覆，於彼何損。文章的戰鬥，大家用筆，始有勝負可分，倘一面
另用陰謀，即不成為戰鬥而況專持糞帚乎？……做編輯一定是要受氣
的，但為『賭氣』計，且為於讀者有所貢獻計只得忍受。」[21]

　　為了此事件，魯迅、黎烈文數度書信往返，從現存魯迅書信大致可
了解當時情事。〈330729致黎烈文〉：「明末，真有被謠言弄得遭殺身
之禍的，但現在此輩小虻，為害當未能如此之烈，不過令人生氣而已，
能修煉到不生氣，則為編輯不覺其苦矣。不可不煉也。向未做過長篇，
難以試作，玄先生恐也沒有，其實翻譯亦佳，《紅蘿蔔鬚》實勝於澹果
孫先生作品也。同日又及。」[22]〈330803致黎烈文〉又說「得七月卅一
日來信，也很想了一下，終於覺得不行。這不但這麼一來，真好像在搶
張資平的稿費，而最大原因則在我一時不能作。我的生活，一面是不能
動彈，好像軟禁在獄室裡，一面又瑣事卻多得很，每月總想打疊一下，
空出一段時間來，而每月總還是沒有整段的餘暇。做雜感不要緊，有便
寫，沒有便罷，但連續的小說可就難了，至少非常常連載不可，倘不能
寄稿時，是非常著急的。小說我也還想寫，但目下恐怕不行，而且最好
是有全稿後才開始連載，不過在近幾日內總是寫不成的。」[23]停刊張資
平的三角戀愛小說，可以說是《自由談》改革發展必然的趨勢，黎烈文
只是反映了讀者、社會的要求，他也想以魯迅之作取代，但魯迅作了以
上的回答，也是入情入理。雖然此一事件使黎烈文一時遭到打擊挫折，

21　《魯迅全集・書信》（北京：人民文學出版社，1982年），頁198。
22　同前注，頁202、203。
23　同前注。

但也體現了做為知識分子、文化編輯人應有的風骨，而他也從這一次工作經驗，學會了怎樣當編輯[24]。

四、黎烈文與魯迅

從張資平事件可以了解魯迅與黎烈文的交情，魯迅適時地予以支持協助和寬慰。巴金〈懷念烈文〉一文中也說：「烈文和黃源常去魯迅先生家，他們在不同的時間裡看望先生，出來常常對我談先生的情況，我有什麼話也請他們轉告先生。據我所知，他們兩位當時都得到先生的信任，尤其是烈文。」[25]

本來魯迅很少給日報投稿，但他給《申報》上的「自由談」專欄投稿時間算是很長，這與「自由談」的編輯黎烈文有關。黎烈文從1932年12月起接任「自由談」的編輯。他托熟人郁達夫向魯迅約稿。魯迅早就與創造社有過衝突，他雖然在郁達夫身上看不到一般創造社成員常有的可厭的「創造臉」，兩人的友情也很好，但他答應了郁達夫的轉請後，並沒有認真對待。後來，魯迅聽說黎烈文為了編輯工作，老婆生孩子都沒能顧上。老婆在醫院死了，黎烈文很傷心，每日讓孩子看媽媽的遺照。黎烈文登在《自由談》的文章：〈寫給一個在另一世界的人〉，這事感動了魯迅，他便開始給《自由談》投稿了。而黎烈文的說法也可以相互補充。他說〈關於郁達夫〉：「後來魯迅先生向《自由談》投稿，也是郁達夫先生介紹的。記得有一天他送稿子給我，因為聽到我說好的稿子

---

[24] 王西彥說：「我在福建時，也和黎烈文談起此事，他慨歎道：『想不到中國文壇如此複雜，如此難於應付。不過，這一次工作經驗，使我學會了怎樣當編輯。』」王西彥：〈我所認識的黎烈文〉，《新文學史料》，北京，1981 年 4 期，頁 59。

[25] 巴金：〈懷念烈文〉，《隨想錄》第一集，頁 58。

很少，刊物不易編得出色，他便問我要不要魯迅先生的稿子，如果要的話，他可以替我拉去。當時我是異常忠於自己的職務，想把刊物編得活潑有生氣，各方面的佳作都一律歡迎，對於在文壇素負盛名的魯迅先生的稿子自無例外，於是在我的肯定回答之後，達夫先生不久果然拉來了魯迅先生的稿子。」[26]

　　正如魯迅後來所說，他知道《自由談》並非同仁雜誌，「自由」當然更不過是一句反話，他投稿是為了與郁達夫（1895～1945）的交情，以及對黎烈文熱情工作的支援。每月八、九篇地投稿，五個月下來，便成了一本薄書《偽自由書》。到了1933年5月，國民黨政府對文字出版的控制更加嚴重了，迫於政府的壓力，黎烈文在5月25日的「自由談」上發表啟事：說「這年頭，說話難，搖筆桿尤難」，「籲請海內文豪，從茲多談風月，少發牢騷，庶作者編者，兩蒙其休」[27]。魯迅本來就感受民國的什麼怪現狀能出乎他的預料？談風月就談風月吧，沒什麼樣的文章能難倒他，只是風月話題裡藏根針刺就是魯迅自己的事了。這就成了魯迅的又一本書《準風月談》。

　　魯迅的十幾本散文集，要算《準風月談》最朦朧含蓄的了，了解創作背景的人自然明白原因。但魯迅有更深刻的見解，他認為政府壓制言論自由，風聲鶴唳，草木皆兵，寧可冤枉一千，不可使一篇可疑之文漏網，當時黎烈文尚年輕單純，以為「多談風月」，就能平安無事，其實不然。魯迅雖然才氣高妙，但「民心似鐵，官法如爐」，即使經常變換

---

[26]　黎烈文：〈關於郁達夫〉《大公報・星期文藝》第 58 期，1947 年 11 月 16 日。

[27]　魯迅〈330527 致黎烈文〉：「烈文先生：日前見啟事，便知大碰釘子無疑。」《魯迅全集・書信》，人民文學出版社，1982 年北京第一次印刷，頁 179。〈330527 致姚克〉：「『自由更被壓迫』，聞常得恐嚇信。」《魯迅全集・書信》（北京市：人民文學出版社，1982 年），頁 296。

著不同的筆名，但被刪除全文或文中部分內容的事屢見不鮮。國民政府也感到這樣刪改文章太麻煩了，索性關閉刊物和書店，一打一大片，既省事，又有殺傷力。在這種情況下，雖然《申報》後臺硬，朝中有人，但黎烈文終究在1934年5月被迫辭職了。

　　黎烈文後來在1936年主編《中流》半月刊，魯迅極為照顧。在黎烈文〈一個不倦的工作者〉文章，他說：「別人不過從魯迅先生的著作受到他的影響，而我卻是近幾年來常常在他家裡走動，當面受著他的教益，得到他的鼓勵的一人，……當《中流》初辦時，我是只要有著魯迅先生給他的捷克文譯本《短篇小說集》寫的一篇序文（見《中流》第四期，）就已滿足了的，可是這篇序文已經排好，創刊號快要出版時，他卻寄來了『……這也是生活』。以後第二期，第三期他都出人意外地寄了稿子來，弄到這篇序文一直壓到第四期才得登出。此外，他還用著『曉角』的筆名，給《中流》寫了許多補白『立此存照』。到後來補白寄來太多，雖然他附信希望當期刊出，我卻因為篇幅關係，不能不留下一兩條在下一期發表。實在說來，魯迅先生是惝懷時事，如鯁在喉，非吐不快，而有些人竟以為他病中的文章都是朋友催逼出來，把他的熱情工作說成了被動的行為，這不但是對於魯迅先生的認識的不夠，同時也可說是加在這位誨人不倦的哲人身上的一種侮辱，說來使人痛心。」[28]又說：「別人不過從魯迅先生的著作受到他的影響，而我卻是近幾年來常常在他家裏走動，當面受著他的教益，得到他的鼓勵的一人，望著那靜靜地睡在許多花籃花圈當中的他的遺體，再回憶著那永不能夠再聽到的但又

---

[28]　刊《中流》半月刊第 1 卷第 5 期，1936 年 11 月。第五期是「哀悼魯迅先生專號」。

彷彿還在耳畔的談笑，我無論如何也不願設想魯迅先生已經死去，我只能把他當作是暫時的假睡，給予他的敵人們的一個嘲弄。」

　　從魯迅書信集可以看到不少與黎烈文相關的事情，工作上的指導、生活上的關照等等，都可看出他們的深厚情誼。魯迅〈331226致王熙之〉：「《自由談》的編輯者是黎烈文先生，我只投稿，但自十一月起，投稿也不能登載了。」[29]〈331227致臺靜農〉：「投稿於《自由談》，久已不能，他處頗有函索者，但多別有作用，故不應。《申報月刊》上尚能發表，蓋當局對於出版者之交情，非對於我之寬典，但執筆之際，避實就虛，顧此忌彼，實在氣悶，早欲不作，而與編者是舊相識，情商理喻，遂至今尚必寫出少許。」[30]〈340117致黎烈文〉：「無聊文又成兩篇，今呈上。」[31]〈340117致黎烈文〉：「蒙惠書並《妒誤》。書已讀訖，譯文如瓶瀉水，快甚；劇情亦殊緊張，使讀者非終卷不可，法國文人似尤長於寫家庭夫婦間之糾葛也。」[32]〈340217致黎烈文〉：「開年第一次，竟將拙作取列第一，不勝感幸。但文中似亦雕去不少以致短如胡羊尾巴，未嘗留稿，自亦不復省記是何謬論，倘原稿尚在，希檢還以便補入，因將來尚可重編賣錢可。」[33]〈340606致黎烈文〉：「烈文先生：我們想談談天，本星期六（九日）午後五點半以後，六點以前之間，請　先生到棋盤街商務印書館處（即在發行所的樓上）找周建人，同他會臨敝寓，除談天外，且吃簡單之夜飯。另外還有玄先生，再無別個了。」[34]〈341226致黎烈文〉：「烈文先生：……《譯文》比較的少

29　《魯迅全集・書信》（北京市：人民文學出版社，1982），頁307。
30　同前注，頁309。
31　同前注，頁324。
32　同前注，頁324。
33　同前注，頁338。
34　同前注，頁448。

論文，第六期上，請先生譯愛倫堡之作一篇，可否？紀德左轉，已為文官所聞，所以論紀德或恐不妥，最好是如〈論超現實主義〉之類。」[35]魯迅知道黎烈文背部疼痛，便以「莨菪膏贈之」，看了一部好的影片，首先想到的便是黎烈文，當晚即馳函告知「午後至上海大戲院觀〈復仇遇豔〉，以為甚佳，不可不看也。」[36]從這些生活細微瑣事，足知二人如同親人間密切。魯迅去世後，黎烈文為「治喪辦事處」成員之一，他整天呆在萬國殯儀館，每天晚上回家之前總要在魯迅棺前站一會兒。起靈時他與巴金等人扶柩上車、抬柩入棺。為了紀念魯迅，他號召大家「像魯迅先生那樣，抱定一個理想，一息不停地工作下去，黑暗勢力的壁壘才有攻破的可能。」

　　因過去臺灣對魯迅作品的禁忌，連帶的也使眾多來臺作家早期的文學活動、文學師友關係受到忽略。黎烈文與魯迅相差23歲，但二人在四年間結下的亦師亦友的深厚情誼是令人難忘的，黎烈文的研究應該受到正視的時候，如同巴金所言「他的言行深深地印在我的心上。埋頭寫作，不求聞達，『不多取一分不屬於自己的東西』……只要舉體的言行在，任何花言巧語都損害不了一個好人，黑白畢竟是混淆不了的。」[37]

五、黎烈文的影響

　　黎烈文在大陸的翻譯及編輯《申報·自由談》、《中流》、《改進》提倡雜文的功績，值得進一步探討，而其來臺後的影響亦迄今未受注

---

[35]　同前注，頁619。

[36]　〈361016 致烈文〉，《魯迅全集·書信》，同前注。

[37]　巴金：〈懷念烈文〉，《隨想錄》第一集，頁64。

意。然而隨意掇拾當代文人的切身經驗談，則黎氏影響力躍然紙上。劉庶凝《還鄉夢》自序說：

> 1948年初，我重讀黎烈文先生譯的「冰島漁夫」，突然有了乘桴浮於海的狂想；抵達臺灣後，在寫作上常得黎先生的指導，當我彷徨於紐約的街頭時，他又來信勉勵，勸我改用英語寫作。60年代臺灣的大學教授的待遇微薄，黎先生身兼數職，對譯著仍不遺餘力，因過勞於1972年病逝臺北，先生如知祖國的新世界出版社印我書，當引以慰，含笑九泉[38]。

作者滿懷熱情地涉獵於文學領域，走上文學創作的道路，更由於黎烈文先生的深刻影響和熱情勉勵，使作者終於取得成就。白先勇〈驀然回首〉：

> 大三的時候，我與幾位同班同學創辦《現代文學》，有了自己的地盤，發表文章自然就容易多了，好的壞的一起上場，第一期我還用兩個筆名發表了兩篇：《月夢》和《玉卿嫂》。黎烈文教授問我：「玉卿嫂是什麼人寫的？很圓熟，怕不是你們寫的吧？」我一得意，趕快應道：「是我寫的。」他微感驚訝，打量了我一下，大概他覺得我那時有點人小鬼大[39]。

王文興1958年考取臺大外文系。入大學後，對外文系課程極度反感，幾乎找不到一門文學課程。所幸系圖書館藏書豐富，乃日坐圖書館

---

[38] 劉庶凝，教授、詩人，在大學任教英國文學。著有英文詩集《我父親的成功》、《還鄉夢》等，《還鄉夢・序》選入香港中學國語文教科書。

[39] 白先勇：《驀然回首》（臺北：雅爾出版社出版，1978年）。

內埋首閱讀。自謂四年中仍感佩教授初級法文的黎烈文教授，甚至黎教授翻譯的諸種法國小說。

許達然（1940～）以第一志願進東海大學歷史系。在東海大學，開架式圖書館的英文書成了最好的養料。而歷史系的楊紹雲、王德昭、藍文徵等教授的提攜，使許達然學到了不少東西，當時他主要的興趣雖然是社會史、思想史和社會學，但也寫點散文。還曾跟黎烈文教授學法文，大四時就用英文寫「法、英、美三國拿破崙傳記記比較研究」的學士論文。

翻譯的影響除了拓展知識分子的視野，還革新中國文學的形式。例如，林紓（1852～1924）所譯《巴黎茶花女遺事》，就擺脫傳統章回小說的束縛，革新了小說的形式。出版史料專家張靜廬（1898～1969）更直陳：「闢小說未有之蹊徑，打倒才子佳人團圓式之結局，中國小說界大受影響」。又如徐志摩（1897～1931）等翻譯西方詩歌，影響中國現代詩的崛起。文學語言方面，翻譯文學為五四前後掀起的白話文運動，注入了養料。在寫作手法、題材選擇上，給予更多元的延伸。對黎烈文的翻譯勞績如能通盤檢討整理研究，對中法文化文學之交流亦有其相當助益。

黎烈文先是留日後留法，日文法文皆精通。初期他譯介了日本文學，如芥川龍之介（1892～1927）《河童》，譯文刊《小說月報》第18卷第9、10號（1927年9、10月。1928年上海商務印書館出版。該譯本尚收〈蜘蛛之絲〉（黎烈文1927年9月27日譯於東京）。《河童》是本中篇寓言體小說，尖銳諷刺現代資本主義社會，是芥川龍之介少有的強烈社會批判性的小說。黎烈文對這篇小說格外重視，在芥川小說發表不久即予翻譯，1936年時又交由上海文化生活出版社再版。黎烈文對芥川的評價甚高，可見其眼界，1927年8月在《文學週報》第五卷第三期，他

發表〈海上哀音——聞芥川龍之介之死〉的文章，文中說：「芥川氏的作品在我國早就有人介紹過了。……在新思潮派[40]的三柱（菊池寬、久米正雄、芥川龍之介）中，我最景仰的是芥川。不但如此，在現代日本許多作家中，我最愛讀的也就是芥川氏的作品。芥川氏創作嚴謹，在日本現代一般作家中，從量的方面說，芥川氏要比較算少的。但因此他的作品差不多篇篇都成為有價值，簡直有世界的價值。他不像菊池寬一樣濫造出許多無聊的通俗的長篇，這是他的幸事，同時也愈成其偉大。」（頁109、110）黎烈文獨到的眼光，讓他在二十年代後期至三十年代間，中國對芥川小說的翻譯成果上佔了一席之地。他對莫洛亞（1885～1967）、梅里美（1803～1870）的翻譯同是他很重要的成果。

　　他對翻譯的態度極其認真，因此在商務印書館出版發售了他的譯作《鄉下醫生》之後，他覺得卷首「吁嗟傷心人，唯有幽與靜」二句題詞，譯得不妥，仍自印更正的小紙條，請人一一貼上以盡力補救錯誤，雖然不能全部回收訂正，但能貼一本不安似乎也就可以少一分。在《中流》第一卷第六期「讀者與編者」有讀者陳公樹來函稱讚黎烈文對於「光明」第三期的錯譯〈高爾基榮哀錄〉，極能引起人們對於翻譯的注意，並謂是「公正嚴格的批評」。關於「光明」的錯譯糾紛，沈起予聲辯時頗以情緒性語言攻擊黎烈文，後來王敏先生根據俄、法兩種文字證明「像光明那樣錯誤百出的譯文實在太對不起原作者與讀者」，黎氏的譯文「並沒有發現什麼錯誤」。黎烈文覆函時說：「把原意是『在深沉的靜默裡一個看不見的樂隊奏了一曲輓歌』的語句譯作『大家都很莊嚴的不知不覺口中唱出葬歌的調子』這種大錯特錯的妙文指了出來，還算超過『吹

---

[40]　筆者按：新思潮派，又稱新理智派、新現實主義，是日本現代文學史上一個重要的流派。

求』的文章嗎?」黎氏認為「批評翻譯」很重要,只要時間和能力許可,一定繼續做下去。

　　他對自己的翻譯一定註明譯文的出處。他登在《譯文》的譯作,在「後記」欄總是對原作者加以介紹,並對自己所根據的譯文來源做交代。在莫洛亞〈故事十篇〉的後記,黎烈文自陳:「論莫洛亞及其他一文原名最後的拜占庭人(Les Derniers Byzantins),我覺得這名字對於中國讀者稍微生僻一點,便依據內容,大膽地換了一個題目。這篇文章的有些地方是不能不採用『意譯』的方法的。」[41]翻譯法國作家梭維斯特的《屋頂間的哲學家》,如直譯應為「屋頂下的哲學家」,意譯則為「閣樓裡的哲學家」,但此二者皆有所不妥。因為巴黎室內房屋最上面一層直接處於屋頂下面,夏暑冬寒,爬上爬下,極為辛苦,稍有錢人家通常不住的。屋頂下即指屋頂下面最高一層樓。黎烈文在該書譯者序言就特別交代說:「譯者因此不揣淺陋,……除開兩三篇的標題,照原文直譯稍覺見晦,不得不採用比較自由的意譯或體會原文通篇意義而迻為別立一名外,其餘文字方面……力求忠實。」又如翻譯法國戲劇家倍爾納的《妒誤》,他在譯後記中說「本劇原名,直譯應作『重燃壞的火』,因嫌累贅,沒改今名。」

　　其譯筆忠實、細緻簡潔、流暢傳神,使他在翻譯成就獲得甚高的評價,早為讀者所熟知。魯迅〈340117致黎烈文〉:「蒙惠書並《妒誤》。書已讀訖,譯文如瓶瀉水,快甚;劇情亦殊緊張,使讀者非終卷不可,法國文人似尤長於寫家庭夫婦間之糾葛也。」[42]曹聚仁說他「譯介法國文學名著,譯筆之健,語句之圓潤,和青崖兄相伯仲。」在《第三帝國

---

[41]　《譯文》第 2 卷第 1 期,1935 年 3 月,頁 137。
[42]　《魯迅全集・書信》(北京市:人民文學出版社,1982 年北京),頁 324。

的兵士》中，他正是以此將嘻笑怒罵背後的深沉悲哀細膩刻繪出來，深深嘲諷了希特勒對德國青年兵士的荒謬指引。他生動傳神地將《冰島漁夫》翻譯再現。將《西班牙書簡》以生花妙筆譯出，當時不知撼動過多少讀者的心靈，啟發過他們豐富的想像力。王西彥在〈我所認識的黎烈文〉就特別推崇他對梅里美作品的翻譯，「一時間，翻譯者黎烈文的名字，和原作者梅里美一起流傳在我們中間，成為我們尊敬的對象。」黎氏對《冰島漁夫》等等世界名著的介紹、翻譯，當時對年輕學子影響尤大，莫不抱著深深的感激之情，王西彥即是其中一位。齊邦媛（1924～）〈初見臺大〉一文說：

> 臺大外文系的情況，我只間歇知道。大約直到一九五〇年代中期，由大陸遷來臺灣的知識分子增多，系裡延攬了黎烈文先生，他所譯的《冰島漁夫》自一九四二年出版以後，幾乎所有的中學生都曾讀過，啟發了數代的文學心靈[43]。

曾秋桂（省立臺中圖書館館員）：「屋頂間的哲學家這本書跟了我二十年了，是我所有藏書中最喜歡也是影響我最深的一本書，每隔一段時間讀它，仍禁不住掩卷沉思，低迴不已。一位住在貧民窟靠著微薄收入維生的年輕人，在其貧困的小小的生活空間裡仍能用心地觀察周匝人群的點點滴滴，那種安貧樂道、充滿著仁愛精神和同情的人生哲學，以及難捨能捨、用情用愛生活的態度，正是現代人最缺乏的高貴情操。本

---

[43] 刊 2002 年 12 月 17 日自由時報副刊。對《冰島漁夫》譯文之讚譽，《世界日報》「東南區新聞」，1989 年 2 月 4 日，第 12 頁，亞特蘭大記者余俐俐有報導：「劉（庶凝）教授曾將原著、黎烈文原譯本，與志文版的「冰島漁夫」，一一比較對照，他表示黎教授的文學修養、翻譯地位在大陸抗戰時期即已被認定。」

書由十二篇短篇故事組成，每篇故事都動人心弦，發人深省，不但是文學領域中的翹楚，更是生活哲學的挈領。」

他對翻譯的看法，在〈漫談翻譯〉一文中說：

> 翻譯的功用，一方面是原作情感思想的介紹，另一方面是語文風格的介紹。從後一意義說，我是贊成直譯和歐化的，換句話說，就是在看得懂、念得通的前提下，我們要盡量保存原文繁複曲折的語句組織，而不必把它支離割裂，完全譯成紅樓夢、儒林外史那樣簡單平淡的白話文。

> 譯文作品而採用純中國語式的「意譯」方法，即使完全沒有走失原文的意思，它的功用也就止於傳達原文的意思而已，對於促使中國語文進步一點，不會有一絲一毫的影響。但採用「直譯」方法而譯得使人看不懂，念不通，那譯者的氣力也就完全白費。所以最好的翻譯，一定是完全把握住原文的意思，而又盡量保存著原文的風格的直譯。

> 今日中國的翻譯界，既不需要說風涼話的「學者」，也不需要自吹自捧的「專家」，需要的是許許多多誠實、謙虛、而又肯埋頭苦幹的譯人。過去若干年來翻譯界的功績，應當歸給他們；而將來翻譯界的新的貢獻，也還有待於他們的努力。他們是新思潮的介紹者，新語文的創造者，新作家的培育者。他們各人的勞績雖不易被人重視，但集體的影響卻是異常巨大。他們的工作雖是艱苦，但不會沒有前途；他們物質上的報酬雖是菲薄，但不會缺乏精神上的安慰。

黎氏在翻譯上的嚴謹態度，眾所皆知，然而卒後遺著不幸遭竄改出版，此事曾披諸報刊，關於其間內情及竄改情形，另專文探討。

在編輯事業上，黎烈文的成績也是有目共睹。黎烈文主編《申報‧自由談》期間（近三年），幾乎每日刊雜文一篇，總數達千篇，不僅在數量驚人，其題材亦是十分廣泛，將批判視角伸向形形色色的社會百相，或議時政，或評禮教，或議史書，觸感敏銳，包羅萬象。所培養提拔的雜文家逢起，名家佳作一時卓然繁茂，魯迅、茅盾、章克標（1900～）、曹聚仁（1900～1972）、郭沫若（1892～1978）、徐訏（1908～1980）、徐懋庸（1910～1977）、唐弢（1913～1992）、樓適夷（1905～2001）等等。猶如群山層疊，高峰迭起，這些三〇年代的作品，那現實批判的精神、作家靈魂人品的流露，都成為可貴有價值的文化遺產。主編黎烈文的貢獻自然是無法抹滅的。

　　唐弢在影印申報《自由談》的〈序〉裡說：「我曾親自聽魯迅對編者黎烈文說：辦刊物，開始時拉老作家幫忙，但出了幾期，總是這幾個老人卻不行。刊物辦得是否出色，不僅在於有沒有好文章，還要看它是否培養了新人。我不知道編者對這段話作何感想。但從黎烈文到張梓生，……出現了一批新人。……新起的如姚雪垠、劉白羽、周而復、林娜（司馬文森）、柯靈、黑丁、荒煤、羅洪等，也大都發軔於此，在這裡試練他們的筆墨。」[44]魯迅先生很願意而且很努力於指導青年，這一態度應該深深影響了黎烈文辦刊物的精神。

　　在《中流》第一卷第六期「讀者與編者」可見黎烈文對於推薦提拔新作家之盡心。青年作家吳汎在〈靈前〉一文登出後，曾馳函主編，其中有一段話說：「牠不但沒有如我恐怖的想像一般地被投入字紙簍中，並且還得到先生底詳細修改。」黎烈文回覆說：「只要時間和能力許可，我們是極願為一般青年作者效勞的。《中流》辦到現在，雖祇寥寥幾期，

---

[44]　申報《自由談》，上海圖書館影印，1981年5月第一次印刷，頁9。

但每期總有兩個新名字出現。」（頁383）王西彥也自述他將短篇散文陸續寄給《中流》，黎烈文不但發表了我的習作，還給我寫來了鼓勵的信[45]。

　　又如徐懋庸亦是一例。徐懋庸自幼聰明好學，1926年受著名烈士葉天底的影響，開始在上虞參加革命活動。1927年因秘密編輯《石榴報》，抨擊國民黨反動派的弊政，被國民黨浙江省黨部通緝，徐懋庸避居上海。9月，他化名余致力，考入半工半讀的上海勞動大學中學部，學習英、法、日三國文學，1930年畢業後，曾一度回浙江到中學任教，開始翻譯外國文學作品。1933年到上海，他翻譯的《托爾斯泰傳》由華通書局出版，便以此書的稿費作生活費，開始向「左聯」支援的《申報》副刊《自由談》投稿，受到《自由談》編輯黎烈文的重視，從此成為《自由談》的經常撰稿者，並開始與魯迅相識。

　　至於黎烈文自己的創作，影響如何不待而知，但觀諸〈鄔營長〉等作品裡的描寫甚是細膩傳神。殺人是「一刀一個，做得乾乾淨淨，一點不施皮帶肉。」秘訣是抓住「犯人們」被砍頭時，總是畏懼地「將頸項縮得緊緊的，死也不肯伸出」來的心裡，「先用刀尖，出其不意的向著他背上一刺，使得他吃了一驚，自然將頸項伸直了，接著用力就是一刀！……人頭落了地，刀上血都不會沾一點。」在〈一幕悲劇的回憶〉也可以見到黎烈文作品刻畫的深刻。劊子手行刑時，大吼一聲，衝上去，在那「囚犯」的後頸上橫砍一刀，隨著就一踢腿，將屍體向前踹倒。有一次，這劊子手一連殺了好幾個人，由於過渡疲乏，其中有一個死囚僅僅在後頸上被砍了一條深深的裂口，頸骨和喉管全然未砍斷，待行刑隊

45　見王西彥：〈我所認識的黎烈文〉，《新文學史料》，北京，1981 年 4 期，
　　頁 59。

走了之後，死囚竟然復活。善良的百姓們「給他在創口上敷了藥末，用白布纏著，還商議要把他送到外國醫院醫治。」但是行刑的劊子手手挾著一把馬刀又匆匆趕來補刀，儘管「許多市民挺身擋著，同他們爭論，說他只有一刀之罪，不能再去把他殺害。」但是滿口酒氣，兩眼射著凶光的劊子手，還是將他的頭頸齊肩膀處一道割下。這除了從事譯文工作習得技巧外，也是深刻體會生活、觀察周遭所得的經驗。〈論莫泊桑及其成名作《脂肪球》〉，黎烈文強即強調觀察生活、反映生活的「無我性」，以為「這種把事實、單是赤裸裸的事實顯示給讀者，作者自己不加一語，不置一詞的『無我性』的寫法，是近代小說的一個特色。這樣的作品可以收到藝術的最大效果。」

六、結語

　　因歷史的關係，黎烈文受到了一些爭議、誤解。抗戰爆發。有些國民黨人士視他為洪水猛獸，稱他是「上海有名的左翼作家」。在文化大革命時，某些現代文學的研究者在魯迅著作的註釋說他「曾經是魯迅好友……後來墮落成為『反動文人』」，就他主編的《申報‧自由談》、《中流》及三十年代後其參與抗戰文藝刊物《吶喊》、《烽火》的編輯工作來看，他的思想很進步，但是他並未加入「左聯」，也算不上是左翼作家。八年抗戰期間，他在福建主持官方的改進出版社工作，戰後來臺又擔任官方的《新生報》副社長，但他官氣不多，也不官僚腐敗，反而執著於用刊物促進「舊社會的改革和新理想的實現」。因為來臺的關係，中共方面以「反動文人」視之，然而透過種種材料的分析、呈現，黎烈文痛恨專制獨裁、黑暗，同情革命，追求公正合理。來臺後，他也始終過著清貧的學者生活，幾次受政治牽連，為當局傳訊、審問，但仍

始終保持知識分子的人品節操。死後，國民政府才想到應照顧其生活，派人前往黎府送錢，但深知黎先生為人的黎太太怎樣說也不接受，這正是巴金所認識的黎烈文的風範：「不多取一分不屬於自己的東西」，「濺在他身上的污泥濁水」自此應是可以偕去的了。

參考文獻

《中國現代文學期刊目錄彙編》，天津：人民文學出版社，1988 年 9 月第 1 次印刷。

小琴：〈辛勤奮鬥的一生〉，《新文學史料》第 2 期，1983 年。

中國現代文學館編：《錢歌川代表作》，北京：華夏出版社，1999 年 10 月。

巴金：〈懷念烈文兄〉，《大公報》1980 年美洲版。

王向遠：《二十世紀中國的日本翻譯文學史》，北京：師範大學，2001 年。

王西彥：〈回憶荃麟同志〉，《收穫》，1979 年第 6 期。

王西彥：〈我所認識的黎烈文〉，《新文學史料》，北京，1981 年 4 期。

王克非編著：《翻譯文化史論》（再版），上海：外語教育出版社，1998 年。

王宏志：《翻譯與創作──中國近代翻譯小說論》，北京：北京大學出版社，2000 年。

王逢振：《文化研究》，臺北，揚智文化事業出版公司，2000 年 4 月。

王曉丹：《翻譯史話》，北京：社會科學文獻，2000 年。

王蕙玲：《人間但有真情在──黎烈文的兩次婚姻》，中國對外翻譯出版公司 2000 年 4 月第 1 版

伊塔馬・埃文・佐哈爾（Itamar Even-Zorhar），莊柔玉譯：〈翻譯文學在文學多元系統中的位置〉，陳德鴻、張南峰編，《西方翻譯理論精選》，香港：香港城市大學，2000 年，頁 115-123。

朱雙一：《閩臺文學的文化親緣》，福建：福建人民出版社，2003 年 7 月。

江伙生、蕭厚德：《法國小說史》，臺北：志一出版社，1996 年 10 月。

何欣：〈懷念黎烈文先生〉，《文季》1 卷 1 期，1983 年 4 月，頁 55-58。

吳興人：《中國雜文史》，上海：上海人民出版社，2002 年 1 月。

呂正惠：《戰後臺灣文學經驗》，臺北，新地出版社，1995 年。

呂正惠：《大陸的外國文學翻譯》，臺北：行政院文化建設委員會，1996 年
　　6 月。

李岫、秦林芳主編：《二十世紀中外文學交流史》，河北：河北教育出版社，
　　2001 年 11 月。

林水福、王美玲、張淑英等著：《中外文學交流》，臺北：臺灣書店印行，
　　1999 年 7 月。

林海音：〈黎烈文／一生勞績在翻譯〉，《剪影話文壇》，臺北：城邦文化出
　　版， 2000 年 5 月，頁 192-195。

茅盾：〈多事而活躍的歲月〉，《新文學史料》第 3 期，1982 年。

茅盾：〈一九三四年的文化「圍剿」和反「圍剿」〉，《新文學史料》第 4 期，
　　1982 年。

茅盾：〈左聯的解散和兩個口號的論爭〉，《新文學史料》第 3 期，1983 年。

韋努蒂著，查正賢譯：〈翻譯與文化身分的塑造〉，收於許保強、袁偉選編，
　　《語言與翻譯的政治》，香港：牛津大學，2000 年。

唐弢：〈談談《申報》的《自由談》〉，《唐弢文集》第九卷，1981 年 3 月。

徐懋庸：《徐懋庸回憶錄》，1982 年人民文學出版社。

袁進：《中國小說的近代變革》，北京：中國社會科學出版社，1992 年。

馬祖毅：《中國翻譯簡史——「五四」以前》，北京：中國對外翻譯出版公
　　司，1998 年。

康詠秋：《黎烈文評傳》，湖南人民出版社，1985 年。

張若英：《中國新文學運動史資料》，香港：香港中文大學近代史料出版組，
　　1973。

張容著：《法國新小說派》，臺北：遠流出版社，1992 年 3 月。

張容著：《法國當代文學》，臺北：遠流出版社，1993 年 9 月。

張雲初編：《申報‧自由談》（A 國家民族卷），西安：陝西師範大學出版社，2001 年 1 月。

張雲初編：《申報‧自由談》（B 社會民生卷），西安：陝西師範大學出版社，2001 年 1 月。

張雲初編：《申報‧自由談》（C 文化民權卷），西安：陝西師範大學出版社，2001 年 1 月。

張資平：〈啟事〉，《時事新報》副刊《青光》，1933 年 7 月 6 日。

曹聚仁：〈黎烈文與自由談〉，《我與我的世界》，人民出版社，1983 年。

莫渝編譯：《法國 20 世紀詩選》，臺北：河童出版社，1999 年 12 月。

郭延禮：《中西文化碰撞與近代文學》，山東：山東教育出版社，1999 年 12 月。

陳子善：《黎烈文散文精編》，浙江文藝出版社，1995 年。

陳清僑編：《身分認同與公共文化——文化研究論文集》，牛津大學出版社，1997 年。

陳森：〈有感於黎烈文先生逝世而寫〉，《幼獅文藝》37 卷 1 期，1973 年 1 月，頁 7-9。

陳貽寶譯：《文化研究》，臺北，立緒文化出版事業公司，1999 年。（文字：Ziauddin Sardar、漫畫：Borin Loon）。

陳學明：《文化研究》，臺北，揚智文化事業出版公司，2000 年 12 月。

彭瑞金：《臺灣新文學運動 40 年》，高雄，春暉出版社，1997 年。

趙家欣：〈黎烈文與改進出版社〉，《福建文藝》，1980 年 11 期。

趙家欣：〈憶楊潮同志〉，《福建文藝》，1980 年 3 期。

蔡禎昌：《中國近世翻譯文學之研究》，臺北：私立中國文化學院中國文學研究所碩士論文，1971 年。

魯迅：《魯迅全集（書信卷）》，人民文學出版社，1982 年北京第一次印刷。

黎烈文：《舟中》，上海泰東書局，1926 年。

黎烈文：〈悅子之心〉，《文學周報》第五卷合訂本，1927 年。

黎烈文：〈海上哀音〉，《文學周報》第五卷合訂本，1927 年。

黎烈文：〈偉大的抗戰〉，《吶喊》創刊號，1937 年 7 月 30 日。

黎烈文：〈從上海到巴黎〉，《一般》第 5 卷第 3 期至第 6 卷第 1 期，1928 年。

黎烈文：〈啟事〉，《自由談》193 年 5 月 9 日。

黎烈文：〈啟事〉，《時事新報》副刊《青光》，1933 年 7 月 7 日。

黎烈文：〈略論文化總動員〉，《新福建》第 1 卷第 3、4 期合刊。

黎烈文：〈幕前致詞〉，《自由談》1932 年 12 月 1 日。

黎烈文：〈編後談〉，《自由談》1933 年 7 月 17 日至 7 月 21 日。

黎烈文：〈編輯室語〉，《自由談》1933 年 1 月 24 日。

黎烈文：〈黎烈文啟事〉，《自由談》1933 年 5 月 25 日。

黎烈文：〈歸來〉，《文學周報》第五卷合訂本，1927 年。

黎烈文〈從讀水滸到編副刊〉，收入《我與文學》，1934 年上海書店出版。

黎烈文：〈關於羅淑〉，《羅淑選集》，1983 年四川人民出版社。

黎烈師：〈懷念長兄黎烈文〉，《源流》創刊號，1984 年 5 月，美國源流出版社。

穆中南：〈為黎烈文先生遺著出版祝賀〉，《文壇》163 期，1974 年 1 月，頁 6-10。

蕭關鴻：〈黎烈文和自由談——副刊史上少為人知的一頁〉，《中國時報》39 版，2002 年 8 月 27 日。

錢林森：《法國作家與中國》，福建：福建教育出版社，1995 年 12 月。

錢歌川：《三臺遊賞錄》，高雄：大眾書局，1951 年。

謝曾菊：〈十里洋場的側影〉，花城出版社，1983 年。

顏元叔：〈懷念黎烈文教授〉，收入莫泊桑著、黎烈文譯，《兩兄弟》，志文
　　出版社，1976 年 8 月。

翻譯臺灣

——杜國清關於「世華文學」的思考與活動

一、前言

　　身為學者、詩人、詩評家、翻譯家數重身分的杜國清，在眾多美華文學作家中，是較特殊的一位。他在美國取得博士學位後，進入加州大學聖塔芭芭拉（University of California, Santa Barbara,UCSB）分校東方語文學系任教。做為詩人的杜國清顯然與以小說為大宗的留學生文學不同，而他留學時期的70年代臺灣留學生文學與60年代又有明顯的差異，杜國清在70年代出版了《雪崩》、《望月》等詩集。1992年任加州大學在華中心主任，駐北京大學兩年，1994年7月回美，9月籌設加州大學世界華文文學研究中心。

　　做為一位實際閱歷過臺灣、日本、美國和中國經驗的美華文學的臺灣作家學者的杜國清，這三十幾年的歷程與其他作家很明顯的有不同的層次與視域，尤其是近十年的思考和踐履，形成的緣由頗值留意。相對於其他地區，加州大學世華中心的籌設相當早，因這一層關係使他很早思考華文文學的涵義，他認為20世紀以來，華人散居世界各地而形成了華人世界的文化圈，也擴展了華文創作的空間。他主張「世華文學」應該指華文和其他語文撰寫的作品，如日據時期臺灣作家以日文、新加坡華人作家以英文、馬來西亞的華人作家以馬來文創作的作品，都是「多語文的世華文學」的構成部分。

華文文學的發展到了90年代已是引人注目的世界現象，其中有不少
所謂海外作家來自臺灣，臺灣文學是世界華文文學中的一個重要組成部
份，而其作品只要離不開作者的臺灣經驗，它同時也是臺灣文學的一部
份。由於臺灣基本上是一個移民的社會，頗受外來的影響，臺灣文學的
發展與世界其他地區華文文學的發展具有相當類似的移民性格。而且由
於具有共通的文化傳統，臺灣文學的研究，對世界華文文學的研究不無
平行參照的價值。因此，他特別凸顯臺灣文學研究的重要性。也在因緣
際會之下，獲得臺灣行政院文化建設委員會的贊助以及加州大學跨學科
人文科學研究中心的支持，出版《臺灣文學英譯叢刊》，後又成立「賴
和・吳濁流臺灣研究講座」（The Lai Ho and Wu Cho-Liu Endowed Chair
in Taiwan Study）與「臺灣研究中心」。這些都將為美華文學包括其間
的臺灣作家文學書寫提供更縱深的思路和更寬闊的闡釋空間。

二、杜國清的翻譯、創作與教研略述

　　杜國清，1941年出生于臺中豐原人，臺灣大學外文系畢業（1963），
日本關西學院大學日本文學碩士（1970年3月），美國史坦福大學中國
文學博士（1974年9月）。畢業後，進入加州大學聖塔芭芭拉（University
of California, Santa Barbara, UCSB）分校東方語文學系任教。曾主持加
州大學世華文學研究中心，北京海外教育計畫的主任[1]，並擔任該校東
亞語言文化研究系系主任（1998-2002）。杜教授專攻中國文學，中西
詩論和臺灣文學，於1996年創刊《臺灣文學英譯叢刊》（*Taiwan Literature:
English Translation Series*），由該校跨學科人文中心出版，一年兩集，

---

[1]　1992 年任加州大學在華中心主任，駐北京大學兩年，這段期間遍游大江南
　　北，寫下近百首詩，結集為《山河掠影》。

是當今少數以英語讀者為物件，提倡臺灣文學研究的期刊，期以促進國際間對臺灣文學的瞭解以及從國際視野提升臺灣文學研究的深度，已出版十六集。近年擔任聖塔芭芭拉大學新設立的臺灣研究中心的主任，也是該校跨院系人文中心世界，文學論壇的主持人，不定期邀請海外華人作家作學術研討。

　　杜先生也是著名詩人，做為詩人的杜國清顯然與以小說為大宗的留學生文學不同，而他留學時期的70年代臺灣留學生文學與60年代又有明顯的差異，70年代他出版了《雪崩》、《望月》等詩集，一直到目前，仍有詩作發表。早年為《現代文學》編輯，1963年臺灣《笠》詩刊創辦人之一。詩集除前二本之外，有《蛙鳴集》、《島與湖》、《心雲集》、《殉美的憂魂》、《情劫集》、《勿忘草》、《玉煙集》、《愛染五夢》等。此外，《杜國清作品選集》列入臺中縣文學家作品，由臺中縣文化中心出版；評論結集有《日本現代詩鑒賞》、《西脇順三郎的詩與世界》、《詩情與詩論》、《李賀》（英文）等。一生致力於英文、日文及法文文學作品的中文翻譯工作，譯介《艾略特文學評論集》、《詩的效用與批評的效用》、西脇順三郎《詩學》、波特萊爾《惡之華》，在翻譯方面留下業績，影響了當時及以後的許多文學青年和大學生，其授業師劉若愚教授的《中國詩學》、《中國文學理論》，都是他在美國時譯出。曾榮獲臺灣文建會的終生成就獎（翻譯類別），及蔣經國基金會和鹽田基金會的獎助。

　　杜先生是第一位將艾略特的文學理論帶進中文世界的臺灣人，當時他在臺灣大學外文繫念書，同學白先勇等人創辦了《現代文學》，於是將他心目中最高的「山峰」——英國的艾略特詩譯成中文發表。後來，為了翻譯艾略特的詩論，又參考了日本留英詩人西脇順三郎的翻譯，同時譯介西脅的《詩學》。通過這位元日本詩人，杜教授認識到法國19

世紀法國的波特萊爾，並進而將《惡之花》與晚唐李賀的作品做了一番對比。他所翻譯的《惡之花》也是最早的中文全譯本，與戴望舒和卞之琳的節譯本不同。

　　其文學經歷從 T.S.艾略特、西脇順三郎、波特萊爾到李賀，呈顯多面向的心跡，體現在詩路裏的即是愛與美的追尋。目前對其人、其詩之研究的具體成果，可見《尋美的旅人──杜國清論》，介紹詩人杜國清及其創作和詩論，他所開創的詩學體系中表現是以超然主義詩觀為基礎的「三昧」和「三弦」。所謂「三昧」，就是他一貫宣導的驚訝、哀愁和譏諷，意指詩在本質上的獨創性、感染性和批判性。所謂「三弦」，當指書中圖示的圓圈的三角形──知性、感性和藝術性三邊所構成的詩的本體結構。此外，他在創作上和理論上集詩人和學者于一身的成就，可以說是源於「三通」──博古通今、中外貫通、創作和理論互通。作為學者型的詩人，杜國清的詩作常常是平淡中顯神奇，細微處見功力。該書遴選杜國清的詩作百首，逐一用簡約的文字對詩的境界探索、語言表現和藝術特色加以分析。這些既有的研究成果，因書俱在不多贅述，本文僅就他對世華文學的思考及活動，予以說明。

三、杜國清與世華文學的淵源及思考

　　在談到此議題之前，筆者擬先談「世界華文文學」這一概念發展的歷程，及美華文學、華美文學等意涵。世華文學的概念可以從1982年以來在大陸舉辦的歷屆研討會的名稱中看出來。「首屆臺灣香港文學學術

討論會」於1982年在廣州暨南大學召開[2]，第二屆（1984年）稱為「全國臺港文學學術研討會」[3]，第三、四兩屆（1986、1989）稱為「全國臺港及海外華文文學研討會」[4]，第五屆（1991年）有澳門五位代表參加，提交了有關澳門文學的論文，稱為「臺灣香港澳門暨海外華文文學國際研討會」，會上並出現了3篇以「世界華文文學」為題的論文，並對這個術語範圍作了界定性的釐清[5]，到了第六屆（1993年）正式稱為「世界華文文學國際研討會」，此後第七屆（1994年）和第八屆（1996年）都沿用「世界華文文學」作為大會的主題，至此，大陸以外的華文文學「空間」被清晰地呈現出來，並把世界華文文學作為一個有機整體來考察和推動，成為學術領域的研究物件。在這之後，又先後召開了多次研討會，除第十屆外，每一屆的研討會都有新的論文集問世。

除了各屆研討會外，九〇年代有三個會議，也是值得注意的。1993年4月「惠州西湖之春國際詩會」的24位海內外詩人簽名發起國際華文詩人筆會（華文詩人的世界性聯誼社團），6月25日在香港註冊，並於1994年12月22日在深圳市成立。旨在加強國際華文詩壇的詩藝交流，促進華文詩人的聯繫與團結。當時出席會議者有徐遲、綠原、管管、舒婷、

---

[2]　由中國當代文學學會臺港文學研究會、廈門大學臺灣研究所、福建省社會科學院文學研究所、福建人民出版社和中山大學、暨南大學、華南師範學院聯合發起。

[3]　主要是研討臺灣、香港文學，也有學者論及臺灣的旅美作家作品，如于梨華、白先勇、陳若曦、歐陽子等，但更多是從留學生文學角度討論，會後出版的兩屆會議論文集，命名為《臺灣香港文學論文》。

[4]　由於海外前來參加的華人作家、學者較多，所以會議名稱更改為「臺港暨海外華文文學國際研討會」，這一更名說明大家已認識到海外的華文文學，並認識到與臺港文學的差異性。

[5]　吳奕錡：〈近二十年來臺港澳及海外華文文學研究述評〉，《期望超越》，廣州：花城出版社，2000年，頁46-47。

李小麗等26位海內外詩人。大會通過章程，選舉組織機構，推選鄒荻帆（中國）、洛夫（臺灣）、犁青（香港）、陳劍（東南亞）、杜國清（歐洲、美洲、澳洲、新西蘭）等9人為主席團委員，犁青為首屆執行主席，張詩劍為秘書長，決定每兩年舉行一次大會。一個是1993年6月23、24日，由香港嶺南學院（今嶺南大學）現代中文文學研究中心與暨南大學中文系聯合舉辦，在廣州暨南大學召開的「華文文學研究機構聯席會議」，參加會議的有大陸十七個研究機構、中心的二十五位代表，還有香港、臺灣三個學術機構的四位代表。就華文文學發展中的一些重要問題，如歷史與未來、理論與實踐、時間與空間、分流與整合、碰撞與轉型，以及域外華文文學的語言演變等問題，進行對話、研討，此會議的重要意義在於凸顯了世華文學此一學科建設意識和自覺性。另一個會議是1997年4月27、28日在福建召開的「海外華文文學青年學者座談會」，會議由福建省社會科學院文學研究所與《臺港文學選刊》聯合舉辦的，討論如何拓展和深化海外華文文學的研究，《臺港文學選刊》曾有會議的綜合報導刊出。

在臺灣方面，1964年，亞洲華文作家協會已成立，1981年到88年，舉辦過三次「亞洲華文作家會議」，且於1992年成立「世界華文作家協會」舉辦第一次大會。可見「華文文學或作家」的概念，臺灣很早就意識到，大陸則要到文革之後，改革開放，方由香港而臺灣而澳門而全世界，開始注意到大陸以外的華文文學現象。但「世界華文文學」這種世界性的發展，全球化格局的體認，海峽兩岸都是到了90年代以後才開始明確化。1993年在廬山召開的研討會第一次以「世界華文文學」為標

題[6]。然而，相當於「世界華文文學」的概念在國際會議上第一次出現，卻是在1986年7月，由美國威斯康星大學劉紹銘和德國魯爾大學馬漢茂策劃，在德國萊聖斯堡（Reisensburg）舉辦的「現代中國文學的大同世界」國際會議（International Conference on the Commonwealth of Chinese Literature），對世華文學的原始觀念，起著催化劑的作用；1988年8月，馬漢茂和王潤華等在新加坡籌辦了第2屆「大同世界」會議[7]。從以上的回顧，可以看出演變的軌跡是從「臺港」經「海外」或「亞洲」到「世界」的，世界華文文學的概念是由跨越地域和國籍的華文作家結合而形成的，目標指向華文文學的大同世界。

　　做為一位實際閱歷過臺灣、日本、美國和中國經驗的美華文學的臺灣作家學者的杜國清，這三十幾年的歷程與其他作家很明顯的有不同的層次與視域，尤其是近十年的思考和踐履，形成的緣由頗值留意。1985

6　就八十年代當時情境來看，中國的對外開放政策帶動了中國與世界其他地區的聯繫和交流，再加上經濟體制改革，導入外來資金，加強與外界的供求，使中國成為舉世矚目的大市場，更助長了中國與海外華人社會的接觸和來往。在這樣的時代背景下，於經濟文化的層次上，展現了一些新的概念，例如「中華經濟圈」、「大中華共同市場」、「大中華經濟文化圈」等等。相對於「華僑」的「華人」，以及在文學上，相對於「中國文學」的「華文文學」也開始頻頻出現，顯示出一個新的時代已經來臨。請參見杜國清：〈中國與世界華文文學〉一文，日本神戶大學中文研究會，1996年12月14日。

7　「世界華文文學的大同世界」一辭，根據王潤華解釋，是引用劉紹銘的翻譯，他把「大英共和聯邦」（British Commonwealth）中的共和聯邦一詞加以漢化，成為「大同世界」。因為他認為目前許多曾為殖民地的國家中，用英文創作的英文文學，一般就稱為「共和聯邦文學」。同樣，世界各國使用華文創作的文學作品，譬如東南亞的馬來西亞、新加坡、香港、印尼、菲律賓、泰國、歐美各國的文學創作，也可以稱為「華文共和聯邦文學」。以共和聯邦來比擬，固然不盡符合一些特殊的現象，但卻具巧思。

年8月杜國清參加「旅美臺灣作家訪問團」走訪大陸，1988年赴上海復旦大學臺港文學研究中心，從事學術交流，連續參加多次世界華文文學研討會。相對於其他地區，加州大學世華中心的籌設相當早（1994年7月回美，9月籌設加州大學世界華文文學研究中心），因這一層關係使他很早思考華文文學的涵義，它的概念如何界定，顯然是學術界的一個議題。他認為20世紀以來，華人散居世界各地而形成了華人世界的文化圈，也擴展了華文創作的空間。而「世界華人文學研究」應該朝向非中心、非主流和非宗主的方向發展，同時採用其他學科如社會學、人類學來更深瞭解文學的內涵。杜先生考慮「華文文學」的概念，時間上也有前後的差異性，早先他是以「作品」、「作者」、「讀者」和「世界」這四要素來衡量。他認為：假如「華文」一詞相當於英文「Chinese」，意指華人和華語，甚至有關華人的一切活動和作業，那麼，在「文學」之上冠以「華文」，是指「華人作者」？「華文作品」？「華人讀者」？還是「華人世界」？這四要素中，只有有一項與「華人」或「華語」有關，是否就可稱為「華文文學」？還是四者必須都與「華」有關才算是「華文文學」？

　　如果以「華人作者」為必要條件，那麼賽珍珠和韓素音等有關華人世界的作品，算不算「華文文學」？

　　如果以「華文作品」為必要條件，那麼，湯婷婷等華裔作者以英文寫成的作品，算不算「華文文學」？

　　如果以「華文讀者」為必要條件，那麼，林語堂以英文寫的《京華煙雲》，算不算「華文文學」？

　　如果以表現或反映「華人世界」為必要條件，那麼，許多海外華人作家所寫的世界各地的遊記和見聞，算不算「華文文學」？

　　因此他在界定「華文文學」，最重要的兩個要素是「作品」和「世界」。「作品」藉以寫成的語文決定「讀者」物件（除非經過翻譯）；而所表現的「世界」，必須與「華人」有關，至於作者是否華人是無關重要的。易言之，必須滿足以「華文」創作和表現「華人世界」這兩個要素，即「世界各地以華文創作的有關華人世界的作品」、華文文學當然是以華文創作的文學，藉以表現華人世界和反映華人文化；「華文文學是使用漢字創作以表現華人世界的文學」[8]。更廣義的看法，可以認為只要這四個要素中有一項與華人或華語有關的，都是「華文文學」的範圍，甚至包括《馬可波羅遊記》和日本夏目漱石的漢詩。更狹義的看法，可以認為只有這四要素都與華人或華語有關，才算是「華文文學」，亦即「華人作者以華文所寫的以華人為讀者物件、而所表現的與華人世界有關的作品」。這一看法當然將使用中文寫作的非華人作者，像美國的葛浩文或韓國的許世旭的作品排斥在外。

　　但「世華文學」則不單是「世界華文」的縮寫，它的涵蓋面應該包括世界上任何民族、語言和文化上與「華」有關的事物及其屬性。「世華」的「華」，相當於英文的「Chinese」，意指與華有關的民族、語言和文化（Of or relating to China or its peoples, languages, or cultures）。它是「華文文學」、「華人文學」、「華僑文學」、「華裔文學」、「華族文學」等等與「華」有關的任何文學[9]。這一觀點與他居住美國所觀察的有關，因美國是一個多族裔、多語文的社會，在美國文學研究方面，近年來出現了「多語文的美國文學」（Languages of What Is Now the

---

8　杜國清〈世界華文文學的概念與定義〉一文，本文參考依據由作者所提供的電子檔。

9　〈世界華文文學研究方法試論〉，《臺港與海外華文學評論和研究》，1996：2（總第 15 期），頁 16-20。

United States）的觀點，主張美國文學應包括以英文以外的語文撰寫的
作品。這一觀點可為「多語文的世華文學」提供借鑒。因此他主張「世
華文學」應該指華文和其他語文撰寫的作品，如日據時期臺灣作家以日
文、新加坡華人作家以英文、馬來西亞的華人作家以馬來文創作的作
品，都是「多語文的世華文學」的構成部分[10]。綜言之，他對「世華文
學」的看法，包容性很大，亦即多民族和多語種，甚至連外國人寫華人
題材的，也不排斥。這當然又與美華文學或華美文學的定義有所重迭或
相背，大陸學者慣用「美華文學」一詞，臺灣卻習以「華美文學」稱之，
是指美國的華語文學或華裔美語文學或二者兼之呢？[11]

　　「世界華文文學」的概念與定義自有不少爭論，凡牽涉一個名詞的
界義，總是很難周全毫無疑義，世界華文文學，究竟包不包括中國文學？
理論上來說，中國文學自然也是一部份，但大陸學者有不少是意指中國
大陸以外世界其他地區的華文文學，包括臺灣、港澳、東南亞、歐美、
澳洲等地。因此他對大陸學界以「海外華文文學「來稱呼中國以外的文
學，有所疑慮，「海外」一詞顯示以中國為中心，而中國以外的地區為
邊緣，因此界定「世界華文文學」時，大陸學者往往將「世界華文文學」
先劃分為「中國文學」和「海外華文文學」，再將臺灣和港澳歸於「中

10　〈世界華文文學的概念與定義〉尚持：「世界戶外文學的研究，也必須以
　　華文寫成的文學為研究物件，當然可以包括以外文寫成而有關華人世界的
　　作品的翻譯。」

11　美國華文文學指聶華苓、陳若曦、於梨華、白先勇、張系國、伊犁（潘秀
　　娟）、嚴歌苓、曹桂林等美國華語作家之作品。美國華裔文學指的是具有
　　中國血統、出生在美國的作者用美國英語創作的文學，如湯婷婷、譚恩美。
　　應是既屬於美國多語種文學，美國移民文學的一部分，又屬於中國現當代
　　海外文學研究的一部份，也是世華文學的一部份。

國文學」，將其他地區歸為「海外華文文學」，顯示出政策性的中國本位的觀點。這顯然與華文文學之所以形成的原因，跨越國籍的理念，不是一致的。他認為二十世紀以來，華文作家之所以分散在世界各地，主要原因是移民的結果，移民經驗可以說是構成「海外華文文學」或「世界華文文學」根本性格的主要因素，華文學具有中國本土所產生的文學所沒有的特點——移民經驗。華人移居到海外，海外華文文學意指華人離開中國本土以後在僑居地所產生的文學作品。在作品中經常表現為放逐飄泊、鄉愁尋根、愛國懷鄉、異國情調、文化衝突、認同危機等常見的主題。散居世界各地的華人，在海外各國花果飄零、落地生根，逐漸形成所謂族群離散（daspora）的現象。世界各地不同社會和文化背景所產生的「華文文學」（ltratures in Chinese），萬紫千紅，各具特色，而形成了與中國文學（Chinese literature）不同的文化屬性。海外作家對中國文化的認同和態度不一而足，往往顯出所謂雙重文化（biculturalism）的特色。各地各樣的「海外華文文學」或「世界華文文學」應該是複數的，彼此之間的異同可以互相比較研究，而與以中國大陸為主體、源遠流長的中國文學傳統，形成了「多」與「一」相對相即的辯證關係。正像大英國協文學並不包括英國文學在內，英國文學卻一向以中心自居，而將世界各地的英文文學貶為邊陲，如果「海外華文文學」是中國本土以外的、邊緣的漢語文學，也同樣會形成了「中心」和「邊陲」互相抗衡的對立關係。從純學術的觀點，世界華文文學的構成，應該以構成世界的地理位置，像中國大陸、臺灣、港澳、東南亞、美洲、歐洲等地區名稱，而不是以政治上的國別，像中國、美國、德國、法國等國家，來劃分，更能超越政治意圖和避免文化沙文的干擾，而達到世界華文作家的真正團結和交流。因為海外華文作家在不同時空和社會環境中創作出的作品所具有的地域性、差異性和異質性，正可提供批判的契機，作為

與中國本土文學彼此檢視、對立交照、矛盾相即、互相界定的參考架構。華文文學能夠跨越中國的國界而成為世界性的文學，未嘗不是中國引以為榮的中華文化的一大進展[12]。

　　杜國清提出「世華文學」的概念，用意不在於取代目前仍然有待拓展的「世界華文文學」，而是在於指出「世界華文文學」在本世紀可能發展的動向。二十世紀九十年代以來，地球村、全球化、異文化、跨文化、多文化等概念在現實生活和學術研究領域中逐漸形成。根據歷史、社會和文化的不同背景，「華文文學」在世界各地發出各種不同的、多元的聲音。超越語種、人種和地域，擺脫中國中心或中華本位的論述立場，展望「世界華文文學」未來的發展，其願景可能是更具世界性和包容性的「世華文學」。「世界華文文學」的概念與定義自有不少爭論，但已逐漸確定了這個概念，這樣的定義自然也為現時兩岸爭論不休的中國文學、臺灣文學概念解套，當彼此都是世界華文文學的一份子時，相似的文化意識或歷史的共感意識，以華語（或漢語）共同的創作媒介而結合在一起的現象，遂有對話的可能。當然任何一種術語的宣導，其背後隱含的動機，因人因地因時而異，也很難再去追根究底[13]，但作為提倡世界華文文學研究的杜氏而言，作為一個有待開拓學術研究的新領域，並期與世界其他語系的文學可以並駕齊驅，甚至媲美匹敵，此一期

12　見杜國清〈中國與世界華文文學〉，日本神戶大學中文研究會，1996 年 12
　　月 14 日。

13　杜教授就曾經說過：在美國教書，常常發現自己的研究無法和其他語種的
　　人接通，像美國華裔寫的英文作品就無法進入研究的範圍，有了「世華文
　　學」的觀念和方法，事情就好辦多了。見胡衍南訪問稿：〈詩人的心：遺
　　落人間的一顆明珠──專訪杜國清教授〉，《文訊》月刊 163 期，1999 年
　　5 月，頁 100-103。

待遠景是美好的祝願[14]，也因此他以自己熟悉的臺灣文學做為推廣研究中心。他從文學構成的三大要素，歷史、地理、和人民這三方面，對臺灣文學的特性做了一些說明。這些特性，顯示出臺灣文學在發展演變中的複雜性格，臺灣文學將像世界各地區以華文創作的文學一樣，成為世界華文文學的一部份，其評價，將放在世界華文文學的天平上，以其優越的作品與世界其他地區的華文文學平分秋色，甚至進而與世界其他語系的文學爭相媲美。

四、翻譯臺灣：《臺灣文學英譯叢刊》及學術研討會、講座

　　華文文學的英譯的工作，追溯其歷史，遠自1972年林語堂先生和殷張蘭熙女士創辦《中華民國筆會英文季刊》(*The Chinese Pen Quarterly*)始。齊邦媛基於交情和使命感，參與筆會的翻譯工作，挑選臺灣文學佳作譯成英文，向全世界引薦中文作品[15]，並出版《中國現代文學選集》英譯，她選譯1949年至1974年間臺灣出版的新詩、散文和短篇小說，費時三年校訂九次，於1976年編竣完成後，由美國華盛頓大學出版社發

---

[14]　杜先生提出兩個研究面向。其一，具有國際性的華文文學研究值得朝比較的方向拓展。一是華文文學之間，不同地域的類似文學現象的比較，另一個是華文文學與世界其他語系文學之間的比較。不同地區的華文文學，在發展史上具有共同的跨語言和跨文化的移民經歷，莫不呈現出文化傳統與本土精神和時代影響，三者之間的糾葛與調合，其異同和意義值得互相比較。在不同語系作品比較方面，這是將華文文學提升到世界水準，與世界其他語系的文學並駕齊驅的一個步驟，有待學者的鑽研和批評家的慧眼，進一步對世界華文文學的優越作品加以評賞和肯定。這兩方面的比較研究，是一個遼闊的未墾地。見杜國清〈中國與世界華文文學〉，日本神戶大學中文研究會，1996 年 12 月 14 日。

[15]　與殷張蘭熙合作完成德文版《中國當代短篇小說選集源流》，對在德國有志研習中文的讀者有相當的幫助。

行。這是第一部英文版的現代中國（臺灣）文學大系，國內外人士評價甚高，至今仍為許多學校採用為教本，也是國外研究臺灣現代文學的重要參考書。自華盛頓大學出版英譯臺灣現代文學選集後，由於英譯作品日眾，在教學與研究上漸受重視，90年代以來，加州大學、哥倫比亞大學、德州大學、華盛頓大學等校尤為積極，除美國「臺灣歷史文化研究組」（Research Group for Taiwanese History and Culture）五次年會分別在上述各校舉行外；加大、哥大皆曾舉辦以「臺灣文學」為主題之國際會議，前者出版《臺灣文學英譯叢刊》（詳後述）；後者則出版英譯臺灣文學系列，其中鄭清文的《三腳馬》，並獲桐山環太平洋書卷獎，葛浩文、林麗君翻譯《荒人手記》獲年度翻譯獎。

　　華文文學的發展到了90年代已是引人注目的世界現象，其中有不少所謂海外作家來自臺灣，臺灣文學是世界華文文學中的一個重要組成部份[16]，而其作品只要離不開作者的臺灣經驗，它同時也是臺灣文學的一部份。由於臺灣基本上是一個移民的社會，頗受外來的影響，臺灣文學的發展與世界其他地區華文文學的發展具有相當類似的移民性格。而且由於具有共通的文化傳統，臺灣文學的研究，對世界華文文學的研究不無平行參照的價值。今後華文文學的茁壯發展，大有與世界其他重要語系的文學媲美而毫無遜色之勢，因此，他特別凸顯臺灣文學研究的重要性。也在因緣際會之下，獲得臺灣行政院文化建設委員會的贊助以及加

---

[16]　哥倫比亞大學於1998年開始出版《臺灣當代華文文學》系列，劉紹銘和葛浩文編選的『哥大中國現代文學選集』等，便將臺灣文學與中國和香港相提並論，作為中國文學或世界華文文學的一個組成部份。見杜國清：〈臺灣文學形象及其國際研究空間──從英日翻譯的取向談起〉，《文化、認同、社會變遷：戰後五十年臺灣文學國際學術研討會論文集》，文建會，2000年6月。

州大學跨學科人文科學研究中心的支持[17]，出版《臺灣文學英譯叢刊》，每年出版兩本，每集內容包含評論、小說、散文、新詩、戲劇、研究等不同文體作品，力圖呈現同一主題下，不同形式文學作品，所反映的多重面向。至今將近十年，已出版十七集，有系統的譯介臺灣文學，選譯的作家和學者，空間上從臺灣至日本、美國、德國；時間上有日據時期的作家，也有戰後一代及活躍的新世代，包羅多而廣。每集採主題方式企劃，凸顯問題意識和研究趨向：如「臺灣原住民文學」（1998年6月），「臺灣本土文學的聲音」（1999年2月），「文學與社會關懷」（1999年6月），「臺灣都市文學與世紀末」（1999年12月），「旅遊與還鄉」（2000年6月），「臺灣文學與自然‧環境」（2000年12月），「臺灣民間文學」（2001年6月），「臺灣兒童文學」（2001年12月），「臺灣女性文學」（一、二兩集，2002年7月、2003年2月），「臺灣文學與歷史」（2003年7月），「臺灣文學與民俗」（2004年2月），「賴和、吳濁流與臺灣文學」（2004年7月），「臺灣文學與客家文化」（2005年2月）等，共譯小說80篇，評論26篇，散文53篇，詩125首，研究32篇，戲劇1篇[18]。小說如鄭清文的〈白色時代〉、〈花枝‧末草‧蝴蝶蘭〉、〈我要再回來唱歌〉、呂赫若〈牛車〉、〈木蘭花〉、龍瑛宗〈邂逅〉、拓拔斯（田雅各）〈最後的獵人〉、吳錦發〈燕鳴的街道〉、〈消

---

[17] 由其屬下的世華文學研究中心負責選稿、翻譯和出版。主編杜國清和 Robert Backus 教授八年多的努力，博得七十多位在美國、英國、加拿大和澳洲學者和翻譯者的協助和合作，包括資深學者 Richard Lynn, Timothy Wong, Ronald Egan, William Lyell, John Balcom 與 Howard Goldblatt 等，而名翻譯家葛浩文（Howard Goldblatt）幾乎每期都鼎力相助。經過多年來精選並審字酌句地翻譯眾多優秀臺灣作家作品，透過作品中優美的文字與藝術心靈，已向世界文壇展示臺灣島嶼豐沛的文學能量。

[18] 如加上進行中的譯作，篇數將再增加。

失的男性〉、洪醒夫〈吾土〉、黃春明〈死去活來〉、林宜澐〈你的現場作品ＮＯ・１〉、〈人人愛讀喜劇〉、洪祖瓊〈美麗〉、郝譽翔〈萎縮的夜〉、陳若曦〈碧珠的抉擇〉、西川滿〈採硫記〉、蘇偉貞〈陪他一段〉、朱天心〈春風蝴蝶之事〉、〈袋鼠族物語〉、楊千鶴〈花開時節〉、呂秀蓮〈貞節牌坊〉、李喬〈尋鬼記〉、〈孟婆湯〉、舞鶴〈餘生〉、鍾肇政〈中元的構圖〉、〈骷髏與沒有數字板的鐘〉、賴和〈一桿「稱仔」〉、〈惹事〉、〈不如意的過年〉、〈歸家〉、〈赴了春宴回來〉[19]等等，而散文有平路〈島嶼的名字〉、雷驤〈臺北素描帖〉、利革拉樂・阿熄〈泰雅女人與織布機〉、〈月桃〉、劉克襄〈隨鳥走天涯〉、陳列〈同胞〉、黃克全〈老芋仔，我為你寫下〉、林燿德〈電話機・錄音機〉、阿盛〈綠袖紅塵〉、龍應臺〈屬於冬英屬於我〉、陳列〈玉山來去〉、夏本奇伯愛雅〈貪吃的魔鬼〉、簡媜〈母者〉、周芬伶〈衣魂〉、〈汝身〉、郝譽翔〈午後電話〉、陳芳明〈遠行的玫瑰〉、〈受傷的蘆葦〉、鍾喬〈監視者〉、〈淡水印象〉、黃榮洛〈客家人迎媽祖〉等等；詩有林亨泰〈宮廷政治〉、陳黎〈聽江文也〉、李魁賢〈白髮癬〉、〈巴黎之冬〉、〈那霸之冬〉、〈明治夏目書齋前〉、〈山在哭〉、莫那能〈來，乾一杯〉、〈鐘聲響起時〉、〈落葉〉、陳千武〈給蚊子取個榮譽的名稱吧〉、李敏勇〈噪音〉、張芳慈〈聲音〉、白靈〈愛與死的間隙〉、〈冷靜的計算機〉、〈終端機〉，民間傳說小川尚義・淺井惠倫〈征伐太陽──布農族傳說〉、〈達矮人──賽夏族傳說〉、〈蛇妻──排灣族傳說〉、婁子匡〈虎姑婆〉、王詩琅〈鴨母王〉、〈七爺八爺〉、鄭清文〈燕心果〉、〈鹿角神木〉、〈火雞與孔雀〉、〈紅

---

[19] 本篇宜是楊守愚之作，早期誤植為賴和之作，《楊守愚日記》出版後已據以訂正。

龜粿〉等；歌謠有李臨秋〈望春風〉、〈補破網〉、周添旺〈雨夜花〉、北部民謠〈天黑黑〉等，尚有評論，如李福清〈從民間文學觀點看臺灣布農族神話故事〉、陳思和〈試論1990年代臺灣海洋題材的創作〉、杜國清〈臺灣文學作品英譯數據增補〉、陳萬益〈隨風飄零的蒲公英——臺灣散文的老兵思維〉、馬漢茂〈從臺灣「皇民文學」到德國統一後作家之困境〉、巴蘇亞・博伊哲努（浦忠成）〈臺灣原住民口傳文學試探〉、藤井省三〈歷史の記憶がよみがえるとき——日本人にとっての戰前期臺灣文學研究〉、山口守〈バナナボ——トの乘般券〉等，內容多元，可以看到杜國清獨到的眼光，其編譯視野不只呈現於選文的標準，而且也見諸他每一集序文。這份英譯臺文的刊物，十年有成，細水長流，日積月累結果，兩百多篇文章，不僅幾乎臺灣重要作家都網羅了，德、俄、中、日學者的研究成果也沒忽略，它成為認識臺灣最好的文學刊物，也使聖塔芭芭拉分校奠立了在美國學術界推動臺灣文學英譯這一專業的基礎[20]。

　　杜先生本身從事翻譯，深知翻譯的重要性，因此加州大學臺灣研究中心，除了繼續出版《臺灣文學英譯叢刊》之外，正在逐步實現該中心成立的宗旨和目標，推出兩個長遠的出版計畫：《臺灣作家英譯系列》（Taiwan Writers Translation Series）與《臺灣文學漢英對照叢書》（Taiwan Literature Chinese-English Bilingual Series）。鄭清文的短篇小說集《玉蘭花》，葉石濤的《臺灣文學史綱》屬於前者；《臺灣民間故事集》和《臺灣兒童小說集》屬於後者，目前已出版三本，未來葉石濤《臺灣文學史綱》的出版，將成為臺灣文學系統化推向世界的重要里

---

[20]　另見杜國清《從《臺灣文學英譯叢刊》到臺灣文學英譯展望」》一文，《文學傳媒與文化視界》國際學術研討會上，2003 年 11 月國立中正大學舉辦。

程碑[21]。透過翻譯和中英對照，能夠使臺灣文學擁有更多的讀者，加深國際學者對臺灣文學的研究以及英語讀者對臺灣作家進一步的瞭解。

　　自1998年以來，聖塔芭芭拉加州大學曾多次舉辦小型的「臺灣文學國際研討會」（International Colloquium on Taiwan Literature）。此項研討會以年輕學者和研究生為主要對象，與會者包括來自臺灣、美國、中國大陸、日本以及世界其他地區。此項學術活動項目的重要意義，在於以小規模得以充分討論交流的方式定期舉行，主要的特色有三：一是小型的，每屆預定12名左右，以達互相切磋的學術交流；二是論文題目不拘，只要跟臺灣文學有關皆可，以期開拓新的研究課題；三是定期舉行，細水長流，以期持續推動臺灣學者與國際學者間的互相交流和溝通，進而拓展臺灣文學研究的國際視野和國際空間。

　　2004年11月，臺灣研究中心主辦了一次規模較大的國際學術研討會，包括文學、歷史、文化方面的研究，由行政院文化建設委員會、教育部、和紐約臺北文化中心協辦，並獲得駐洛杉磯臺北經濟文化辦事處、加州大學跨學科人文中心、文理學院、校長辦公室的支持和贊助。研討會的主題為「臺灣想像與現實：文學、歷史與文化探索」，包括以下四個議題：一、解嚴前後的臺灣文化觀察；二、臺灣本土文化與外來影響；三、臺灣史與臺灣文學史的建構；四、臺灣文學英譯的回顧與展望。海報的設計，以臺灣地形、賴和筆墨、阿美族陶俑和臺北101大樓

21　在美國譯介臺灣文學方面，貢獻最大的是哥倫比亞大學出版社出版的「臺灣現代中文小說」（Modern Chinese Literature from Taiwan）系列。自1998年以來，已出版11本，2004年出版的是齊邦媛和王德威所編的眷村小說《最後的黃埔》（The Last of the Whampoa Breed），另有葛浩文和林麗君合譯施叔青的《香港三部曲》節譯本預定2005年出版。在王德威和齊邦媛教授的策劃下，這一系列頗獲好評，值得讚揚。

為背景和插圖，表現出臺灣、文學、歷史、文化四個主題。與會學者共
21名，來自臺灣（4位）、中國（2位）、日本（1位）、韓國（3位）、
加拿大（1位）、美國（10位元）等地區，包括：陶忘機、白瑞克、張
誦聖、費德廉、計璧瑞、金尚浩、金良守、阮斐娜、林鎮山、陸敬思、
三木直大、朴宰雨、彭小妍、史書美、王宗法、吳錦發、吳密察、林春
城、葉蓁等，特別來賓有行政院文化建設委員會副主委吳錦發與紐約臺
北文化中心主任劉培一行5人，史丹福大學中國現代文學名譽退休教授
賴威廉（William Lyell）博士，楊祖佑校長，盧卡斯（Gene Lucas）教
授副校長，聖地牙哥加州大學葉維廉教授，日本明治大學教授鈴木將久
等。論文發表共21篇，另有一場「臺灣文學英譯的回顧與展望」座談會。
這些持續的學術性研討會，就臺灣文學，乃至世界性的華文文學重要的
課題，集合各地專家學者進行論文發表，相互批評，共同討論，在美國
學術圈自有一定的意義。

　　由於杜先生的奔走，聖地牙哥臺美基金會五位有識之士，於2002
年決定捐贈五十萬美元，在加州大學聖塔芭芭拉校區東亞語言文化研究
系，設立「賴和吳濁流臺灣研究講座」（The Lai Ho and Wu Cho-liu
Endowed Chair in Taiwan Studies）與「臺灣研究中心」。捐贈者表示他
們提供贊助，希望該校成為研究臺灣文學、歷史和文化的一個國際中
心。加州大學總校長（President of the University of California）艾金森
（Richard C. Atkinson），於2003年5月正式批准。該講座以兩位二十世
紀臺灣文學人物命名：臺灣新文學之父賴和，以及作家吳濁流。其作品
代表對臺灣文化、政治和社會的關切。這在美國學術界是創舉。2003
年12月，該校正式任命杜先生為「賴和吳濁流臺灣研究講座」第一任講
座教授，並於2004年4月30日舉行「賴和吳濁流臺灣研究講座」講座教
授就任典禮。臺灣研究中心的運作原則定位為：文化研究，學術立場，

國際視野，以這三個角度來研究探索臺灣及其文化景觀[22]。並於2004年開始「UCSB臺灣作家短期訪問」計畫，邀請臺灣作家到聖塔巴巴拉分校短期訪問（已有李喬、舞鶴、鄭清文等作家），致力於作家和學者合作，在美國推廣對臺灣文學的認識和研究。這些都將為美華文學包括其間的臺灣作家文學書寫提供更縱深的思路和更寬闊的闡釋空間。

五、結語

　　杜國清特別專精於美國的艾略特，日本的西脇順三郎，中國的李賀——世界公認的三大經典詩人的研究，即此足見他具有東西融通貫徹的性格。他躬逢其會，參與了臺灣《現代文學》編輯，又留學日、美，成為旅美臺灣作家，當50～70年代創作的華文文學奠定了特定歷史時期美華文學的悲涼的美感基調，及60年代留學生文學逐漸失去其原動力之後，臺灣作家群有過各自的調整與轉變，70年代後臺灣作家創作已越出早期的留學生文學，葉維廉、杜國清、劉紹銘、非馬以及劉大任、李黎、郭松棻、張系國、陳若曦等人的創作，莫不具有高度的社會現實關懷和更加寬闊的美學表現空間，尤其是善寫情詩、兼善翻譯的杜國清，在70年代的表現，確實是美華文學中頗為不同的層次與風景。同時因其特殊的人生境遇（娶日籍妻子、任教美國、駐北京兩年、多次參與華文文學

22　努力的方向大致有三點：1.定期舉辦有關臺灣研究的學術活動，包括臺灣文學與文化國際研討會，臺灣研究演講系列，以及臺灣作家短期訪問等；2.出版臺灣文學與臺灣作家的英譯作品，尤其是臺灣主要作家代表作的英譯單行本、以及中英對照的作品選集；3.編輯出版有關臺灣研究的英文著作，主要對象是美國大學研究所的年輕學者所完成的臺灣研究的學位論文或學術論文。

討論會），做為一位美籍華人的學者，他力圖從世界文學的基點和總體背景來考察臺灣文學，關注臺灣文學在世界華文文學格局中的位置，以及臺灣文學在美國大學的推廣及教學研究，俾其能紮根深植於異域（特別是美國）。他關注華文文學的民族性與世界性、本土化與現代化問題，還有怎樣看待海外華文文學的「邊緣性」？世界各國華文文學如何融入主流社會？如何與華人非母語文學聯結互動，尤其如何透過優秀的英語翻譯，整理和保存史料，散播臺灣文學的種子於異域，在他多年努力之下，相關會議陸續召開，學術論文與學位論文一一出爐，相較其他外國文學研究，臺文（華文）得成為在美國學術研究的一個新領域。

夜世界的朝香客

——談莫渝與文學翻譯

一、孤獨的翻譯文學

　　臺灣迄今沒有《臺灣翻譯文學史稿》之類的著作，定位臺灣翻譯家的譯績。雖然八〇年代末，翻譯研究在學界漸受到重視，在大學裡也陸續成立翻譯研究所[1]，但整體而言，仍受到一定程度的忽略。

　　溯及中國翻譯史，梁啟超（1873～1929）在1896年曾發表〈論譯書〉提倡翻譯，隨後並加入翻譯政治小說的行列。林紓（字琴南，1852～1924）（與王壽昌合作）則翻譯了法國作家大仲馬（Alexandre Dumas, 1802～1870）的名著《巴黎茶花女遺事》，轟動一時，之後陸續翻譯英、德、俄、美、日等國小說名著一百七十餘部。此後各類小說、劇本、詩作，甚至科幻小說競相被譯成中文；或直接譯自法文，或取材日文或英文譯本。文學翻譯風氣漸盛，根據日本學者樽本照雄的統計：1840年至1919年間，共有2567部域外文學作品譯成中文，其中法文佔了331部（18.9%）。這些法國作品以小說、詩作為主，影響了中國的象徵主義

---

[1]　如輔仁大學翻譯學研究所於 1987 年 11 月獲得教育部批准正式成立。1997年 7 月 5 日輔仁大學翻譯學研究所發起，成立「翻譯學研究會」。國立臺灣師範大學翻譯研究所於 1996 年 8 月正式開辦；國立彰化師範大學 2004年增設翻譯研究所。

詩風，也間接刺激了新文化、新語言運動[2]。之後，隨著中國社會的情勢變化與通譯人才的養成，法國的寫實主義（如巴爾札克（Honore de Balzac，1799～1850））成了改革派文人與左派政權的新寵。

晚清的其他翻譯名家還有蘇曼殊（1884～1918）、伍光建（1866～1943）等人。五四至一九三〇時期，有許多文人社團和刊物熱中於翻譯工作，如《新青年》雜誌刊易卜生專號；《小說月報》刊「法國文學研究專號」、「泰戈爾專號」、「拜倫專號」等。屬於文學研究會的作家鄭振鐸（1898～1958），翻譯泰戈爾的《新月集》和《飛鳥集》；屬於新月派的徐志摩（1897～1931）翻譯西方詩歌、梁實秋（1903～1987）翻譯西方文藝理論等。此時期的翻譯文學，投入者多為一時菁英，不但取材面相極廣，翻譯態度嚴謹而認真，譯文的質量也大為提高。1930年以後：上海創刊了中國最早的專門刊登翻譯文學的刊物——《譯文》月刊。魯迅（1881～1936）也在1933年發表〈關於翻譯〉一文，提到：「我們的文化落後，無可諱言，創作力當然也不及洋鬼子，作品的比較的薄弱，是勢所必至的，而且又不能不時時取法於外國。所以翻譯和創作，應該一同提倡，絕不可壓抑了一面。使創作成為一時的驕子，反因容縱而脆弱起來。」[3]說明五四以後，翻譯文學受到提倡的一部份因素。

2　吳錫德：〈法蘭西文學重新登陸華人文學〉，見 http://www.books.com.tw/activity/france2001/liture06.htm。另據樽本照雄《新編增補清末民初小說目錄》（齊魯書社，2002 年 4 月出版。）一書之目錄統計，收近代小說 19155 條，剔除多多種版本的重複，約 11000 餘種，其中翻譯小說約三千種，創作小說約八千種。齊魯書社，2002 年 4 月出版。

3　發表於《現代》第三卷第五期，1933 年 9 月。

　　相關的翻譯文學發展史料只有一本大陸時代編寫的《法國文學史》〈吳達元／臺灣商務〉，和零星幾本法國文學「巡禮」[4]。因此有心人士莫不呼籲學術界及教育主管應重視此項文化輸入工程，合力整理並推介優良文學作品。鼓勵譯作與專書出版，使各界對外國文學發展有通盤、基本之認識。出版業者亦能產學通力合作，發行類似《世界文學》定期刊物，提供最新書訊、書評、譯評等等資訊通道[5]。這些工作似乎還是民間默默做得多，莫渝就是其中一位，他不斷翻譯所營構出的法國文學世界，其勞苦譯績與其為人風襟，固是不用饒舌，本文之作，權作引玉之磚。

二、文學翻譯歷程與理念

　　有人說他為箭射傷，我說：我受傷了，因詩。有人在海難時緊抓住浮木，我在人海中攀牢「詩」這片飄萍。

　　　　　　　　　　　　　　　　　　　　　　　　　——莫渝[6]

4　吳錫德：〈漢譯法國小說目睹之怪現象〉，文刊《中國時報》開卷版，2000年10月5日。坊間另有若干說法，許多只是錦繡皮囊，腹內草莽，出版界乃至翻譯界流行著浮躁之風，敗筆、文字不講究、與事實出入和乖謬者眾多，令人瞠目結舌。彷彿在試煉讀者究竟是肉眼凡胎的唐三藏，還是火眼金睛的孫猴子。

5　同前註。

6　莫渝：《走在文學邊緣（上）》（臺北：臺灣商務印書館，1981年8月），頁70。

（一）無怨無悔的譯詩家

莫渝，本名林良雅。苗栗竹南人。1948年1月24日出生於中港溪畔。在臺中師專求學期間，開始接觸詩歌，並由此開始文學創作。早期習作發表於《葡萄園》詩刊、《笠》詩刊等。七〇年代初，與臺中師專校友成立「後浪詩社」，1983年，加入「笠」詩社。目前除寫譯詩作外，亦任職於桂冠出版社，可說是當前最勤於譯介法國文學的譯者之一。

1972年起，莫渝到淡江大學法文系進修，更使得原本就對法國文學頗有興趣的他，從此更和法國文學結下了不解之緣，從七十年代開始，他便有系統地譯介法國詩歌[7]。針對這樣的情形，莫渝曾謙虛地表示，這一方面是當時讀法文的人比較少，加上學院或許認為翻譯並不會提升他們學術的地位，因此對於翻譯的工作並不積極，這種種因素加在一起，使得他好像是「撿到機會」一樣。當時莫渝看到胡品清他們介紹法國詩的工作已經差不多停頓了，因此產生了譯介法國詩的念頭，最初是計畫把19世紀以前的、19世紀、20世紀各出一冊，從1974年起，他便以「法國的繆思」為總題，開始有計畫地介紹法國詩人及譯詩。後來陸續出版了《法國古詩選》、《法國十九世紀詩選》、《法國現代詩選》、《惡之華》、《比利提斯之歌》等[8]。

7　莫渝：《法國 20 世紀詩選》「譯後記」：「整個七〇年代，詩創作之餘，法國詩選三部曲的編譯和收集資料是我最重要的文學志業。」，頁 413。

8　莫渝自六〇年代起開始從事文學的創作與研究，涉及的領域甚廣，然皆以詩為其主要的重心，尤以法國詩的譯介最為著名。在眾多的編譯作品之中，莫渝表示《惡之華》是他最用心翻譯的一本，《比利提斯之歌》則是他較喜愛的作品。

　　1982年秋至1983年初夏，他得到法國科技文化中心（即今法國在臺協會）提供翻譯獎學金[9]，有機會在法國進修語文及認識法國文化。這次的留法固然有行萬里路、破萬卷書之收穫，但更重要的是作為一個法國文學翻譯者的初步奠基與定型。莫渝在這期間，撰述了許多重要詩稿，像「羅亞河畔的思念」等20多首；散文隨筆「猶里西斯手記」30篇（後來均收進《河畔草》裡）。遊學法國這一年，他透過法文翻譯一些法國以外如丹麥、海地、瑞典等國家的文學作品，遂有「第三世界的詩歌翻譯者」之稱[10]。這在臺灣是更少人涉獵的領域，但莫渝卻孜孜不倦地翻譯了兩百多首，為更多人搭起欣賞外國詩的橋樑。如《比利提斯之歌》、《海地詩選》、《丹麥現代詩選》等。這些譯作都分別刊於《笠》詩刊、《詩人坊》和《臺灣詩季刊》。八〇年代後期，莫渝則致力於譯詩研究及譯詩名家的介紹，這在臺灣文壇也可說是一項空前的工作。他的《現代譯詩名家鳥瞰》與《彩筆傳華彩──臺灣譯詩20家》二書，搜羅了文壇上大部分重要譯詩名家的資料與成果，極具參考價值，對於譯詩研究可謂貢獻良多。

（二）莫渝與文學翻譯

　　法國文學一向主導歐洲文學，進而影響世界文學思潮。中國新文學運動之後，大量翻譯介紹外國文學，做為推動文學改革的助力，自然也

---

[9]　李魁賢說莫渝在 1982 年獲得法國在臺協會獎學金赴法國進修時，條件是要在進修期間譯完一冊法國文學作品，結果，莫渝在出國前，就譯完了法國小說家羅伯・格里葉的新著《魍魎》。見〈化作彩筆又飛花──序莫渝著《彩筆傳華彩》〉，收入莫渝《彩筆傳華彩──臺灣譯詩二十家》。

[10]　林佛兒說法，林佛兒，筆名林白，1941 年生。專事小說、散文的創作，著有《尋找香格里拉》、《南方的果樹園》、《北回歸線》等書，「林白出版社」、《推理》雜誌發行人。

引進不少法國文學，其中，較偏重於小說與文學史的論述；詩的數量，也有一批留法人士或詩人作家，如李思純（1893出生）、王獨清（1898～1940）、田漢（1898～1968）、李金髮（1900～1976）、侯佩尹、梁宗岱（1903～1983）、徐仲年（1904～1981）、戴望舒（1905～1950）、陳敬容（1917～1989）等人參與譯介，他們的譯品影響了自己的創作與詩壇[11]。但整個而言，在1949年以前，並無一本較完備、有系統的漢譯「法國詩選」，誠為詩文學界的憾事。在少量的譯介史料，回望20世紀的外國詩歌在臺灣的出版狀況，我們可以很清楚地看到，翻譯詩的出版一直處在零散的、非系統的狀態。莫渝一直以微薄之力，希望填補此一空白頁，構築法國詩歌圖景。

1.莫渝與譯詩理論

　　文學是語言的藝術，在這門藝術中，詩歌被公認為最講究語言的藝術，亦即最能體現語言之微妙的藝術；因此，它常常被世人稱作「文學中的文學」。或許正是在這個意義上，詩歌存在著美國詩人羅伯特‧弗羅斯特（Robert Frost）所稱的不可譯性：「詩歌就是那在翻譯中失去的東西。」「任何一個譯者都無法原封不動地把一種詩歌語言轉化成另一種詩歌語言。」這幾乎宣判了詩歌翻譯家的死刑，同時也道盡詩歌翻譯的艱難和翻譯者的尷尬。詩歌翻譯不同於別的翻譯，如科學著作或思想著作翻譯，它甚至同一般的文學翻譯（比如小說、散文）也大相異趣。翻譯比創作難，而翻譯有聲有色的抒情詩，較諸翻譯科普作品或其他文學作品更難。

---

[11]　莫渝：〈塞納河畔的風光——簡介早期兩冊漢譯法國詩選〉，《法國文學筆記》（臺北：桂冠圖書，2000 年 11 月），頁 73。

　　「詩是不可譯的」這句話自有其特殊的蘊含，但它更多的是凸顯出譯詩的難！隨著世界各國文化交往的日益頻繁，翻譯已經成為一座必不可少的橋樑，而詩歌翻譯更是其中不可或缺的部分。在兩難的處境下，譯者勢必要作出某種取捨，對原詩釋放的那些高密度的資訊進行梳理，尋找並首先傳達該詩最應該傳達、最有可能傳達的那部分資訊，譬如原詩的重心在意象、比喻的新奇上，譯者就應該把注意力傾注在意象和比喻的複現上。譯者自覺地提高中外文的修養和不斷打磨自己的藝術感覺。譯者至少要對原文有精深的研究，細密的思索和充分的了解。必須掌握原作者所在國家的傳統思想、風俗習慣、社會環境、家庭文化環境，讀過原作者主要作品及相關材料之後，方能勝任翻譯事業。

　　在詩不可譯、難譯的情境下，莫渝如何貞定其翻譯志業？他又如何從前人經驗中獲致啟發？在他的著作中我們可以見到零星的見解。在《彩筆傳華彩──臺灣譯詩二十家》，他提及林以亮（宋淇，1919～1996）編選《美國詩選》，「但余光中負責撰述譯介的比例很高，同時，有詳盡的詩人介紹與評價，對譯詩的內容與韻腳也有深入的探討，其規畫的格式，影響了莫渝譯介法國詩的構想。」（頁100）又說：李魁賢（1938～）在「七〇年代出版的《弄斧集》，迄今仍是難得的譯詩研究專書，有譯詩比較學的創舉，自然也具文學史料價值。……這項史料與比較兼具的工作，啟示了莫渝進行『譯詩集錦』的興趣；莫渝從1977年起，陸續在《詩人季刊》、《幼獅文藝》、《當代文學史料研究叢刊》，集錄一詩多家譯筆，可以算是呼應李魁賢的『弄斧』」。（頁145）

　　有關重複譯問題，在中國一九二〇年代，就曾有一些爭議，郭沫若（1892～1978）文章正可看出當時的情景。他認為「翻譯不嫌其重出，

譯者各有所長，讀者盡可自由選擇」[12]，在1922年6月寫的〈批判「意門湖」譯本及其他〉一文，又再度表述此一觀點，並說：「歌德的《浮士德悲劇》譯成英文的有二十多種。譯的人各人的見地不同，各人的天分不同，所以譯的成品也就不能完全一致。我國的翻譯家每每有專賣的偏性，擬譯一種著作，自家還沒著手，便預先打一張廣告出去，要求他人勿得重譯；這種無理的要求，這種滑稽的現象，怕是我們國內獨無僅有的了。」[13]莫渝對一詩多譯有他的看法，他曾明確自述「譯詩理論」：

1. 創作可以定稿，譯詩無法欽定。翻譯過程，受個人學養、文學愛好、語文用詞等左右，因而時過境遷，會出現一詩多譯、重譯的現象。

2. 譯詩，先求散文式的理解原意，次求文字合乎習慣語法，再要求達到詩質的濃縮與精簡。

3. 由一種語言文字轉換成另一種語言文字，就詩而言，原詩的格律勢必喪失，

　　因而求取（保留）意象、意境為首要工作，如佐以注釋、簡析，更能幫助不諳外文的讀者，了解原詩的寫作背景與意圖，藉此達到學習與欣賞的效果[14]。

莫渝譯詩觀念，不曾系統性以專文自道過，但分散見諸其它論著。他認為藉著譯者的語文學養、創作風格、翻譯經驗與理念、對原作的了解程度，一首詩在不同譯者的筆下，會呈現出不同的風貌。」詩人陳千武（1922～）說莫渝早於1976年代，就著眼譯詩作業的重要性，挺身參

12　〈屠爾格涅甫之散文詩〉，《時事新報・學燈》，1921年2月16日。
13　載《創造季刊》第一卷第二期。
14　收入莫渝：《彩筆傳華彩──臺灣譯詩二十家》，頁194、195。

與翻譯，而且「自始就抱著以寫詩的熱誠，參與譯詩的工作。」並舉莫渝所譯的《繆塞詩選》除譯詩、詩人小傳，還附有繆塞詩的中文譯詩索引，證其態度之慎重[15]。莫渝《法國20世紀詩選》「譯後記」：「在《法國古詩選・譯後記》提出理想的中譯外國詩選集的四項原則：作者畫像、作者介紹、詩選五至十首以上，與詩有關的插圖。」[16]後來在《雅姆抒情詩選・譯後記》說：「這樣的條件係針對『外國詩選』。《法國古詩選》有初步構想的實現。《法國十九世紀詩選》缺第4項，第1項將畫像集中書前，仍非理想。《法國20世紀詩選》獨獨呈現第3項的文字，令自己懊惱不已。然而，受制外在環境，只能徒喚奈何。……長久以來，內心埋藏著一個夢想：陸續譯介出版法國詩人作品集。」[17]

　　細品莫渝的譯著，可以體會他嚴肅而獨特的翻譯語言，他的翻譯原則：第一應是忠實原作，從他注重法文版本可知（下敘），在詩歌的翻譯語言中，原作語言與翻譯語言好比兩條平行前進的軌道，它們既不能脫離，也不能重疊，否則就有脫軌和越位的危險。莫渝翻譯的詩集，幾乎都有一個特色，他很用心地去收集作者的生平和生活背景相關的資料，反復閱讀、品味，抓住詩的內部語感和深意，然後以深入淺出的筆觸，來幫助讀者很快地進入創作者的「內心世界」，增加對法國詩人詩作的欣賞濃度。為了完美呈現他理想中的譯詩選集，幾乎是每一本譯作都有「譯序」、「前言」、「導讀」、「後記」、「註解」等類，這些文字本身就是上乘的研究材料，而書前原作者生平文學成就的介紹及書

---

[15]　陳千武：〈譯詩的重要性——序莫渝著《彩筆傳華彩》〉，收入莫渝《彩筆傳華彩——臺灣譯詩二十家》。

[16]　莫渝編譯：《法國20世紀詩選》（臺北：河童出版社，1999年12月），頁413。

[17]　莫渝譯：《雅姆抒情詩選・譯後記》（河北教育出版社，2004年1月），頁256。

後的年表、相關評論家的評文，文中譯文加注的方式，都顯示出莫渝對待翻譯的嚴肅認真態度。如《白睡蓮——法國散文詩精選》書前就有一篇自撰的〈散文詩的萌芽〉；《比利提斯之歌》書前有〈純情與浪漫的古希臘女子——《比利提斯之歌》導讀〉；又如《小王子》的中文譯本在臺灣流傳的過程及一書的主題，都是很好的導引。其譯詩幾乎都有註釋之體例，對一本完善的譯作而言，這樣的選擇對讀者也有相當的幫助。如注魏崙〈悒鬱〉：「我是處在頹唐末期的帝國」，他對「頹唐」的交代是：「魏崙向羅馬帝國的頹唐時期借取意象，表明自己的悒鬱、萎弱。1880年，一群法國青年詩人欲組詩社，即向魏崙此詩句搬出，取名〈頹唐派〉（Décadents），以詩人波德萊爾為宗，主旨為否定社會現狀。」[18]注釋馬拉美〈給一位金髮小洗衣女〉：「希垤島」時特別提出是「愛琴海上小島，又名維納斯島。畫家瓦陀有幅名畫《希垤島》，波德萊爾有詩〈希垤之旅〉。希垤島亦象徵理想的愛情聖地。」注〈窗戶〉一詩時，說「詩人將現實當作一所醫院，厭世的心理，使詩人極欲逃離憂愁的現實，進入夢境。」[19]，對詩作的理解有很大的幫助。這些例子很多，俯拾即是，毋庸多舉。

2.講究版本，忠實原著

眾所周知，昆德拉對自己作品的翻譯是相當重視的，他只允許翻譯家從他認可的法語版本來譯他的作品，而不能從其他的版本轉譯，尤其是不能從英譯本轉譯。莫渝從事翻譯，講究版本，忠實原著。卡繆的《異鄉人》，出版於1942年，中譯本在1958年開始出現，分別由施翠峰、王

18　莫渝譯：《魏崙抒情詩一百首》（臺北：桂冠圖書，1995 年 2 月），頁 189。
19　分別見《馬拉美詩選》（臺北：桂冠圖書，1995 年 2 月），頁 87 及頁 7。

潤華、孟祥森等翻譯，但都是根據英譯本翻譯過來。譯本已然不少，但
莫渝之所以再譯《異鄉人》，即是想依據法文直接翻譯，再現原著風神。
《小王子》是一本寓言式的童話故事，在臺灣翻譯或改寫出版的中文本
就不下五十種，可是莫渝仍然重新翻譯，在訪談中他提到重新認真閱讀
《小王子》，有一些新的感受和體悟，他感知「憂鬱」「哀傷」「疼痛」
這些詞語一再重複，除了是作者的課亦之外，也表現出小王子真正有這
一份哀傷的情懷。莫渝說「『哀傷』這個詞語，在別的譯本有任意採用
其他類似語詞。翻譯時，我比較傾向於依照原文統一（固定）使用。」[20]
侶倫〈《磨坊文札》雜話〉一文譽賞莫渝之譯作，說：「《磨坊文札》
的中文本中，譯筆較為精細、認真，印刷、裝幀也較為講究，內容較為
完整的，恐怕還是莫渝的這個譯本。」[21]

3.對譯事之慎重

　　好的譯詩是不斷錘煉出來的。譯詩要不怕改。詩尚有待推敲，何況
譯詩。前面所述當然也是對譯事之慎重，這裡特別著重的是譯者在翻譯
過程中的推敲斟酌。如對羅蘭・巴特（Roland Barthes, 1916～1980）《偶
發事件》書名之確定，一再猶疑的起伏心情，我們經常可以看到莫渝對
譯書定名的思考歷程。如Incident 有事件、事故、即興、插曲、枝節等
意，因此曾考慮幾個名稱：《偶發事件》、《事件》《偶景》、《偶發
即景》、《即景》、《插曲》等，最後選定《偶發事件》。因為羅蘭・
巴特記錄的都是日常生活見聞的「小事」、「小事件」（絕非引發社會

---

[20] 莫渝譯／導讀：《小王子》（臺北：桂冠圖書，2000 年 11 月），頁 129。

[21] 收入莫渝譯・導讀：《磨坊文札》（桂冠圖書公司出版，2002 年 8 月），
　　頁 268。

國家風暴的事件）[22]。又如〈巴黎夜幕〉的譯名，何以不用原文〈巴黎夜晚〉（Soirées de Paris）？譯者的考量讓人佩服，他說16篇日記，是巴特白天功課之餘夜生活的表白，真實解剖自己的同性戀，於此，用「夜幕」取代「夜晚」，多少亦有「帷幕」的朦朧曖昧意味[23]。名著的譯名，可以看出譯者的才華與心血結晶。就像《悲慘世界》、《哀史》、《慘社會》，一個最忠實曉暢的題目，最後脫穎而出，正是譯者最大的功勞。由於對文學翻譯之重視，他與王幼華主編《苗栗文學讀本》特別選錄苗栗作家的翻譯之作，此一作法實對文學讀本的編輯有良好的啟示。

4.譯績輝煌──翻譯成果簡述

　　莫渝先生集詩人、譯家、學者於一身，其翻譯成就最為突出。而譯作中又以法國詩歌譯著最為星光燦爛。施蟄存（1905～2003）說：「一個國家的詩歌，用另一國的語言文字來轉譯，很難取得同樣的藝術效果。為此，國際間的文學互譯，詩歌的譯作，數量總是最少。」法國詩歌的翻譯情況，亦大致如此。法國詩被譯為中文，至少已有120多年的歷史了。1871年王韜（1828～1897）譯法國國歌〈馬賽曲〉，是目前能見到的較早漢譯法詩。該詩曾編入1873年中華印務總局活字本《普法戰紀》中。之後，又有馬君武（1882～1939）、蘇曼殊、劉半農（1891～1934）等零零星星地譯介了一些法國詩歌。當時漢譯法國詩，都採用中國傳統古體詩形式，譯語用文言，有的詞藻極為古雅，似極中國詩。「五四」之後，法國詩歌的譯介在中國有不錯的發展。除了各種書刊及外國詩選中發表了大量法國譯詩外，還結集出版了大批法國譯詩集。但

22　莫渝：〈譯後記：在桂冠遇見羅蘭・巴特〉，《偶發事件》（臺北：桂冠圖書，2004 年 5 月），頁 204、205。
23　同前注，頁 205。

在臺灣的法國譯詩仍然靠幾位譯家支撐。莫渝大量的譯作填補了空白，有不少譯詩，連對岸都未有系統的譯著，其譯著請見附錄一。以下謹選其譯著數種以見其譯績。

（1）《雅姆抒情詩選》

馮西・雅姆（Francis Jammes, 1868～1938）的詩多取自宗教及大自然的靈感，與美國的佛洛斯特（Robert Frost, 1874～1963）和蘇聯的葉賽寧（Serge Eselin, 1895～1927）均為該國傑出田園詩人，亦為二十世紀前葉重要詩人之一。《從晨禱到晚禱》（1898年）和《春花的葬禮》（1901年）兩冊詩集，是雅姆早期詩的總集與代表作，本書以此為主架構，兼及稍後的詩作，如《十四首祈禱詩》、《四行詩集》、《泉與火》等，共一百餘首，是譯介最詳盡的一部《雅姆詩選》。此書由河北教育出版社。在雅姆的零星中譯者中，有程抱一、沈寶基等人，但後起而集大成的，便是莫渝此一完整譯本。該書「附錄」部分，另有譯後記、雅姆生平創作年表；莫渝又撰有譯序，述「鄉村詩人愛驢子」之餘，還列出了出現在雅姆詩中的動、植物。

（2）《惡之華選析》（上、下）

波德萊爾（Charles Baudelaire, 1821～1867），被後世歸為後期浪漫主義的詩人，是「為藝術而藝術」的忠實信徒，他的詩常出現幾個重要的主題，包括憂鬱、死亡、宗教、愛情與縱欲、馨香等。他常在詩裡強調的象徵、冥合、音樂性等特質，使得19世紀法國詩產生了象徵主義

的流派，他可以算是象徵主義的開拓者[24]。莫渝在譯畢《惡之華》全書後，從中挑選73首，加以註釋、賞析。

（3）《香水與香頌》

香水與香頌是法國聞名的兩項特產；而法國詩人琳琅而奔放的詩歌則為兩者賦與了真實的靈魂。因為沒有詩，香水不具生命；缺少詩，香頌也只是文字而已（莫渝詩作）。《香水與香頌》一書，挑選波德萊爾、韓波（Arthur Rimbaud, 1854～1891）、拉封登（La Fontaine,1621～1695）、魏崙（Paul Verlaine , 1844～1896）等長短詩作51首，採法漢對照，含作者與作品簡介，其中23首並附參考英譯。經過適當的選輯與引介，可謂群星燦爛配以譯家的不凡身手，讓人嘆為觀止。在譯詩的形式、語言、韻律和境界方面，作了大量的探索與踐履，意美、音美、形美的譯詩佳品因之展現讀者眼前。

（4）《白睡蓮——法國散文詩精選》

2001年編譯《白睡蓮——法國散文詩精選》，集錄散文詩之源頭，初步實現其集錄散文詩源頭之心願。1991年，莫渝編《情願讓雨淋著——散文詩選讀》，1997年12月，整理出版了《閱讀臺灣散文詩》，足見

---

[24] 著名文評家聖伯夫（Ch. Sainte-Beuve, 1804～1969），在《惡之華》受法院起訴時曾含蓄又委婉地為詩人辯護：「在詩的領域中，任何地方都被佔據了。拉馬丁佔據了天空；雨果佔據了大地，而且還不止於大地；拉普拉德（V. de Laprade, 1821～1883）佔據了森林；繆塞佔據了激情和令人眩暈的狂歡；其他的人佔據了家庭、鄉村生活，等等。戈蒂耶（T. Gautier, 1811～1872）佔據了西班牙及其強烈的色彩。那還剩下什麼？剩下的就是波特萊爾所佔據的。且彷彿勢當如此。」這真是一段精彩的辯辭。譯文見吳錫德〈詩人當困頓？〉，《聯合文學》。

其「迷戀、偏愛、閱讀」這種文體。莫渝在這本書前言中，撰就〈散文詩的萌芽〉一篇類似導論的文章，細心的追溯「法國散文詩」的定義，發展和作品的樣貌。敘及這種「散文詩」的起源與十九世紀中葉象徵派詩人的密切關係，特別是波特萊爾或是韓波（如其最經典的詩作《在地獄的一季》）。本書精選法國從十八世紀以來，十四位詩人所寫的「散文詩」，共89篇，其中1960年得到諾貝爾文學獎的詩人佩斯（Saint-John Perse, 1887～1975）的作品，這個形式是他幾乎所有作品的基本型態，尤被強調。例如，〈種子〉：「在你收藏的瓶子裡，紫色種子長留於那襲山羊衣內。／它絲毫沒有萌芽之意。」或是相當長的〈遠征〉作品。猶如處三伏天雨後的叢林，搖落的水珠，於瞬間化為滿心幽涼。

（5）《法國十九世紀詩選》

　　法國文學在世界文學的領域中，早已佔有舉足輕重的地位，而十九世紀的法國文壇，更是風起雲湧，佳作迭出，尤其是作為法國文學主流之一的詩壇。莫渝此書精選法國廿八位代表性詩人的兩百餘首傑出作品，包括：夏多布里昂（Chateaubriand, 1768～1848）、拉馬丁（Alphonse de Lamartine, 1790～1869）、維尼（Alfred de Vigny, 1797～1863）、雨果（Victor Hugo, 1802～1885年）、聶瓦、繆塞（miusai, 1810～1857）、葛紀葉、黎瑟、波特萊爾（Charles Baudelaire, 1821～1867）、邦維爾（Banville, 1823～1891）、普綠多姆、柯思、馬拉美（S.Mallarmé, 1842～1898）、葉荷狄亞、魏崙（Paul Verlaine, 1844～1896）、柯畢葉、莫泊桑（Guy de Maupassant, 1850～1893）、韓波、莫黑亞、沙曼（Albert Samain, 1858～1900）、古爾蒙（Gourmont, Rémy de, 1858～1915）、拉佛格（Jules Laforgue, 1860～1887）、何尼葉、雷貝吉、梅特林克（Maurice Maeterlinck, 1862～1949），直可謂珠玉光彩，美不勝收。同

時收錄這時期文學思潮與詩人動態的文章多篇，包括〈巴拿斯派作品之研究〉、〈什麼是象徵主義〉、〈論象徵派的詩〉、〈十九世紀法國詩三大思潮〉等詩評多篇。

（6）《法國20世紀詩選》

莫渝〈譯後記〉自述「整個七○年代，詩創作之餘，法國詩選三部曲的編譯和收集資料是我最重要的文學志業。《法國古詩選》（1977年）和《法國十九世紀詩選》（1979年）印行之際，在一頁備忘錄紙片上記載：預計1979年6月結束法國現代詩選，200首，30位詩人名單；在另頁紙片則記錄初步擬訂35～40位詩人，250～300首詩，與附錄資料。當時，已進行幾位詩人深入而量多的譯介。」此書精選賈穆（Francis Jammes, 1868～1938）、高祿德（Paul Claudel, 1868～1955）、紀德（Andr Gide, 1869～1951）、梵樂希（Paul Valery, 1871～1945）、福爾（Paul Fort, 1872～1960）、羅雅伊（Anna de Noailles, 1976～1933）、阿保里奈爾（Apollinaire, 1880～1918）、許拜維爾（Jules Superívelle, 1884～1960）、杜阿梅（George Duhamel, 1884～1966）、佩斯（Saint-John Perse, 1887～1975）、何維第（Píerre Reverdy, 1889～1960）、艾呂亞（Paul Eluard, 1895～1952）、查拉（Tristan Tzara, 1896～1963）、阿拉貢（（Louis Aragon, 1897～1982）、裴外（Jacques Prévert, 1900～1977）、阿芙妮（France D' Avrigny, 1907～）、夏爾（René Char, 1907～1988）等三十幾位詩人，呈現一座「瑰麗奇彩的法蘭西詩園」，芬芳花卉，令人嘆為奇觀。

（7）《夢中的花朵——法國兒童詩選》

臺灣對外國童詩的譯介始於五○年代中央日報《兒童週刊》，七○年代時，《笠》詩刊對兒童詩之譯介頗為積極，1971年第45期起闢有「兒

童詩園」刊載童詩，翌年，童詩譯介陸續登場，陳千武、陳秀喜（1921～1991）、林鍾隆（1930～）、陳明台（1948～）皆是其中的耕耘者。莫渝為《笠》成員，又為小學教師，對童詩的關注自較他人積極，他閱讀過很多兒童詩：泰戈爾（Rabindranath Tagore,1861～1941）的《新月集》、史蒂文生（Robert Louis Stevenson,1879～1955）的《兒童詩園》、希麥尼茲的《小白驢與我》等[25]。雖然莫渝說他在兒童文學的領域上並沒有十分積極地經營，但認識他的人，都知道他為人謙虛。其實近年來他陸續編譯了幾本書，包括《夢中的花朵——法國兒童詩選》，封面寫著「本書是國內第一本法國兒童詩歌選集，……藉著選譯國外兒童詩歌精選作品，對國內兒童詩歌的指導與創作有所助益」，書前則有〈法國兒童詩導論〉，對法國兒童詩有全面而精要的介紹。另外較不為人知的是，莫渝還曾為其服務學校新埔國小編了兩本兒童讀物：《我們的島——臺灣詩文選讀》、《神奇的貓——貓的文學欣賞》。前者編選了趙天儀（1935～）、李敏勇（1947～）、洪醒夫（1949～1982）、鄭清文（1932～）等人的作品；後者則選譯了法國埃梅的〈貓爪〉與美國桑德堡的〈霧〉，書中並附有莫渝在1997年12月「第二屆全國兒童文學與兒童語言學術研討會」上所宣讀的論文〈神奇的貓——法國兒童文學的角色之一〉。臺灣到目前為止，以貓文學為研究對象的論文似乎還不多見，因此莫渝此文，實具有相當的參考價值。

（8）《魏崙抒情詩一百首》

　　十九世紀末期，魏崙的詩替法國詩壇打開另一扇窗牖——象徵派詩風。他的詩從許多觀點來看，有其一貫性。他說過：「藝術是絕對的自

---

[25]　《新詩隨筆》（臺北：臺北縣政府文化局，2002年12月），頁66。

我。」也因此他在詩中坦誠純真地表露自我；而在他詩作中的缺憾以及毀痛的懺悔紀實：夢幻與憂鬱是「魏崙式」的傑作中最撩人憂思的韻味所在。

（9）《韓波詩文集》

韓波（1854～1891），15歲就擅長寫作拉丁文詩歌，掌握了法國古典詩歌的傳統格律。從16歲（1870）起，他常常外出流浪，和比他年長10歲的詩人魏崙關係親密，但後來發生衝突，魏崙甚至開槍打傷了蘭波。現存的韓波的詩有140首左右，主要在16至19歲期間所寫。在韓波早期的詩中可以看出帕爾納斯派的影響，後期詩作加強了象徵主義色彩。主要詩集有《地獄的一季》、《靈光集》。韓波的豐富創造力、幻想奇思，如奇花異卉，令人流連。

其譯著尚有不少，請另見附錄一，足見翻譯貫串著他的整個文學生涯，而詩歌的翻譯佔了相當大的比例，對當今翻譯工作者有其取法借鏡之意義。

三、莫渝翻譯文學的影響

（一）自身的影響：從事譯詩無形中的潛移默化

譯詩的工作，所獲致的文學素養，博觀世界文學景觀，對譯者不可能毫不受影響。莫渝以〈夜世界的朝香客〉自述文學之路[26]。以《笠下

---

[26] 他說「標題係劃自法國書評家戴岱揚描繪該國詩人聶瓦的書名，……聶瓦是我鍾愛的詩人之一，這樣的書名（標題）相似個人在燈下讀寫的情境。」見《讀詩錄・後記》（苗栗縣立文化中心出版，1992年6月），頁189。

的一群》、《神奇的窗戶》為其書命名等等，都可以看出他在閱讀、翻譯國外文學時所受到的潛移默化。《愛情小詩選讀》收堀口大學〈路上〉一詩，生平介紹謂堀口《月下的一群》（1925年）影響日本詩壇甚大[27]。在《笠下的一群・後記》亦提及此書，並期待《笠下的一群》也同樣能持續保留詩人的側顏和散播詩的芬芳。《神奇的窗戶》，除沿襲聖野詩篇名〈神奇的窗子〉，亦受兩位外國詩人的啟迪。一是波德萊爾散文詩〈窗〉：「從外面朝打開的窗戶瞧的人，絕不會比朝關閉的窗戶瞧的人，能看見更多的事物。沒有比被蠟燭點亮的窗戶更深邃、更神秘、更豐富、更黝黑的了。」（書封面即錄此詩），一是美國詩人桑德堡〈詩的十個意義〉之一：「詩是一扇門的開啟和關閉，讓曾經透視其內的人去猜想瞬間所見為何物。」門換成窗戶，含義相當，以此為書名，正說明詩歌就是一扇神奇的窗戶[28]。

　　此外，分析探究莫渝的創作題材與其翻譯作品間的相互影響，從若干自述裡可知。在訪談時，莫渝說道〈夜寒聽簷滴〉一詩時：「法國十九世紀詩人魏崙有一首詩〈淚滴著我的心〉，寫的是下雨時引發無端的愁緒。這『無端』和李商隱『錦瑟無端五時弦』裡『無端』的意思一樣。」說明了其詩「不道無端愁緒」那種沒來由、說不出來的「愁」。[29]受波德萊爾〈秋〉影響，莫渝也有詩作〈秋〉[30]：

---

[27] 《愛情小詩選讀》（臺北：鷹漢文化出版，2003 年 11 月），頁 17。

[28] 莫渝編選：《愛情小詩選讀》及《神奇的窗戶——中國兒童詩歌賞析》（臺北：富春文化事業公司出版，1994 年 4 月），頁 7、8。

[29] 莊紫蓉訪問、筆錄：〈回到水邊——訪問詩人莫渝〉，收入莫渝《新詩隨筆》（臺北縣政府文化局出版，2001 年 12 月），頁 340。

[30] 見莫渝：《無語的春天》（高雄：三信出版社，1979 年 2 月），頁 101、102。另收入莫渝：《惡之華譯析》（廣州：花城出版社，1992 年 4 月），頁 95。

彷彿一夜之間各路的雲聚攏過來

把這片昨日的絢爛的天空

積成厚厚的秋

彷彿一夜之間

秋站立樹梢

把葉子一羽一羽地拋給泥土

僅輕微的說聲：

隨後，什麼也要跟著飄落

波德萊爾〈秋歌〉：

不久，我們將沉入冷冷的幽暗裡，

別矣！我們夏日太短的強光！

我已聽到悲傷碰撞的落地聲，

響亮的木頭落在庭院石板上。

……………………………

……………………………

我覺得有人匆忙地釘著棺材，

為誰呢？昨日是夏，今兒已秋了！

這神秘聲音通報著動身。（下略）

　　莫渝自述：「波德萊爾的詩句，令人敏感地覺得歲月腳步之快，明明昨天還是炎夏，一朝醒來，已是天涼之秋了；莫渝的〈秋〉詩，詩句發展較平緩，沒有波德萊爾撞擊力的強烈，但，同樣地把晴空無雲的燦

爛夏日，和無情厚雲的冷瑟秋天，做了鮮明對比。」[31]1979年，莫渝由於接觸波德萊爾的詩，內心有所感發，也寫下一首題為〈波德萊爾〉[32]的小詩：

> 天色逐漸灰暗
> 街燈亮了
> 您的貓眼跟著亮了
> 座巴黎跟著亮了
>
> 陰暗角隅許多的影子
> 一一映現
> 卑鄙　齷齪　醜陋
> 眾所不顧的
> 全都納入您開朗的胸懷
> 撫摸後
> 幻成一串串的美
>
> 天堂與您絕緣
> 順著阿克倫河般的塞納河堤岸
> 您用醉態惺忪的雙眸
> 點化不夜城的巴黎

---

[31] 見莫渝：〈法國詩與臺灣詩人〉，《法國文學筆記》（臺北：桂冠圖書出版公司，2000 年 11 月），頁 178。

[32] 發表《笠》詩刊 92 期，後收入氏著詩集《長城》，臺北：秋水詩刊社出版，1980 年 6 月，頁 79、80。莫渝在《走在文學邊緣》（上）亦言：「著迷於波特萊爾的『太陽在自凝的血泊中溺斃』」（臺北：臺灣商務印書館，1981 年 8 月），頁 29。

讓舉世更清楚的注目

同時

注目您的「罪惡之花」

在《走在文學邊緣（上）》裡他試著從讀書寫詩去觸及波特萊爾的那種心跳[33]。2002年柯旗化過世時，他寫下〈天鵝〉一詩：

喜愛自由的鳥

長鳴自由的歌

在監獄　在檻外

在臺灣島　在火燒島

一隻單純的鳥

不會花言巧語

慣用母親教的話語

發出愛的心聲

一隻不妥協的鳥

選擇有陽光的地方

親切地告訴大家

生命自由的可貴

一隻翱翔的鳥

不時遭疑忌的獵人暗算

---

[33] 莫渝舉波特萊爾所說：「對他人不滿意，對自己不順眼，在黑夜的孤獨與靜寂之中，我想好好為自己贖罪且以己為榮。」《走在文學邊緣（上）》（臺北：臺灣商務印書館，1981年8月），頁70。

仍然要和同胞

在有自由空氣的陽光中呼吸

傳遍自由歌聲的鳥

曾經失去自由

他的嗓子嘶啞了

他的樣子老邁了

他不累，從未喊累

他只想休息

躺在家鄉的心懷裡休息

絕對不孤單

作者自註：「1851年12月2日，路易・拿破崙發動政變，成立帝制，詩人雨果流亡英國小島。波德萊爾撰〈天鵝〉一詩吟詠。取此意象，為政治受難者詩人柯旗化送行。柯先生因臺灣政治入獄兩次達14年，出獄後，並未投入政治圈，謀取權力。本詩以『天鵝』譽其清風明月的心境。詩人詩作中曾多次用『海鷗』象徵自由。」

沒有了詩，詩人將「感受到漆黑夜空中沒有星芒的失望」。他也從詩人、外交官杜伯雷那兒獲致感發，寫下〈懷杜伯雷〉：「真想歸去／而歸去的千條路／沒有一條通往繆思／不如仍蹲踞廢墟上／讓風讓雨讓沒有太陽的羅馬／精雕細鏤那頭憂鬱」[34]。杜伯雷說「我生來是服侍繆思的，他們卻要我做管家婆。」莫渝也自認寫詩是他的天職，但如杜伯雷一樣，忙碌於工作與詩之中，難免也有一些憂鬱，「把憂鬱弄成自己的瘦臉」（〈懷杜伯雷〉詩）。他也寫下〈維尼〉、〈魏崙〉、〈賈

---

[34]　《無語的春天》（高雄：三信出版社，1979年2月），頁163

穆〉[35]，替法國詩人畫像，這些詩人正是他「心靈人物的側影」[36]在〈賈穆（雅姆，Francis Jammes）詩選之前：詩人，我正讀著您的詩〉一文裡，譯者的神情容顏栩栩在目。

　　詩人，在我讀詩的燈下，我正展讀您的詩集，那冊封面有您大而黑鬍子的詩集。在您的國度裏，有人稱您「鄉村詩人」，有人稱您「外省詩人」，有人稱您「曉得歌詠自然與少女的詩人」，更有人稱您「虔誠的宗教詩人」，所有的禮讚，都美化了您的純樸，而您，當然不屬於花花世界的巴黎了。

　　許多詩人都湧向巴黎，努力的想在波德萊爾筆下的地獄煉火中掙脫出來，獨您無視地獄的存在，一顆虔誠的真摯心靈獻給上帝獻給大自然，讓千里外異國的我，還能從您的詩篇讀到法國外省鄉村的可愛恬靜柔和的景色。

　　讀您的詩最宜於夜深人靜，讓詩句由口中緩緩流出，才能把鄉村的旖旎風光映現在燈下玻璃墊。讀到那首您題贈紀德的〈古村〉，彷彿玻璃墊上走馬燈似的出現一道斑剝的長牆圍繞古的老花園外，您正滿臉于思的走著，一邊朝滿是魁偉高樹的園中望去，一邊在腦子裏盤旋著曾經顯赫的家族如今沒落的空讓園圃荒廢。

---

[35]　原詩：「您是中國山水畫裡／慢條斯理的拄杖者／走遍鄉間小路／欲求人間真實語言／紅塵是他們的紅塵／您在大自然裡／吟哦純樸歌謠／散佈和諧／傳播寧穆／只要您走過的路／詩人！／兩旁的花草動物／格外欣然生氣／格外懂得閒適情趣」。《長城》（臺北：秋水詩刊社，1980年6月），頁83、84。其餘詩人見頁77-82。

[36]　語出《長城‧後記》，同前注，頁159。

詩人，您寫這首詩已是六七十年了，您離開這塊土地也已四十年了，那古園還在嗎？那古村依然嗎？這叫我想起昨夜讀過的您的詩〈我在大地上抽著煙斗〉，在詩中，您抽著煙斗看牧羊人與牧羊犬之間的一番玩笑，這玩笑，只屬於純樸的鄉村。

詩人，讀到您的詩，我因離開鄉村置身紅塵而喟嘆。

在〈陽光詩抄──獻給梵谷：一顆孤獨的太陽〉：

（一）

閃爍如斯，銳利如斯／生命潛藏的逆流／突然欣悅黃金的挑逗／遂展現全然的／高度的焚燃狀態／以生之驕傲賺取最最亮麗的一簇燄花／傾聽啊！躍過太陽躍過古銅色時間的／這投身這猛勁／一位踽踽獨行的旅人的跫音

（三）

你呀！／在陽光的圖案中／血濺成的金球，自認輝煌的／習慣地不去求取什麼榮耀／祇把一組信仰深深投入／深深渲染成鮮明的黃

踏你腳印來的，不是叫流星這種滾球

（《無語的春天》，頁16-19）

莫渝在接受訪問時亦說：「在臺中師專最後一年，我看了梵谷傳，書名叫《生之慾》（*Lust For Life*），或許譯成《熱愛生命》更恰當。……我從梵谷學習到對藝術的追求，使生命能夠發揮出最高的價值。」又說：

「我是海軍陸戰隊，屬於砲兵團，部隊移防時都有軍車。從澎湖調回臺灣就在高雄林園一帶，冬天時到彰化北斗，過年時，在左營一個月，當時我不知道葉石濤住在左營，春天又到南部車城附近。部隊調動時除了坐船、搭火車之外，就是車輛行軍。後來我以這樣的經驗寫了一首詩〈南方的陽光〉，南部那種亮麗的陽光給我很強烈的感受。我會寫這麼一首詩，是看到法國詩人佩斯寫的〈遠征〉這首詩，他派駐中國擔任外交官時，到蒙古沙漠大戈壁探險旅遊時所寫的。我追記這一段軍旅生活的感受，主要是把它當作一種嚮往南方豔陽的經驗，背後動機跟佩斯的〈遠征〉有關。在車城，我待了三個月，從四月到六月，我們駐紮的地方在海邊的防風林裡面，不遠處的沙灘，整天是亮麗的陽光，相當刺眼，十分迷惑人，那種感覺一直留存在我心裡。後來看了佩斯的詩，加上當兵的那一段經驗，引發了我類似遠征這樣的念頭。」[37]〈南方的陽光〉這首詩所要表達的主題誠如莫渝自述：「讚美陽光，生命的歷程當中對陽光的接納。佩斯有一個詩句用刀戟來形容陽光，真切地形容出陽光的刺眼和灼傷力，那種感覺，我在南部真正體會到。」[38]對南臺灣熱烈陽光下色彩的歌頌，開發出的美學厚度更形多樣，那種雄健開朗、剛毅純樸的生命態度，陽光下的世界，色彩的繁複，讓詩人深刻感受一種追求熱烈陽光下另一種生命的燦爛。在另首〈永恆的太陽〉：「每一道強勁的『光』劍／狠狠刺殺過來」，同樣在〈背影〉讀者可以看到「它怎不狠狠刺盲我的眼睛」的用法：「那天／陪您下樓／看您孤單走遠／夕陽拉長您的背影／我好恨好恨／它怎不狠狠刺盲我的眼睛？」

---

[37]　〈陋巷・水邊・溫情——莫渝專訪〉刊登於《臺灣新文學》第 15 期 2000年夏季號，並收進莫渝《臺灣新詩筆記》（臺北：桂冠圖書公司，2000 年11 月出版），頁 394、395。

[38]　同前注，頁 395。

　　他讀泰戈爾詩，似對「願生如夏花之絢爛，死若秋葉之靜美」詩境
頗喜，將蘭多〈生與死〉編入小詩選讀（頁91），而他自己的詩也有不
少同樣是充滿「生時熱烈臨死淡然」的清明。他欣賞紀德的《地糧》：
「讓一切事物在我面前放出虹彩，讓一切的美內燦著我的愛。[39]」此外，
在2003年12月莫渝參加臺灣筆會印度之旅，返臺後不久，寫就〈剎那的
風景〉，起筆即「不久前，我在印度……」，據莫渝自述，乃是受羅蘭・
巴特〈偶發事件〉的影響，該文開頭即是如此開始：「不久前，在摩洛
哥……」[40]莫渝這篇散文寫得自然有深味，不僅僅是開頭文句受影響，
外在形式、內在神韻都受影響。〈偶發事件〉122則短文，如譯者所言
是「散點透視」的書寫，「或長或短，都像一幅幅異國情調的北非素描。」

　　「愛上作家的內心世界，是漸進式的；接近羅蘭・巴特的文學心靈，
也可如是看待。」（頁204）他編《愛情小詩選讀》[41]，對「戀人私語」
的感受，顯然羅蘭巴特《戀人絮語》一書對他也產生影響，「戀人間的
談吐語詞，既五花八門，卻支離破碎，像雪泥鴻爪，也似畫龍點睛。」
羅蘭・巴特說「許多小調、樂曲、歌詞都涉及戀人的遠離不在身邊。」
莫渝於書前序特別引用了羅蘭・巴特的《戀人絮語》，2003年他正翻譯
《偶發事件》（至2004年2月初步完成），也許特別有感發。在《愛情
小詩選讀・後記》他特別提到編選的目的，呼應羅蘭・巴特在《Ｓ／Ｚ》

---

[39]　《走在文學邊緣》（上）（臺北：臺灣商務印書館，1981年8月），頁49。

[40]　莫渝〈在桂冠遇見羅蘭・巴特〉，收入氏譯《偶發事件》（原著者羅蘭・
　　巴特）（臺北：桂冠圖書有限公司出版，2004年5月），頁204。

[41]　本書莫渝主編，席慕蓉、胡品清等著，精選66篇中外詩人之經典詩作（包
　　括臺灣23位、中國4位、日本16位、亞洲其他國度7位、歐美16位）。
　　主編莫渝先生更為希望有心的讀者能進一步欣賞到其他作品，特別做了「作
　　者介紹」；而「賞讀簡析」是莫渝先生個人的心得與感應的抒發，也是與
　　每位讀者交流、分享每首詩的意涵。

一書的強調：「因為會遺忘，所以我閱讀」，莫渝也表白他的心情：「因為怕遺忘，所以我讀詩、編書。」（頁158）他在簡析李敏勇〈暗房〉一詩時，則以羅蘭・巴特1980年出版的攝影札記《明室》說明「暗房」這相對的術語[42]。

　　莫渝寫過一篇〈鄉村詩人愛驢子──小談雅姆〉，說雅姆喜歡驢子，經常為它賦詩，而莫渝也寫下〈小毛驢〉一詩：

> 異國晴朗星期日的公園內
> 我看到一匹灰色小毛驢
> 矮背上馱負既驚又喜的稚童
> 來回走二十公尺的短路程
> 由主人牽引，替主人謀生
>
> 小毛驢垂著頭
> 大大眼珠子癡癡晃閃
> 不易辨識膽怯或興奮
>
> 黃土讓有勁的腳力踢揚
> 又沉重落回地面
> 浮雲般的我
> 被踢揚的鄉愁
> 也同樣落回跟地面相連的故鄉？

---

[42] 莫渝主編，席慕蓉、胡品清等著：《愛情小詩選讀》（臺北：鷹漢文化出版，2003年11月），頁133。

（二）對其詩評（評論）的影響

　　我們可以看到莫渝寫過多篇評論、學術論文或詩作析賞的著作，經常與與熟悉的外國詩人有關係，這些詩人詩作為其所喜所譯。在對譯詩的評論與研究，有其開創之功，如〈三十年來中譯法詩的回顧〉〈賈穆與戴望舒〉、〈魏崙與李金髮〉、〈錢春綺與十四行詩〉〈法國詩與臺灣詩人〉、〈波德萊爾在中國‧臺灣〉、龍英宗與法國文學等等，可見莫渝對翻譯文學所下的功夫之深。在《笠下的一群》，選讀笠詩人作品時之欣賞導讀，正應用了他所熟稔的詩人佳句，使詩篇的賞讀更為透徹細膩。評非馬（1936～）〈今天的陽光很好〉，提及非馬曾譯法國詩人裴外之詩，其中譯詩〈畫一隻鳥的像〉，與此詩之血緣成分，可進一步參考[43]。評吳瀛濤（1916～1971）〈我是這裡的陌生人〉，以詩人紀伯倫（1883～1931）詩句「在這個世界上，我是個異鄉人。」印證當代人感嘆之心聲[44]。說白萩（1937～）那充滿自怨自哀的〈塵埃〉一詩時，另舉南美烏拉圭女詩人作家伊瓦沃羅（Juana de Ibarbourou, 1895～1979）〈金色的塵粒〉不同的描述，白萩寫墜地，伊瓦沃羅寫飛昇，莫渝因此感受到「文學家的創作心理是饒為有趣的研究主題。」[45]評陳謙〈古劍〉，最後以波得萊爾〈太陽〉一詩裡練習古怪劍術的句子，說明乃指寫詩的技巧，劍與詩有相同意義。析賞北影一〈獨處〉一詩，以法國詩人維尼（1797～1863）的話為結：「懦怯卑劣的野獸往往成群結隊，只有雄獅獨自徘徊傲視曠野。詩人也如是獨來獨往。」[46]〈鐵窗與秋愁

43　《笠下的一群》（臺北：河童出版社，1999 年 6 月），頁 175。
44　同前注，頁 338。
45　同前注，頁 178。
46　同前注，頁 355。

——楊華作品研究〉提及楊華受泰戈爾之影響。「印度詩人泰戈爾（1861～1941）於1913年獲得諾貝爾文學獎，很自然地成為東方最傑出的文學家，大約1915年10月《青年雜誌》介紹其人其詩；鄭振鐸翻譯的哲理小詩《飛鳥集》於1922年10月初版推出（上海商務印書館，1924年4月3版）。泰戈爾在1924年4月12日到中國訪問，歷時近五十日，由胡適、徐志摩等人陪同，在上海、北平等地巡迴演講，造成一陣旋風，。《飛鳥集》內第82首：「使生如夏花之絢爛，／死如秋葉之靜美。」楊華《晨光集》（1933、34年作品）第30首：「生——／是絢爛的夏花，／死——／是憔悴的落花。」[47]二者似有意象重疊的脈絡。論張我軍之詩作，說其引錄歌德四行詩句的種種背景[48]，因為對翻譯文學的熟悉，使他在閱讀、評論日治時代臺灣作家作品時，能見人所未見，以下龍瑛宗、葉石濤、王白淵之例皆是。

莫渝〈龍瑛宗與法國文學〉一文，說〈村姑娘逝矣〉原題〈村娘みまかりぬ〉，發表於日文雜誌《文藝臺灣》創刊號（1940年1月1日），四十年後，由鍾肇政譯成中文，收進小說集《午前的懸崖》（蘭亭書店，1985年5月15日），是鍾肇政計畫中「臺灣文學全集」的第1號（僅出一冊）。內容描敘：「我」路過村郊的公墓，看到一座以紅磚取代碑石的簡陋新墳，由旁邊木棒上的文字，得知在此安息的是一位19歲女人，產生好奇，想探知這位「年輕村姑娘」的身世與死因。「我」是在「晴和的早上」發現女墳，配合「南方的天空、森林、烏鴉、少女之死、蒼白

---

[47] 莫渝，〈鐵窗與秋愁——楊華作品研究〉，收錄於楊華，《黑潮集》（臺北：桂冠出版，2001 年）。亦收入《新詩隨筆》（臺北：臺北縣政府文化局，2001 年 12 月），頁 44、45。

[48] 見莫渝〈人生苦短，詩藝長存〉，《新詩隨筆》（臺北：臺北縣政府文化局，2001 年 12 月），頁 11、12。

的屍首」等等的想像與幻境，「我」覺得「恍如一首詩」。抽離幻想後，到村子的茶店多方打聽，探得實況：孝心的女孩不忍父親過度操勞，志願到曬穀場邊的草寮守夜看穀子，竟然在睡眠中遭毒蛇咬噬致死。這樣的悲劇，引人無限感傷。為此，「我」連連讓毒蛇糾纏夢中，因而引發兩則聯想，其一，女孩的死頗似埃及艷后克蕾奧帕楚與蛇共眠的後果；埃及艷后的用典也出現在〈詩人的華爾滋〉文末；其二，臆想到法國詩人保祿·福爾的一首詩，發揮閱讀經驗與生活經驗的結合。保祿·福爾，法文名Paul Fort，1872年出生，1960年過世，是20世紀前期法國四大詩人之一，主要著作為總名《法蘭西民歌集》的散文詩體巨著，1897年陸續出版，共三十餘冊，單冊出版時，曾由文學界知名人士分別撰序或前言，例如：魯易（1870～1925，唯美作家）、米斯特哈（1830～1914，1904年諾貝爾文學獎得主）、梵樂希（1871～1945）、梅特林克（1862～1949，1911年諾貝爾文學獎得主）、阿保里奈爾（1880～1918）、古爾蒙（1858～1915）、杜阿梅（1884～1956）等。20世紀前三十年，日本文學界引介福爾詩作的書刊，大約有《海潮音》（上田敏譯，1905年）、《海港》（柳澤健等人合著詩集，含福爾詩10首，1914年）、《月下的一群》（堀口大學譯，1925年）等。龍瑛宗在小說中引錄的詩，似為上田敏的翻譯本。這首福爾的詩，寫於1897年，屬詩人早期詩作之一，詩中的死者為一位女孩，與小說中19歲的亡者，似乎有著年齡的差異，撇開這點差異，兩者的結合，印證著龍瑛宗在閱讀經驗的痕跡。

　　原作以日文書寫，由鍾肇政翻譯，引錄的福爾詩作自然依日文迻譯，採文言句法，顯得古樸典雅，此詩另有莫渝由法文的譯筆，收進其譯書《法國20世紀詩選》，今錄下供參考（純作文獻保存，無翻譯比較之意）：

〈這女孩死於愛情〉

這女孩，她死了，死於愛情。

他們將她埋葬，日出時埋葬。

他們讓她單獨臥著，單獨打扮。

他們讓她單獨臥著，單獨在棺木裡。

他們快樂地，快樂地唱著：「每人都會輪到。

這女孩，她死了，死於愛情。」

他們走向田野，向田野一如往常……

掘發龍瑛宗之文學淵源及所受之影響，頗有說服力。他在〈普羅旺斯、磨坊與都德——《磨坊文札》導讀筆記〉一文，說葉石濤短篇小說〈林の手紙〉（林君寄來的信），描敘青年葉柳村，有一日，由老人阿元伯接獲好友林君（文顯）的來信，託他跑一趟到鄰鎮的龍崎莊，代為探視慰問五年未見的祖父與妹妹。信中還微略地提及鄉村景觀與胞妹的美麗和氣質。原本有點懊惱打亂當日作息的柳村，經老人阿元伯補充說明，反而增添探訪的興趣，轉換心情，踏上這趟鄉野之旅。這篇小說的開頭，和《磨坊文札》第12篇〈一對老夫妻〉的情節相似，或者說有「學習」、「模仿」的痕跡。都德〈一對老夫妻〉的起筆是青年接到信息，受託訪視睽違十年的年邁祖父母[49]。在〈嗜美的詩人——王白淵論〉一文裡，則說王白淵到日本主要因素，是閱讀日人工藤好美的論著《人間文化的出發》，其中〈密列禮讚〉乙篇使他的人生起了「重大底轉向」。密列，即米勒（Jean François Millet, 1814～1875），是法國近代寫實畫

---

49 莫渝譯・導讀，都德原著，《磨坊文札》（臺北：桂冠圖書出版，2002 年 8 月），頁 13、14（以羅馬數字標示，以區別正文之頁碼）。

家，以〈播種者〉、〈拾穗〉、〈晚禱〉、〈荷鋤者〉、〈採收馬鈴薯〉等農村畫聞名。來自農村身處鄉村的王白淵，心儀密列畫風和「清高的一生」，加上「我母親遺傳給我的美術素質所使然」（見王白淵〈我的回憶錄〉），這一年是1922年。當時，他開始研究及繪油畫，立志「想做一個臺灣的密列，站在象牙塔裡，過著我的一生」（同上）。在東京的王白淵，先前同情印度的獨立運動，再親身感染日本朝野對泰戈爾的款待，以及閱讀他的詩與哲學，因而「非常敬慕這個東方主義的詩人」[50]。詩的質素開始緩緩滲入王白淵的美術園圃裡，或者說，王白淵的美術園圃裡，增添了詩的質素／養料。

　　結集成冊的譯著評論，正是長期從事翻譯研究的心得。莫渝《彩筆傳華彩——臺灣譯詩二十家》一書，評述臺灣譯詩二十家的譯詩活動，也重視譯詩史料的蒐集。對這二十位譯者的譯詩書目及譯詩觀點有相當完備的整理。代自序〈半世紀臺灣譯詩界〉一文，對半世紀以來臺灣主要的譯詩活動有翔實記載，特別是附錄〈臺灣譯詩隊伍簡錄〉，收譯者108位，標示主譯語系及重要譯作，是一份難能可貴的譯詩史料。《現代譯詩名家鳥瞰》此書是臺灣第一部譯詩家的集錦，介紹中國新文學以來三十位傑出的譯者及其譯筆，既可當做一冊外詩中譯選集來欣賞，也可列為譯詩史來探討。譯詩研究包括譯詩理論、譯詩比較、譯詩史料、譯詩家評介等。作者由喜讀外國詩，進而收集、研讀前人努力的成果，依據三原則：譯詩的質精、量多、影響詩壇文學界者，編寫本書。撰述

---

[50] 橋本宮子〈尋找魂的故鄉：王白淵日本時期的思想形成以《荊棘之道》為主〉另有一說：「王白淵憶錯泰戈爾訪問日本的時期。據筆者所調查，民國15年沒有泰戈爾來日的記錄。」姑存之。清大中文研究所「日據時代臺灣詩人研究專題」報告，呂興昌教授指導。

的格式包括：生平簡介、譯品目錄、譯詩理論、評價、譯詩抽樣，體例完整，充分呈現了莫渝資料蒐羅的完備，以及鉅細靡遺的廣博學識。

（三）對讀者的影響：啓迪興發感受力與想像空間

　　翻譯在人類文化交流的歷史長河中不僅扮演著無可替代的橋樑和媒介作用，近年來，伴隨著日漸強烈的文化比較、文化矛盾、文明衝突和融合趨勢，翻譯學已經是一門重要學科。翻譯的影響除了拓展知識份子的視野，還革新文學之形式。昔日林紓譯《巴黎茶花女遺事》，即擺脫傳統章回小說的束縛，革新了小說的形式。又如徐志摩等翻譯西方詩歌，影響中國現代詩的崛起。翻譯文學為五四前後掀起的白話文運動，注入了養料，在寫作手法、題材選擇上，給予更多元的延伸。作為詩人兼翻譯家，尤其具備了從詩歌的角度理解原作深意的可能，同時也更易接近原作詩人的靈魂。莫渝所翻譯的魏崙、韓波、梅里美、魯易、波德萊爾、雅姆、梵樂希、阿保里奈爾、聖修伯里、紀德等外國作家的作品，從其多刷的版次來看[51]，影響讀者的心靈或寫作應是可以肯定的。

　　詩心相通，詩情與共，善於用詩的語言「以詩譯詩」，在經過精心地雕字琢句譯成的詩中，如魏崙、韓波、雅姆等詩作，我們似乎感受到莫渝從這些詩句中找到了知音，詩人在翻譯這些跳蕩、輕倩、恬淡、激情等多樣詩句情境時，一定也是很激動的。以個人為例，莫渝譯裴外〈家常〉一詩，就令人深深感動，感受到文學美好的力量。裴外〈家常〉：

　　　　母親織毛衣
　　　　兒子去作戰

---

[51] 莫渝曾自言其中譯本《磨坊文札》，在劉俐小姐協助下（她親贈《磨坊文札》法文精裝本），由臺北志文出版社出版以來，一直有不少的讀者。

母親，她認為這是頂自然的

而父親，父親做什麼呢？

他做生意

太太織毛衣

兒子去作戰

他做生意

父親，他認為這是頂自然的

而兒子，兒子

兒子認為怎樣呢？

他無疑的不認為怎樣

兒子的母親織毛衣父親做生意他去作戰

一旦他打完仗

他將繼承父業

戰爭繼續著母親繼續著編織

父親繼續做生意

兒子犧牲了，他不再繼續

父親和母親到墳墓去

父親和母親他們認為這是頂自然的

生活挨著生活　編織　作戰　生意

生意　作戰　編織　作戰

生意　生意　生意

生命緊跟著墳墓。

（莫渝編譯，《法國20世紀詩選》，頁340、341）

這首詩的節奏舒緩自然，詩中完全沒有激情沒有控訴，只是緩緩輪流敘說母親、父親、兒子這一家三口人和三件事：編織、作戰、生意，然後兒子犧牲了，生活卻還得過下去，而生命必然也是頂自然緊跟著墳墓。生命本可自自然然進行，然而一旦面臨戰爭，就顯得荒謬，無可奈何，生意最後成了生存之意，像作戰一樣，死亡相隨，墳墓緊跟。

　　馮西‧雅姆有「鄉村詩人」、「外省（巴黎之外）詩人」、「曉得歌詠自然與少女的詩人」、「虔誠的宗教詩人」等等的禮贊，形繪詩人特有純樸清新、虔誠、寧靜與溫馨的詩風。這些詩歌足以讓人心神交融，沉澱現代人彷徨忙碌的心靈。本書內〈我愛這隻溫順的驢子〉、〈帶著你藍色的傘……〉、〈為帶著驢子上天堂祈禱〉等詩篇寧靜，有一種喜悅在心靈的契合上，值得再三吟誦。從天、地、人、物和諧相處，給人一種睿智，精緻，寬闊，仁愛的美感〈為帶著驢子上天堂祈禱〉：

> 一旦到了走向你，上帝，那該是
> 鄉村慶典的某一日
> 塵土飛揚。我希望，如同在人間，
> 所做的，選擇一條道路走向樂園，
> 選擇令我心喜的一條路前往
> 天堂，大白日都是滿天星斗。
> 我拿著手杖，走在大馬路上，
> 面露微笑，我會驢子這些朋友說：
> 我是馮西‧雅姆，我要到天堂去，
> 因為在善良上帝的國度沒有地獄。
> 我對它們說：來吧，青天好友，

親愛的可憐的牲畜，用耳朵的粗魯動作
驅趕惱火的蒼蠅，蜜蜂和拍打。

讓我在這些牲畜中出現你面前
我深愛它們，他們低垂著頭
溫順地，停下來併攏小小腳
那樣溫順，惹人憐憫。
我即將抵達，接著是它們眾多的耳朵，
接著是腰間馱負籃筐的它們，
是它們，拉著裝載流浪藝人的車輛，
或是雞毛撢子和馬口鐵的車輛，
是背部馱放凹凸不平水袋的它們，
是那些雌驢，體態臃腫，步履蹣跚，
是那些驢子，有人替它們穿上細小長褲，
因為流出膿水的青色傷口
引來固執的蒼蠅成圈聚集。
上帝，讓這些驢子和我同到您面前。
讓天使靜靜地帶領我們
走向林木茂密的溪流，那兒擺動的
櫻桃樹像歡笑少女肌膚般的光滑，
在靈魂的居所裡，讓我俯身
你的神聖水流，我願驢子一樣
從它們卑微溫順的貧陋，鑑照出
永恆之愛的晶瑩剔透。

（莫渝譯，《雅姆抒情詩選》頁141、142）

在詩中，賈穆很細膩地描繪鄉間驢子的動作：這些驢子非常溫柔的擺動長耳，細而結實幌動的腿部。第二首〈我愛這隻溫順的驢子〉是詩人的代表作，描寫驢子擺動長耳，為了防範蜂螫。詩裡有三小節，道出無言的心聲：「牠留在畜棚很是疲憊、悲慘，／因為牠那可憐的小腳／走得夠累了。／從早到晚／牠做著苦工。」驢子是詩人天然的朋友，從驢子那裡，詩人得到了溫和、樸素、謙卑、機警。沒有虛誇、嬌美，讓人心靈淳樸寧靜溫馨，愛和祝福洋溢著。

　　〈太陽讓井水──致查理‧德‧波多〉

　　陽光讓井水在玻璃杯裡閃耀。

　　農莊的石板破碎陳舊，

　　而青山柔美的線條如同

　　閃亮在苔蘚間的濕潤。

　　小河黝黑，黝黑的樹根

　　在磨平的岸邊糾結盤纏。

　　陽光下青草搖曳，人們收割，

　　膽怯可憐的狗兒盡職地吠叫。

　　生命存在。一位農民對著

　　偷取菜豆的女乞丐大吼。

　　森林的幾處小地堆聚黑色石塊。

　　他走出散發梨樹微溫氣息的園子。

　　大地像那群乾草收割女一樣。

　　遠處傳出咳嗽般的教堂鐘聲。

天空有藍有白，麥稈堆裡，

聽得到鵪鶉沒出聲的笨重飛翔。

（莫渝譯，《雅姆抒情詩選》頁63、64。）

筆觸溫情博大，在商業氣息濃厚的今日，一種寧靜的精神原質，使我們生命的蒼穹因之靈魂顫動。

〈帶著你藍色的傘……〉

帶著你藍色的傘與骯髒的羊群，

穿上乳酪味的衣服，

走向小山丘的天邊，拄著

用金雀花或橡樹或枇杷樹製成的拐杖

你跟隨粗毛狗與由簍背馱負著

失去光澤的水壺的驢子。

穿過村子裏鐵匠的門前，

然後回到芳郁的山頭

就在那兒，山嵐旖旎虛掩峰頂。

就在那兒，翔翔著頸部褪毛的禿鷹，

暮靄中燃起赤紅炊煙。

就在那兒，你靜肅的注視

上帝的氛圍瀰漫於此廣袤天地。

（莫渝譯，《雅姆抒情詩選》頁21。）

〈這就是工作〉

這就是偉大的人類工作：

有人把牛奶擠進木桶，

有人姿態動人且筆直的收割麥子

有人在清涼的榛林邊放牧牛群

有人在砍伐林中的楓樹，

有人在流泉邊摘折柳條，

有人修補舊鞋，挨靠在

火爐旁，有只患癲癇的老貓，

入息的烏鴉，和幸福的孩童：

有人紡織且發出推機聲響，

直到午夜蟋蟀尖唱時；

有人作麵包，有人製酒，

有人在園圃撒下大蒜與白菜種子

有人撿拾剛下的蛋。

（莫渝譯，《雅姆抒情詩選》頁29。）

　　莫渝有〈新興藝術的才子與頑童——阿波里奈爾（Guillaume Apollinaire, 1880～1918）〉一文，亦翻譯阿波里奈爾詩選若干。以下這首〈在你深邃的的眼湖裡〉亦深受很多年輕男女喜愛。

在你深邃的的眼湖裡

我微小的心沉溺且柔化了

我被擊潰

在這愛情與瘋癲的湖水

懷念與憂鬱的湖水

（莫渝譯）

再看雨果（V. Hugo, 1802～1885）的〈黃昏，播種季〉：

黃昏了。

坐在門檻，我讚賞，

落日餘暉照耀著，

工作的最後時刻。

暮色浸浴的大地，

我激動的注視，

一位衣衫襤褸的老人，整把地

將未來的收成撒在犁溝。

他高大鷖黑的身影，

印在耕地深處。

想他必然深信，

失去的日子是有益的。

他邁步於漠漠田園，

來回地向遠處播種，

張開掌心又重新開始。

而我，無名的見證人，仔細端詳。

這時夜幕低垂，

納入喧噪的暗中，

> 播種者的雄姿，
>
> 　　似乎擴大至星群間。

收穫的人小心翼翼地把自己收割和清點的穀物入倉，他眼睛盯著遙遠的收穫，他把禮物撒下四面八方，為的是看到他不知道但卻能希望的未來的萌芽。此詩或比他晚出數年的米勒（J. F. Millet）之〈晚禱〉及〈拾穗〉等更有不同的深遠境界。《惡之華》」中的〈貓〉一詩：

> 來，貓咪，來到我熱戀的心，
>
> 　　收起你腳上的利爪，
>
> 讓我沉溺於你那雙糅合
>
> 　　金屬和瑪瑙的美麗眸子。
>
> 當我的手指悠閒地撫摸
>
> 　　你的頭和有彈性的背，
>
> 當我的手愉悅地陶醉於
>
> 　　觸撫你荷電的軀體，
>
> 就瞧見我的精神女人。她的眼神
>
> 　　像你，可愛的動物，
>
> 深邃而冷漠，銳截似魚叉，
>
> 　　　　從頭到腳
>
> 一種微妙氣質，一股危險幽香，
>
> 　　浮蕩在她褐色軀體四周。

此詩也影響到很多詩人的創作，自然波德萊爾原詩（以上所述其它詩人之詩作亦是）有其號召影響力，但譯作之功也不能輕忽。我相信詩

人翻譯家，他們尤其具備了從詩歌的角度理解原作深意的可能，同時也更易接近原作詩人的靈魂。

有位評論家曾說過「蓋十年前曾買過他的《〈惡之華〉譯析》（花城一九九二年四月一版）——波德萊爾的《惡之花》我已有了郭宏安譯評本和錢春綺選譯本，卻仍破例再買同一本書，看中的是莫渝的簡析。那不是錢版的簡單注解，也不像郭版的洋洋專家論文，而是篇幅適中，有簡評，有體會，有考證，有徵引，顯示出這位原專治法國詩歌翻譯和研究的詩人的學力。」筆者已經找不到這段話出處，個人相信類此情況必然也還存在各角落。一部作品如翻譯精彩則字字珠璣，反之則泥沙俱下，莫渝譯作之吸引，其因蓋如上。

本文限於個人能力及論文能承載的篇幅，未觸及的項目有：一、探討各個中譯版本的資訊，並從不同角度來觀察和比較譯本之間的差異。二、原作和譯作之間影響文學翻譯的因素，以及譯者因為個人和社會文化意識形態的不同所表現在翻譯上的差異。三、中譯本在臺灣的書籍定位、接受程度、閱讀對象和年齡層分佈等情況。四、語言為翻譯的必要元素，文學作品經由符號的轉換，從一個時空進入另一個時空。譯者在翻譯時候的使用策略與語言息息相關，藉由這些策略和語言上的表現帶給譯作不同的面貌。譯者在（特殊）用語方面的使用與時代性的關聯等等，筆者皆只能俟之他日，以此自勉。

四、結語

文學翻譯體現人類哲學、歷史、文化、社會、心理等的審美總和，可謂是最複雜、最具變幻性和最富創造性的活動。而詩歌的翻譯又往往被認為是最困難的，其困難度不僅在語言的押韻和格律，如何反映其文

化內蘊尤為難事。避免翻譯過程中文化韻味的褪色，以保留文化底蘊本色的原汁原味，做到譯文文本的本土化，譯者自身對文化的體驗和理解扮演了重要的關鍵角色[52]。

　　莫渝認為世界上萬千古今中外智慧詩人，宛若星辰，散佈在似近似遠的宇宙時空裡，然而隔著不同語言文字的相異，對讀者而言，彷如光譜中精彩卻難用肉眼感知的「不可見光」。他介紹中臺譯詩家的辛勤譯績，即是將那些華麗的「不可見光」翻譯成「可見光」，將世上多少美妙心靈投影在讀者眼睛的波心。莫渝本身即追尋著這條艱辛道路不曾間斷的前進，在他的《新詩隨筆》的〈自序：熱誠與虔誠〉上，他曾引用俄籍文學家帕斯特納克（Boris Pasternak, 1958年諾貝爾文學獎得主）一段鞭策自己的話語說：「別睡，別睡，努力工作！／千萬不要中斷勞動／別睡，要戰勝瞌睡！／像飛行員／像星星。別睡，別睡，藝術家／不能被睡夢纏繞／你是永恆的人質／你是時間的俘虜」。這種自我惕勵的精神及辛勤耕耘的生活態度，讓人感動之餘也能激發努力的意志。我們現在讀莫渝翻譯的文學之作，可以看到他正構造了一個屬於莫渝式的法國文學世界，那裡的巴爾札克、都德，那裡的梅里美、韓波、雅姆，似乎都用了同一種神韻的莫渝體語言及特殊的譯注、導讀方式帶領著讀者。其翻譯成果究如何彰丕，此處且不置詞，但至少可以說明的是，優秀的翻譯文學，其意義和價值不下於創作，他的一生用在翻譯上的心情正如其名，終生不渝。

52　比如，翻譯霍布金斯、葉芝、柏恩斯和艾略特等詩人的英文詩歌，除了要了解整個英國文化的歷史，甚至還需要深入領會英格蘭、蘇格蘭、威爾士和北愛爾蘭等不同民族各自的文化特徵。中譯法詩亦是如此，19、20 世紀的法國詩歌歷史、文化背景都得深入理解。

附錄一：莫渝翻譯書目（1976～2004）

序號	書名	出版社	出版時間	備註
1	繆塞詩選	笠詩刊社（原：《笠》詩刊第 75 期抽印本）	1976 年 11 月	收繆塞（Musset,1810～1857）小傳、詩選 11 首、譯詩索引等。詩選納入序號 4《法國十九世紀詩選》。
2	法國古詩選	三信出版社	1977 年 1 月	收入十九世紀前法國詩人 21 家 66 首詩。
3	在地獄裡一季	大舞臺書苑	1978 年 1 月	收韓波（Arthur Rimbaud, 1854～1891）散文詩集。
4	法國十九世紀詩選	志文出版社	1979 年 11 月	精選法國廿八家代表性詩人，兩百餘首傑出詩作，包括夏多布里昂、戴波瓦摩、拉馬丁、維尼、雨果、聖博甫、聶瓦、繆塞、葛紀葉、黎瑟、波特萊爾、邦維爾、普綠多姆、柯思、馬拉梅、葉荷狄亞、魏崙、柯畢葉、莫泊桑、韓波、莫黑亞、沙曼、古爾蒙、拉佛格、何尼葉、魏哈崙、雷貝吉、梅特林克。
5	磨坊文札（Lettres de Mon Moulin）	志文出版社	1981 年 9 月	都德（Alphonse Doudet, 1840～1897）原著，描寫法國南方的自然風光和生活習俗的短篇小說集。
6	佩斯詩選	遠景出版社	1981 年 12 月	收佩斯（Saint-John Perse, 1887～1975）散文詩九首。1960 年諾貝爾文學獎得主
7	異鄉人（L'Étranger）	志文出版社	1982 年 3 月	卡繆（Albert Camus, 1913～1960）原著。小說描寫法國青

序號	書名	出版社	出版時間	備註
				年莫梭錯手殺死阿拉伯人，服刑期間適逢母喪，他被指控母親之死無動於衷，他也坦承不諱，拒絕矯飾辯辭來獲得赦免。法官依其種種怪誕行為判其本性惡劣，處以死刑。現實令莫梭絕望，唯因如此，冷漠與疏離遂成為抵抗「生之荒謬」的積極意志。1957 年諾貝爾文學獎得主
8	普綠多姆（普魯東）詩選	遠景出版社	1982 年 3 月	選譯法國・蘇利・普綠多姆（Sully Prudhomme, 1839～1907）詩。1901 年諾貝爾文學獎得主
9	拉封登寓言	志文出版社	1983 年 9 月	收拉封登（la Fontaine, 1621～1695）寓言詩兩百餘首。
10	海地詩選	《笠》詩刊116 期	1983 年 8 月	選譯曾為法國殖民地地中美洲海地 20 世紀詩選。20 家 28 首詩。
11	丹麥現代詩選	《笠》詩刊第117、118 期	1983年10、12月	選譯丹麥 20 世紀詩選，27 家40 首詩。
12	沃爾克抒情詩選	《詩人坊》集刊第 6 集	1983年10月10日	選譯捷克詩人沃爾克（Jiri Wolker, 1900～1924）抒情詩20 首。
13	以色列詩選	《詩人坊》集刊第 7 集	1984年1月10日	選譯以色列 20 世紀詩選，10家 23 首詩。
14	比利提斯之歌（Les chansons de Bilitis）	志文出版社	1984 年 2 月	收魯易（Pierre Louys, 1870～1925）散文詩 146 首。

序號	書名	出版社	出版時間	備註
15	阿拉伯詩選	《臺灣詩季刊》、《文學界》等	1984～1985 年	包括巴勒斯坦、敘利亞、伊拉克、黎巴嫩、摩洛哥、阿爾及尼亞、埃及等。
16	西班牙、匈牙利詩選	《新陸》詩刊	1985 年	
17	瑞典詩選	《笠》詩刊、《中外文學》	1985 年	選譯瑞典歷代詩人27家59首詩。
18	惡之華（Les fleurs du Mal）	志文出版社	1985 年 9 月	波德萊爾 Charles Baudelaire, 1821～1867）詩集。164 首詩。
19	夢中的花朵──法國兒童詩選	富春文化事業	1991 年 9 月	國內第一本法國兒童詩歌選集。
20	惡之華譯析	花城出版社（廣州）	1992 年 4 月	法國波德萊爾（Baudelaire, 1821～1867）73 首譯詩與簡析。
21	韓波詩文集	桂冠圖書公司	1994 年 9 月	翻譯詩文選。韓波（Arthur Rimbaud, 1854～1891）原著。
22	馬拉美詩選	桂冠圖書公司	1995 年 2 月	選譯馬拉美（Stéphane Mallarmé, 1842～1898）詩 26 首、散文詩 6 首。
23	魏崙抒情詩一百首	桂冠圖書公司	1995 年 2 月	選譯魏崙（Paul Verlaine, 1844～1896）詩 100 首。
24	香水與香頌──法國詩歌欣賞	書林出版公司	1997 年 3 月	選譯波德萊爾、韓波、拉封登、魏崙等長短詩作 51 首，採法漢對照，含作者與作品簡介，其中 23 首並附參考英譯。

序號	書名	出版社	出版時間	備註
25	法國 20 世紀詩選	河童出版社	1999 年 12 月	收入 20 世紀法語詩人 36 家 300 餘首。
26	小王子（Le Petit Prince）	桂冠圖書公司	2000 年 11 月	安東尼・聖修伯里（Antoine de Saint-Exupéry, 1900～1944）小說或童話。
27	惡之華選析（上、下）	桂冠圖書公司	2001 年 2 月	選譯波德萊爾（Baudelaire, 1821～1867）詩 73 首。並加以注釋、解析。原序號 20《惡之華譯析》臺灣版。
28	法國情詩選	集思書城	2001 年 7 月	翻譯詩選。略介十餘位詩人。
29	白睡蓮——法國散文詩精選	桂冠圖書公司	2001 年 6 月	翻譯散文詩選。精選 14 位詩人的作品。
30	異鄉人	桂冠圖書公司	2001 年 6 月	翻譯小說。原序號 7《異鄉人》新版。
31	比利提斯之歌	桂冠圖書公司	2001 年 6 月	翻譯散文詩集。原序號 14《比利提斯之歌》新版。
32	磨坊文札	桂冠圖書公司	2002 年 8 月	翻譯短篇小說。原序號 5《磨坊文札》新版。
33	雅姆抒情詩選	河北教育出版社（石家莊）	2004 年 1 月	選譯馮西・雅姆（Francis Jammes, 1868～1938）詩 117 首。
34	偶發事件（Incidents）	桂冠圖書公司	2004 年 5 月	羅蘭・巴特（Roland Barthes, 1915～1980）散文集，包括〈西南方之光〉、〈偶發事件〉、〈今晚，在帕拉斯〉、〈巴黎夜幕〉四篇。

參考文獻

上海譯文出版社編：《作家談譯文》，上海：上海譯文出版社，1997 年 12 月。

方夢之：《翻譯新論與實踐》，青島：青島出版社，1999 年。

王向遠：《二十世紀中國的日本翻譯文學史》，北京：師範大學，2001 年。

王克非編著：《翻譯文化史論》（再版），上海：外語教育出版社，1998 年。

王宏志：《翻譯與創作——中國近代翻譯小說論》，北京：北京大學出版社，2000 年。

王美玲：《臺灣德語文學中譯本之研究》，臺北：國科會，1992 年。

王美玲：〈中德文學交流〉。見林水福等，《中外文學交流》。臺北：臺灣書店，1998 年。

王建開：《五四以來我國英美文學作品譯介史：1919～1949》，上海：上海外語教育出版社，2003 年 1 月。

王逢振：《文化研究》，臺北：揚智文化事業出版公司，2000 年 4 月。

王曉丹：《翻譯史話》，北京：社會科學文獻，2000 年。

伊塔馬・埃文・佐哈爾（Itamar Even-Zorhar），莊柔玉譯：〈翻譯文學在文學多元系統中的位置〉，陳德鴻、張南峰編，《西方翻譯理論精選》，香港：香港城市大學，2000，115-123。

江伙生、蕭厚德：《法國小說史》，臺北：志一出版社，1996 年 10 月。

何偉傑：《譯學新論》。臺北：書林出版事業公司，1989 年。

呂正惠：《大陸的外國文學翻譯》，臺北：行政院文化建設委員會，1996 年 6 月。

呂正惠：〈西方文學翻譯在臺灣〉，見封德屏主編：《臺灣文學出版——50 年來臺灣文學研討會論文集（三）》。臺北：文建會，1996。

李文肇：〈文字翻譯與文化翻譯〉，《中央日報》2001 年 11 月 2 日第 16 版。

李岫、秦林芳主編：《二十世紀中外文學交流史》，河北：河北教育出版社，2001 年 11 月。

林文寶、嚴淑女：〈二○○○年臺灣兒童文學論述、創作、及翻譯書目並序〉，《兒童文學學刊：臺灣童書翻譯專刊》5，2001 年。

林水福、王美玲、張淑英等著：《中外文學交流》，臺北：臺灣書店印行，1999 年 7 月。

林秀玲：〈翻譯看似簡單，其實不然〉，《中國時報》 2001 年 5 月 21 日，15 版，開卷周報。

林良：〈熟悉的語言　新穎的運用——談兒童文學的翻譯〉，《淺語的藝術：兒童文學論文集》，臺北市：國語日報社，1976 年。

林真美：〈談童書翻譯〉，臺灣童書翻譯與版權學術研討會。國立臺東師範學院，2000 年 11 月 16 日。

林耀福：〈寂靜的春天——臺灣翻譯事業的困境〉，見《翻譯學術會議　外文中譯研究與探討》。香港：香港中文大學，1998 年。

邱漢平：〈凝視與可譯性：班雅明翻譯理論研究〉，《翻譯、文學研究與文化翻譯學術研討會論文集》。臺北：國科會「翻譯、文學研究與文化翻譯」整合型計劃、國立臺灣師範大學英語系，2000 年 5 月 27 日，頁 139-148。

金聖華主編：《翻譯學術會議——外文中譯研究與探討》，香港：香港中文大學翻譯系，1998 年。

查明建：〈意識形態、翻譯選擇規範與翻譯文學形式庫——從多元系統理論角度透視中國五十至七十年代的外國文學翻譯〉，《中外文學》30：3=351，2001 年 8 月，頁 63-92

胡功澤：《翻譯理論之演變與發展》，臺北：書林出版有限公司，1994 年。

范文美編：《翻譯再思：可譯與不可譯之間》，臺北：書林出版有限公司，2000 年。

韋努蒂著，查正賢譯：〈翻譯與文化身分的塑造〉，收於許寶強、袁偉選編，《語言與翻譯的政治》，香港：牛津大學，2000 年。

徐成淼：〈臺灣散文詩的新突破——莫渝《閱讀臺灣散文詩》簡評〉，《笠》225 期，2001 年 10 月，頁 131-137。

徐錦成：〈窗‧道雄的臺灣詩〉，《臺灣童書翻譯專刊——兒童文學學刊第四期》，臺東：臺東師範學院，2000 年，頁 110-29。

孫迎春主編：《譯學詞典與譯學理論文集》，濟南：山東大學出版社，2003 年 4 月。

馬佑真：〈青少年文學翻譯問題初探——以德國作家耶利希‧凱斯特納（Erich Kä stner）少年小說——《Das doppelte Lottchen》的中文翻譯為例〉，輔仁大學翻譯學研究所，1991 年。

馬祖毅：《中國翻譯簡史——「五四」以前》，北京：中國對外翻譯出版公司，1998 年。

國立中央圖書館編：《近百年來中譯西書目錄》。臺北：中華文化出版事業委員會，1958 年。

張亞麗：〈法國文學中譯之困境與誤譯現象〉，《興大人文學報》32（上）2002 年 6 月，頁 313-331

張容著：《法國新小說派》，臺北：遠流出版社，1992 年 3 月。

張容著：《法國當代文學》，臺北：遠流出版社，1993 年 9 月。

張振玉：《翻譯散論》。臺北：東大圖書股份有限公司，1993 年。

張錦忠：〈翻譯、《現代文學》與臺灣文學複系統〉，《中外文學》第 29 卷，第 5 期，2000 年，頁 216-225。

張錦忠：〈現代主義與六十年代臺灣文學複系統：《現代文學》再探〉，《中外文學》第 30 卷，第 3 期，2001，頁 93-113。

許淵沖：《翻譯的藝術（論文集）》，北京：中國對外翻譯出版公司，1984 年。

許淵沖：《文學翻譯談》，臺北：書林出版有限公司，1998 年。

許淵沖：《文學與翻譯》，北京：北京大學出版社，2003 年 12 月。

郭著章：《翻譯名家研究》，武漢：湖北教育出版社，1999 年 7 月。

郭延禮：《中國近代翻譯文學概論》，武漢：湖北教育出版社，1998 年 3 月。

郭延禮：《中西文化碰撞與近代文學》，山東：山東教育出版社，1999 年
　　12 月。

陳玉剛主編：《中國翻譯文學史稿》，北京：中國對外翻譯出版公司，1989 年。

陳福康：《中國譯學理論史稿（修訂本）》，上海：上海外語教育出版社，2000
　　年 6 月。

陳德鴻、張南峰編：《西方翻譯理論精選》，香港：香港城市大學出版社，
　　2000 年。

馮至等：〈五四時期俄羅斯文學和其他歐洲國家文學的翻譯和介紹〉，《北京
　　大學學報》2，1959 年。

劉靖之：〈文學翻譯與音樂演奏──翻譯者應有詮釋原著的權利〉，劉靖之
　　編《翻譯新論集》，臺北：商務印書館，1993 年，頁 19-34。

劉靖之主編：《翻譯工作者手冊》。臺北：商務印書館，1993 年。

蔡新樂：〈翻譯的對象──異質性〉，見張柏然、許鈞主編，《面向 21 世紀
　　的譯學研究》，北京：商務印書館，2002 年。

蔡禎昌：《中國近世翻譯文學之研究》，臺北：私立中國文化學院中國文學
　　研究所碩士論文，1971。

錢林森：《法國作家與中國》，福建：福建教育出版社，1995 年 12 月。

薛迪宇：《兩本《少年維特的煩惱》中譯本之比較研究》。臺北：輔仁大學
　　德國文學研究所德文組碩士論文，1996 年。

謝天振：《比較文學與翻譯研究》，臺北：業強出版社，1994 年

謝天振：《譯介學》，上海：上海外語教育，1999 年。

謝天振主編：《翻譯的理論建構與文化透視》，上海：上海外語教育出版，
　　2000 年。

譚汝謙：〈中日之間譯書事業的過去、現在與未來〉，《中國譯日本書綜合目錄》，香港：中文大學，1980 年，42-122。

瘂弦：〈民國以來新詩總目初編：詩論、翻譯、史料及其他〉，《創世紀》43，1976 年，頁 69-113。

輯二

怎樣臺灣？如何書寫？

——郁永河《裨海紀遊》析論

郁永河來臺距離清政府治臺僅十四年（1683-1697），由於郁氏親身經歷了解，可以更加真切呈顯一位清初文人眼中的臺灣異象，及他對清初治臺的心態和措施、成效和缺失，同時有助於吾人認識郁氏個人的立場和想法。郁永河來臺之前，已知黑水溝海難時見，臺地之荒涼寂寞，彷彿洪荒世界，一般人莫不戒慎恐懼，視為畏途，躊躇裹足，郁永河卻勇氣過人，慨然赴臺，及入臺，眾人勸止毋親往煉硫，他仍力排眾議，作了妥善而周密的準備，因此得以完成重責大任。從他事後之追憶，仍覺備極艱辛，為喚起執政者對臺灣之關注，俾留心臺灣問題者之參考[1]，其《裨海紀遊》所呈現的並非傳統文人雅士寄情煙波山水之情趣，而是在處處險境下旁搜博稽，肆力考求所經山川道里及臺地番人之文化型態、生活習俗乃至體貌特徵，其理性的認知與客觀的描述，使人獲得如身臨其境的真切感想及了解。其書撰述之背景當與清代大一統盛世，對邊疆的積極開發、經世致用的思潮，以及邊疆人文史地、地理方志蓬勃發展的時代氛圍，結合著作家自身的邊疆遊歷經驗，與文人展現自我心理需求有關。本文將從郁氏其人與《裨海紀遊》敘述其見聞經歷，書寫策略與文學藝術性，及《裨海紀遊》的接受史予以論述。

---

[1] 《裨海紀遊》原文云：「余既來海外，又窮幽極遠，身歷無人之域；其於全臺山川夷險、形勢扼塞、番俗民情，不啻戶至而足履焉。可不為一言，俾留意斯世斯民者知之？」

一、郁永河與《裨海紀遊》

　　郁永河，字滄浪，清浙江省仁和縣人。生卒年不詳[2]。為仁和諸生（科舉時代對秀才之通稱），曾自述：「余性耽遠遊，不避險阻。」曾到河北天雄（今大名）、河南鄴下（今臨漳）等地。康熙30年（1691）

---

[2]　郁氏有很長一段時期被埋沒，以致生卒年不詳、名字、籍貫存異說。方豪曾舉八項文獻證明，如：雍正十年《渡海輿記》（本書另一版本）周于仁序：「惜作記者姓氏不傳，不得與此書共垂不朽，亦歎也！」達綸本及屑玉叢譚本《裨海紀遊》之序文、跋文皆曰：「郁君為人行事，無可稽考。」粵雅堂叢書的《采硫日記》，伍崇曜考證出作者為郁永河，但亦說「永河字履未詳，俟考。」李慈銘於《越縵堂日記》亦云：「夜閱仁和郁永河《采硫日記》，永河字履無考。」（同治十二年，1873 年五月廿九日）嘉慶年間，翟灝撰《臺陽筆記》，吳錫麒序文，歷舉有關臺灣之書，卻未知郁永河其人，曰：「臺灣自本朝康熙間始入版圖，又孤懸海外，詞人學士，涉歷者少；間有著為書者，如季麒光臺灣紀略、徐懷祖臺灣隨筆，往往傳聞不實，簡略失詳。唯藍鹿洲太守平臺紀略、黃崑圃先生臺海使槎錄，實皆親歷其地，故於山川、風土、民俗、物產言之為可微信」。光緒八年，冀顯曾為王凱泰《臺灣雜詠》作序，所舉詩集皆附作者，唯缺《渡海輿記》作者，序文曰：「臺灣紀巡百首爭傳（夏之芳著），社寮雜詩一卷成帙（吳廷華著）；渡海輿地附臺郡番境之歌，赤崁筆談錄藍氏近詠之作（藍鼎元著）」。民國十六年十一月，國立第一中山大學語言歷史學研究所週刊第一集第一期，有薛澄清著〈鄭成功歷史研究的發端〉，說：「偽鄭逸事，清郁永河撰。永河何縣人，無可考。惟是書曾見錄於重纂福建通志，是其為福建人必也。卷數刻本，志亦未言，不知有否傳本。黃叔璥著臺海使槎錄雖曾引用，但其所指，是否即為是書，亦不可知也。姑志之以待考」。薛澄清到民國十六年尚不知郁永河何許人，且誤判永河是福建人。以上見臺灣文獻叢刊第四種《裨海紀遊》弁言。方豪曾推測郁永河來臺時年齡「至少也是五十以上，將近六十，或甚至是已過六十的人」，而費海璣更直指當時年五十三，若然，則其生年當為清世祖順治二年（1645），但費氏並未說明其根據。因此吾人從現有文獻來看，大約只能掌握其來臺時是「斑白之年，高堂有母」（《裨海紀遊》原文），年齡可能四五十歲之際。

春進入福建為幕，遊經建寧、延津、榕城、石馬、漳浦等諸城邑，最遠到達廈門，直至31年（1692）才返回榕城擔任福建同知王仲千之幕僚。擔任幕僚期間，他曾到閩西的邵武、汀州等地辦公事，同時趁機旅遊，短短三四年間即遍遊閩中山水，而以未到臺灣為憾事。曾言：「探其攬勝者，毋畏惡趣，遊不險不奇，趣不惡不快」。康熙三十五年（1696）冬，福州火藥庫遇災爆炸，毀掉硝磺火藥五十餘萬斤，典守被罰負責賠償損失，福建當局聞知臺灣北部出產硫磺，可煉製火藥，派人至臺灣淡水開採，當時永河是幕客，又性喜遊歷，便自願渡臺採硫[3]，於康熙三十六年（1697）春出發，從廈門乘舟來到臺南安平，購齊採硫工具後，四月七日，乘牛車經府城（臺南），歷新港、目加溜灣諸番社，入南嵌社，五月五日抵北投採硫磺礦，淡水社長張大為之治屋，其間經歷下屬紛紛染疾不起、颱風大雨吹倒住所、野番趁夜襲擊等挫折，最後還是在艱困中完成使命。至十月四日，由淡水返回福州。隔年郁氏將他在臺經歷所見及屢遭艱屯之狀，陸續寫成《裨海紀遊》一書[4]，呈顯了三百年前蠻荒未闢的老臺灣自然面貌，其間還夾雜十二首〈臺灣竹枝詞〉和二十四首〈土番竹枝詞〉，是清代初期臺灣風土民俗和原住民生活的珍貴紀錄。其書卷首有羅以智跋，為郁永河生平、作品源流作一概略敘述：

> 郁永河，字滄浪，仁和諸生，久客閩中，遍遊八閩。康熙三十六年丁春，會當事採硫黃於臺灣之雞籠、淡水。臺灣初隸版圖，在八閩東南，隔海四餘里，滄浪欣然與其役，因紀是編，備述山川

3　或謂郁永河非奉命來臺，其來臺之因是他的親戚看守之庫房的硫磺遭燬滅，必須賠補，因此才冒險犯難來臺灣尋覓硫磺以資賠補。

4　原稿始刊於何時，尚待求考，唯在清雍正十年（1732）已有周于仁之刻本。

形勢，物產土風，番民情狀，歷歷如繪。滄浪以斑白之年，不避險惡，且言：「遊不險不奇，趣不惡不快。」

此外書末附有〈鄭氏逸事〉[5]一卷、〈番境補遺〉[6]一卷、〈海上紀略〉[7]一卷、〈宇內形勢〉[8]一卷及〈文獻彙鈔〉十六則，諸卷均為此行夷考所得，篇幅都極短，讀者可進一步加以閱讀，對了解臺灣有相當助益。因本書蒐羅考訂極豐，敘述深入、觀察細膩詳盡，文獻價值甚高。尤其郁氏渡臺距鄭克塽降清僅十四年之隔，此時渡臺者少，可見到的記錄更闕如。《裨海紀遊》實為研究臺灣極有價值文獻之一，尤其是臺灣早期開發史，所以私家著述或官修志書，每多引錄，如周鍾瑄《諸羅縣志》、黃叔璥《臺海使槎錄》等書中都曾採錄其說。

《裨海記遊》，傳抄版本甚多，據方豪〈裨海紀遊版本之研究〉一文（收入《方豪六十自定稿》頁978-988。另見本書附錄一），《裨海紀遊》有下列各種版本，摘其要者如下：

一、《渡海輿記》：雍正十年（1732）周于仁刻本，有二鈔本，一藏國立臺灣大學，有周于仁序、晚宜堂跋。一是日人市村榮的傳鈔本，鈔錄日期在昭和七年（1932）三月，昭和十年贈總督府圖書館。此版本刪節較多，並非全文，但附有「番境補遺」、「宇內形勢」、「海上紀略」、「臺郡番境歌」。

5　作者原題以清朝立場作〈偽鄭逸事〉，連橫《臺灣通史》改作〈鄭氏紀事〉。方豪援連橫之例依之。是書為鄭成功、陳永華及永華季女陳氏等三人作傳。
6　補《裨海紀遊》所未記的臺灣原住民生活習俗，以筆記形式分則記錄。
7　以筆記形式分則記錄海外見聞，如海吼、天妃神、水仙王、琉球、日本等凡九則。
8　描寫東南亞諸國及日本、琉球等國之地理位置，可見郁永河對鄰近諸國與中國關係甚留意。

二、昭代叢書本裨海紀遊」：道光十三年（1833）刻本，收入「昭
　　代叢書」戊集續編。

三、棗花軒刊本裨海紀遊」：道光十五年（1835）刻本。（臺灣
　　未見）

四、舟車所至叢書本採硫日記」：道光二十三年（1843）刻本，
　　較原文刪節甚多。

五、達綸刻本裨海紀遊」：蔡爾康刻「屑玉叢譚」本「裨海紀遊」
　　所依據的本子。

六、粵雅堂叢書本採硫日記及胡繩祖鈔本」：「粵雅堂叢書」二
　　編第十五集收錄「采硫日記」，有咸豐三年（1853）伍崇耀
　　跋，說明其底本是吳翊鳳伊仲「秘籍叢函」鈔本。書分上中
　　下三卷，上卷和下卷都附竹枝詞，而無「宇內形勢」、「海
　　上紀略」、「番境補遺」等。伊能嘉矩「臺灣叢書」遺稿和
　　諸田維光日譯本所根據的是光緒二十七年（1901）杭州胡繩
　　祖的鈔本。民國二十四年（1935）商務印書館發行「叢書集
　　成」初編，即據「粵雅堂叢書」本排印。

七、屑玉叢譚本裨海紀遊」：這部叢書印於清光緒四年到六年，
　　上海申報館聚珍版，是錢微和蔡爾康同輯的。其中「裨海紀
　　遊」、「番境補遺」（附宇內形勢）、「偽鄭逸事」等，都
　　有蔡爾康跋，列於第三集第二卷。蔡爾康第三集序作於光緒
　　五年（1879）正月。

八、小方壺齋輿地叢鈔本裨海紀遊」：王錫祺所輯「小方壺齋輿
　　地叢鈔」第九帙收入「裨海紀遊」、「番境補遺」、「海上
　　紀略」。

九、臺灣詩薈重刊本」：連雅堂所編《臺灣詩薈》第四號至第十
　　一號（一九二四年五月至十二月），分期刊登「稗海紀遊」，
　　第十六號重刊「番境補遺」，第十七號重刊「海上紀略」。

十、北投庄役場藏節鈔本採礦資料」：昭和五年（1930）十月二
　　十六日至十一月四日，日人在臺南舉行臺灣文化三百年紀念
　　會，會中特闢史料展覽會。會後刊印「臺灣史料集成」一冊，
　　在書冊之部列「採礦資料」一種，「臺北州大屯郡北投庄役
　　場藏」，並著錄四百九十二字。

十一、海寰舊藏鈔本五種：方豪聽李宗侗轉述，呂海寰曾藏有「採
　　　硫日記」二卷、「偽鄭遺事」一卷、「番境補遺」一卷、
　　　「海上紀略」一卷、「附錄」一卷。

　　方豪《合校本裨海紀遊》於1950年由臺灣省文獻會出版，後臺灣銀
行經濟研究室出版之「裨海紀遊」即採方豪校本，但刪去校勘按語。據
該書「弁言」，臺銀本是以「屑玉叢譚叢書本」為底本，由方豪參酌各
本校勘[9]。本書即以臺銀本為底本，參考粵雅堂刻本校勘[10]。

---

[9]　方氏嘗曰：「此一合校本，無原刻本作依據，甚至較早之刻本亦復闕如，……
　　茲僅據目前已蒐集之版本，作一合校足本，冀能稍恢復其原來之面目而已。」
[10]　此參考上海古籍出版社「續修四庫全書」所收之《採硫日記》（據清咸豐
　　三年伍氏刻粵雅堂叢書本影印）。商務印書館「叢書集成簡編」（1965年
　　臺一版）及北京中華書局「叢書集成初編」（1985年）均據粵雅堂叢書本
　　排印。另外，臺大圖書館所藏伊能嘉矩臺灣叢書中有《稗海紀遊》抄本，
　　國家圖書館與臺大圖書館皆藏有《裨海紀遊》道光十三年刊本線裝書。臺
　　灣大通書局所出版的「臺灣文獻史料叢刊」（第七輯）亦收錄臺銀本《裨
　　海紀遊》。

　　《裨海紀遊》一書，又名《採硫日記》，此書是臺灣散文史上難得一見之作，全書分為上、中、下三卷，上卷內涵為渡臺採硫，詳細記錄其來臺之緣由、乘船出海之日期、航行至澎湖所見所聞。郁永河整裝從福州出發，隨行者有王雲森和僕役三人。經過莆田、晉江，到廈門候船，二月二十二日由廈門渡海，途經大擔島、金門，渡紅水溝、黑水溝抵澎湖，最後到達鹿耳門，因風惡與鹿耳門之鐵板沙不可泊，仍留宿舟中，翌日改乘所買之小舟由鹿耳門往安平，行至水淺處，遂再易牛車才終抵岸。抵臺後，在臺南府城拜會官員，藉文獻了解臺灣歷史脈絡，著重在政治版圖的收納，因而論及鄭成功之事蹟以及臺灣的編制，及臺灣的作物、交通、貨品交易、民風及氣候變化。最後為來臺行程賦竹枝詞作為紀錄。中卷敘購辦煉硫所需器具完備後，於四月初七出發，過大洲溪，經新港社、嘉溜灣社、麻豆社，渡茅港尾溪、鐵線橋溪到倒略國社。又夜渡急水、八掌溪抵諸羅山。渡牛跳溪，過打貓社、山疊溪、他里務社至柴里社。再渡虎尾溪、西螺溪、東螺溪至大武郡社。次至半線社，過啞束社至大肚社，再過沙轆社至牛罵社，又歷大甲、吞霄、新港仔社、後龍社、中港、竹塹、南嵌、八里分社，乘莽葛至淡水，而後向番民易硫土以煉硫。其中述及土番文身、裸體、體貌、巫女、馴牛、狩獵及探硫穴等情形。下卷論述臺灣之山川形勢，分析臺灣戰略位置與鄰國的相對利益，提出如何開發的策略，凸顯其重要性。接著紀錄番民的風俗民情，番民被通事壓榨的問題，談教化之政策。最後是歸程，文末以詠土番竹枝詞結束。

二、三百年前臺灣初體驗：郁永河筆下的臺灣

　　《裨海紀遊》雖僅是九個多月之遊記，且非天天記錄，但當時臺灣距鄭克塽降清方十四載，開發甚微。郁永河冒險犯難，手錄身歷之境，詳及產物、風俗民情、地理、氣候、政事、山川形勢等等，其細密的觀察力與翔實的歷史敘述，啟發後來者，實非淺鮮。以下僅就「瘴癘之島：惡劣未開發的環境」（亦即當時臺灣自然環境的描述）、「美麗之島：豐足的物產」、「叛亂之島：奸宄之徒與賭博王國」、「奇異之島：番俗與番民、異象與異性」四方面敘說。

（一）瘴癘之島：惡劣未開發的環境

　　清初臺灣之開發狀況，南部為多，北部尚荒涼[11]，第一任臺灣鎮總兵楊文魁，在任滿離臺所留的碑記〈臺灣紀略碑文〉中云：「如雞籠淡水，迺臺郡北隅要區，緣寫隔郡治千有餘里，夏秋水漲，陸路難通，冬春風厲，舟航莫及，兼之其地有番無民，虞輓運之維艱，自闢土迄今，尚乏定議也」[12]在《裨海遊記》中也紀錄到「自竹塹迄南崁八九十里，不見一人一屋，求一樹就蔭不得。」可見當時新竹桃園沿海一帶，仍然相當荒蕪。而位處亞熱帶與熱帶交界、四周環海的臺灣，其潮濕炎熱屬

11　西班牙及荷蘭曾先後進駐臺灣北部，但目的在於傳教及貿易利益。1648 年荷蘭文獻記載漢人曾在淡水從事開墾，但規模不大，維持不長。明鄭時代，仍以南部為開發重點。郁氏前來採硫時，臺北盆地幾無漢人，直到康熙四十八年（1709）漢人方逐漸移入。康熙五十一年（1712），雞籠通事賴科建靈山廟（即今關渡宮），以求庇佑採硫工人平安，大概是最早的紀錄了。連橫《臺灣通史‧流寓列傳》敘郁氏採硫一事，即說「地尚未闢，險阻多，水土惡，鄭氏以流罪人，無敢至者。」

12　《重修臺灣府志》，頁 526。

性，在未開發時代，自然容易成為瘴癘之地，所謂「人輒病者，特以深山大澤尚在洪荒，草木晦蔽，人跡無幾，瘴癘所積，入人肺腸，故人至即病，千人一症，理固然也。」（《裨海紀遊》）郁永河筆下的臺灣，是一個疫病之島，不適人居的「非人之境」。其實從他擬出發北上，即「人言此地水土害人，染疾多殆」，眾人又以去者未能生還勸止其行，云「人至即病，病輒死，凡隸役聞雞籠淡水之遣，皆欷歔悲嘆，如使絕域；水師例春秋更戍，以得生還者為幸。」。「人至即病，病輒死」此一誠語，郁永河印象深刻，深深埋藏在心裡，因此後來還對此提出解釋緣由。但雖然如此危險，他還是親自北上，從臺南到臺北的路上，環境極惡劣，處處危及性命，「平原一望，罔非茂草，勁者履頂，弱者蔽肩，車馳其中，如在地底，草梢割面破項，蚊蚋蒼蠅吮咂肌體，如飢鷹餓虎撲逐不去。炎日又曝之，項背欲裂，已極人世勞瘁。」、「蝮蛇癭項者，夜閣閣鳴枕畔，有時鼾聲如牛，力可吞鹿；小蛇逐人，疾如飛矢，戶閾之外，暮不敢出。」、「草中多藏巨蛇，人不能見，……徧生水蛭，緣樹而上，處於葉間；人過，輒墜下如雨，落人頭項，盡入衣領；地上諸蛭，又緣脛附股而上，競吮人血，遍體皆滿，撲捉不暇；聞者膽慄肌粟，甚於談虎色變。」（〈番境補遺〉）可知除瘴癘之氣，蚊蠅、巨蛇、水蛭等等，無不隨時威脅著生命，其隨從死亡大半，在北投時一片荒涼貧瘠，煉硫處地熱如炙，白煙縷縷搖曳層嶂間，瘴癘肆虐，居人染病多殆。既開工，從隸十且病九。郁永河日與番兒課匠役，往來亂篁叢莽中，不少休。所宿草廬至為簡陋：「四壁陶瓦，悉茅為之，四面風入如射，臥恆見天。青草上榻，旋拔旋生。雨至，室中如洪流，一雨過，屐而升榻者凡十日。」山中生番，又時出肆擾，種種艱困都未能使其退卻，由此可見郁永河過人之勇氣及毅力。而郁氏亦非有勇無謀之士，觀其來臺前所做之準備極其充分，除了閱讀臺灣、煉硫之相關文獻，也積極周密的

規劃，對於採辦的布、油、大鑊、糖、鋤、刀斧、釜、筐、大小桶子等等，都有清楚的功用所需[13]，而且在運送的考量上也未雨綢繆，採取分散裝置以防萬一的措施，「買一巨舶載之。入資什七，覺舟重不任載，心竊疑焉。遂止弗入，更買一舶，為載所餘」，後颶風毀壞一舶，他告訴王雲森「沉舟諸物，固無存理，然大鑊與冶器，必沉沙中，似可覓也；且一舟猶在，無中輟理，君毋惜海濱一行」，不久王君「果得冶器七十二事及大鑊一具」，使煉硫工作得以順利進行，凡此種種，在在呈現了郁永河學識、能力，確有過人之處。

（二）美麗之島：豐足的物產

臺地已開發者，大抵呈現郁永河所謂「臺灣西向俯汪洋，東望層巒千里長。一片平沙皆沃土，誰為長慮教耕桑？」、「凡樹菽芃芃鬱茂，稻米有粒大如豆者；露重如雨，旱歲過夜轉潤。又近海無潦患，秋成納稼倍內地；更產糖蔗雜糧，有種必穫。」其土壤肥沃，適合種植，故物產豐富。康熙六十一年（1722）來臺的首任巡臺御史黃叔璥，在《臺海使槎錄》卷三〈赤崁筆談〉裡，就有這樣的描述：「三縣皆稱沃壤，水土各殊。臺縣俱種晚稻。諸羅地廣，及鳳山淡水等社近水陂田，可種早稻；然必晚稻豐稔，始稱大有之年；千倉萬箱，不但本郡足食，並可資贍內地。居民止知逐利，肩販舟載，不盡不休，所以戶鮮蓋藏。」（《物產》）「臺土宜稼，收穫倍蓰，治田千畝，給數萬人，日食有餘」。郁氏有一首竹枝詞描寫當時臺灣盛產甘蔗的情形：「蔗田萬頃碧萋萋，一

13　原文：「布以給番人易硫土；油與大鑊，所以煉硫；糖給工匠頻飲幷浴體，以辟硫毒；鋤平土築基；刀斧伐薪薙草；杓出硫於鑊；小桶凝硫，大桶貯水；秤、尺、斗、斛，以衡量諸物。又購脫粟、鹽豉、筐、釜、椀、箸等，率為百人具。」

望蘢蔥路欲迷。綑載都來糖廊裡，只留蔗葉飼群犀。」自注：「取蔗漿煎糖處曰糖廊。蔗梢飼牛，牛嗜食之。」至於臺地水果，在郁永河《裨海紀遊》記載即種類眾多，他說：「果實有番檨、黃梨、香果、波羅蜜，皆內地所無，過海即敗，苦不得入內地。荔枝酸澀，龍眼似佳，然皆絕少，市中不可多見。楊梅如豆，桃李澀口，不足珍。獨番石榴不種自生，臭不可耐，而味又甚惡；蕉子冷沁心脾，膩齒不快，又產於冬月，尤見違時。惟香果差勝。……瓜蔬悉同內地，無有增損。西瓜盛於冬月，臺人元旦多啖之；皮薄瓤紅，可與常州並驅，但遜泉之傅霖耳。」整體觀之，云「酸澀」、「不足珍」、「臭不可耐」、「膩齒不快」，荔枝、楊梅、桃李、番石榴、香蕉，評價不高且多負面，評價稍好者只有龍眼、香果、西瓜，但亦不過是「似佳」、「差勝」而已[14]，即使西瓜「皮薄瓤紅，可與常州並驅」，但仍然是「遜泉之傅霖耳」。以郁永河在臺時間觀之，若干水果並未親嚐，可能是聽聞或參考文獻得來。考察臺灣土芒果之引進，其名是由英文Mango音譯而來，原產於印度，為熱帶果樹，明朝嘉靖40年（1561）由荷蘭人引進。文中說番檨（即芒果）「內地所無，過海即敗，苦不得入內」，但在康熙五十八年（1719）四月二十九日福建巡撫呂猶龍因其稀有、味美，選為貢品並進奏文云：「味甘微覺帶酸。其蜜浸與鹽浸，俱不及本來滋味，切條曬乾者，微存原味。」（瀚典清奏疏選彙），進貢之物宜是福建所產，其珍奇美味亦是被肯定，並非過海即敗。時間距郁氏二十幾年，緣由尚待考。從臺灣方志風土志土產篇可知，臺灣物產確為豐饒，修志者通常將物產分為：稻、麥、黍、稷、菽、蔬、果、布、貨、藥、竹、木、花、草、畜、羽、毛、鱗、介、蟲

14　至於番檨（芒果）之評價謂似「甜瓜」，其竹枝詞云：「不是哀梨不是楂，酸香滋味似甜瓜。枇杷不見黃金果，番檨何勞向客誇？」自注：「番檨生大樹上，形如茄子；夏至始熟，臺人甚珍之。」

等若干門類以記錄。雖然分類過於簡單，不盡理想，以現代科學的眼光檢視也存在一些錯誤，但是以三百多年前疆土方闢、諸事尚在草創階段的清初而言，編撰志書者對於自然界動植物的分類已是難能可貴。郁氏所載大抵可以核對府志，而較之晚數年抵臺的孫元衡[15]詩作，亦提供若干訊息供參酌。施懿琳提到「南方珍品『荔枝』，是宦遊詩人最常用來與酷暑勾連的書寫對象。」、「臺灣的荔枝來自福建興化、漳浦，多由海船載來。一日夜可至，色、香、味均不變；雖非臺產，但它與炎熱的南方關係極為密切。遠宦文人懷著傷心絕望之情前來臺灣這個南荒絕域時，用滋味最佳美的鮮果安慰內在的困頓寂寥，可以是一種有效的消解或轉化愁鬱的方式。」[16]郁氏所云的「荔枝酸澀」究竟是土產或是海船運來（孫元衡有詩〈喜荔枝船到〉），文中不可知，可知的是與孫氏「舟廚潛胎珠玓瓅，脂膚滿綻玉精神。一時喚起狂奴興，萬事灰心渡海身」（〈詠荔枝〉）心境不同。在《裨海紀遊》一書中，郁氏對他在臺灣的生活、飲食起居的紀錄並不多，食衣住行方面的記載大概可見的是張大為他治屋，他遇颶風以衣服換得雞隻充飢，可能還包括上述一些水果，及西行北上時坐的笨車，觀察別人的多，記錄自己的少，何以郁氏對臺灣水果評價不高？這其中固然有機率及個人品味的關係，剛好所品嚐者不佳或本身即不喜吃水果，但恐怕也有對不熟悉事物的排斥、違和感的因素，因不習慣而以異樣眼光視之的情形是普遍存在的現象，所以陳第〈東番記〉或者《裨海紀遊》中對番人飲鹿血、肉之生熟不計較等飲食

15　康熙四十四年（1705）春，安徽人孫元衡（1661-？）因在四川漢州知州任內表現優良，奉康熙皇帝命令，調遷臺灣擔任海防同知。

16　施懿琳，〈憂鬱的南方——孫元衡《赤嵌集》的臺灣物候書寫及其內在情蘊〉，《成大中文學報》第 15 期，2006 年 12 月，頁 122、123。

習慣要感到訝異。除卻味覺，視覺上的花樹給予郁永河的感覺似乎好多了，對檳榔與椰子二樹，喜其「獨幹無枝，亭亭自立，葉如鳳羽，偃蓋婆娑」，而將之植於窗前，並賦竹枝詞一手以詠檳榔：「獨幹凌霄不作枝，垂垂青子任紛披。摘來還共蔞根嚼，贏得脣間盡染脂。」自注：「檳榔無旁枝，亭亭直上，遍體龍鱗，葉同鳳尾。子形似羊棗，土人稱為棗子檳榔。食檳榔者必與蔞根、蠣灰同嚼，否則澀口且辣。食後口脣盡紅。」對番花云其「青蔥大葉似枇杷，臃腫枝頭著白花。看到花心黃欲滴，家家一樹倚籬笆。」其香味和內地茉莉花相較，稍微遜色。從以上觀之，行旅者即使在異地，也喜歡以自己家鄉事物或自己熟悉之事物相比擬，因此在其詩文中經常可見這樣的類比，而「殊遜」、較遜的評價也因此時見。

（三）叛亂之島：奸宄之徒與賭博王國

　　郁永河初底臺灣，受到太守（靳治揚）、司馬（齊體物）縣令等熱情款待，「揮毫、較射、雅歌、投壺，無所不有；暇則論議古今，賞奇析疑；復取臺灣郡志，究其形勢，共相參考」，對於臺灣相關情形應從郡志已掌握大半，並且可能以之與自己的親聞所見相互印證或補充（如番民喜酒殺人之事）。在《裨海紀遊》一書中，他所觀察到的漢人習性與形象，亦負面為多，尤其是豪奢與嗜賭。臺地生活容易，故以奢華相尚，黃叔璥《臺海使槎錄》云：「洋販之利歸於臺灣，故尚奢侈、競綺麗、重珍旨，彼此相倣；即傭夫、販豎不安其常，由來久矣。」郁永河對於臺灣的富庶及養成奢侈華靡，一擲千金的惡習有所紀錄：「近者海內恒苦貧，斗米百錢，民多飢色……臺郡獨似富庶，市中百物價倍，購者無吝色，貿易之肆，期約不愆；傭人計日百錢，趦趄不應召；屠兒牧豎，腰纏常數十金，每遇摴蒱，浪棄一擲間，意不甚惜；……又臺土宜

稼，收穫倍蓰，治田千畝，給數萬人，日食有餘。為賈販通外洋諸國，則財用不匱。民富土沃、又當四達之海；及今內地民人，襁至而輻輳，皆願出於其市。」或許是豐盛的物資，充裕的財富，使得原先冒險渡海移民而來的漢人忘卻當年之艱辛，揮金如土，面不改色。或許也正因渡過波濤洶湧的海峽來到吉凶未卜之地，心靈空蕩，尋求刺激，及時享樂的心理因素。

　　據清代觀蔣毓英《臺灣府志》中記敘，臺灣賭風，可說其來有自：「夫賭博，惡業也。不肖之子，挾資登場，呼盧喝雉以為快，以一聚兩、以五聚十，成群結隊，叫囂爭勝，皆由於此。至於勝者思逞，負者思復，兩相負而不知悔，及其家無餘資，始則出於典鬻，繼則不得不出於偷竊。臺習：父不禁其子，兄不禁其弟，當令節新年，三尺之童，亦索錢于父母，以為賭博之資，遂至流蕩忘返，而不知所止。」賭博之風特盛，《諸羅縣志》云「喜博，士農工商卒伍相競一擲；負者束手、勝者亦無贏囊，率入放賭之家。乃有俊少子弟、白面書生，典衣賣履，辱身賤行，流落而不敢歸者。此風漳、泉多有，臺郡特盛。」陳文達《臺灣縣志》亦云：「賭博之風，無處不然，臺為尤甚。連日繼夜，一擲千金，不顧父母妻子之養；內地之人，流落海外，數十年而不得歸，是可嘆也！」（卷一風俗）此二書皆成於康熙年間（1717、1720年），可知郁永河所見賭博惡習，一、二十年後仍未曾稍戢。此一惡習，直至清末甚至今日，一直難以禁斷，這固然與人性投機取巧、僥倖取勝的心理有關，而臺地嗜賭風習，其實也是內地移入，諸羅縣志說「此風漳、泉多有，臺郡特盛。」中國四千多年的賭博與禁賭歷史，洋洋可觀。郁氏之後的文獻對賭博的現象描述幾乎如初一轍，除上述志書所載，黃叔璥《臺海使槎錄》卷二〈赤崁筆談・習俗〉及藍鼎元〈臺灣近詠十首之三呈巡使黃玉圃先生〉（即黃叔璥）、王瑛曾纂修《重修鳳山縣志》及俚歌百句勸人莫賭博，

莫不陳述其流毒禍害無窮，然而島民賭性堅強，始終難禁。郁永河對於
臺地金錢觀念疑惑不已，左思右想之後歸結於「茲地自鄭氏割踞至今，
民間積貯有年矣。王師克臺，倒戈歸誠，不煩攻圍，不經焚掠。蕩平之
後，設鎮兵三千人，協兵南北二路二千人，安平水師三千人，澎湖水師
二千人；三邑丁賦，就地放給外，藩庫又歲發十四萬有奇，以給兵餉。
兵丁一人，歲得十二兩，以之充膳、製衣履，猶慮不敷，甯有餘蓄？蓋
皆散在民間矣。」民間富裕，導致浮華奢靡、揮霍無度。而這又與「為
賈販通外洋諸國」，財用不匱有關。其實明鄭時期，陳永華深得鄭經信
任，當時已有設立圍柵，嚴禁賭博之措施，但賭與禁如影隨形，終究是
難以根除。

　　早期漢人移民除嗜賭外，亦是一群好勇鬥狠之途，在《裨海紀遊》
裡說：「臺民居恆思亂，每聚不軌之徒，稱號鑄印、散劄設官者，歲不
乏人；敗露死杖下，仍多繼起者。」而其作亂心態亦是圖謀從中取得好
處，投機逐利行徑至為明顯。有美麗島之稱的臺灣，在漢人入墾下呈現
的並不是美麗新世界，而是倭寇、海盜叢聚之所，1695年福建布政使楊
廷耀為高拱乾修的《臺灣府志》所寫的序，是這麼形容臺灣的：

　　（清廷）雖已建旒、設旃於禹貢、職方之外，然未有遐荒窮島如
　　閩之臺灣者。臺孤懸海外，歷漢、唐、宋、元所未聞傳。自明季
　　天啟間，方有倭奴、荷蘭屯處，商販頗聚；繼為鄭成功遁踞，流
　　亡漸集。數十年來，不過為群盜逋逃藪耳。……若臺者，素為積
　　水島嶼，竊計流寓之外，其民若盲之初視、寐之初覺，雖更數載，
　　猶是鴻濛渾沌之區耳。

　　大概臺灣島種種負面的形象，起因於明鄭滿清長時的對峙關係，臺
灣成了官方記載中藏污納垢的罪惡淵藪，郭侑欣〈烏托邦與叛亂之島──

一郁永河《裨海紀遊》中的臺灣論述〉評郁氏這文字記錄些「只是延續了前代文人對於臺灣漢人種種的負面印象罷了」[17]，並引高拱乾、季麒光之說為證。不過在所引《蓉洲文稿》一段：「其民五方雜處，非俘掠之遺黎，即叛亡之奸宄，里無一姓，人不一心。山海氣濕，又多霧露水土之害。其番喜酒好殺，無姓氏，無歲月，無冠履衣服之儀，無婚嫁喪葬之禮，不知法紀。」在敘說臺島為叛亂奸徒（漢人）所聚外，對於番民亦未假以詞色，以妖魔化之書寫定位為好殺、不知法紀之一群人，郁永河卻未照單全收，他說：「番人無男女皆嗜酒，酒熟，各攜所釀，聚男女酣飲，歌呼如沸，累三日夜不輟」，喜酒是事實，但非好殺之徒亦非圖謀不軌，「土番殺人，非謀不軌也，麴糵誤之也。群飲之際，誇力爭強，互不相下，杯斝未釋手，白刃已陷其脰間；有平時睚眦，醉後修怨，且日酒醒，曾不自知，而討罪之師已躪其門矣。」釐清前人說法之不周備而引起的誤解，從這些言論來看，郁永河的視野仍是較開闊且具人文關懷。不過，總的來說，對臺灣形象的認知，郁氏接受了前人的看法，而郁氏其後的人也同樣接受了他的看法，多數著作只不過是再次的印證這些看法罷了。其實很多的形象認知，是各種訊息構成的，就像今日多數人談起非洲，腦海裡便浮現對非洲的原始形象畫面是一樣的。

（四）奇異之島：番俗與番民、異象與異性

克勞德‧李維史陀（Claude Levi-strauss）在《憂鬱的熱帶》一書中說：「每一個人身上都拖帶著一個世界，由他所見過、愛過的一切所組成的世界。即使他看起來是在另外一個不同的世界裡旅行、生活，他仍

---

[17] 收入《當代的民間文化關照》，臺北：里仁書局，2007 年 12 月，頁 34。

然不停的回到他身上所拖帶的那個世界去。」[18]在《裨海紀遊》一書中，我們的確看到郁永河行旅途中看到文化型態、生活習俗、服飾、髮型、裝飾、建築、婚姻、飲食、語言乃至體貌特徵都迥異於他過去的經驗認知時，不免充滿驚訝與新奇，並以文明者的觀察視域，在漢人主觀意識下進行描述與批評，同時也與親身現實經驗反思過去既有的認知。他透過文字再現番人的社會、風俗習慣，不僅以文章記錄他沿途所見的番社景象，與番人接觸的經驗，還以歌詩詠土番二十四首，多數詩末附其自註，有助於理解。四月初七，他頭一天甫踏出府城，經歷明鄭時期的四大番社（新港、嘉溜灣、毆王、麻豆社），即留意到昔日既定的臺灣描述之落差，他說：「是日過大洲溪，歷新港社、嘉溜灣社、麻豆社，雖皆番居，然嘉木陰森，屋宇完潔，不減內地村落。」他以在內地的情況，比較了整潔的番民屋舍，不禁脫口說：「孰謂番人陋？人言寧足信乎？」顧敷公以明鄭教化之績說明緣故，「令其子弟能就鄉塾讀書者，蠲其徭役，以漸化之。四社番亦知勤稼穡，務蓄積，比戶殷富；又近郡治，習見城市居處禮讓，故其俗於諸社為優。」以接受教化解釋其屋宇完潔、番民不陋之由雖未必完全貼切，但也流露漢人習以漢文化為據以描繪這塊陌生的地域，以儒家文化的規範及價值觀評價番人，所以當見到四社男婦「被髮不褌，猶沿舊習」時，仍以負面的措辭「殊可鄙」結論。再往北走，經過打貓、他里務、柴里，所見御車番兒「皆徧體雕青：背為鳥翼盤旋；自肩至臍，斜銳為網罟纓絡；兩臂各為人首形，斷脰猙獰可怖。自腕至肘，纍鐵鐲數十道；又有為大耳者。」至大武郡，此處番人「文身者愈多，耳輪漸大如椀，獨於髮加束，或為三叉，或為雙角；又

---

[18] 克勞德‧李維史陀（Claude Levi-strauss）著，王志明譯：《憂鬱的熱帶》（臺北：聯經出版公司，1989 年 05 月），頁 41。

以雞尾三羽為一翹，插髻上，迎風招颺，以為觀美。」直過啞束、大肚之後，番人狀貌則轉陋，再經大甲、雙寮、宛里等社，番人貌益陋，「變胸背雕青為豹文。無男女，悉翦髮覆額，作頭陀狀，規樹皮為冠；番婦穴耳為五孔，以海螺文貝嵌入為飾，捷走先男子。」這一段描述幾乎是以地形的險要、開闢的先後與番人的容貌體狀成正比，愈往北愈少開發，地形日益險峻，連番人的面貌也愈醜陋。郁氏眼裡的番人形象的美醜，自然帶有漢人本位，以自我的社會為對照所產生的差異性，尤其是雕題文身者，在漢文化系統下是犯罪與為非作歹的指涉意義，此外其中恐怕也滲雜了陌生無知帶來的排斥與恐懼[19]，在人與似人之間，很難分類確定他們的位置，Robert Darnton就認為一些無法分類的事物總是會讓人感到害怕，例如狼人、蝙蝠、老鼠等等都很難確定他的位置[20]，難怪郁永河視之為牛鬼蛇神般共猙獰。即使到今天，文身變成時尚風潮，對於身文豹紋、骷髏形製，仍讓人感到異樣不適。郁氏的評斷美醜標準，當然也是以自身文化的標準及個人對美醜的主觀認定有關，陌生的、難以歸類、不符標準的事物，就會被認定怪異甚至醜惡，不止漢文化如此，西方人的異國情調評斷也是如此[21]。

---

19 漢人不解其文身背後的文化意涵與審美觀點，因此將固化的番人形象與野蠻、恐怖相聯結。

20 見張家綸：〈評介《東臺灣歷史再現的族群與異己：以胡傳之《臺東州采訪冊》》的原住民書寫為例〉，http://w.his.ntnu.edu.tw/u89055/wordpress/?p=107。余芳珍，〈從 Robert Darnton 之 "Workers Revolt: The Great Cat Massacre of the Rue Saint-Severin" 談新文化史結合歷史學與人類學的研究取徑〉，《政大史粹》第四期，2002 年 7 月，頁 147-162。

21 賴維菁：〈觀景‧景觀：檢視三部維多利亞時祺遊記如何書寫「番邦」的自然景物〉：「『熟悉』、『符合西方美學標準』是西方旅行者承認異國景致美麗的重要因素。……如果眼前的景物無法被納入西方美學的框架，那它就是醜陋、醜惡。」《中外文學》第 29 第 6 期（總 342 期），2000 年

　　番人婚俗亦特殊，非漢人父母之命、媒妁之言以成夫婦，而是女子成年之後，「父母使居別室中，少年求偶者皆來，吹鼻簫，彈口琴，得女子和之，即入與亂，亂畢自去；久之，女擇所愛者乃與挽手。挽手者，以明私許之意也。明日，女告其父母，召挽手少年至，鑿上齶門牙旁二齒授女，女亦鑿二齒付男，期某日就婦室婚，終身依婦以處。」此一男子入贅於女家，家業由女性繼承之母系社會，郁永河最後以「故一再世而孫且不識其祖矣」評其結果，並解釋「番人皆無姓氏」之由。這固然也是以漢人父系社會來對照凸顯番人婚俗之特異，有學者以為郁氏對此負面評價，「亂」字更是說明了一種忝不知恥如同禽獸的行為[22]，母系社會是一種悖德與顛倒倫理的行徑，恐是言之過當。其間並看不出其批判意味，就像陳第〈東番記〉之描述一樣，只是一種客觀的記載，因為早期原始民族幾乎都是母系社會，並非有甚麼罪惡不光彩，倒是男女表達情意方式及重女不重男情形讓郁永河印象深刻，因此再賦竹枝詞詠之。

　　番室則是模仿龜殼「築土基三五尺，立棟其上，覆以茅，茅簷深遠，垂地過土基方丈，雨暘不得侵。其下可舂可炊，可坐可臥，以貯笨車、網罟、農具、雞栖、豚柵，無不宜。」房舍構思符合臺地潮濕炎熱的特

---

11 月，頁 110。賴氏另有〈帝國與遊記—以三部維多利亞時期作品為例〉，《中外文學》，26 卷 4 期，1997 年 9 月，頁 70-82。其實除郁氏之例，晚郁氏兩百多年的王韜在《漫遊隨錄圖記卷一‧改羅小駐》亦有相同的對不熟悉事物給予刻板負面的評斷，王文描述開羅蒙面婦女云：「肌膚已漸作黃色，面目亦無異人處，惟多以白布遮面，僅露雙眼，睒睒向人，狀殊可怖。」

22　郁永河以漢人觀點看未正式成婚而有性行為之情形，此一「亂」字指男女關係，未必有斥之淫亂之意，有如歲數不相當之結合謂之野合，未必是鄙視之意。

性，而且屋下可置放各器具及養雞豬，頗為實用，郁永河因此說「無不宜」[23]。至於衣著服飾方面，男女大都裸體，僅以圍布遮私，冬天則以雜毛獸皮裹身禦寒。生活型態女子力田耕種，男子主狩獵，農作物收成有餘，便拿來釀酒。他們相信水可以治病強身，當孕婦分娩之後，便帶著嬰兒到溪邊浸洗。這種種都為後來修志者及宦遊文士參考沿用之材料。

他筆下的臺灣是瘴癘之地也是豐饒之處，是叛亂之島也是烏托之邦，是華夏文明與蠻荒世界的相遇，看似矛盾卻也是理之必然，是一種相反相成的互補關係。如果因形勢險要、物產富饒，而能施以教化，多方拓墾，地盡其利，當然也可以提供一個世外桃源的新天地。

三、書寫策略與文學藝術性

當郁永河回內地之後，開始執筆回憶在臺九個多月的所見所聞，必然也參雜既定知識與經驗的磨合，文獻與文學的兼顧，述作的理想與自我情感的抒發，書寫再現的同時，他有了重新思考整理的機會，也藉此完成自我。行旅途中的驚險成為深刻的記憶，一方面死裡逃生懼悸猶存，另方面驚濤駭浪、荒煙絕域，正顯示出其採硫之艱，也是自我形象塑造之道。從府城一路北行，他離開自己所熟悉的生活環境，踏上歷史鬼魅中的臺灣異象，蠻荒野性的臺灣曾讓他受到「驚嚇」，尤其箭矢落枕畔的情境，他將如何透過文字敘述以構築眼中的臺灣島？對來自內地的文人而言，這塊初入版圖的臺灣，在想像知識脈絡中是海盜與叛賊叢

---

[23] 亦有學者以番室十分簡陋，人畜共處一室，評斷郁氏因此不能適應。就原文視之雞栖、豚柵是在其屋下，而「下」字還含有旁邊之意。至於視幾犬為置幾榻，犬字乃「人」字形近而誤。

聚地，是疫病橫行的孤島，歷史缺乏足夠且客觀的紀錄，在這趟蠻荒旅徒中處處瀰漫著「理亦難明」的陌生與恐懼。這樣的感受驅使他尋求一種新的論述形式，一方面消解內地人士對臺灣的陌生與恐懼感，也進一步提供清朝統治者治理臺灣的參考。而他的努力，確實也讓《裨海紀遊》成為臺灣方志編寫者及宦遊者的參酌方向。

對旅行者來說，番民絕對是最佳的凝視對象，既具異國情調，又充分展現臺灣的地域特色，而番民所帶給作者的文化衝擊，應該也是他此行中印象最深刻的，因此《裨海紀遊》中番民形象遠遠多於漢人。只是當郁氏刻畫他所見所聞的這些異質人群與文化時，行旅所經成為建構清帝國的臺灣知識之處，同時是清帝國權力延伸、領域擴張的表徵，他所描述建構的清朝國族內部的他者，位處帝國邊陲，面目模糊、身份難辨的國族內部陌生人，是愚昧無知讓人恐怖，同時又是純真無欲令人嚮往的無懷氏之民、葛天氏之民。文本中對臺灣人種起源之敘述，「空山無人，自南宋時元人滅金，金人有浮海避元者，為颶風飄至，各擇所居，耕鑿自贍，遠者或不相往來；數世之後，忘其所自，而語則未嘗改。」（即竹枝詞「聞道金亡避元難，颶風吹到始謀居。」）將之編派入中國歷史中，形成知識建構實踐一部份，進而合理化清帝國統治臺灣之正當性，姑不論郁氏當時想法或者動機所在，很奇妙的是這樣的錯誤論述，陸續在後代遊宦文士詩作中沿襲[24]。其實他也曾顛覆過去刻板的臺灣論述，以同情的立場來理解番人，並批評了一般人的漠視輕忽與以訛傳訛的不當：

---

[24]　郭侑欣，〈烏托邦與叛亂之島──郁永河《裨海紀遊》中的臺灣論述〉，《當代的民間文化關照》（臺北：里仁書局，2007 年 12 月），頁 29。

乃以其異類且歧視之；見其無衣，曰：「是不知寒」；見其雨行露宿，曰：「彼不致疾」；見其負重馳遠，曰：「若本耐勞」。噫！若亦人也！其肢體皮骨，何莫非人？而云若是乎？馬不宿馳，牛無偏駕，否且致疾；牛馬且然，而況人乎？抑知彼苟多帛，亦重綈矣，寒胡為哉？彼苟無事，亦安居矣，暴露胡為哉？彼苟免力役，亦暇且逸矣，奔走負戴於社棍之室胡為哉？夫樂飽暖而苦飢寒，厭勞役而安逸豫，人之性也；異其人，何必異其性？仁人君子，知不吐余言。

以真實之筆觸，描繪臺灣番民不公之遭遇，人道主義的關懷，為其發出不平之鳴。或許是跨語境、跨文化的緣故，郁永河無法真正進入他們的生活內部與思想世界，最終只能以悲天憫人的胸襟，為他們遭遇不合理的剝削與壓迫發不平之鳴[25]，並進而提出「教化」之道，「苟能化以禮義，風以詩書，教以蓄有備無之道，制以衣服、飲食、冠婚、喪祭之禮，使咸知愛親、敬長、尊君、親上，啟發樂生之心，潛消頑憨之性，遠則百年、近則三十年，將見風俗改觀，率循禮教，甯與中國之民有以異乎？」然則無意間流露出的是文化位階的優越感，一種居高臨下的姿

---

[25] 原文「曩鄭氏於諸番徭賦頗重，我朝因之。秋成輸穀似易，而艱於輸賦，彼終世不知白鏹為何物，又安所得此以貢其上？於是仍沿包社之法，郡縣有財力者，認辦社課，名曰社商；社商又委通事、夥長輩，使居社中，凡番人一粒一毫，皆有籍稽之。射得麑鹿，盡取其肉為脯，并收其皮。日本人甚需鹿皮，有賈舶收買；脯以鬻漳郡人，二者輸賦有餘。然此輩欺番人愚，朘削無厭，視所有不異己物；平時事無巨細，悉呼番人男婦孩稚，供役其室無虛日。且皆納番婦為妻妾，有求必與，有過必撻，而番人不甚怨之。」、「竹弓楛矢赴鹿場，射得鹿來交社商；家家婦子門前盼，飽惟餘瀝是頭腸。」

態，對於一個自認文化較優勢的國家來說，國族內部他者的差異性，既是顯示了清帝國的實質國族邊界，但同時也是一種焦慮和威脅，因此必須經由教化、漢化、儒化來改造對方。郁氏在這裡不自覺呈現漢族文化的優勢地位以及教化必要性的心態，而這樣的心態，在中國民族志書寫中一直存在，收編改造異文化成為我族一部份，因文化較高，因此即使五胡亂華，也能將之同化，欠缺對於文化多元、融合並存的尊重異文化的觀念。其實自十七世紀以來，在荷、西、明鄭、滿清政教宣導下，番人傳統社會秩序與社會道德觀已消失殆盡，皆源於統治者以文化優勢自居，採取同化改造對方之措施，而非尊重多元的文化發展所致。這種認識番人背後的文化邏輯，呈現出鄧津華所提之東方式的東方主義（oriental orientalism）或者內部東方主義（internal orientalism）。

　　另外一個書寫傾向，是男性視域的觀看，對女性的審美觀同時也是漢人視角的凝視，如「婦人弓足絕少，間有纏三尺布者，便稱麗都；故凡陌上相逢，於裙下不足流盼也。」以「三寸金蓮」做為審美女性的標準，當時是以自身熟悉的美學標準為據，所謂美、醜的評價，在這裡恰恰呈現是個人在文化脈絡下薰陶而成的主觀意識，以今之觀點，「弓足」反而是一種病態、殘缺的恐怖。又如「又有三少婦共舂，中一婦頗有姿；然裸體對客，而意色泰然。……自諸羅山至此，所見番婦多白皙妍好者。」甚或解釋其待客之道：「客至，番婦傾筒中酒先嘗，然後進客，客飲盡則喜，否則慍；慍客或憎之也，又呼其鄰婦，各衣毯衣，為聯袂之歌以侑觴，客或狎之，亦不怒。其夫見婦為客狎，喜甚，謂己妻實都」，形成一種很表面又不可思議的觀察解讀。在許多西方帝國的旅行家、作家的文本中，原住民族女性的肉體與野性美，象徵了原始、熱情的肉慾，展現的是無限性魅力的幻想。郁永河是否如此，文本中很難證實，但相信作者如是女性身份，這部分描寫肯定是不一樣，而且從文末的感慨「所

謂神仙者，不過裸體文身之類而已」一句來看，視覺上「裸體」現象給他的印象極為刻骨。

　　另一個看待明鄭的視角，或謂郁氏行文以「偽鄭」看待，似乎站在滿清立場，然而以清朝高壓文字獄，動輒得咎的情形來看，文字使用不得不慎，其實《裨海紀遊》還附記了一些有關鄭成功祖孫三代的傳聞，在〈偽鄭逸事〉一篇，字裡行間對鄭成功的孤忠大節給予正面評價，並不用偽鄭、叛逆等字眼，「偽鄭」或許是好事者所改易。在《裨海紀遊》正文裡，他是這樣讚譽鄭成功的：

> 嗟乎！鄭成功年甫弱冠，招集新附，草創廈門，復奪臺灣，繼以童孺守位，三世相承，卒能保有其地，以歸順朝廷，成功之才略信有過人者。況乎夜郎自大，生殺獨操，而仍奉永曆之紀元，恪守將軍之位號，奉明寧靖王、魯王世子禮不衰，皆其美行；以視吳、耿背恩僭號者，相去不有間耶？

　　同時因文中言及鄭氏法律之嚴厲，在書末特別安排了〈偽鄭逸事〉，為鄭成功、陳永華及永華季女陳氏等三人作傳。以陳永華淡泊名利而性格果斷，具謀略之才，來凸顯鄭成功善於用人，並以陳氏之寬來調合自己（鄭成功）執法過於嚴厲的問題。

　　整本書呈現了康熙朝那種恢弘開闊的國家氣象，同時也反映臺灣做為清帝國邊緣，其開化與蠻荒並存、馴服與抵抗相參的社會特質。以上是從內容論述其書寫策略，莊勝全認為郁永河觀察臺灣的角度是從地理形勢配合人文發展，黑水溝帶來的是兼具重洋阻隔與危險的形象；西部平原漢番雜處，愈往北瘴癘之地愈多，番人長相愈醜陋，愈難教化；東

部高山則是與禽獸無異，可任其自生自滅的野番[26]。郁氏並未親往東部，於此亦可見其主觀意識，以空間之開發情況，設想其人文之開化先後。這是郁永河觀看臺灣視角之一，而他如何觀看自己此行？如何以文學的方式表達他的心靈感受？從其書寫策略來看，他採取了渡海、跋山、涉水、採硫（含瘴癘）四方面之險惡，刻畫臺灣行之艱難，並以順利完成採硫任務，形塑了一個剛毅任重道遠的儒者形象及關心家國大事的知識份子形象。丁旭輝對郁氏渡海涉水之描寫很詳盡，因此引用其說，文云：「臺灣四面環海，黑水溝的險惡，盡人皆知；內陸則多溪流，中有高山，所以溪流多向東西海岸流洩而下。郁永河往返廈門、臺灣之間則渡海，由南往北行則涉河。無論渡海涉河，在船舶科技落後、臺地未墾、橋梁未建的三百年前，都是危機四伏、死生無定之事，所以《裨海紀遊》全書，多記此驚險之經驗，而由他沿途所記錄下來的渡海涉河的驚險鏡頭，也可以看出他簡潔生動、歷歷如在眼前的精采文筆。其中涉河而過，由於規模範圍較小，時間較短，而且有陸地可憑，所以相對之下，記錄較為簡略……渡海歷時漫長，遇到風波險惡，其搖晃震盪，嘔人肝膽，生死一線，摧人心神，所以形諸筆下，顫抖猶存。」[27]至於跋山一節則多半帶有遊人好奇心驅使下前往，有賞心悅目、心曠神怡之遊，也有驚心動魄、焦慮悸怖之遊，「修蛇乃出踝下，覺心怖，遂返」、「與導人行，輒前；余與從者後，五步之內，已各不相見，慮或相失，各聽呼應聲為近遠。」其描寫亦較簡潔，採硫一事相關此書主題，著墨

---

[26]　莊勝全：〈清康熙朝臺灣印象的轉變：以四位親歷者的觀察為例〉，《臺灣風物》56 卷 3 期，2006 年 9 月，頁 27-59。

[27]　丁旭輝：〈論「裨海紀遊」的散文藝術〉，《國立中央圖書館臺灣分館館刊》，10 卷 1 期，2004 年 3 月，頁 115。

較多。採硫同行者，因水土不服，幾乎全病倒，同鄉王雲森歷險歸來也「復染危痢，水漿不入……余一榻之側，病者環繞，但聞呻吟與寒噤聲，若唱和不輟。」所處環境，夜晚海風怒號、猴啼像鬼啼哭，還有能吞下整隻鹿的巨蛇所發出像牛打鼾的聲音，無一不令人聞之喪膽。

　　日記，強調了個人在場的親身經歷，也證成所書寫文本之知識權威。自宋代以來，日記體遊記自更是異軍突起，蔚為大觀，南宋陸游《入蜀記》、范成大《攬轡錄》、《吳船錄》均是為人所熟知的名作。郁氏《裨海紀遊》亦以日記體方式經營，可謂其來有自，但以臺灣為題材，篇幅又較陳第〈東番記〉為長，則是其優勢所在[28]。採取日記形式記敘此行，確有其方便靈活之處，設想若不採取日記體方式，一兩萬字的遊記將如何安排？所獲致的效果又將如何？如果將《裨海紀遊》的結構重新打散排序，效果又將如何？當然，我們很難為假設問題提出優劣定見，但可以思考可以重新解構再建構。畢竟原名《採硫日記》的《裨海紀遊》，宜是在臺期間即有所記，但日間趕路又遭逢諸多事情，自必無法詳記，等到回福建之後再審視回憶前後歷程，予以整理再現所經歷的情境及想法。既是撰述成篇，就面臨文章剪裁及結構安排的問題。每位作者都有自己安排的審美考量觀看，目前三卷之安排，上卷敘述在前，議論在後；中卷記敘抒情為多；下卷議論在前，記敘在後。可說做了靈活不呆板的變化，議論隨所居之地、所見之事引發出來，停留府城之際必然思及明鄭之政事，既已沿途經歷各番社，足履踏遍西部臺灣，便不

28　莊雅仲說「其材料之豐富、描寫之扣人心弦，就遠非《島夷志略》、〈東番記〉等區區數百字浮光掠影式的記載所可比擬。」見〈裨海紀遊：徘徊於自我與異己之間〉，《新史學》4卷3期，1993年9月，頁70。

能不有感慨，因此論述臺灣之山川形勢，分析臺灣戰略位置，提出開發策略，紀錄番民風俗民情，談教化之政策[29]。

至於詩文冶為一爐的情形，在郁氏之前頗有名氣的明代徐宏祖《徐霞客遊記》並沒有在文章中加入詩作的情況，但在南宋陸游《入蜀記》已見引名人詩句呼應、強化自己對山水的美感經驗。張舜民《郴行錄》則節錄自己與友人之詩作，形成詩文合記現象，更深化途中所見所思所感，范成大《攬轡錄》沿途寫成記行隨筆，思緒萬千，文難以盡意，又以七十二首絕句抒懷寄慨。晚明張岱遊記《西湖尋夢》是在每篇遊記之後附錄前賢或時人相關詩文，不但增添山水光彩，也提供知識享受。《裨海紀遊》詩文並呈現象宜是前有所承，但郁氏安排詩作穿插遊記之中，除了與其心情相襯外，一方面配合傳統文人最親切熟悉的詩歌表述方式，書寫懷鄉情思，另一方面也將初闢領土納入一個可以掌握、容易體認的文化脈絡與美學思維中。莊雅仲〈裨海紀遊：徘徊於自我與異己之間〉一文云：「綜觀郁永河在內地時所賦的詩，可以很清楚看出他在未渡海時的心境，是帶點恬淡而多愁善感的，與其說是山水帶來感歎，倒不如說是他寄寓於山水以抒懷。……遠離權力中心的失落。然而渡海及其後在臺灣的遊歷，卻使得這樣的敘事遭到挫折。」[30]後來研究者大致從此處得到啟發，特別留意到《裨海紀遊》一書的詩作及竹枝詞，合計穿插之詩有十四首（七絕三首、五律七首、七律四首），竹枝詞三十六

29　丁旭輝認為郁永河從日記裡將議論的部分抽離出來，「統一、集中而有系統的加以論述，如此一來可以避免零碎散亂、膚見淺識，也可以避免因夾雜著長篇大論，而破壞了日記與遊記的清新趣味與靈活體制。」〈論「裨海紀遊」的散文藝術〉，《國立中央圖書館臺灣分館館刊》，10 卷 1 期，2004 年 3 月，頁 110。

30　〈裨海紀遊：徘徊於自我與異己之間〉，《新史學》4 卷 3 期，1993 年 9 月，頁 69。

首（臺灣竹枝詞十二首、土番竹枝詞三十六首），使得全書呈現詩文合記的現象，而此一現象在宋代張舜民《郴行錄》已體現詩文相雜所獲致的互映生輝的效果。《裨海紀遊》卷上於文中夾雜了十首詩作，此段所記載是赴臺之前在閩地的遊歷，生活較為輕鬆閒適，也較有閒暇撰詩，從這裡也可以看出郁永河不因即將面臨的渡海之險而患得患失（此與孫元衡差異大）。在府城期間，所遇漢人為多，他寫了〈臺郡竹枝詞〉。卷中是西行北上採硫，途中在在危機，行程緊湊，同伴生病，因此詩作只有三首，其中兩首七律是親見硫穴奇景所寫，可見這一段歷程讓他失去了先前較悠閒的心情。卷下著重治臺之政策與對番政之意見，歸納他在臺的所見所聞，並為採硫之行做最後的記錄。文中雜記詩一首、文末附〈土番竹枝詞〉一組。詩文合記、韻散兼具，除了文義可詩文互補，相互發明，讓讀者易於記誦，加深印象外，當文中因行文結構考量，不便提及者則可以以詩補充，甚至在詩（竹枝詞）末復有自註做為補充說明。這些詩作非以風流相尚，而是以如椽健筆，為自己的心思及清初臺灣社會之風俗民情作客觀而深入的描寫，從其詩與自注中，如「天險生成鹿耳門」「一片平沙皆沃土，誰為長慮教耕桑？」「山外平壤皆肥饒沃土，惜居人少……地力未盡，求闢土千一耳。」可發現郁氏時時懷抱經世濟民之思，可謂郁氏用力甚深之作，並非隨意為之，因此被視為史詩實錄，屢為關心臺灣文獻者與研究者所徵引。

　　《裨海紀遊》雖採日記體形式為之，但不為日日皆有所記束縛，避免了流水帳似的帳簿窘態情景，凸顯了描寫的重心，使文章結構靈活流暢，而讀者也能像輕舟已過萬重山那般，毫無窒礙一覽而下，不自覺其為日記之體。其長短自如、詳略兼具的手法，也解決了繁冗呆滯的感覺。寫景時注重抒情，寓情于景，情景交融，記事時關注議論，夾敘夾議，同時注意表現他的主觀感覺，而探察北投硫穴一段經歷，無論寫作之題

材、文章之結構或描寫之技巧，都有其匠心獨運之處，通過豐富的描繪手段，使本書表現出較高的藝術性及審美價值。綜言之，做為具綜合性和全方位的《裨海紀遊》，在史料價值外，其文學性亦受肯定，因此黃得時推為「臺灣文學史上隨筆文學裡最出色的作品」，葉石濤以為與黃叔璥《臺海使槎錄》為臺灣文學「散文雙璧」。

四、《裨海紀遊》接受史

有關《裨海紀遊》的出版、研究、評論等情況，可以發現郁永河及此書被閱讀、被接受的歷史，及其背後所體現的統治需求、社會價值、文化風尚、審美需求、傳播手段等變遷。此書不斷地被建構、借用，可以說進入經典之作，成為一個文化符號。以下從等幾個階段闡釋此書在不同時期呈現的表述樣式。

《裨海紀遊》成書之後，稍後宦臺諸人所著臺灣記聞之書，如黃叔璥《臺海使槎錄》引用《裨海紀遊》、〈番境補遺〉、〈偽鄭軼事〉（〈鄭氏軼事〉）不少[31]，並錄有土番竹枝詞二十四首。六居魯《使署閒情》、朱仕玠《小琉球漫誌》、鄧傳安《蠡測彙鈔》、丁紹儀《東瀛識略》等等，都引用了此書部分內容。方志亦大量援引了其資料，如周鍾瑄《諸羅縣志》、如范咸《重修臺灣府志》、魯鼎梅《重修臺灣縣志》、余文儀《續修臺灣府志》、王瑛曾《重修鳳山縣志》、盧德嘉《鳳山縣采訪冊》等，或記風俗、產物、風信或錄其詩作，莫不參引《裨海紀遊》。

---

[31] 方豪有〈臺海使槎錄與裨海紀遊〉一文，說明了《臺海使槎錄》似是最早引用《裨海紀遊》的，但卻作了很多刪改，或片段的引用，又如郁永河竹枝詞每首有註釋，《臺海使槎錄》僅有在第2、3、11首稍加註語，且又有刪改。見《方豪六十自定稿》，臺北：學生書局，頁998-1003。

李慈銘特別稱許此書「補史」之功能，認為「言澎湖縣島嶼、臺灣形勢、海道曲折、民俗利害，俱頗詳悉。」[32]而其日記體散文的書寫方式，為日後來臺宦遊文人喜於沿用，如羅大春《臺灣海防並開山日記》、池志徵《全臺遊記》、蔣師轍《臺遊日記》、胡傳《臺灣日記》、史九龍《憶臺雜記》等[33]。雖然，其真知灼見為一些有識之士所肯定，但人微言輕，其理念、主張並未被落實，其人其事在很長的時間裡幾至湮沒不彰[34]，直到日據時期，日人基於治臺的實際需求，才開始重視此書。根據方豪〈日人對於裨海紀遊的研究與重視〉[35]一文，他」將日人對《裨海紀遊》一書所下工夫區分為四類：1.研究郁永河探險經過和成就的有幣原坦等。2.將本書譯為日文，附以註釋，向日人作介紹和宣傳的是諸田維

32　李慈銘《越縵堂讀書記》（臺北：世界書局，1975年7月），頁1051。李慈銘眼界高，喜批評，對於郁氏竹枝詞及文學性部分評價不高，如果觀其對徐霞客遊記之微詞，也就不足為怪。文云：「古今地理，覺未稽求，名蹟流遺，多從忽略，固由明季士大夫不讀書，不知考據為何事也？」（1870年11月23日），頁473。

33　田啟文曾製表羅列其後以日記型態表現的作品，文見〈清治時期臺灣遊宦散文的特色及其影響〉，《東海中文學報》第17期，2005年7月，頁93-126。後收入《臺灣古典散文研究》，臺北，五南圖書出版公司，2006年，頁29-32。當然這部分的影響很難去一一實證是受到郁氏此書的關係，但不無可能（蔣師轍即提到曾閱讀郁永河、藍鼎元、黃叔璥之作）。清朝是日記很蓬勃鼎盛的時代，清初康熙雍正時期的盛世日記氣勢磅礡，名篇紛陳，乾嘉時期，學者競寫日記，堪稱繁興，道咸時期名家日記輩出（如李慈銘《越縵堂日記》），同治光緒時期隨著中外交流的日益頻繁，出現了大量的星軺日記，如郭嵩燾、薛福成、曾紀澤、張德彝、劉錫鴻等。

34　嘉慶年間瞿灝《臺陽筆記》篇首載吳錫麒序文，提及李麒光《臺灣紀略》、徐懷祖《臺灣隨筆》、藍鹿洲（藍鼎元）《平臺紀略》、黃崑圃《臺海使槎錄》，不及郁永河《裨海紀遊》，郁氏未有實質功名，其言論固然無法像藍鼎元《東征集》受皇上青睞，且命「常青、李侍堯即行購取詳閱。」《大清高宗純皇帝實錄》第七冊（北京：中華書局，1986年），頁172。

35　見《方豪六十自定稿》，臺灣學生書局，頁989-993。

光[36]。3.以本書為研究臺灣早期文化史資料，而能充分加以利用，並欲列為「臺灣叢書」，而加以校勘的是伊能嘉矩（1867-1925）。4.以本書為題材而寫小說的是西川滿。方豪並進一步說明幣原坦於《愛書》第一輯發表有關探求臺灣硫磺石炭之文獻內容，後來又將此文擴大範圍，改題為「關於臺灣黃金、硫磺及石炭之探勘」，登載於市村瓚次郎博士古稀紀念「東洋史論叢」，其中引用了郁永河的「番境補遺」並談郁氏採硫經過。諸田維光的日譯本，別名「貳百歲前之臺灣」，其譯本改編為上中下三篇，上篇四章，中下二篇各二章，其譯書動機是因郁永河該書談到治番方策，可供日本殖民地政策的參考。譯本頗有訛誤處，方豪另有〈日人著述中臺灣漢文文獻糾謬述例〉（載《臺灣文化》第六卷第一期）。至於伊能嘉矩則特別重視郁氏此書，他先在東京「人類學會雜誌」發表〈清代之高山族研究〉，推重《裨海紀遊》為「土俗研究之一有價值材料」，並附及「番境補遺」。在《臺灣慣習記事》以梅陰生之名發表關於〈裨海紀遊三卷〉的隨筆。後又在所編纂的《臺灣蕃政志》[37]第四篇第一章第一節對熟番的設施中，有「郁氏的理番方策」，第二節對生蕃的設施之一有「郁永河的馭蕃意見」，並稱譽郁氏為中國第一個發表理蕃應注重教化與生產意見者，並提出政策以取締剝削虐待土蕃的社

36　諸田維光譯著，《裨海紀游》，中研院臺史所圖書館典藏，明治42（1909）年出版。

37　該書為臺灣總督府民政部殖產局於明治37年（1904）出版，由伊能嘉矩編纂，對《裨海紀遊》徵引甚多，推許郁永河為第一個發表治理蕃族有卓越見解的中國人。伊能《臺灣文化志》亦充分參考《裨海紀遊》，特別是下卷第十七篇關於臺灣地理變遷的各章。方豪提到下卷有關臺江沿岸的變遷、淡水河流域的變遷等，無不取材於郁氏此作。此外，他稱譽郁氏竹枝詞之作為「采風詞藻之上乘者」。他特別提到郁氏「番語皆滾舌作都盧轂轆聲」之說，以印證他所發現的平埔族語言多用「開喉音」。伊能嘉矩，臺灣文獻委員會編譯：《臺灣文化志》（南投：臺灣省文獻委員會，1985年）。

棍。伊能認為郁氏對蕃政的積極意見要點在「示之以威武，懷之以德音」，因此為土蕃遭遇發出沉痛感慨：「噫，若亦人也！其肢體皮骨，何莫非人？」他在諸田維光譯本的序文中，推崇郁氏該作為臺灣古史中價值最高，特別留意郁氏所描寫的臺灣地理上的變遷，推重此書可與荷蘭文、西班牙文的臺灣古代記述，同具考古學上之價值。其遺著所論與郁氏此作有關者仍然很多而翔實，如硫礦、教學設施、祀典及信仰、蕃政沿革等等，但也因出版於其卒後三年，其間或有草民之誤，參考時宜留意。方豪認為西川滿《採硫記》雖只是小說，但對於郁永河和郁氏著作的表揚，當然有其貢獻。

　　除了方豪所述之外，臺灣總督府民政部通信局於大正7年（1918）出版《臺灣郵政史》，亦引用《裨海紀遊》為主要參考資料，並且附上郁永河的行程路線圖。昭和五年（1930）十月二十六日至十一月四日，日人在臺南舉行臺灣文化三百年紀念會，會中特闢史料展覽會。會後刊印「臺灣史料集成」一冊，在書冊之部列「採礦資料」一種，「臺北州大屯郡北投庄役場藏」，並著錄四百九十二字。1928年春天，宮本延人[38]於慶應義塾大學史學科畢業後，來到臺北帝國大學（現臺灣大學）開始他對臺灣原住民的調查研究，內容包括日據時代臺灣出土之古遺物，各國記載的臺灣文獻以及原住民各族的情況，其中亦援引《裨海紀遊》。

38　1940 年任臺北帝國大學文政學部講師，兼臺灣總督府調查官。戰後初年臺大留用為教授，1949 年返日。其有關臺灣民俗、人類學的著作有《臺灣の民族と文化》（與瀨川孝吉、馬淵東一合著）。初來臺時，任史學科土俗人種學講座助手，負責整理伊能文庫文物資料，器物部分成為土俗人種學講座標本室的重要收藏。在大約五十年後，他回顧購入伊能文庫的經過，出版了《臺灣原住民族：回想・私の民族學調查》，1992 年魏桂邦譯其作，書名《臺灣的原住民族》，由臺中晨星出版社出版。

可說該書提供了各個不同面向的需求者的重視，由此亦足徵《裨海紀遊》文獻價值之高，允為了解、研究早期臺灣歷史文化最佳參酌的資料之一。

而臺灣人士對此書也同樣重視，連橫《臺灣通史・流寓列傳》以旅居臺灣者為主要對象，他依據《裨海紀遊》，介紹了郁永河來臺採硫的彌足珍貴的臺灣經驗。在《臺灣詩薈》上亦重刊此文，足見連橫對此書之看重。黃得時撰寫〈臺灣文學史序〉騰出篇幅特別介紹郁永河來臺採硫的緣由與經過，並推許為「臺灣文學史上隨筆文學裡最出色的作品」。而當時有關詩文選集亦選錄其竹枝詞作品，坊間書局販售此書，當時黃得時、楊雲萍都讀過[39]，陳正祥在選注中國遊記《裨海紀遊》前，就家藏圖書閱讀了《採硫日記》，後來才知是《裨海紀遊》的異本，以時間來推測，其家藏的《採硫日記》，很可能也是日治時期所購藏。日人對此書的翻譯、研究及引用，對於其考古人類學及地理歷史、民俗學之研究達到一定的成果，背後自然有統治參考之需求[40]，與清代方志之纂錄目的有相近之處，不過日治時期鐵道旅遊觀光的興起，也促成了《裨海紀遊》的曝光率，番俗、溫泉及路線圖的宣傳，除了帝國宣揚意味，也帶有經濟消費的一面[41]。

---

[39] 楊雲萍曾撰〈關於臺海使槎錄與裨海紀遊〉（刊《臺灣風土》第 164 期，1954 年 3 月 15 日）、〈為臺海使槎錄申辯〉（刊《臺灣風土》第 164 期，1954 年 3 月 28 日）。

[40] 當時考察報告交由總督府做為理蕃政策的參考，但人類學家投注於臺灣原住民的田野調查及研究，自有其研究的熱忱及研究的主體性，未必全是為了呼應日本當局而投入。

[41] 有關日治時期臺灣旅遊活動的制度化，以及臺灣名勝古蹟的地理景象的建構，請參閱呂紹理：《展示臺灣：權力、空間與殖民統治的形象表述》（臺北：麥田，2005 年 10 月），頁 346-90。蘇碩斌，〈觀光／被觀光：日治臺灣旅遊活動的社會學考察〉，《臺灣社會學刊》第 36 期，頁 167-209。

　　到了戰後，《裨海紀遊》在方豪的研究下，有更進一步的突破，民國三十九（1950）年，臺灣省文獻委員會輯印《臺灣叢書》，將此書列入，並由方豪寫了一篇二萬字的長序，序中針對郁氏生平、《裨海紀遊》版本流傳、日人對此書的研究與重視及校勘本書的旨趣與方法等詳加論述，此書終於有了較為完整的版本，郁永河亦有了較清楚的面貌。方豪這幾篇文章：〈郁永河及其裨海紀遊〉[42]、〈關於合校足本裨海紀遊〉[43]、〈臺海使槎錄與裨海紀遊〉[44]，迄今仍是學界重要的研究參考資料。此外，在1950年8月，他也曾寫〈我國三大旅行家〉（陳季立、徐霞客、郁滄浪），刊《自由談》1卷5期，這是比較沒人留意到的。

　　1951年林海音以〈採硫人───一箇冒險家的故事〉重新改寫了《裨海紀遊》，分為7次連載於當時的主要官方報紙《中央日報・副刊》，並刊載於1954年，中國文藝協會為宣導「純真而優美的文藝作品」和「表揚民族文化的作品」，針對文藝界徵文，摘選編輯出版的《海天集》。綜觀之，50年代對《裨海紀遊》相關的討論並不多見，林海音在1951年即進行改寫，讓人不得不訝異她對臺灣文史掌握之快速。當時研究界應用到此書而發表相關論文者尚有吳新榮，〈郁永河時代的臺南縣〉，《南瀛文獻》1卷1期，1953年。李亦園，〈臺灣南部平埔族平臺屋的比較研究〉，《中研院民族學研究所集刊》第5期，1957年春季。濟尊〈臺灣探險的先驅：冒死探硫的郁永河〉，《中央日報》，1957年8月10日。宋幼林，〈郁永河傳〉，《臺北縣文獻叢輯第一輯》。《裨海紀遊》此書大抵比較為考古人類學及歷史學界所應用，此後二十幾年時間，只有

---

[42]　刊《大陸雜誌》1卷6期，1950年9月，頁12-17。亦收入《大陸雜誌語文叢書第一輯第二冊：目錄學》。

[43]　刊《公論報》1952年4月18日；2日，頁6。

[44]　刊《公論報》1954年3月1日，頁6。以上三文收入《方豪六十自訂稿》。

零星文章關注到郁永河及其書。70年代有費海璣〈「裨海紀遊」研究〉（《書目季刊》6卷1期，1971年9月），介紹郁氏其人，以比較法略述當時臺灣與北美相似之處，並與北史流求比較，與天工開物煉硫技術對照，謂其土番研究是「臺灣土著研究之權輿。」（頁29）陳漢光編纂《臺灣詩錄》三冊（臺北：臺灣省文獻委員會，1971年）收錄郁氏之詩作。70年代報導文學興起，1978及1979年初年，蔣勳有〈重尋郁永河的足跡〉（刊《漢聲》6、7期），該文完整篇名作「讀裨海紀遊　重尋郁永河的足跡　看280年前臺南到臺北的陸路旅行」，當時漢聲雜誌社為追尋歷史足跡，以了解兩百八十年來（距1697計）臺灣地理環境滄海桑田的變化，按照該書的記載，重走郁永河所走過的路，之後，由散文大家蔣勳執筆報導此行經過，文章不時與該書對話，思緒躍回郁永河當時情境，讀者因之間接閱讀了《裨海紀遊》，也同時飽覽蔣勳當下的心靈視域及審美情味。最後他不禁發思古之幽情，一再用「這些都是郁永河當年看得到的地方」，甚至想像當年的郁永河「突發奇想：不知那裡會不會從水中升起一座繁華的城市？」（頁107）同年（1979年），葉石濤小說《採硫記》出版（臺北：龍田），惜當時留意者少，葉氏之作二十年後，時移世變，才與西川滿之作被比較、討論。葉石濤當時對《裨海紀遊》極為推崇，他在《臺灣鄉土作家論集》一書中，說「流貫整篇作品的是脈脈搏動的濃厚人道精神；他用卓越的觀察力和分析力，栩栩如生地記錄下來滿清領臺初期，離荷蘭、明鄭三代不遠的漢番雜居的社會情況。他使用正確、簡潔、有力的筆觸如實地描畫殆盡臺灣那雄壯、美麗的風土；榛莽未闢的荒原、蠻煙瘴癘的山河，莫不躍然紙上。他的作品透露出來的跟大自然抗爭的人類充滿鬥志，永遠不屈的精神。」[45]80年代由

---

[45]　臺北：遠景出版社出版，1979 年。

於環保意識抬頭及自然寫作日漸受重視，馬以工《幾番踏出阡陌路》（臺北：時報文化出版，1982年5月）及《尋找老臺灣》（臺北：時報文化出版，1988年。）二書獲致相當高評價，做為同書名的〈幾番踏出阡陌路〉一篇及〈礦溪溯往〉，馬以工也是循著郁永河的腳步再走一次的記錄，尤其是郁永河到北投採硫及探察硫穴這一段，馬以工寫得極引人入勝，可與郁氏此段相輝映。而最大意義，「還是在給自己一個機會，重新認識自己生活了這麼久的土地。」[46]對岸也漸掀起對臺灣的研究風氣，韓同熙在1983年發表了〈郁永河和他的《裨海紀遊》〉（《福建論壇》5）。

　　直到90年代後期，此書的研究備受各界重視，這自然與本土化、主體性及旅遊文學興起息息相關，尤其是平埔族的日漸消失隱沒，喚起了關注之心，這些課題一時成為學界矚目的新議題，而此書又兼備這些內涵。臺灣在清領時期的宦遊文學、流寓文學及西方冒險家來臺的海內外探險研究，及從旅行書寫角度探討日治時期臺灣知識分子（如李春生、魏清德、洪棄生、連橫、林獻堂、吳濁流、吳德功等人）或遠走異國或遠遊本土他地的特殊經驗，在其遊記文本中呈現的價值觀念、當政者的政治措施及權力作用對旅遊文學的影響，這種種都引發了對眾多旅遊文學攸關臺灣文學想像的形塑與建構的探索樂趣。而本土化的推動，使得書市出版的相關論著曾獲得不錯的銷售成績，雖然後來因種種因素不再如當初之受青睞，但中學教材之選錄[47]或文史科之敘述，甚至大學殿堂裡的教學、研究，都使得郁永河和及《裨海紀遊》被普遍認知被廣泛接

46　馬以工：《幾番踏出阡陌路》（臺北：時報文化出版，1982 年 5 月），頁222。
47　列入 95 年新課程標準 40 篇文言選文。

受，這可能是郁永河始料未及的，為之校勘的方豪先生，大概也沒想到他的版本成為最常被引用的典範。

　　上世紀九〇年代以來，中研院臺史所及歷史學界研究平埔族之專家學者，施添福、杜正勝、翁佳音、陳秋坤、詹素娟、洪麗完、張隆志、康培德等等，在新研究途徑上屢有突破及獲致嶄新成果，《裨海紀遊》所記錄的相關材料，自然也被重新印證或考辨。至於為《裨海紀遊》付出心力的有幾本專著，陸傳傑《大地別冊——裨海紀遊新注》，巡禮古道，重新踏查郁永和所經歷的舊址，探索三百年來的滄桑變化，呈顯先民開發經營的艱辛及訪查平埔族後裔，引用石萬壽教授對於平埔族祀壺信仰的研究報導，及杜正勝之著述，傳達介紹平埔族群的先人生活形態。圖文相襯，很能引人入勝。楊龢之《遇見300年前的臺灣——裨海紀遊》將《裨海紀遊》全文譯為語體白話，同時附上相關圖片及註釋、糾誤等等，對《裨海紀遊》的推廣貢獻足以肯定。鄧津華《想像臺灣：中國殖民旅遊書寫與圖像（1683-1895）》，利用清朝文獻和圖像為基礎，對清朝殖民主義、地理想像展開論述，對於中國邊疆治理和臺灣史研究提供了一個全新的面貌。書中「臺灣作為一座生動的博物館：野蠻與時代錯置的借喻」對郁永河《裨海記遊》原住民的敘述策略開始摻雜出現的現象做了深刻討論，此外在其他章節亦有若干的論述。相關的創作仍然躍居文壇，從四〇年代西川滿的〈採硫記〉到五〇年代林海音的〈採硫人——一箇冒險家的故事〉，七〇年代葉石濤的〈採硫記〉，九〇年代顏金良寫了《前進老臺灣——郁永河採硫傳奇》[48]等，不同的時代，不同的敘述策略，完成各自的書寫臺灣、臺灣書寫。

---

[48]　小說第一版書名原是「走過荒煙」，後應出版社要求，重新整理後改為「前進老臺灣」。

五、結語

《裨海紀遊》一書呈現的多半是作者郁永河在臺的觀看，並以文明者的觀察視域，在漢人主觀意識下進行描述與批評，文／野二分的文化論述，支配著履臺文士對番人民族及文化的書寫模式，在跨入「他者」的地理與文化版圖時，郁永河也產生一種追尋烏托邦的欲求，以及對理想國的想像建構，因此既讚美番人無欲無求，自遊於葛天、無懷之世，有擊壤、鼓腹之遺風，另方面又對這些化外之民要實施教化，無意間流露出的文化位階的優越感。

在這本書裡，他觀看別人為多，寫自己的生活為少，對於一位來到陌生異域的行者而言，如何適應當地的氣候、飲食、語言等等，是不可迴避的問題，也是讀者想了解的，但除了語言不通、氣候悶熱多颱的陳述外，讀者看到的即是他眼中所看到的再現情景，他所描繪的番民體貌、服飾、髮型等，讓人感受到奇風異俗，但做為清朝人的郁永河，其本身的外在形象在番民眼中想必也是非我族類，充滿好奇衝擊的，就像王韜行經法國時，十六七歲的法國少女，「見余自中華至，咸來問訊，因余衣服麗都，嘖嘖稱羨，幾欲解而觀之。」[49]、在英國鄉間時，「男婦聚觀者塞途，隨其後者輒數千百人，嘖嘖嘆異，巡丁恐其驚遠客也，輒隨地彈壓。」[50]穿裙子、扎辮子的清朝人來到異地，造成性別錯亂或者怪異瘋動的盛況，自然可以想見。當外人來到積弱的中國，在其筆下亦以異域之準則繩範中國，所見所聞，事事怪異，時時驚詫，中國形象

---

[49] 清·王韜著、王稼句點校：《漫遊隨錄圖記》（濟南：山東畫報出版社，2004 年），頁 58。

[50] 同前注，頁 123。

也呈現一種妖魔話語。這麼說來，以自身文化的標準及個人對美醜的主觀認定來關看陌生的、難以歸類的事物，其實中外皆同。當然，我們很難以現在文化視域去要求十七世紀的郁永河以一種謙卑的胸襟視野，去對待與我非同族的族群文化表現他的讚嘆與欣賞，畢竟在傳統大環境下，他不可能有能力跳脫，對他而言那是正常而且必要的。

正因必要，當他接觸外在人事物，便經常抱持著與大清帝國相互參看的對照態度，當看到一片廣大平原未開發，他不禁惋惜，進而有所建議，這一趟紀遊，不僅身負採硫重責，他也背負知識分子的使命感與道德責任，加上旅途環境艱困，可樂之事為少，焦慮不安為多，謂之「苦旅」亦不為過。然而全書仍可見他人道主義的關懷，且身體力行，他自備了布與番人易硫土，不像通事土官任意差遣剝削番民。臺灣之行在他個人生命史與臺灣文化建構史上扮演的關鍵角色在今日愈加明顯而重要。

對郁永河而言，所有的不安躁慮都在返鄉後得以化解，然而讀者恐怕仍有些疑惑不得其解。當他於北投煉硫之際，隨從、僕人、廚子皆一一病倒，同行王雲森也染危痢，水漿不入，郁永河無可奈何只好將他們全部送回「福建」，後遇颱風，茅屋被夷為平地，永河僅以身免，雨止風息之後，復重建茅廬，「福建」又來夫役近六十人。及採硫大功告成，登舟返「福建」復命，幾次記載似乎無須返府城再回福建，這不能不讓人疑惑當初郁永河為什麼不直接從福建到淡水，而要繞道府城，再由土番駕黃牛車循西部海岸沿線北上？雖說需至臺南府城著手準備採硫所需之物品器具，但採硫器具不也可以在福建準備妥當，直接出發到淡水？還是他為幕僚人員，仍有「受命」渡臺採硫之實質身份，需先赴府城拜會官員，並取得一協些助？而這中間是否存在福建當局的不信任感，為防其臨時起意挾銀出走，因此當郁氏來臺時，並未能給予足夠金

銀，規範了郁永河必須登岸始能取得協助？這自然是閱讀《裨海紀遊》後個人之疑惑，事實上也不可能有答案[51]。但也正因自府城沿線北上，我們才得以讀到早年臺灣的情況。而在諸人一一病倒死去，自言「年來齒髮益衰」、「斑白之年」、「今老矣」、「體素弱，十年善病，恆以參朮代饔飧」的郁永河竟然安然無恙，也算是神助了。東渡採硫之曲折，勢必是郁永河一生中最刻骨銘心，最精彩動人的難得經驗，而更難能可貴的是，回福建之後，他將這段在臺灣的所見所聞，詳細客觀記錄下來，其影響直到現在仍光芒耀人。

51　陳宗仁〈雞籠山與淡水洋──東亞海域與臺灣早期史研究（1400～1700）〉對淡水港的發展有詳細的敘述，略云：「不是漢人慣常使用的港口」，「十六世紀下半葉至十七世紀中葉，中國商船、漁船可以直接由中國沿岸至雞籠、淡水」，但「郁永河從福州至淡水，並非兩岸直航，而是要從福州至泉州，乘船至廈門，再換船至臺灣府城（今臺南市），到了府城，郁永河再沿陸路至淡水。」（臺北：聯經出版，2005 年，頁 338。）可知當時有直航，但可能因一些考量而不直接航行至淡水。拙文匿名審查委員之一提出其深刻精闢之看法，頗有參考價值，爰引用於下。謹此致謝，並供讀者參酌。語云：「如撇開行政因素，其實原作者採取上述路線的理由應為航線，盛行風和方便補給，……國曆 2/23～3/17 東北季風仍盛行，可順風駛向臺，又因採硫設備鑑重，再加生民生用品，當然以就地補給較為方便可行，而或當時南臺灣開發較早，而北臺灣開發較晚，在臺灣府（臺南）就地補給和招募人力較適宜，補給準備工作約兩個月，……顯見原作者來臺路線規劃主要考量航線、盛行風和方便補給，如在福建購置裝備及民生品直駛淡水，則可能涉及大量物資運輸不經濟，橫渡海峽風險大，以及北臺灣開發較晚，物資可能不足，因此到臺灣府（臺南）就地補給購置合適裝備及物品，人員取陸路，物資取海路趁南風沿海岸北送（風險仍較渡海為小）。」

附錄：一九九○年代後相關《裨海紀遊》的論著

莊雅仲：〈裨海紀遊：徘徊於自我與異己之間〉,《新史學》4 卷 3 期,1993 年 9 月,頁 59-79。

石奕龍：〈郁永河筆下的臺灣土著社會〉,《福建師大學報：哲社版》2,1995 年,頁 126～130。

詹素娟：〈族群歷史研究的「常」與「變」-以平埔研究為中心〉,《新史學》6 卷 4 期,頁 127-153,1995 年。

何素花：〈清初旅臺文人之臺灣社會觀察——以郁永河的「裨海紀遊」為例〉,《聯合學報》13,1995 年 12 月,頁 282-322。

詹素娟：〈詮釋與建構之間-當代「平埔現象」的解讀〉,《思與言》34 卷 3 期,頁 45-78,1996 年 9 月。

許芳菊：〈探險紀遊——郁永河〉,《天下雜誌》200,頁 104,1998 年 1 月。

杜正勝：〈《番社採風圖》題解——以臺灣歷史初期平埔族之社會文化為中心〉〈一〉～〈六〉,《大陸雜誌》96 卷第 1 期～第 6 期,1998 年。

龔顯宗：〈郁永河稗海紀遊〉,《鄉城生活雜誌》第 59 期,1998 年 12 月,頁 50-55。

劉秀琴：《郁永河撰「裨海紀遊」初探》,《大漢學報》12 期,1998 年 11 月,頁 411-421。

顏金良：《前進老臺灣：郁永河採硫傳奇》,高雄：河畔出版社,1998 年 12 月。

阮桃園：〈文人探險家的視野——試評析郁永河《裨海紀遊》〉,《臺灣古典文學與文獻》,臺北：文津出版社,1999 年 1 月。

詹素娟：〈族群關係中的女性-以平埔族為例〉,《婦女與兩性研究通訊》42 期,1999 年頁 3-7。

江寶釵：〈清代臺灣竹枝詞新論〉，《第二屆國際清代學術研討會論文集》，1999 年，頁 615-648。

阮美慧：〈尋訪失落的族群──以郁永河《裨海紀遊》為例重建清代平埔族的歷史圖像〉，《雲漢學刊》7，2000 年 6 月，頁 57-79。

龔顯宗：〈感性與知性兼具的《裨海紀遊》〉，發表於中山大學文學院主辦之「跨越邊界／第二屆文藝與文化研究國際會議：旅行與文藝」，2000 年 5 月 28 日。

游重光撰、趙元彬攝影：〈郁永河足跡踏查記〉，《大地地理雜誌》154 期，2001 年 1 月，頁 62-87。

高郁婷：〈東望扶桑好問津──郁永河的臺灣遊蹤〉，《孔孟月刊》，39 卷 11 期（總 467 期），2001 年 7 月，頁 39-47。

陳虹如：〈郁永河《裨海紀遊》研究〉，國立師範大學國文研究所碩士論文，2000 年。

林淑慧：《臺灣十七、十八世紀農業社會文化──以《裨海紀遊》、《臺海使槎錄》為中心》，臺北：七星田園文化基金會。（合著）2000 年 12 月。

郭侑欣：〈郁永河《裨海紀遊》中的臺灣圖像及其衍異〉，靜宜大學中國文學所碩士論文，2001 年。

沈德傳：〈關於郁永河來臺的三則考證〉，《臺灣風物》第 51 卷第 1 期，2001 年 3 月，頁 141-163。

陸傳傑等著：《裨海紀遊新註》，臺北：大地地理，2001 年。

徐麗霞：〈從「清郁永河採硫處」碑──敘郁永河與「裨海紀遊」〉，《中國語文》第 531～535 期，2001 年 9 月～2002 年 1 月。

徐麗霞：〈郁永河採硫旅行──南崁到八里〉，《中國語文》91 卷 6 期（總 546 期），2002 年 12 月，頁 101-114。

謝崇耀：〈浪跡滄海郁永河〉，氏著《清代臺灣宦遊文學研究》，臺北：蘭臺書局，2002 年 3 月。

黃漢耀：〈裨海紀遊新注〉，《張老師月刊》301 期，頁 118-123，2003 年 1 月。

丁旭輝：〈論「裨海紀遊」的散文藝術〉，《國立中央圖書館臺灣分館館刊》，
　　　10 卷 1 期，2004 年 3 月，頁 107-118。

楊龢之譯注：《遇見三百年前的臺灣——裨海紀遊》，臺北：圓神出版社，
　　　2004 年 6 月。

Macabe Keliher 著：*Out of China*（裨海紀遊英譯版），臺北：南天，2004
　　　年 11 月。

Emma Jinhua Teng（鄧津華）：*Taiwan's Imagined Geography: Chinese Colonial
　　　Travel Writing and Pictures（1683-1895）,* Harvard University Asia Center,
　　　2004.

林淑慧：〈臺灣清治時期遊記的異地記憶與文化意涵〉，《空大人文學報》13，
　　　2004 年 12 月。

林淑慧：〈臺灣清治前期旅遊書寫的文化意涵〉，《中國學術年刊》27，2005
　　　年 3 月。

毛育剛：〈郁永河：撰寫臺灣遊記第一人——《裨海紀遊》賞析〉，《文化交
　　　流》，2005 年 1 期。

賴恆毅：〈郁永河《裨海紀遊》之竹枝詞研究〉，《臺灣史料研究》第 25 期，
　　　2005 年 7 月，頁 22-42。

宋澤萊：〈評郁永河的《裨海紀遊》——臺灣文學史上的傳奇時代〉，《臺灣
　　　學研究通訊》創刊號，2006 年 10 月，頁 108-128。

陳嘉琳：〈郁永河〈臺灣竹枝詞〉之研究〉，《華醫社會人文學報》14，2006
　　　年 12 月，頁 115-126。

張家綸：〈評介鄧津華《想像臺灣：中國殖民旅遊書寫與圖像（1683-1895）》〉，
　　　臺灣師大歷史學報 36 期，2006 年 12 月，頁 215-226（鄧津華（Emma
　　　Jinhua Teng）此書或譯為《想像的臺灣地理：中國殖民旅遊志與圖片》）

郭侑欣：〈烏托邦與叛亂之島——郁永河《裨海紀遊》中的臺灣論述〉，《當代的民間文化關照》，臺北：里仁書局，2007 年 12 月，頁 19-50。

吳芳真：〈《裨海紀遊》之文學研究——宗元遊記文學為對照〉臺灣師範大學國文研究所，碩博士論文，2007 年。

黃哲永、吳福助主編，郁永河：《裨海紀遊》，《全臺文》第 51 冊，臺北：文听閣圖書有限公司，2007 年 7 月。

陳家輝：〈從《番社采風圖》及《裨海紀遊》論臺灣先民之主要經濟物產〉，《人文資源研究學報》2，2007 年 12 月，頁 32-46

江亢虎《臺游追記》及其相關問題研探

一、前言

　　鴉片戰爭一役擊敗了晚清帝國的信心，其後來自西方的船堅礮利，迫使中國一步步「門戶開放」，民族生存的危機開啟了知識分子走向世界的步伐，也改變了晚清人士看待西方的態度，迫切欲了解西方社會、認識西方文明、學習西方文化。當時因為考察政治或學習技術或是出使、旅居駐外的機會，他們得以目睹與中國完全異趣的物產、制度、民俗風情等新事物，將旅行中的親身感知與見聞化諸文字書寫。因涉足異域後觀念的新變及不同於過往的內容，這些遊記呈現了一種新面貌、新文風，與傳統山水遊記判然有別。這些作品多是官派駐外人員或是考察人員或是個人行旅有感而作。如志剛的《初使泰西記》、郭嵩燾（1818～1891）的《使西紀程》、張德彝（1847～1918）的《航海述奇》、何如璋（1838～1891）的《使東述略》、薛福成（1838～1894）的《出使英法義比日記》、王之春（1842～？）的《東遊日記》、容閎（1828～1912）的《西學東漸記》、羅森（？～1900）的《日本日記》、黃慶澄（1863～1904）的《東遊日記》、王韜（1828～1897）的《漫遊隨錄圖記》、《扶桑遊記》、康有為（1858～1927）《歐州十一國遊記》、梁啟超（1873～1929）《新大陸遊記》、《歐遊心影錄》、女作家單士釐（1858～1945）《癸卯旅行記》，或者稍後朱自清（1898～1948）的《歐遊雜記》，李健吾（1906～1982）《義大利游簡》，陳學昭（1906

～1991）的《憶巴黎》等，域外遊記成為近代文體中新的文壇景觀及特殊鏡像，也昭示了國民思想啟蒙路徑的演變。

傳統遊記除了騷人墨客遊山玩水之作，有不少是因仕宦謫遷，天涯淪落，其生命經驗內涵的轉變，使得作品既描述了山水勝景，同時也真實呈現作者的情懷，對審美客體力求能傳神寫照，也表現出一種滲透人生的睿智與哲理意趣。這些傳統遊記的描寫題材多半在本土，或者是較偏僻的邊疆異域，較少跨出國門，與晚清域外遊記著重介紹近代西方、日本政治經濟、典章制度、科學教育、格致器物、歷史地理等較具文化史料之現象相較，明顯不同。其實從文化內在變遷的角度來分析清代遊記，已經呈顯了與明人截然不同的面貌，清人的遊記書寫對藝術的曲盡物致以及講真求趣特質已非是主流論述，而是轉向知識性的探索及重視[1]，這與晚清經世之學亦有關聯。而知識分子遭遭世變之後，對域外西方現代文明的介紹尤成重心所在，因此紀遊內容大致是介紹外國政政治商業、文化教育，風俗民情及讚美工業生產帶來的經濟繁榮等，目的在於增廣見聞，備述異國風情，察考制度，改造思想知識，推動社會進步，激發國人的民族危機意識。及至民國成立，內憂外患仍多，尤其九一八事變發生，知識階層將關注目光放在本土，旅行仍舊不以模山範水、攬勝愉悅、寄興抒懷為主，而在於配合時代需要，抱持經國之志，以俾於社會並供參酌之用。

這些遊記有其承繼與創新的面向，新舊離合的交錯，中外文化的碰撞，外在客體對旅行者內在主體的浸染與刺激，新式傳播媒體的興起，

---

[1] 明末徐弘祖《徐霞客遊記》（上海市：上海古籍出版社，1980 年 11 月）是一例外，其理性觀察的知識面與探索層次及客觀描述，近於晚清遊記之精神。

在在使遊記書寫策略與過去有所差異,如果我們把遊記的範圍放寬[2],便不難發現有關記遊的部分也分佈於詩歌、調查研究的著作、考察報告和海外遊記、日記、筆記、詩集、聞見錄、書信、雜錄、隨錄等,如鐘叔和主編的《走向世界叢書》[3],此一大批域外遊記,即多以這些型態出現。而在臺灣方面亦如此,從郁永河的《采硫日記》(一名《裨海紀遊》)、羅大春(1833〜1890)的《臺灣海防並開山日記》、池志徵(1852〜1937)的《全臺游記》、蔣師轍(1847〜1904)的《臺游日記》、史九龍的《憶臺雜記》、胡傳(1841〜1895)的《臺灣日記與稟啟》、汪洋《臺游日記》、黃強《臺灣別府鴻雪錄》,甚至周俟松(1901〜1995)〈隨地山臺灣行〉[4]及本文擬討論的江亢虎(1883〜1954)《臺游追記》等,這些紀行承載了旅行的新見聞,及伴隨著各地遊歷考察的特殊經驗,相當具有啟發性及參考價值。

---

[2] 當然有些是很專門的學術與實業調查報告,在性質上不屬遊記文類的敘事性文本可不列入。

[3] 湖南人民出版社原計劃出版 60 種,實際從 1980 年到 1983 年的 4 年間出版了 27 種共 20 冊;岳麓書社出版了 38 種共 10 冊。岳麓書社在 2002 年 8 月又出版了鐘叔和《從東方到西方:走向世界叢書敘論集》。2000 年,另有鐘叔和《走向世界:近代知識份子考察西方的歷史》(中華書局出版)。可說晚清域外游記相當豐富。然而臺灣成為日本殖民地之後,相關的游記收錄及介紹,則是未列入考量的。

[4] 「一九三三年春,地山在燕京大學任教時,利用休假時間,應中山大學之邀,前往廣州講學。我也同行。為了探望久別的故鄉和分手多年的親友,我們特意繞道臺灣,在臺北、臺中、臺南等地逗留了十多天。這短暫的時日給我留下了不可磨滅的印象,時隔近半個世紀,往事仍歷歷在目。」「在臺灣;我忘不了日月潭的碧波蕩漾,奇花異卉。……避暑勝地阿里山。沿途景色悅目,驚險萬狀。山間時有五彩繽紛的彩蝶上下飛舞,向人群撲來,地山捕捉了一些做為生物標本。」許地山著、徐明旭等編選:《許地山選集》(福州市:海峽文藝出版社,1985 年),頁 712、714。

清代宦遊者所撰述的臺灣紀遊，就歷史而言，臺灣乃屬清治時期，中土人士來臺並不屬到國外，仍是王土所在之地，然而1895年之後中土人士來臺旅遊或觀光，則已是異國，在民族認知及感情思想上會是甚麼樣的情懷？江亢虎在《臺游追記‧阿里山中》就說：「阿里山為日本帝國第一高山，其主峯即新高山，比富士尤高。」（頁61）[5]似乎不脫以「日本帝國」下的域外眼光來感知臺灣。江亢虎歷游西方各國，他觀看臺灣的方式及追記所述之內容，大抵接近晚清以來的歐美游記內容，如對學校、博物館、圖書館、體操、婦學、鐵道交通設施等的紀錄。這趟行旅是否給予江氏自我改造或自我超越之思？追記所展現的內容與昔日的西方文明敘述有哪些是較特殊的？或者與其前來臺旅遊的梁啟超有何差異[6]？來臺後何以引發質疑其動機。及本書之書寫形式如何？本文對江氏此作的討論即是將之放在以上所述的大環境背景下來看問題及其特色，同時留意其前後相關的論述及衍生的一些問題。

二、關於殖民現代性的觀察與反思

　　江亢虎，原名江紹銓，別號康瓠，江西弋陽人。1901年東渡日本考察政治，半年後奉調回國，應袁世凱聘任北洋編譯局總辦和《北洋官報》總纂。翌年再度赴日留學，與日本社會民主黨領導人片山潛（1859～

5　江亢虎此處所述有誤，新高山是指玉山。本文有關《臺游追記》之引文，可參1935年上海中華書局之版本及2007年文听閣《全臺文‧臺游追紀》，未免繁瑣，不一一作注，頁碼直接書於引文之後，據中華書局版本。此二版本之異，在於文听閣出版者不附圖片。

6　1911年梁啟超范止霧峰林家時，以推動議會運動爭取臺人權利之道鼓舞林獻堂，1934年江亢虎訪林家期間見啟超墨寶，又不數日，臺灣議會設置請願運動終止，而二人臺灣行相關文字亦刊上海報刊，其巧合耐人尋味。

1933）、平民社領導人辛德秋水（1871～1911）等人，圍繞政治經濟改革問題進行一些討論。同時接觸到歐洲的社會主義學說，並與其儒家大同思想兩相比較，認為多有「互相印證之妙」，從而初步形成其獨特的社會主義思想。1904年因病輟學回國。任刑部主事和京師大學堂日文教習。1910年春，再次出國旅游，經日本至歐洲各國。以其無宗教、無國家、無家庭的「三無主義」抵制孫中山的三民主義。同年於比利時撰就宣傳無政府主義的《無家庭意見書》。1911年11月組織中國社會黨[7]，攻擊辛亥革命。1913年赴美，任加利福尼亞大學中國文化課講師，主持美國國會圖書館東方部。1920年夏回國。次年4月至蘇俄游歷，並以中國社會黨名義參與在莫斯科舉行的共產國際第三次代表大會。1922年經歐洲回國，在上海創辦南方大學，自任校長。撰寫《新俄游記》，攻擊十月革命。1924年宣布恢復中國社會民主黨，次年夏更名為中國新社會黨，自任總理。1925年因參加清室復辟案而辭去南方大學校長職務。1927年中國新社會黨解散後，即出任加拿大大學中國文學院院長及漢學主任教授。1933年秋回國。1934年配合蔣介石的「新生活運動」1935年，在上海發起組織存文會，反對白話和漢字改革。抗戰爆發後，避居香港。1939年9月應汪精衛（1883～1944）之邀由港到滬。1940年出任中央政治局委員會委員、考試院副院長、代理院長等職。1942年3月任考試院院長。抗戰勝利後，於南京清涼寺為僧，後又逃至北京，1946年11月，被國民政府以漢奸罪判處無期徒刑。中共建國後，被關押上海提籃橋監獄。1954年12月7日病死監中。

---

[7]　可參〈江亢虎致袁世凱信〉、〈袁世凱與中國社會黨〉二文，見中國社會科學院近代史研究所、中華民國研究室編：《中華民國史資料叢稿大事記第4輯》（北京市：中華書局，1976年），頁14-15。此二文原刊《社會雜誌》第2期及第9期，1912年5月及8月。

　　江氏來臺之事及《臺游追記》一書，幾乎不見於中國學界，除汪毅夫、李詮林外[8]，在汪氏生平敘述的1934年期間，亦不見記載此事，通常謂其1933年秋回國，即跳至1934年配合蔣介石的「新生活運動」。其游記有《南洋游記》、《黍谷游記》、《南遊迴想記》、《新俄游記》等數種，但《臺游追記》很少被提及，這是非常奇怪的現象，然而就臺灣游記文學而言，《臺游追記》理應被敘述及討論。江氏來臺於1934年8月22日由福建抵基隆，9月9日自臺北經基隆回中國，停留臺灣十九天[9]。回上海之後，先於上海晨報披露，1935年中華書局重訂刊行，出版了《臺游追記》。在臺期間他對臺灣的教育、文化特別留意關心，尤其是僑教方面的困境。他說：

---

[8]　二氏將《臺游追記》誤為《臺灣追記》。

[9]　其來臺時間新曆8月22日，根據以下材料：《臺游追記》云：「余以八月廿一日午，趁大阪商船鳳山丸啟行，……翌朝拂曉，船抵基隆。」《昭和新報》：「二十二夜，由臺北中華總會館林梧村氏，盛張送別宴，同時兼歡迎江元虎文學博士歡迎宴，與會者百余名。」（第295號，昭和九年（1935）九月一日，第一四版）《灌園先生日記（七）》（新八月二十六日舊七月十七日）：「江元虎於五日前來臺。」離臺時間新曆9月9日，江氏在《臺游追記》云：「國曆新重九清晨，自臺北發基隆回國」，重九原是農曆九月九日，這裡特別用新曆，或許是日期比較易記。在《臺灣日日新報》則報導：「江博士七日早，視察臺北聖廟及市內各地，豫定搭八日解纜之福建丸歸國云。」（第12369號，昭和九年（1934）九月八日，第四版）同一版的「人事欄」亦謂「江元虎氏，按八日離臺。」第八版則謂「瀛社例會，訂本八日午後二時，假大屯咖啡館開會一節，已如前報。茲因來臺之中國文學家江元虎博士，南游旋北，欲乘九日福建丸歸國。瀛社同人，敦請江博士出席，社外吟友若欲參加者，會費一圓，當日袖交。又本期時間決欲正確屬行。」《詩報》云：「本期第二頁所揭之江元虎博士墨影，係江博士將歸國之九月九日在基隆高砂樓上，書贈本報編輯係（臺灣新聞社基隆支局員）之橫批也。」（90號，昭和九年（1935）6月15日），綜觀排比此數則資料，江氏離臺宜是新曆9月9日。

臺灣各等學校。程度愈高者。日本人愈多。臺灣人愈少。是否程
度不及。抑或別有限制。不可得而知矣。

（見《臺游追記·高等學校》，頁21）

江氏又云：

臺灣小學校為日本人設立者名小學。為臺灣人設立者名公學。公
學學生初來多不通日語。故特重國語一科。其他各科教授方法與
材料亦與小學不同。程度均視小學略低。

（見《臺游追記·臺人公學》，頁23）

又云：

臺灣唯一之大學。而實際上僅收臺灣學生三四十人。此可異也。

（見《臺游追記·帝國大學》，頁19）

　　日本對本國教育非常重視，可是臺灣子弟卻難以進入高等學府深
造，小學校、公學校教授方法與材料不同，梁啟超來臺時即見臺灣教育
的不平等待遇，寫有〈公學校〉詩批判殖民當局，且指出殖民當局背後
目的不在於培育人才，乃在於「貴人豢我輩，本以服使命」，相較於梁
啟超1911年之洞見，江氏之批評略遜一籌。1934年距離日本統治臺灣，
已有39年，次年臺灣總督府即舉辦始政40週年博覽會，對於日本推動的
現代化、教育的普及等等大肆宣傳，識者莫不掘其居心所在。在《臺游
追記》中較特殊的是對「僑校」教育的觀察，提供了對日據時期在臺華

僑研究的重要史料[10]。他對日本屢次干涉臺中華僑學校，後竟勒令停辦，提出強烈的批評：

> 三年前會館創議建立華僑學校。當地官廳不許。因易名漢文講習會。開夜班二小時。已辦一年。屢遭干涉。去年竟勒令停止。因奉總督府通令。全島除公校外。不得有私立學校。至講習會則以日語為限。於是華僑子女學習國文國語之機會斷絕。余在會館見幼童甚多。皆游戲無度。問何以不入公校。則以額滿見屏。雖臺人不允錄收。僑生更無論矣。中華總會館、總領事館、屢向總督府之文教局交涉。均無結果。並不宣示任何理由。但曰。此為政府治臺教育方針。決不改變。亦不通融而已。余此後歷游各埠。於演說或談話時。均以教育者地位。力詆此事違反人道與公法。並指斥為五洲萬國未有之苛例。對日本官廳。亦直陳所見。然如以水投石。收效亦微。

（見《臺游追記・勒停僑校》，頁49-50）

　　到了嘉義參與地方官紳的歡迎宴，致詞時再次強調「華僑教育之重要。及特設學校補習國文國語之不可緩。希望各界援助贊成。」（見《臺游追記・嘉義遊觀》，頁59）及「（臺灣高等學校）學生七年合計六百餘人。日本人占五分之四。臺灣人不過百餘耳。華僑入學者僅二十餘人。」（見《臺游追記・高等學校》，頁20）對僑教之重視由此可見。而其所

10　吳文星：《日據時期在臺「華僑」研究》（臺北：學生書局，1991年3月初版），未參引江亢虎此書，但此書對在臺「華僑」的情況多所描述，如「會館組織」、「華僑現狀」、「茶葉一瞥」、（僑工賴以全活甚眾）、「勒停僑校」、「鄉情宗誼」及對中華會館之著墨等等，具有相當重要而豐富的史料價值。另見本文後面所述。

述與當時《臺灣日日新報》、《臺灣民報》所載一致，從1932年起，中華會館年年委請總領事館向總督府提出設校交涉，仍始終未獲同意，江氏來臺這年（1934年）全島華僑大會宣言，即以「建設全島華僑教育」為年度主要工作，惜不僅無法實現，連過去獲允開辦的補習班、講習會、夜學會等均不准再開辦[11]。

做為旅人的江亢虎，經常將臺灣景象與自己國度相較，注意到臺灣與中國的差異，他甫一下船，映入眼簾的即是臺灣「交通、教育、衛生、慈善、種種設備。應有盡有。由廈到此。一水之隔。一夜之程。頓覺氣象不同。」（《臺游追記・基隆交通》，頁7），這正是經過殖民當局營造的臺灣現代化結果，相較於中國自然感受到一番新氣象，這種情形在日治前後五十年間來臺觀光旅遊或考察者的論著裡亦大都提及[12]。在《臺游追記・基隆交通》：「沿途所見鄉村風景。農家裝束。與漳泉間完全無二。惟公共建築。都市外觀。則一切皆日本式矣。」（頁7）當他到臺北，更說「市政修明。設備周到。街衢清潔。屋宇整齊。衣食住行。充分無缺。人人可以安居樂業。長養子孫。日本統治之能。臺灣同化之速。可驚亦可歎也。」（頁15）

他對於中國多舶來品有所反省，《臺游追記・市面外觀》：「窗口貨樣山積。五光十色動人。概屬日本物產。絕少歐美舶來。此與中國通商大埠所見不同。殊可注意者也。」（頁17）黃強在《臺灣別府鴻雪錄》

11　以「臺灣中華會館」為關鍵詞查詢《臺灣日日新報》，即可見諸這種種的報導。另見吳文星：《日據時期在臺「華僑」研究》（臺北：學生書局，1991年3月初版），頁114。

12　即使到了戰後來臺擔任長官公署礦物科長的汪彝定也驚訝於臺灣的現代化，在回憶錄提及：「令我深具印象的，不是臺北的商業，而是教育、治安、電訊、交通、自來水和醫院之普及。」《走過關鍵年代——汪彝定回憶錄》（臺北：商周出版社，1991年）。

則對中國煙草之進口說：「夫以臺灣人口三百餘萬，買入外國煙草，祇此區區之數，以視吾國人口四萬萬，社會習慣，幾以煙草為日用所必需，除本國有少數製造外，餘悉為舶來品，年中漏卮，不知幾萬幾千。利權外溢，無法挽回，比之臺灣，真可恥也。」[13]但較諸梁啟超〈游臺灣書牘第六信〉則遠不及梁氏眼光之敏銳，洞察之深刻。梁啟超云「此行所最生感者，則生計上之壓迫是也。一受此壓迫，殆永刦無擺脫之期。吾於全臺，遊歷過半，見其一切日用品，殆無不來自日本。即如所穿之屐及草履，所食之麵及點心，皆然。舉其小者，大者可推矣。中國貨物，殆杜絕不能進口，保護關稅之功用，其可畏有如此者。臺灣本絕無工藝品，而中國貨則稅率殆埒其原價。其舍日本貨外，更無可用亦宜。而日本貨之價，亦遠貴於日本本境。以物價比例於勞庸，則臺灣物價之昂，蓋世界所罕見也。以故臺灣人職業雖似加於昔，每日所得工錢雖似增於昔，然貯蓄力乃不見其增而惟見其減。就此趨勢推之，其將來豈堪設想，而還顧我祖國，其將來又豈堪設想也。」梁氏進一步看到臺灣無舶來品背後深層的緣由，並因之增強了「憂患意識與民族危亡感」[14]。

　　江氏見可以效法之措施亦往往直言，如主張每城中心設一公共理化博物館：「余在中國內地每見各學校理化博物一科。耗費甚大。實用甚

13　據汪毅夫：〈臺灣游記裡的臺灣社會舊影——讀日據臺灣時期的三種臺灣遊記〉：「黃強赴臺旅行之年，《臺灣別府鴻雪錄》失記，據我考證推斷，其時當在 1927 年。具體日程，則如書中所記：11 月 19 日從新加坡登舟啟程取道香港，於 11 月 27 日抵達廈門；又於 11 月 30 日從廈門登舟赴臺，12 月 1 日抵達基隆，在臺居留 10 餘日（離臺日期，書中失記）。《臺灣別府鴻雪錄》乃於 1928 年 5 月由香港商務印書館發行。」《臺灣研究集刊》，2000 年 02 期，頁 78。

14　朱雙一：〈梁啟超臺灣之行對殖民現代性的觀察和認知：兼及對臺灣文學的影響〉，《臺灣研究集刊》，2009 年第 2 期，頁 86。

少，且物皆舶來。又並不完備。主張每城中心設一公共理化博物館。供各學校輪流應用。今臺灣趨勢。似已如此。此實小規模都市中各普通學校所亟應採納仿效者也。」（《臺游追記・陳列館場》，頁27）臺灣成為其借鑒學習之對象。當時他搭乘臺灣縱貫鐵路火車，對沿途重要都市「每站皆有揭示牌。標明附近名勝及其路徑。本站與上下兩站之距離里數。及當地海拔高度尺度。大站皆設飲食店雜貨店。其腳夫、汽車夫、人力車夫。均依官定價格。決無需索爭論之事。車站售票處、待車處、行李過磅處。雖極鬧忙。毫不擁擠。亦無遺失。秩序如此。可與歐美列強抗顏矣。」（《臺游追記・縱貫火車》，頁46-47）不禁發出讚歎之聲。

　　他過去曾創立三所女學傳習所，所宣導的中國社會黨也曾積極宣傳男女平等，支援女子參政，因此對日治臺灣婦女的教育特別有感觸，他「往觀全莊公立之一新會。及林氏私立之革新會。各有夜班數起。實施補助教育。兩會聯合請余演說東西文化異同。聽眾三百餘人。大半林氏家屬。婦女亦不在少數。化行俗美，殊可羨也。」（《臺游追記・霧峯喬木》，頁53）女子教育的開放程度正是現代化程度的重要指標，一新會、革新會於此起了作用。追記一書亦對臺灣女學各校「學科課程。規定劃一。家事體育。頗為注重。據體格調查平均統計。臺灣女子比日本女子身長略高。而體重較低。胸圍發育。亦以日本女子為優勝。余親見諸女生體操。四肢皆甚發達。胸部臀部隆起。幾可與歐美女子抗衡。視中國內地閨秀。大不同矣，此非徒尚美觀。實民族強弱人種興亡一大問題也。」（《臺游追記・女學各校》，頁22-23）及「學生五百餘人。日本人臺人各半。年齡年平均十六歲。均四年畢業。體格健美。妝束樸雅。制服為白衣黑褲。臂脛坦露。胸部豐盈。一矯從前閨秀嬌小玲瓏之習尚。是日適為大掃除日。師生均親執箕帚。轢頭跣足。操作如農家婦。

可敬亦可愛也。」（《臺游追記・高雄女中》，頁74）日治時期注重體操課及體格調查統計，江氏所言臺、日女子體格調查結果確實與史料相符[15]，他認為女子體魄亦是民族強弱人種興亡的一大問題，贊許對體格健美，勤於勞動的女性實可敬亦可愛。當然短短一個月的旅遊，所見者固是臺灣在日本殖民體制下現代進步的一面，背後殖民者支配剝削之事實，有時也很難一針見血指出。如殖民主義與體育提倡的的關係，對日本殖民當局形構體操科、文明開化與殖民支配間的政策，或者在臺灣表面的現代化之下，臺灣人民所受的剝削壓制，江氏並未能多加著墨或者說並未洞見殖民體制下的各種政策、各種問題是應加以檢視的。

除詠女學生外，他對於娼妓之態度，隱約見出呼酒醉美、冶遊譴浪的文人氣息，席間贈以黃雞母治詩作，介紹生平御女過千的簡荷生君是豪士也，但他也認為「臺灣男女之界甚嚴。而浪蕩之風亦甚。可謂矛盾現象之一。……此風已流入閩南。臺妓尤獨登壟斷。」（《臺游追記・藝妓酌婦》，頁32）是日本殖民政府「頗鼓勵而維護之」。仍對現代都會尋歡嫖妓現象有所思考。

此書多次提及在臺期間各種活動備受偵察監視之景，從入境伊始「稅關檢查異常嚴重，對印刷品照相機尤特別注意……而隨身信札、日記、照片，亦逐件翻閱，並向光照勘。」總督府又派專員隨行[16]、「當

15　如加藤忠太郎：〈艋舺公學校兒童體格檢查成績〉即說不論男生或女生在胸圍、體重方面皆劣於內地，但身高較高。見《臺灣教育會雜誌》67號（明治40年10月），頁16-22。

16　《臺游追記・歷史博物館》「抵臺北之翌日，總督府派汽車來，並派招待員一人，隨同參觀各立機關、屬於文化教育性質者」。當時，中國有名文士來臺幾乎都見到這類記載，如周俟松〈隨地山臺灣行〉即云：「我們所到碼頭、車站、旅店等處，都有特務跟蹤，還美其名曰『保護』。當時臺灣居民是『夜不閉戶』的，因為員警隨時要闖進來檢查，如果有入夜晚未

地官廳又擬派人沿途招待」（實則有監控之意），「會場偵警密佈，每句皆譯記報告。」如在臺中與民治運動領袖楊肇嘉見面，「席間討論文化復興地方自治諸問題。……然堂下偵者四伏。不無鸚鵡前頭之戒。」（《臺游追記‧醉月盛筵》，頁51）因此他說「可見政府對於思想言論監察之嚴。」對日本控制下的臺灣，最後得出一結論：「臺灣自割讓後。物質文明之發展。生命財產之安全。皆遠勝前清。惟有三事。最受限制。一。政治活動。一。言論自由。一。專利營業。此三事皆戰勝者之特權而被征服人民所不許參加享用者也。」（《臺游追記‧詩社盛況》，頁39）

至於其來臺所引發之爭議，乃在於文白論爭及與文化振興問題[17]，導致新文學作家不悅，尤其在彰化那一場演講。翁聖峰在博論略微提及昭和九年（1934），江亢虎蒞臺所引發的新舊文學論爭史幾乎被以往的研究者所淡忘，江亢虎蒞臺所引發的爭論，在戰爭體制時期並被鄭坤五（1885～1959）及嵐映再次提出討論。之後翁氏撰寫〈賴和批評江亢虎的語言策略〉及〈江亢虎游臺爭議與《臺游追記》書寫〉二文，頗值一閱，其文俱在，而本文重點不在「文白之爭」，因此對此不再贅敘。

歸，就要判刑。行人道上不許有三人聚談。有一天，我們目睹日寇鞭打臺灣居民，據說日寇侵佔紀念碑上，少掉了一個金字，附近的居民，包括老人、小孩統統受到審問拷打。日寇還想方設法推行奴化教育，報紙、教科書全是日文，甚至強迫臺灣人改用日本姓名。我們的親戚林錦堂先生，是當地有名望的紳士，他曾從大陸返鄉，他對臺灣鄉親說：『我回到祖國了！』不料被日本兵聽到，上去就是兩耳光，還受到訓斥：『什麼是你的祖國？』亡國奴的生活就是這樣啊！」（同注4），頁714。

17 1934 年，江亢虎與胡樸安、潘公展、顧寔等人組織「存文會」，提出「保存文言」的口號，亦但很快受到激烈批評。1935 年 5 月《現代》刊登了江馥泉文章，指出存文會的宣言中凡是被他標有底線的詞彙，都是「群經正史諸子百家」見不到的，其實就是來自日本的詞彙。

三、《臺游追記》書寫形式及文獻意義

　　《臺游追記》全文約一萬八千多字，分60節，分別為臺游動機、護照手續、舟中一夜、基隆登陸、基隆交通、臺北稅駕、會館組織、華僑現狀、官廳招待、領館規模、市區概況、市面外觀、歷史博物、帝國大學、高等學校、女學各校、臺人公學、圖書館制、陳列館場、臺灣神社、新大成殿、各教寺院、藝妓酌婦、飯店宴會、旅館殷勤、大同講座、文藝座談、報館訪問、詩社盛況、大屯吟集、茶業一瞥、臺北兩橋、縱貫火車、臺中概況、勒停僑校、醉月盛筵、霧峯喬木、議會無望、彰化文廟、八卦溫泉、會場花絮、嘉義遊觀、公會演說、阿里山中、嚮導相失、新高瞻仰、山中吟詩、吳鳳廟貌、臺南名勝、臺南宴會、高雄攬勝、高雄女中、高雄宴會、新竹迴車、新竹酬酢、淨業唱和、投贈誌謝、鄉情宗誼、基隆歸舟、傷逝尾聲。江亢虎以簡易文言書寫，從旅途出發寫至旅程終站，九月十三日底滬上陸為止。依照路程的時間順序，沿途記錄城市、名勝古跡、商品文物，及華僑、日臺官紳歡迎招待舉辦之演說、座談會、宴會[18]等。以一位旅行者近距離的觀察，書寫他對異地生活的

18　江亢虎《臺游追紀》記述赴臺中醉月樓、臺南醉仙閣、高雄高雄樓飲宴云：「主人循俗例，召名花侑酒，惟每席止二人，皆持壺侍立，隨飲隨斟，不陪客狎坐，不奪杯勸飲，不彈奏唱歌，尚不失雅人深致。」（上海：中華書局，1935 年），頁 39-40。陳玉箴認為「飲宴方式大同小異」，見〈食物消費中的國家、階級與文化展演：日治與戰後初期的「臺灣菜」〉，《臺灣史研究》第 15 卷第 3 期，2008 年 9 月，頁 172。

體驗和感受，以及歸國之後對本身生活文化的衝擊和反省，文本有著自傳性質，但也因離開現場之後的書寫，耳食之言不免直接用諸於追記[19]。

　　借助本書的陳述，我們不難體會江亢虎初次見到臺灣在日本統治下，交通、教育、衛生、慈善、產業、博物館、圖書館等種種設備，應有盡有的震撼心情，或是面對孔廟（文廟）、赤嵌樓、五妃祠等古跡名勝的懷想。一掃臺灣是瘧疾、生蕃、土匪、霍亂、黑死病盛行之叢蒙未開之地，然而讀者除了看到對文明、衛生之讚歎，真正富有竹林、紅瓦農家、芭蕉與水牛、白鷺等臺灣景致的生活圖像反而消失不見[20]，他來臺時正是炎熱酷暑的七八月，讀者可以看到高雄宴會時的揮汗不止，但陽光普照、色彩鮮明的南部地區的描繪並不鮮明，在南部的描寫重心，

---

[19]　如對吳鳳廟貌的故事描述，乃是以漢人立場、漢民族的文化思維的刻板傳聞。文中反而缺少對原住民生活形態的進一步描寫。依巴蘇亞‧博伊哲努（浦忠成）研究日據時期，日人進入阿里山地區，發現吳鳳故事對當地人深具影響力，因而大為宣揚吳鳳傳說，以利其教化。後藤碑文以及中田直久的《通事吳鳳傳》，即強調其動機在於改革鄒族習俗，並為吳鳳修廟、演戲、編入教科書。見氏著〈從民間文學角度探討吳鳳傳說的演變〉，《原住民的神話與文學》（臺北：臺原出版社，1999 年）。黃旺成《新竹縣誌‧卷七人物志》認為一九三四年，江亢虎帶日使命來臺，鼓吹東洋文化，其所發表之詩文，語多媚日，用典復錯誤迭出，純甫不值其所為，作四百韻長詩，駁其荒誕無經之誤，深受海內外人士讚揚。林耀椿：〈江亢虎在臺灣〉一文曾查卷九人文志，未見此詩，《臺北文獻》直字第 149 期（2004 年 9 月），頁 199。

[20]　相較於同時期來臺的北原白秋（1885～1942），江亢虎的觀看視角確實不同，白秋在 1934 年 7 月 29 日從神戶出發，8 月 20 日從基隆返回，江亢虎是 8 月 22 日由福建抵基隆，9 月 9 日自臺北經基隆返回，即白秋離臺後兩天，江亢虎抵達臺灣，但白秋的臺灣遊記寫了城隍廟會、臺北夜情、南臺灣的水牛白鷺。兩人同樣觸及到的是妓女題材，但白秋由此觀察到臺灣還是本島人的世界。見北原白秋：《華麗島風物志》（東京：彌生書房，1960 年）。

除了阿里山的日出、雲海、神木以詩呈現奇景外[21]，臺南名勝、高雄攬勝所述者總是以歷史古跡為主，熱帶島嶼的氣息不多見。在北部時則以參觀植物園、博物館、帝國大學、高等學校、總督府圖書館、神社等為主，8月24日適遇臺灣重要熱鬧之節日——中元節，卻未見有所記述[22]，僅見其墨寶「斯文在茲」下，落款日期為「甲戌中元江亢虎」。及另張「身世兩忘」，刊《臺灣日日新報》。

圖一：江亢虎先生書，見《臺灣日日新報》，1934 年 8 月 29 日第八版。

對臺北市城內、大稻埕、萬華三區域，則以市政修明，設備周到，街衢清潔，屋宇整齊，衣食住行，充分無缺，人人可以安居樂業總結日本統治之能，臺灣同化之速，實可驚亦可歎，而人民生活其間的真正情貌反而不見了，相較於劉捷〈大稻埕點畫〉或徐坤泉〈圓環夜市〉的描

21　江亢虎《臺游追記・山中吟詩》所錄之二詩，可見《詩報》第 90 號，1934 年 10 月 1 日，頁 2。然詩題及內容小異。詩作左側刊「江亢虎博士墨影」。

22　據林耀椿研究，「江氏到臺灣正逢中元普渡，故應景寫上中元，這兩張字應是在臺北寫就，先前應林雲霖等人所寫的墨寶。」同注 19，頁 203。

繪，對庶民生活的關注之情顯然是缺少了一些，其中較值得敘說的是大稻埕的江山樓、藝妓酌婦，呈現商業活動的興盛與都市的獨特性。

整的來看，本書書名既是臺「游」追「記」，其紀游、游記部分卻較少，正如江氏在書中一再言及的：演講、座談、餐宴、參觀等等安排，勞人至極，「真走馬看花矣」（見《臺游追記・臺北兩橋》，頁44），或許真是行程緊湊，所接觸者又是如楊逵所說「歡迎他的傳統文化的權威人士有地主、資本家，加上員警，全都是位高權重之士」（見〈小鎮剪影〉），以致我們看不到庶民的日常生活，臺灣風物的特色。在全書中，讀者感到描寫生動鮮活的一段，反而是他脫離了既有安排，在阿里山與嚮導相失又驟逢大雨傾盆的窘境，讓人感同深受。這一段他提到「某君於沿途風景，似乎不甚了了，且絕不能加以解說，余祇得就同車中人，用日語詢問梗概」，讓人想起張我軍（19021～955）〈南遊印象記〉[23]記錄了他的經驗：

> 本來我們都帶著雜誌預備路中看，但是因為想在途中找出什麼好風景來鑒賞，所以只靠著車窗往外看。沿途我問L女士有沒有新奇的景緻，伊說沒有，我自己也覺得平凡。車過了鶯歌附近桃園時，培火氏問我有沒有指鶯歌石給L女士看，我陡然感着很失策，因為這一站只有這個鶯歌石最出色，而我卻忘了給伊說。……車將到新竹了，培火氏又站過來，指著右邊一面的田園說，這是新竹平野，臺灣四大平野之一，你又不給L女士說明，你這個嚮導者未免太不親切了。其實我自己也不知道那就是新竹平野，培火氏太冤枉我了。

---

[23]　張我軍：〈南遊印象記〉，《臺灣民報》90～96號，1926年2-3月。收入張光直編：《張我軍詩文集》（臺北：純文學出版社，1989年），頁247。

　　也許當時臺灣教育對周遭生活未多加灌輸，如果連張我軍都不甚清楚，那麼某君對沿途風景不甚了了，也就不足為奇。或許江亢虎的導遊也像張我軍一樣，以致讀者很難看到江氏搭鐵道一路南下又北上的沿途風光的描寫與感想。當然以晚清民國初年以來域外遊記的普遍情形來看，其知性寫作，實用取向才是重點，這種種現象當然也可能牽涉個人才性與文章風格，總之，江氏不以沿途風致為描寫重點，也不以生動、豐贍的辭采取勝，佈局毫無刻意之處，強調親歷的見聞記錄，在擴散和傳播上才是他書寫的動機吧。此書敘述描寫、抒情的文字較少，如有之，也多半是記錄其參觀遊覽及路上所見，對社會、教育、演講等發表見解，這些說明文字所佔篇幅極多。不可否認的，這些記述、說明手法削弱了游記的藝術性，但卻具有較高的史料價值，尤其隨文附圖（15張）、附詩的方式，稍補充了文字所沒有呈現的畫面及抒情性，而珍貴的圖像也與口述、書寫一樣，有助於對歷史的追尋。吾人透過本書顯露的蛛絲馬跡，大抵還可以得到一些真實生活的反應及文獻史料的意義，阿里山一段的描述，可看到日本人來臺觀光之現象（另有阿里山神木圖），臺灣在日治殖民中期開始，就出現大量的觀光設施與旅遊活動，旅行成為一種中產階層的喜好，反映出交通系統、鐵道旅行文化透過教育制度與媒體宣傳達到效果。當時以「產業」、「殖民建設」、「宗教」作為臺灣旅遊之重點，各城鎮的旅遊也往往是以神社為核心。

　　同時本書對華僑、領事館、僑教著墨處甚多，對當時僑界現況的了解有甚大幫助，也留下可貴的史料。如書中提及中華總會館總幹事林梧村君及臺灣之中華會館，最有統系，亦最有權威。「民國十六年，臺北始有中華會館，各地聞風興起，今已徧及三十餘埠，并於臺北設中華總

會館。」[24]復提及中國駐臺領館之設立,「館係租用市外民房,有樓兩幢,一為各職員辦公會客之處,一則總領事住宅,公私略具規模。聞今年甫遷入。」對照張超英口述,陳柔縉執筆的《宮前町90番地》可以了解1934年總領事即郭彝民,領事館所在地在宮前町九十番地[25]。如果對照於江氏其他旅游之作,如《南游迴想記》,可知其觀察重點及書寫形式大同小異,幾乎都著重在領事館、僑教、演說、街市游觀、女學生及當地社會現況,每一主題則喜以四言標示以凸顯,如「護照手續」、「領館簽字」、「華僑生活」、「華僑教育」、「參觀學校」、「交通發達」甚至「邱菽園君」、「上岸情形」不一而足,可見有意湊成四字句,綱舉目張,但標題仍充滿隨意性,未能字斟句酌。此外,書中提到「王少濤君者,雅擅三絕,筆墨敏捷,辱贈作品甚多,並約余開年再來,專遊山水,不近俗人。」比對張純甫1934年9月4日的日記記載:「少濤來坐,

---

[24] 此處略有小誤,中華會館設於 1923 年 10 月 10 日,非 1927 年。

[25] 張超英說「父親在東京大學修讀的經驗,讓我們在臺北的家意外登上歷史舞臺。那時中國駐橫濱總領事郭彝民是父親東大的學長,一九三四年,郭彝民被調任駐臺總領事,正傷神張羅在臺北的官廳房舍。中華民國外交部的經費有限,郭彝民向我父親請託。父親和祖父商量,最後以象徵性的租金一圓提供我家前棟房子和一部汽車給中國領事館。臺灣省通志曾記載,新任總領事郭彝民調任,『是年擇臺北市宮前町九十番地民房洋樓西座為館址,房舍寬敞,頗壯觀瞻。』指的就是我家。把自家房舍近乎無償租給中國駐臺領事,父親曾在回憶文字裡表達了他那一輩人對『祖國』的熱情。他說:我想在這日本帝國主義下的臺灣,我的住宅屋頂可以掛著『青天白日滿地紅』的光輝的祖國國旗,能可翻揚在臺灣唯一的空中,算也是值得一種的欣幸!只不過,欣幸有之,困擾也隨之而來。日本警局密探常去『訪問』他,他來往的朋友經常被查問,他的行蹤也一直遭到監視。……一九四〇年,汪精衛在南京成立偽國民政府,汪精衛政權外交部仍然選擇我家庭園房舍做臺北總領事館,直到戰爭結束。汪精衛和他的政府官員在抗戰勝利的剎那,頓時變成漢奸,臺北總領事館的外交官也未倖免。」《宮前町90番地》(臺北:時報文化,2006 年)。

夜飯言江亢虎於二時到竹，彼與同車，曾見之。」[26]惜《王少濤全集》
編撰時，頁392漏了王少濤之詩作〈旅次呈江亢虎博士〉，以致年譜1934
年條下亦未著錄此事。至於頁29、32有江亢虎照片，這些都可以做為日
後全集修訂之參考。

圖二：題署「江亢虎博士駕臨新竹淨業寺院攝影紀念」，左四為江亢虎。
錄自《王少濤全集》，臺北縣政府文化局出版，2001 年 10 月。

　　江氏來臺一事造成影響如何？其所代表之意義又如何？本文前述
可見，今再舉一例以說明。堅如〈文藝大眾化〉：「即所謂機械藝術。
這個卻與在臺北大講演的。世界的學者江亢虎博士。所提倡漢文化的藝
術暗合。結果其真髓。倒不外是一個藝術與科學合流的機械主義。因為
機械的本體。站在靜止的地方。純粹是個藝術。然若動作起來。即是科
學的了。如果可以推及江亢虎先生所提倡漢文學的藝術化。祇因立場不

26　見林耀椿〈江亢虎在臺灣〉所附日記影本，同注 19，頁 215。

同的關係。故不能不作如此的主張了。」[27]此文雖相當夾纏不清，但基本上認為：「假使其基本觀念。若扞格了大眾的生活。則其文藝作品。雖是多麼奇觀。也不能算做是有文藝的生命了。畢竟文藝的生命。完全是在於大眾的生活。」[28]這正是《臺灣文藝》上專文討論的「文藝大眾化」之問題。

　　江氏回上海後，隔年（1935）中華書局出版了《臺游追記》，再過一年，胡懷琛撰文〈中國文社的性質〉[29]，引述了江亢虎對臺灣詩社及活動的描述，特別指出臺灣詩社的性質為何類型。至於《臺游追記‧自序》所云：「割讓以還，內地遊人漸稀，記載尤所罕見。」是見仁見智說法。汪毅夫為證明閩臺兩地之淵源，曾舉廈門海關檔案編制的〈1895-1940年廈門口岸出入臺灣人數統計表〉為例，說明該表顯示1895-1940年間從廈門口岸出入臺灣的人數，最少為2598人（出）、4295（入），最多達22572人（出）、26183人（入），總人數為324977人（出）、422862人（入）年均出入人數為7221.7（出）、9396.9（入）[30]。謂其私人旅行、生意往還、觀光考察名義來臺者為數並不少，而江氏以為內地游人漸稀，或許是因旅遊記載臺灣者較罕見，不似其他國家為多，且這樣的數字相較赴其他國家及割讓之前的情形為少。但是形成遊人漸稀

---

[27]　堅如：〈文藝大眾化〉，《臺灣文藝》創刊號，1934年11月5日，頁23。

[28]　同前注。

[29]　載《越鳳》半月刊，第22-24期合刊，1936年12月25日，頁8、9。

[30]　該表格請見汪毅夫：《閩臺緣與閩南風：閩臺關係、閩臺社會與閩南文化研究》（福州市：福建教育出版社，2006年），頁16、17。出與入最少的年度都是1938年，殆與七七事變發生有關，1935年從廈門來臺人數22572人，為歷年最多的一次，應是臺灣始政40年博覽會的關係。1895年進入廈門人數最多，應是割臺動盪及國籍選擇因素。當然這不包括私渡的情況，當時旅遊券核發手續嚴格，不經海關查驗登記而私渡者不少。

的原因，通常是交通梗阻造成惡劣的旅行條件，或者是政治管制因素造成，觀之30年代日治下的臺灣，其旅遊條件較過去為佳，照理說來臺者為數宜可觀，或許是中土人士自顧不暇，深入中土西北或東南地區遠較跨海渡臺實際且經濟。

四、游臺期間衍生的相關問題

（一）游臺動機備受質疑

　　張深切在其自傳《里程碑》（下）說：「總督府聘請江亢虎來臺巡迴演講，我寫一篇文章，叫他滾出去，意外迎合了當時臺灣青年的思想，氣壞了歡迎江亢虎的林獻堂一派人士。因此我和林獻堂越生隔膜，終至斷絕來往。」[31]然而江氏在《臺游追記》述其「游臺動機」：「余亦以足跡幾徧天下，而生平未抵此歷史上一名島，亟欲一觀野番初民生活，和蘭殖民遺規，延平王開拓之功，清政府經營之迹，及四十年來日本化之現狀，於是臺游之念以決。」他自己也澄清：「他不是任何人的爪牙，而是以一位學者的身份來這裡實話實說。」[32]其游臺動機似乎極其單純，純是觀光。翁聖峯對此做了些說明，如舉江氏告訴總督府特派員「在野學者。私人旅行。毫無使命。亦無目的。觀光而已。」（《臺游追記》頁8），如果江亢虎是總督府請來的，林獻堂何必熱烈歡迎呢？幾處論證皆見其思慮周密。個人欲補充說明的，乃在於《臺游追記》此書為作

---

[31]　張深切著，陳芳明等編：《張深切全集・卷二・里程碑（黑色的太陽）》（臺北：文經社，1998年），頁524。

[32]　楊逵：〈江博士講演評──白話文と文言文に就いて〉（〈評江博士之演講──談白話文與文言文〉，涂翠花中譯），彭小妍主編《楊逵全集・第九卷・詩文卷上》（臺南：國立文化資產保存中心籌備處，2001年），頁103。

者返滬後之追記，書中似有為此而辯護之意味，反映了當時一般人正有此疑慮，而這疑慮從何而來？從書中「余此次護照，係託廈門青年會總幹事沈志中君代辦，極為簡便順利，往日本領事館簽字時，亦毫無留難，並由領事塚本毅君親出延見，招待殷勤，又蒙特給介紹書數通，證明余之身分與地位，殊可感也。」及「抵臺北之翌日，總督府派汽車來，并派招待員一人，隨同參觀各立機關、屬於文化教育性質者。」領事塚本毅君並表示「代表政府，表示歡迎，並允予各種便利。」這種種優遇，不免讓人懷疑江亢虎與臺灣總督府彼此間之關係。尤其在彰化之演講，他反對白話文，批評新文學運動者，引發了青年的質疑：「用江博士這樣人我們非十分警戒不可。」讓人猜疑他是總督府派來的。何況過往他與日本糾纏不清的關係，遠在1902年10月江亢虎向袁世凱提交辭呈，再度前往日本求學時，日本社會各界和官方人士都以為他是到日本做留學生情報工作，並分化興中會等反清革命團體的情報人員，對他格外照顧，食宿上等賓館，出入有車接送，保護其安全[33]。1923年蔣光慈（1901～1931）致王培之信函，批評江氏「好出風頭，不知社會主義是什麼」的政治騙子，呼籲要設法把這種偶像打破以免淆亂是非[34]。1925年2月，清室善後委員會公佈了清室密謀復辟的大量文證，其中有江亢虎致廢帝溥儀（1906～1967）的請求覲見書以及給一些支持復辟的前清

---

[33]　後由於秋瑾女士在一次小型集會上揚言要除掉清廷的走狗江亢虎，1904 年9 月，終因承受不了巨大的心理壓力，輟學回國，結束了在日本的留學生涯。見章慕榮：〈無恥多變的江亢虎〉，《文史天地》2006 年第 8 期，頁 32。另見郭長海、李亞彬編著：《秋瑾事蹟研究》（長春市：東北師範大學出版社，1987 年 12 月），頁 224-225。

[34]　哈曉斯：〈蔣光慈旅俄殘簡及佚詩〉，《文學評論》1983 年 3 月，頁 139、140。

遺老們的信函，江亢虎為人所痛斥[35]，不得不解散中國新社會民主黨，跑到美國，再度進入加利亞福尼亞大學執教。1932年初江亢虎回到上海定居。1934年8月來臺，回溯其過往形跡，加上來臺後的言論讓新文人大失所望，也就更加重了對他的不滿，甚至說要將江亢虎驅逐出境。

　　中國文人來臺，因總督府的介入，或不實的報導，總予人想像空間或誤解。1911年時梁啟超的臺灣行，日本《神州報》即報導其為受臺灣總督府之邀請，並是為日對臺的治績歌功頌德而來。梁啟超對此造謠之事大為惱火，立即寫了〈與上海某某等報館主筆書〉，刊登於《國風報》上，表其心跡曰：「……謂吾受日本臺灣總督府之招，將往頌其功德，殊不知吾游臺之志，已蓄之數年。凡稍與吾習者，誰不知之。而此次之行，乃不知託幾多人情，忍幾多垢辱，始得登岸。而到彼以後，每日又不知積幾多氣憤。夫閱貴報之人，皆未嘗與吾同游，則任從公等顛倒黑白，亦誰能辨者。然吾之此行，臺灣三百萬人，皆具瞻焉。一舉一動，

35　1925年8月23日《臺灣日日新報》載：「近日各報紛載中國新社會民主黨首領江亢虎，參與復辟陰謀，上海黨員，群起質問。茲將江氏致各報館函文錄下：記者足下：頃見報載復辟（誤為群）陰謀，牽涉鄙人，不勝駭異。當去年清室優待條例尚未取消時，確曾因金君而見溥儀，並依照約法，尊以外國君主之禮。生平好奇，各國元首多得晤見，援例請觀，並贈以拙著社會主義書數種。當時各報新聞，多有短載，此特宣傳之一道而已。復辟云云，何與我事？亢虎但知隨緣說法，倡導鳳昔之主張，任何陰謀，皆不與聞辟紙標題故神其說。強人入罪，斷難忍受。至興漢滅滿十二不可說，已在民二出版之洪水集印布。合併聲明，至希披露，即頌撰安。江亢虎拜。八月五日。」另見孫玉蓉輯注：〈俞丹石入清宮清點文物日記摘抄〉載1925年八月六日事：「今日清室善後委員會宣布江亢虎函、金梁等奏摺，此案涉及名流絕多，不知若何收拾也。」《文獻季刊》2006年10月第4期，頁103。陳獨秀譏江氏：「乃是『顧念舊恩，尚不忘本』的復辟黨」，見〈我們認識江亢虎了（一九二五年八月十日）〉，《陳獨秀文章選編下》（北京市：上海・讀書・新知三聯書店，1984年），頁68。

莫不共見。吾能欺人乎。……無奈此行乃以傷心之現象，充塞吾心目中，若有鯁在喉，非吐之不能即安。……公等日日惟以閉門捏造新聞為事，不轉瞬而所發現之事實，適與相反，其毋乃太心勞日拙矣乎。」[36]過去的研究大致上也針對梁氏為人行事及其來臺後之言論，證其受臺灣總督府邀請之不實與誣指，但近年新見《日文檔案》似乎也見背後之複雜，為了順利來臺不得不先取得伊藤博文的介紹函，因日本特務之監視，演說時復有所顧忌，讚揚日本對「本島的施政，表示希望諸位作為日本臣民不要不服，應誠心誠意忠實於國家」、「與其在清國的頑冥政治下生活，不如當帝國政府的臣民幸福。而且讚揚本島發展迅速並各種設施井然有序。」[37]這種種言論遂招致上海《神州日報》之批評。江亢虎游臺是否負有政治使命，迄今不得而知，視其「上阿里山，當地官廳又擬派人沿途招待，併發電代訂旅館，余亦婉言謝卻。」致嚮導相失，途中遇雨而狼狽不堪，似乎又是有意遠避總督府之籠絡，而當年梁啟超曾自述游臺緣由乃是「施政詳細察視」以「警策邦人之資」，但梁啟超離臺後與林獻堂書信往還，則透露了另兩件事：募款籌報及為國民常識會勸募。易言之，「募款」從事活動不便公開，卻是來臺目標之一，甚至是頗重要的任務。那麼，江亢虎游臺動機是否也可能另有其他想法，也就不無可能，因此其游臺緣由，此間容或有再繼續討論的空間，但得視新史料之出土。

---

[36]　此書信寫於《書牘》第五信之同時，但不收錄於《書牘》中。刊登於《國風報》第二年第八期之「號外雜文」，宣統三年三月廿一日。

[37]　《日文檔案》總第 450268～450271 頁，警高秘第 2029 號，秘受第 1517 號。參見羅福惠、袁詠紅：〈孫中山、梁啟超旅臺的補充研究——依據未刊日文檔案及孫、梁對日本態度的分析〉，收入林家有、李明主編：《清世界與正視中國 「孫中山與世界」國際學術研討會論文選集》（天津市：天津古籍出版社，2005 年 8 月），頁 580-598。

（二）相關抨擊的言論：張深切、楊逵之文

　　此一小節主要論證楊逵（1906～1985）〈江博士講演評〉（或譯為〈評江博士演講〉）一文刊登於1934年9月的《臺灣新民報》，以訂正之前的說詞。翁聖峯曾據當時一些言論，推測「張深切原本反江亢虎的文章可能刊在9月5日之前；而《楊逵全集》編者推測〈江博士講演評——白話文と文言文に就いて〉是作於1934年11月，可能有誤。……此文刊於9月較為可能，而且很可能同樣刊在9月5日之前。」又說「張深切批判江亢虎之文目前雖看不到，但張深切（1904～1965）係臺中人，《臺游追記》稱在臺中醉月酒樓與新舊兩派鉅子三十餘人討論文化復興與地方自治諸問題，張深切是1934年臺灣文藝聯盟臺中的首要人物，他應當參加了臺中這場聚會，因而比楊逵更早投稿反對江亢虎。」[38]總括翁氏論點主要是兩項：一、張深切的文章可能刊在9月5日之前。二、張文比楊逵更早投稿反對江亢虎。個人對於第一點基本上同意，第二點則持保留空間。其因說明如下，根據《灌園先生日記》（新十月十七日　舊九月九日）載：

> 張深切於九月三日曾登載《新民報》謾罵江亢虎之文，謂其無血、冷血、頹廢主義者、無志氣、猶太人、開倒車選手，無數刻薄之辭。余謂其不反駁江亢虎之主義而徒謾罵，未免過於刻薄。他四時餘來說明其所罵之言非過火，若有因此而生反感者，我死尚不懼，雖受莫大之犧牲，亦所不惜也，蓋左派之作戰非如是不可也云云。余聞之甚為不快。

38　翁聖峯：〈江亢虎遊臺爭議與《臺游追記》書寫〉，《臺北師院語文集刊》
　　9 期，2004 年 11 月，頁 37。

從林獻堂（1881～1956）先生於日記一貫行文的口吻來看，文中的九月三日應是新曆[39]，間接印證了翁氏所言：張深切文章刊在9月5日之前。至於楊逵〈江博士講演評——白話文と文言文に就いて〉[40]，《楊逵全集》編者推測作於1934年11月刊於《臺灣新民報》，翁氏謂此說可能有誤，我個人亦贊成翁氏這推論，該文是楊逵於8月29日晚上聽完江亢虎的「文藝復興」演講後，於8月30日完稿的作品，但其正式發表的時間，並不很清楚（容後再敘），翁氏認為「張深切是1934年臺灣文藝聯盟臺中的首要人物，他應當參加了臺中這場聚會」，因而張氏比楊逵更早投稿反對江亢虎，然而楊逵亦參加了這場演講，而且目前還存留兩篇批判文章，楊文是否較晚出？目前尚難判斷。《楊逵全集》，有二文係針對江亢虎此次演講而發，一篇是〈江博士講演評——白話文と文言文に就いて〉（篇題中譯：〈評江博士之演講——談白話文與文言文〉），另一篇是〈町のプロフイル〉（篇題中譯：〈小鎮剪影〉）。〈小鎮剪影〉刊登在《文學評論》的關係，中國文人胡風（1902～1985）留意到了，他曾翻譯過楊逵〈送報伕〉、呂赫若〈牛車〉，出版了翻譯小說《山靈——朝鮮臺灣短篇集》，對楊逵並不陌生，他寫了〈存文〉一文[41]，

39　此類例子頗多，如《灌園先生日記》（一）所述日期皆是新曆，1927 年新曆 1 月 30 日（舊 12 月 27 日）載：「不得已定來月七日開生產者打合會」，在新曆 2 月 7 日的日記即載明芭蕉生產者會合（討論）一事。因此 1934 年新曆 10 月 17 日所言的 9 月 3 日登載《新民報》謾罵江亢虎之事，應即是新曆，非舊曆。

40　彭小妍主編：《楊逵全集・第九卷・詩文卷上》（臺南：國立文化資產保存研究中心籌備處，2001 年 12 月初版），頁 109。

41　〈存文〉原載《太白》雜誌第 2 卷第 2 期，《太白》推動保衛白話文和推行大眾語，胡風此文當然是反對江亢虎 1934 年提出「存文會」保存文言的口號。徐懋庸〈江亢虎文存〉亦嘲諷他，刊《太白》半月刊第二卷，頁 2、3。《太白》刊名為魯迅所取，魯迅亦曾以江亢虎「保存漢字保存文言」的

引用了楊逵對江亢虎「文藝復興」演講引發的衝突始末，並對江亢虎宣導的「存文會」加以諷刺。胡風此文說：

> 現在讓我引用一段關於江亢虎博士在臺灣講演「文藝復興」的紀事。這個速寫底筆者叫做楊逵，去年曾發表了一篇小說《賣報伕》（宜是送報伕），使日本底進步文壇和臺灣底大眾受了相當的刺激。他敘述了舊文化底代表者們歡迎江博士的盛況以後，寫道：
>
> 江博士開頭說：
>
> 「對於漢民族，可悲的不是失掉了臺灣和滿洲。真正可悲的是在於自信心，即對於自己底古代文化的自信心之消失」，
>
> 接著更進一步說到：
>
> 「想加強這個自信心就要認識自己底古代文化，計畫它底復興。」以後就猛烈地對於白話文運動和新文學運動底青年們發出了警戒。
>
> 這時候有一個青年站起來發了質問底第一炮：
>
> 「博士所說的是真實的麼？」

主張批評他，《且介亭雜文二集》：「還有江亢虎博士，是先前以講社會主義出名的名人，他的社會主義到底怎麼樣呢，我不知道。只是今年忘其所以，談到小學說『德』之古字為『惪』，從『直』從『心』，『直』即直覺之意。卻真不知道悖到那裡去了，他竟連那上半並不是曲直的直字這一點都不明白。」胡風文復收入其雜文集《棘源草》（重慶：南天出版社初版），1944 年 11 月。現收入《胡風全集》第四卷（湖北：人民出版社，1999 年 1 月），頁 30-32。

老練的博士用「有質問的人請向主持人提出，在另外的房間詳談」逃開了以後，就為自己辯護：「我是用自由的學者資格說話，並不是被什麼人收買來的。所說的話都是真實的。」

這個辯解雖然使他暫時逃過了難關，但因為他底謬論一層一層地發展下去，聽眾裡面有幾個人忍耐不住，罵起「說謊！說謊」來了。這樣一來，似乎他開始發現自己底權威受了傷害，憤然地下了講臺。接著，主持人吳衡秋（當地底協議會員）站起來挑戰地說：「剛才有人想提出質問，如有什麼質問的，請站到講臺上來講。」聽眾一齊緊張起來了。主持人方面臉上欣欣然地露出了嘲笑。但是，不是有一個工人模樣的男子把下駄（木屐）拖得嗒嗒地響，走上了講臺麼？一看到他，人們更緊張起來了。主持人方面臉色完全蒼白了。站在臺上的青年用了非常的冷靜向主持人表明了謝意以後，就逐一地指出了江博士底反動論點和古文學對於現代的關係，用「江博士這樣人我們非十分警戒不可」的話收束，走下了講臺的時候，臺下掌聲雷動，主持人站起來說了種種的辯解的話以後，反而用「這個會並不是討論會」的話來非難他自己請上講臺去的青年，於是會場沸然，罵聲震動。主持人看到勢頭不好。連呼「閉會！閉會！」

逃走了以後，大家一齊哄笑了。

這一篇文章說明了，中國對臺灣的認識理解，有很大一部份是透過日本方面的刊物。楊逵在〈江博士講演評──白話文與文言文に就いて〉一文中說：「我也不是任何人的爪牙，而是以一位聽眾的身份寫這篇文章，所以我也是實話實說。」

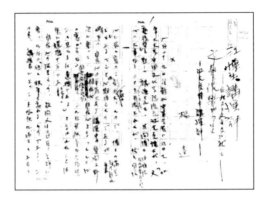

圖三：〈江博士講演評──白話文と文言文に就いて〉，國立臺灣文學館典藏。

　　做為第二篇的〈小鎮剪影〉理應也是據實記敘，楊逵這兩篇文章的記載卻與演講者江亢虎事後的追記有相當大的出入[42]。江亢虎《臺游追記・會場花絮》說：

> 駐彰化之日，當地官廳及華僑聯合召集公開演說會，於歡迎晚宴後舉行之，講題為東方文化復興，聽眾八百餘人，稱一時之盛，余闡發民族復興文化復興之自信心，會中忽有左傾分子，起立發言，力鬪東方文化無復興之可能，附和者二三人，語曉曉不可辨。余請主席指令登臺自申其說，會場秩序，仍舊維持，而說者見聽眾無歡，亦興盡而自止。會散後，聞此二三人，皆新出自囹圄中，故其言特憤激，又聞當時員警本欲干涉驅逐，見余請其登臺，因亦未便阻止，余在歐美屢見過激黨人搗亂會場事，其方法如出一

筆者後來看到林耀椿〈江亢虎在臺灣〉一文，先使用了楊逵〈評江博士之演講──談白話文與文言文〉與江氏所記，事實不符合。然楊逵〈小鎮剪影〉及胡風〈存文〉，則尚未被拿來做為論證。

轍，若制止之，則立起暴動，而借作宣傳，反不如聽其自由發言
自由退出之為得也。

而楊逵的記載卻是：

> 演講進行中不是發問的時機。有疑問的話，請等到結束後再向主
> 辦者申請，另外找個房間發問。……他（吳衡秋）在演講會後向
> 聽眾說：「要發問要反駁，請站到講臺上發表。」他因此要求聽眾
> 上臺。然而當一名青年站上講臺反駁，博士隨即卻跟了上去，說
> 道：「這不是意見發表大會」他盛氣凌人，態度真是難看極了。

楊逵二次所述皆是吳衡秋[43]請有意見者上臺，江氏的反應是結束後
另找房間發問，後來某青年上臺反駁，江氏盛氣凌人說「這不是意見發
表大會」。最後他見氣氛不對，權威受損，憤而走下講臺，而會場則是
一片罵聲喧騷，譁然亂象，大喊「散會」，逃之夭夭。這牽涉到追記雖
是欲記其真，但記憶未必可靠，隱惡揚善又是人之常情。江氏在序文中
說：「余好游，游或有記，或無記，即有記亦率記之於既游之後，而不
記之於方游之時。誠以方游之時，心專在游不在記，鉛筆小冊，偶記人
名地名時日而已。游罷歸休，然後迴溯舟車所經，見聞所得，參以一時
感想所及，信筆直書，連篇累牘，全藁既竟，略加詮比，命曰追記，記
其真也。」心既專在游不在記，其錯誤自是難免。何況作者寫作時已不
在現場，經建構編織、仲介而成的追記，可能因細節日益模糊，只剩下
記憶的建構，而記憶通常不一定可靠，如果再加上有意的杜撰、穿鑿或
隱瞞某部分情節，結果自然就有差異。或者是聽眾、讀者在與講者相隔
情境下產生誤解，吳衡秋請有意見者上臺一事，據江氏之說詞是他請吳

43　吳薇秋，在楊逵、張我軍文中皆寫為吳「衡」秋。

蘅秋指令登臺自申其說，總之，這場「會場花絮」真是滿天飛舞，眾聲喧嘩[44]。

　　至於楊逵〈江博士講演評——白話文と文言文に就いて〉一文是否正式發表？《楊逵全集》使用的是手稿本，編輯校訂者在注一交代說：「可能曾發表於《臺灣新民報》（一九三四年十一月），但未搜集到此一版本。」翁聖峯對此說明「週報《新高新報》，反映時事的速度較慢……，而《臺灣新民報》較為新知識份子所青睞，故楊逵與張深切文章刊於當中較為可能，不過，日治時期楊逵部份稿件也刊於目前幾已完全散佚的《臺灣新聞》上，故楊逵反江亢虎作品刊於《臺灣新聞》亦不無可能，……《楊逵全集》編纂者僅從手稿推測印刷的出處及時間，已找不到該文的刊印原稿，故無法提出確切的答案。」[45]然《楊逵全集》中另有〈藝術是大眾的〉一文[46]，可證楊逵〈江博士講演評——白話文と文言文に就いて〉正式發表在《臺灣新民報》。在〈藝術是大眾的〉這篇文章裡，楊逵談到「所謂的文學，是為了要向人傳達思想感情，而以文字來進行的手段。因此，文學的最高目的在於最充分、最精確地表現自己的思想感情，最完整地傳達給他人。」並寫著「《臺灣新民報》

44　江亢虎喜演講，《史地學報》多次刊登了其演講稿。但或許其人思想的關係，被質問情況亦不尠。李希文〈方志敏質問江亢虎〉，《檔史文苑》1997年第 1 期亦記聽眾提問尖銳問題，招架不住，匆匆結束演講。

45　翁聖峯：〈江亢虎遊臺爭議與《臺游追記》書寫〉，《臺北師院語文集刊》9 期，2004 年 11 月，頁 42。

46　刊《楊逵全集・第九卷・詩文卷（上）》（臺南：國立文化資產保存研究中心籌備處出版），頁 127-140。此文完稿時間 1934 年 12 月 31 日，原刊於《臺灣文藝》第二卷第二號，1935 年 2 月。中譯文亦收入黃英哲主編《日治時期臺灣文藝評論集雜誌篇・第一冊》（臺南：國家臺灣文學館籌備處，2006 年 10 月），頁 134。

〈評江博士演講〉——楊逵」[47]，「所謂的文學」這段文字正見諸〈評江博士演講〉一文，楊逵在〈藝術是大眾的〉一文裡再次引用及強調了自己的看法，也間接證明了〈評江博士演講〉一文確實是正式發表，而且刊登在《臺灣新民報》。

如此看來，《楊逵全集》編者一時未察，因此注文所云「可能曾發表於《臺灣新民報》（一九三四年十一月）」，反引發讀者更多疑惑。楊逵此文完成於8月30日，似乎不可能到11月才發表，編者並未說明訂在11月的原因，或許是因〈小鎮剪影〉發表在《文學評論》第一卷第十號1934年12月的關係，當然這也僅是筆者個人的推測，並無法去實證。筆者認為該文可能在九月初即刊在《臺灣新民報》，十一月份刊登該報則不免予人疑惑，因為臺灣文藝聯盟與《臺灣新民報》的關係漸惡化，《臺灣新民報》曾發出通告：「民報非文聯之宣傳機關」，使文聯立場更為困難[48]。為此張深切在「文聯報告書」裡頭說明：「自《臺灣文藝》出版前後，因消息間斷，乃致許多同志頗疑聯盟與民報發生齟齬，頻有來訊或直接前來詢問，初時聯盟極力否認其事實。及至最近，民報對聯盟之壓迫愈加露現，似乎無可隱諱的情勢了。然而本部始終鎮靜，極力回避衝突，例如前次本人曾草一篇〈文藝聯盟抗新民報檄〉也終於秘而不表，祇草一張書信向羅專務和林主筆抗議而已。本部對民報之誠意，自敢信無失禮地方，而且『臺文』出版時便隨刻遞送民報八冊以表殷懃，詎料民報不但受而不謝，反謂『民報非文聯之宣傳機關』責難備至，對

---

[47] 同前注《楊逵全集・第九卷・詩文卷上》，頁136。頁109注云「可能曾發表於《臺灣新民報》（1934年11月）」

[48] 據《張深切全集》卷二（臺北：文經社，1998年），張深切認為同是臺灣人經營的言論機關，需站在同一戰線，做臺灣民眾的喉舌，但當時《新民報》的一些老幹部嫉視少壯派的發展，不肯以老大哥的風度提拔後進，甚且竟說該報不是文聯的宣傳機關，經張深切幾次交涉亦無結果。

『臺文』之各同志批評原稿聽說略時吞沒，吾人固知此罪並非民報本身應負的，但是辦事員的驕傲與專橫似乎已與吾人難能再隱忍的田地了。本部擬再向民報叩詢真意，如果仍仍執迷不悟，或許吾人將要對它不住吧。」[49]此文刊登於1934年12月，而林獻堂在1934年11月日記也說「深切言《新民報》文藝部長李金鐘不肯登載文藝協會之記事，甚為不平。」[50]可知《臺灣新民報》在11月時與臺灣文藝聯盟及其成員已有摩擦，楊逵是否會在11月時將〈江博士講演評——白話文と文言文に就いて〉一文投《臺灣新民報》，也就不無疑問。

（三）有關日華親善與雜誌傳媒的宣傳

江亢虎在《臺游追記‧大屯吟集》云：「有瀛社者，假座其間，開特別會，以歡迎餘，並請為是屆大宗師，拈題大屯斜照，得東字七言長律，社員與試者約四十人，主席某君，前清之秀才，而當地之紳士也，席間大唱親善論，余則以屈原杜甫責望之。」這一段記述並未提及某君姓名，可能他刻意迴避不提，也可能不記得了[51]。但對照當時報刊所載，

49　張深切：〈文聯報告書〉，《臺灣文藝》，（臺中：臺灣文藝聯盟）二卷一號，1934 年 12 月 18 日，頁 9。另〈《臺灣文藝》北部同好者座談會〉載張深切之發言，亦對《臺灣新民報》諸多不滿，謂其不培養臺灣作家，割捨島內作品而以轉載中國作品為能事，是非常無意義的事，又說「今天的『新民報』，在認識時代的態度上實在太差了。」原刊《臺灣文藝》第 2 卷第 2 號，1935 年 2 月。中譯文收入黃英哲主編：《日治時期臺灣文藝評論集‧第一冊》（臺南：國家臺灣文學館籌備處，2006 年 10 月），頁 126、127。譯文由陳芳明等主編《張深切全集》提供。

50　「新十一月九日舊十月三日」日記，見《灌園先生日記》（七），頁 425。

51　1941 年謝雪漁 70 大壽，他寫了〈雪漁先生古稀大慶即題所著周易探玄〉詩，第一句即言「十年一別謝元暉」（實際時間七年），似乎是知道其姓名的，而且應還有往還。

《臺灣日日新報》標題「瀛社例會宴江博士近四十人會於大屯酒場詩題大屯斜照」云：

> 謝社長、代表一同起立致歡迎詞，盛稱博士之器識文藝，及高唱日華兩國，夙以同文同種，脣齒輪車之關係，願益敦友交，左提右挈，藉以實現大亞洲主義。[52]

《昭和新報》標題「瀛社例會 兼延民國江博士 臺北瀛社舊七月例會」亦云：

> 由瀛社長謝雪漁老擬題……謝社長起而以國語敘禮，略謂江博士此次告假歸國，利用好機，遠涉暖潮，特到吾臺，視察文化。吾儕同人得以攤箋鬥韻，何幸如之。……江博士頃雜談之際……吾輩更有所希冀吾臺原為中國一部，今乃屬日本帝國領土，吾人於兩國之間，實居調和親善之地位，蓋中國民國，與日本帝國，同國於亞洲之域，實不可不協力一致，以解決亞洲之難局，吾人之力雖微，竊願竭此微力，以圖兩國之親善，願博士歸國之際，對中國有識之士，盛傳吾人之意志云云。[53]

這兩處報導，則明顯可見是指謝雪漁（1871～1953）其人，當時在臺言「日華親善」，正是配合了總督府之政策，並無回避之必要，但江氏當天初為履臺賓客，是否即當場責望之，臺灣方面的報導自然沒提及

也不便提及，但在《臺游追記・大屯吟集》則強調了他當時的反應[54]。
這一天是1934年9月7日，當晚他還曾提出「詩人宜盡力文化，致意國事，
所謂餘事作詩人，非詩人專作詩也。而詩與文原合璧，文不離詩，詩亦
不能離文，徒作詩而不能文，非學人之本分，且敷衍文化與民族之存亡，
有甚大關係，其文化被滅，即是其民族被滅云云。」[55]游臺期間他對臺
灣漢詩社的末流提出針砭：「遂變為吟風弄月之作。桑中陌上之音。變
本加厲。每下愈況。甚者至於歌頌盛德。鼓吹休明。彷彿科舉時代之試
帖。彌可鄙已。」（見《臺游追記・詩社盛況》）但1940年3月，江亢
虎卻出任了汪精衛[56]政權（國民政府）的政府委員、銓敘部部長、考試
院副院長，前後又撰寫一系列文章，如為日本法西斯開脫的〈「南京慘
案」之我見〉、鼓吹「大東亞共榮圈」的〈國際的孔子與孔子的國際〉
（三十三年九月二十八日在南京中央廣播電臺廣播）、〈大東亞戰爭與
中日文化協會之使命〉及〈故須賀中將不死〉等文，淪為世人口中的漢
奸[57]。從批判日華親善到擁抱「共存共榮」，他的思想轉折或者內心世

54　當時謝雪漁年64，江亢虎年52，江氏輩份為低，且又是受邀宴之賓客，謝
　　氏當時在文壇又是執牛耳之地位，江亢虎是否當場即以屈原杜甫責望謝雪
　　漁，不無疑問。

55　《昭和新報》第297號，昭和9年（1934年）9月15日，第13版。

56　1904年9月江亢虎從日本回國後，擔任了刑部主事和京師大學堂的日文教
　　習，通過與歐美、日本等國駐北京外交官員的頻頻接觸，江亢虎感到大清
　　帝國內憂外困，已是奄奄一息，便一方面表示效忠清廷，與奕劻、袁世凱、
　　廕昌等權臣交往過密；一方面則又暗中與反清人士接觸，並設宴款待了進
　　京活動的同盟會評議員汪精衛、朱執信等人。其與汪氏熟識可溯於此。

57　據聞「孫中山曾對人提起江亢虎此人如若不投身革命，勢必為反動勢力所
　　利用，即便身不由己捲入革命，亦極可能首鼠兩端，朝三暮四。孫先生一
　　言中的，江亢虎此後的人生軌跡無一不印證了其預言。」章慕榮〈無恥多
　　變的江亢虎〉，《文史天地》2006年第8期，頁31。江亢虎與孫中山關係

界如何，我們沒有更多資料可以進一步再探討。倒是臺灣人士似乎沒很快淡忘他，1935年《風月》刊登了江亢虎詩作〈初秋回里途中雜詩〉：〈橫峰縣〉、〈七夕〉、〈先祖資政公先妣徐夫人均渴葬茶山寺外自庚子始出洋迄今二十三年〉，選刊者於詩後評曰：「江博士昨年來臺游歷吾瀛社為開歡迎宴於大屯旗亭。博士詩才敏捷。略似溫八叉。前詩乃其舊作。橫峰縣詩頸聯。當胸磊塊。極目巉岩。蓋有慨而言之者。七夕詩。不信雙星尚少年。為前人未曾道破。甚有風趣。茶山寺詩。叫月啼煙之句。甚雋。」[58]《風月報》115期，蔣培中編「詩壇」，登錄江亢虎〈俞曲園先生百二十年生日感賦〉詩；125期，蔣培中復首列江亢虎〈雪漁先生古稀大慶即題所著周易探玄〉一詩；次期（126期）且有「為蔡哲夫先生求購啟」之啟事[59]，發起人三十位，首列江亢虎。1941年《風月報》改為《南方》，刊了江亢虎寫給雜誌的賀辭：「民國卅年七月　國風光憶舊時　聞軼事費吟思　家鉅子新頭變異蒐奇習妙辭」，雜誌編輯則於墨寶下題曰「國民政府考試院長江亢虎先生題」[60]

　　筆者於《梁啟超、林獻堂往來書札》一書末尾附論文，討論梁氏游臺在文學層面上的影響，當時對其卒後，臺灣文學雜誌仍選刊其作品感到好奇，但並未能進一步展開討論。文云「其後《風月報》復選刊〈臘不盡二日遣懷〉，此詩作於清光緒三十四年臘月二十八日（一九○九一月十九日），歲暮又屆，羈留日本，一事無成，思鄉懷親湧向心頭。梁氏卒於一九二九年，此詩再刊距其卒年有十年之久，距其詩歌創作則有

較深入討論，另見汪佩偉、李炤曾：〈江亢虎與孫中山關係評議〉，《華中理工大學學報‧社科版（武漢）》，1998年2月。
58　《風月》第6號，1935年5月29日，頁4。
59　《風月報》第115期、125、126期出處，分別為1940年8月15日，頁25。1941年3月3日，頁29。1941年3月15日，頁13。
60　《南方》第136期，1941年8月15日，頁10。

三十年，在蘆溝橋事變爆發，中、臺關係有意被日本當局隔絕下的情境下，《風月報》何以會再度刊出這些作品？誠令人關注。」[61]然如綜觀當時亦時錄鄭孝胥（1860～1938）等附和汪政權諸氏之詩作，及本文所討論的江亢虎在《風月報》的作品，似乎雜誌有著「日華親善」的宣傳目的，尤其謝雪漁擔任過《風月報》主編，以其一貫立場來看，日治末期的臺灣漢詩壇及雜誌選刊中國文人的作品，不無有著文化交流，結合國策之意味[62]。尤其蔡哲夫（1879～1941）卒後，發起為其求賻金之事（協助中國貧困文人之葬禮）登載在臺灣刊物，多少有著日華雙方人民相互提攜、親善的作用。近衛文麿（1891～1945）在《華文大阪每日》創刊賀詞中即說明：「關於兩國民間之相互諒解，其方法固多，但其快捷方式，相信在於新聞雜誌等文化之溝通，藉互惠國民人情，兼闡明聖戰之真義。」[63]其時雜誌為建設東亞漢文化而致力漢詩之交流，尤其刊登那些有日本經驗的中國文人之詩文，江亢虎之作多次出現在《風月報》、《南方》，而到1940年時，他也正式投懷汪精衛政權，日本殖民當局的宣傳政策：同文同種、共存共榮，畢竟也起了相當的作用。

　　施懿琳曾舉臺灣作家徐坤泉在〈滄海桑田〉（署名老徐）一文中，對汪氏的作為，予以高度的肯定，徐云：「同是國民黨出身的愛國志士，難道老蔣一派的人才可以愛國，汪精衛氏一派的人就不可以愛國嗎？……汪先生早覺得日華兩國的民族，是同文同種，無論如何爭戰，終要走上提攜親善的大道，認為同負有東亞興亡的責任，所以由重慶脫

61　許俊雅：《梁啟超、林獻堂往來書札》，臺北：萬卷樓圖書股份有限公司，2007 年 9 月，頁 199。

62　當時舊作重刊或轉載中國文章的情形很普遍，甚至林獻堂《環球遊記》亦重刊過，此固然是值得探討的現象，但從刊登汪政權文人作品之頻率視之，此中自宜有日華親善之謀思。

63　《華文大阪每日》創刊號，東京：東京日日新聞社，1938 年 11 月 1 日，頁 3。

出，發出艷電，招集真實愛國的同志，作那『自助者人亦助之』的和平
運動……」[64]施氏由此論證從徐坤泉此文可以看出，「某些殖民地的臺
灣文化人與日本帝國主義的思維合拍同調的狀況。而當時為日本所操縱
的中國『淪陷區』，其實也有不少人，與徐坤泉一樣，是站在支持日本，
支持汪政權的立場，正面地肯定日華的合作關係」[65]。如此看來江亢虎
詩作及墨寶在戰爭期被刊登，也就有跡可尋。

（四）楊肇嘉先生回憶錄何以片言隻字未提

　　曾接待他的臺灣名人楊肇嘉（1892～1976）先生回憶錄何以片言隻
字未曾提及此事？楊肇嘉，臺中清水人，一生堅持臺灣人立場批判日本
殖民統治者，曾加入新民會，參加臺灣地方自治聯盟，1937年臺灣總督
府擬定「臺灣米穀輸出管理法案」，企圖抑制米價，進一步壓榨臺灣農
民所得，楊氏與吳三連、劉明電策動阻止，一生幾乎散盡家財義助文化
事業，如：報紙、文學、藝術、體育、飛行等活動。後來移居東京、上
海。江亢虎在臺中與民治運動領袖楊肇嘉見面，據江亢虎描述，霧峰林
家係「託楊肇嘉通意。招往霧峯參觀。」江亢虎此書言及楊肇嘉氏「三
十年來。備歷艱苦。務用公開合法政治手腕。與日本政府政黨相周旋。
時常內外奔走。今適暫返故居。誠以盛筵相招。假座醉月酒樓。並約同
志三十餘人作陪。……楊君翌日復邀往其家。門雖近市。而屋後小有園
林。屬寫屏聯數事。握手珍重而別。其後屢辱存問。各函皆文采斐然。

64　此文刊在《南方》第152期，1942年5月15日，頁15。
65　施懿琳：〈決戰時期臺灣漢詩壇的國策宣傳與異聲──以《南方雜誌》
　　（1941～1944）為觀察對象〉張文環及其同時代作家學術研討會，2003年
　　10月，收入許俊雅主編：《講座FORMOSA──臺灣古典文學評論合集》
　　（臺北：萬卷樓圖書股份有限公司出版，2004年11月），徐坤泉其人之言
　　論作為尚有很大討論空間，此處不及。

筆勢生動。知楊君亦翰墨中人也。」知其二人日後仍有書函往返致意，然則《楊肇嘉回憶錄》[66]全書竟無一字言及江亢虎？此一疑惑，起初我以臺灣光復後歷經228事變及白色恐怖的緣由看待，楊氏當時情境自需與漢奸撇清，免得惹禍上身。後觀讀葉榮鐘先生捐贈的書信、文物等典藏品，赫然發現楊肇嘉在臺灣光復後因漢奸嫌疑被上海高等法院拘押九十多天，最後還將被以「戰犯」處理，當時葉榮鐘與林獻堂等人組成的光復致敬團到了祖國後，由葉榮鐘擬書，營救楊肇嘉，最後楊肇嘉得以獲釋。飽受驚嚇，歷劫歸來的楊肇嘉，可能對這一段與江亢虎往返的交誼有意避開了。葉榮鐘原函已不可見，今所留存的書函草稿略云：「（楊肇嘉）為人剛直慷慨，有古俠士風，排難解紛，周急恤貧莫不傾力以赴，鄉人深以為德焉。民國十年，林獻堂所領導之革命團體文化協會成立，楊君毅然參與，膺任該會理事之一，緣是觸犯日當局忌諱，遂於民國十四年被迫辭職。……不意光復後竟因漢奸嫌疑被上海高等法院拘押九十餘天，近又聞將置諸戰犯之列，臺胞聞訊莫不為之駭然，顧楊君過去經歷，寤寐不忘祖國。」[67]江亢虎於二戰後亦以漢奸罪名被判刑，同樣於上海提籃橋監獄蹲牢，楊肇嘉歷劫歸來，對當年與江亢虎之交往，是有可能迴避不提的[68]。此段因戰後對當局施政頗有微詞，才引來的牢獄之

---

[66]　《楊肇嘉回憶錄》1967年出版，臺北三民書局曾多次再版。

[67]　葉榮鐘捐贈文物見臺灣清華大學圖書館，目前有「葉榮鐘全集、文書及文庫數位資料館」之建置，網址 http://archives.lib.nthu.edu.tw/jcyeh/guide/guide_08.htm 此函稿十頁，文長僅錄部分。目前葉榮鐘著、李南衡葉芸芸編註的《臺灣人物群像》（臺北：時報文化出版，1995年4月）錄有此「陳情書」，署名「臺灣光復致敬團」，頁255、256。

[68]　筆者按：本文審查委員以為「《楊肇嘉回憶錄》是楊遠代為執筆的，楊遠不寫這一段是否也有可能？」謹存其說。

災，吾人在《楊肇嘉回憶錄》可以清楚了解其來龍去脈，[69]，但回憶錄僅提及「朋友們並代我提出我於日據時代的各種運動事蹟，予以證明一切。」以此觀之，朋友們即是指林獻堂、葉榮鐘之援救。

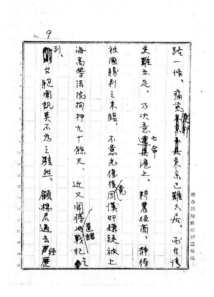

圖四：「光復致敬團營救楊肇嘉的信件」，葉榮鐘草稿。
「葉榮鐘全集、文書及文庫數位資料館」藏品。

69　見《楊肇嘉回憶錄》「再度做囚」一節，頁350-355。相關資料亦可見轉載
　　上海僑聲報的一則〈臺灣醜事連篇〉（靖雨寄），《前鋒》1946年第15期，
　　頁18-20。《楊基銓回憶錄》（臺北：前衛出版社，1996年），頁203。許
　　雪姬：〈他鄉的經驗：日治時期臺灣人的海外運動口述訪談〉，收入當代
　　上海研究所編：《口述歷史的理論與實務　來自海峽兩岸的探討》（上海
　　市：上海人民出版社，2007年），頁200。許氏此文可見第二歷史檔案館（許
　　稱南京二檔館）有楊肇嘉被捕資料，柯台山建議她使用《楊肇嘉回憶錄》之
　　敘述。

由此再延伸談另一相關之事。《楊肇嘉回憶錄》出版之際，當時政
治氣圍仍肅殺，直到1982年下村作次郎訪問王詩琅時，當時與江亢虎有
所接觸的王詩琅並未隱諱不言，見〈王詩琅先生口述回憶錄──以文學
為中心〉（蔡易達譯）一文，吾人方知王詩琅應邀出席了1934年8月26
日臺北文藝界在江山樓舉辦的歡迎江亢虎文藝座談會，當時臺北文藝青
年齊聚一堂，也因之牽成王詩琅與臺灣文藝協會的關係，《第一線》開
始見王氏作品刊登。[70]此次歡迎會有照片為證：

圖五：臺灣文藝協會主辦江亢虎歡迎座談會。前排右四江亢虎，後排右二王詩琅。

資料來源：《臺北文物》第三卷第三期。

---

[70]　見〈王詩琅先生口述回憶錄──以文學為中心〉（蔡易達譯）一文，翁佳
　　　音、張炎憲合編：《陋巷清士──王詩琅選集》（臺北：弘文館出版社，
　　　1986年11月初版），頁226。

五、結語

　　在西潮激蕩及救亡圖存的國族主義意識型態下的遊記書寫，不同於傳統文人雅士之流連山水勝境，耽山臥水，寄情煙波，進行純粹的清遊活動。其取向與關懷毋寧是以客觀精確的知識來展示，《臺游追記》對臺灣記載與論述，不著重外在景觀，而是觀察與觀感的發抒。30年代前後，中國旅行西北蔚為風尚，相率投入前往西北考察遊歷的行列不少，江亢虎卻選擇了海外的臺灣，除了是書中談及到的因緣際會，也應該與他旅行世界多國，卻未嘗一睹臺灣有關。政權轉移與異族統治等「斷裂」的表像之下，並沒有完全阻礙知識階層的文化活動與發展，他選擇旅行臺灣，跨出自己的文化封域，描述其足跡所到之處，介紹給中國人。他所書寫的旅行記述，先在報章刊出，然後結集出版，足見說明了臺灣紀遊有其銷路，對割臺近四十年的臺灣的陌生化，並欲了解在日本統治下的情貌，旅游臺灣的調查遊記自然有借鑒作用。其在臺的路線、景點，多少有總督府的安排建議，呈顯臺灣在被殖民之下的充滿設計的展示過程。但江氏在面對臺灣，尤其是古跡勝境的描繪，不免鋪陳臺灣與中國歷史的固有淵源，地理歷史化之書寫策略，使得臺灣密不可分地與中國歷史連結一起，此中固多少有其對國族之召喚與想像，尚不致失其民族情感。他體驗日治臺灣現代性的一面，以臺灣之拓殖開發，進步之現況激勵國人，對學校、教育、衛生、慈善、產業、博物館、圖書館、體操、婦學、鐵道交通設施等等均有細膩的觀察，尤其是對華僑、領事館、僑教之著墨甚多，同時也批判日本人在臺的若干政策，因越界所以能產生比較，作出判斷，但也因對臺灣的陌生化與無知，提倡東洋文明，反對白話文，使他在臺短短19天，就喧騰眾口，成為議論焦點，懷疑他來臺

動機，甚至要他離開臺灣，「請到歐西去主張」[71]。甚至因其言論，引發張深切「和林獻堂越生隔膜，終至斷絕來往。」[72]二人為江亢虎而生隔閡，實在是始料未及。

　　雖然他在臺多與當地紳士名流、地方當局接觸，被奉為上賓接待，也受到楊逵的批評，但他對臺灣資訊的掌握與認識，正可從此以得知社會之情實、設施之概要。追記一書中提到的種種，相信是口舌之詢問及典籍之閱讀所來，但書中沒提到他從何種著作中或別人的口述中了解臺灣當時的情形？他的理解引用與所據來源有何異同？書在上海梓行，引導著讀者走進臺灣，在閱讀空間中遊歷臺灣，他的影響力如何？並不甚清楚。本來江氏在海外的遊歷與其思想的發展是一可研究之課題[73]，這些遊歷對其新思潮新知識的體認應甚深，但本論文只以《臺游追記》為主，其思想轉折無法看出，這是可以繼續追索的議題。同時期西方、日本、中國人士來臺後的觀察、看法如何，也是可以比較之議題，以此才能更凸顯江氏有哪些獨特的眼光。做為歸國不久的江亢虎而言，旅行蒐集「（異國）文化經驗」，增加其在中國的社會價值，或許也是他書寫此書的動機所在。

　　1901年，18歲的江亢虎就作為各地推行新政中的知識菁英，赴日考察政治。回國之後，袁世凱對他的政治見解和卓越學識讚不絕口。前半生平步青雲也是個引人注目的風雲顯赫人物。創建中國社會黨，宣傳社

---

[71]　楊守愚：〈呈贈江亢虎博士〉，《新高新報》第44號，昭和九年（1934）九月七日，第15版。

[72]　張深切著，陳芳明等編：《張深切全集・卷二・里程碑（黑色的太陽）》（臺北：文經社，1998年）。

[73]　《東方雜誌》刊登江氏〈游德鎔感想記〉、〈荷蘭五日記〉、〈游法感想記〉，19卷13號，頁97-103。《史地學報》亦有〈游俄雜譚〉，1923年第3號，頁81-86。

會主義、無政府主義和新民主主義，出訪過歐美、日本等十餘國，1934年來臺時，在瀛社例會上，希望臺灣文士展現風骨，不要依附統治權貴。他特別勉勵詩人當盡民族國家的職責，而非僅能舞文弄墨，但1940年，汪精衛政權成立，江亢虎擔任了考試院副院長，其作風復多爭議[74]。此後他的評價就以「可恥的漢奸」、「歷史的罪人」、「下流的政客」、「文化大漢奸」為伍，其人其事遂多受到輕忽與漠視，研究數量寡少，連楊肇嘉回憶錄都避之唯恐不及，但歷史本成王敗寇，唯就臺灣文化之建構，追記一書反映出的社會現象與時代心理及華僑史料上，特別具有時代意義，因此不以人廢言[75]。

參考文獻

中國人民政治協商會議會國委員會，文史資料研究委員會編輯部主編：《文史資料選輯第 41 輯總 121 輯》，北京市：中國文史出版社，1986 年 12 月。

不著撰者：《詩報》第 90 號，昭和 9 年 6 月 15 日，頁 2。

_____：《昭和新報》第 295 號，昭和 9 年 9 月 1 日，第 14 版

---

[74] 石源華：〈研究汪偽政府的新史料──日本東洋文庫藏汪偽政府駐日「大使館」檔案概述〉依據檔案引述江氏對於：「汪偽政府肆意攻擊，不遺餘力」，復吹捧自己「再三進言，未得採納」，認為「中國並不是不能貢獻大東亞戰爭，以中國無盡之人力受日本之軍訓，……對英美之戰爭不能說絕無一點貢獻」，《民國檔案》1999 年 2 月，頁 61，其挑撥日本軍部改組汪偽政府之意圖呼之欲出。從此檔案，可知江氏其人品操守確實予人相當疑慮。

[75] 另參「自白書」、「偵訊筆錄」、「首都高等法院檢察官起訴書」、「首都高等法院特種刑事判決」種種，收入南京市檔案館編：《審訊汪偽漢奸筆錄》（北京市：鳳凰出版社，2004 年 4 月），頁 357-379。

_____：《臺灣日日新報》第 12369 號，昭和 9 年 9 月 8 日，第 4 版

_____：《臺灣日日新報》第 12371 號，昭和 9 年 9 月 10 日，第 8 版。

_____：《昭和新報》第 297 號，昭和 9 年 9 月 15 日，第 13 版。

_____：《詩報》第 90 號，1934 年 10 月 1 日，頁 2。

加藤忠太郎：〈艋舺公學校兒童體格檢查成績〉《臺灣教育會雜誌》67 號，明治 40 年 10 月，頁 16-22

北原白秋：《華麗島風物志》，東京：彌生書房，1960 年

石源華：〈研究汪偽政府的新史料──日本東洋文庫藏汪偽政府駐日「大使館」檔案概述〉，《民國檔案》1999 年 2 月，頁 61。

朱雙一：〈梁啟超臺灣之行對殖民現代性的觀察和認知：兼及對臺灣文學的影響〉，《臺灣研究集刊》2009 年第 2 期。

江亢虎先生演講，汪章才筆記：〈歐戰與中國文化〉，《史地學報》1923 年第 3 期。

_____：《臺游追記》，上海：中華書局，1935 年初版。

_____：〈西北歸來之感想〉，《天籟》1935 年第 1 期。

_____：〈初秋回裡途中雜詩〉，《風月》第 6 號，1935 年 5 月 29 日。

_____：〈現代女子教育問題〉，《女子月刊》，第 3 卷第 2 期，1935 年。

_____：〈中國文化之復興〉，《陝西教育月刊》1935 年第 6 期。

_____：〈文化之意義〉，《中外文化》1937 年第 3 期。

_____：〈俞曲園先生百二十年生日感賦〉，《風月報》第 115 期，1940 年 8 月 15 日，頁 25。

_____：〈雪漁先生古稀大慶即題所著周易探玄〉，《風月報》第 125 期，1941 年 3 月 3 日，頁 29。

_____：〈國民政府考試院長江亢虎先生題〉，《南方》第 136 期，1941 年 8 月 15 日，頁 10。

＿＿＿＿＿：〈先祖資政公先妣徐夫人均渴葬茶山寺外自庚子始出洋迄今二十三年〉，《南方》第 136 期，1941 年 8 月 15 日，頁 10。

＿＿＿＿＿：〈袁項城印象記〉，《文友》1943 年第 10 期。

＿＿＿＿＿：〈中國文化與世界使命〉，《文友》1944 年第 10 期。

＿＿＿＿＿：〈國際的孔子與孔子的國際〉，《申報月刊》1944 年第 10 號。

＿＿＿＿＿：《全臺文・臺游追紀》，臺中：文听閣，2007 年。。

吳文星：《日據時期在臺「華僑」研究》，臺北：學生書局，1991 年 3 月初版。

老徐：〈滄海桑田〉，《南方》第 152 期，1942 年 5 月 15 日，頁 15。

李希文：〈方志敏質問江亢虎〉，《檔史文苑》，1997 年第 1 期。

汪佩偉：《江亢虎研究》，武漢：武漢出版社，1998 年。

＿＿＿＿＿、李焰曾：〈江亢虎與孫中山關係評議〉，《華中理工大學學報・社科版（武漢）》1998 年 2 月。

汪毅夫：〈臺灣游記裡的臺灣社會舊影——讀日據臺灣時期的三種臺灣遊記〉《臺灣研究集刊》，2000 年第 2 期，頁 78。

＿＿＿＿＿：《閩臺緣與閩南風：閩臺關係、閩臺社會與閩南文化研究》，福州市：福建教育出版社，2006 年。

汪彝定：《走過關鍵年代——汪彝定回憶錄》，臺北：商周出版，1991 年 10 月。

依巴蘇亞・博伊哲努（浦忠成）：〈從民間文學角度探討吳鳳傳說的演變〉，《原住民的神話與文學》，臺北：臺原出版社，1999 年。

林慶彰主編：《近代中國知識份子在臺灣》（一）、（二），臺北：萬卷樓出版，2002 年 10 月。

林獻堂著、許雪姬等註解：《灌園先生日記（七）》，臺北：中研院臺史所籌備處，2000 年。

林耀椿：〈江亢虎在臺灣〉，《臺北文獻》直字第 149 期，2004 年 9 月，頁 199。

南京市檔案館編：《審訊汪偽漢奸筆錄》，北京市：鳳凰出版社，2004 年 4
　　月，頁 357-379。

哈曉斯：〈蔣光慈旅俄殘簡及佚詩〉，《文學評論》1983 年 3 月，頁 139-140。

施懿琳：〈決戰時期臺灣漢詩壇的國策宣傳與異聲──以《南方雜誌》（1941
　　～1944）為觀察對象〉張文環及其同時代作家學術研討會，2003 年 10
　　月，收入許俊雅主編：《講座 FORMOSA──臺灣古典文學評論合集》，
　　臺北：萬卷樓圖書股份有限公司出版，2004 年 11 月。

胡風：〈存文〉，《棘源草》，重慶：南天出版社初版，1944 年 11 月。

＿＿＿＿：《胡風全集》第四卷，湖北：人民出版社，1999 年 1 月。

孫玉蓉輯注：〈俞丹石入清宮清點文物日記摘抄〉《文獻季刊》2006 年 10
　　月第 4 期，頁 103。

宮廷璋：〈羅素、杜威與江亢虎在湘演講的反響〉，收入中國人民政治協商
　　會議會國委員 文史資料研究委員會編輯部主編，《文史資料選輯 第
　　8 輯 總 108 輯》，北京市：中國文史出版社，1986 年 12 月。

徐弘祖：《徐霞客遊記》，上海市：上海古籍出版社，1980 年 11 月。

徐懋庸：〈江亢虎文存〉，《太白》半月刊第 2 卷，頁 2-3。

翁佳音、張炎憲合編：《陋巷清士──王詩琅選集》，臺北：弘文館出版社，
　　1986 年 11 月初版。

翁聖峯：〈江亢虎遊臺爭議與《臺游追記》書寫〉，《臺北師院語文集刊》9
　　期，2004 年 11 月，頁 37。

高拜石：〈江亢虎之詭譎言行〉，《古春風樓瑣記》第七集，臺灣新生報社，
　　1979 年 6 月。

堅如：〈文藝大眾化〉，《臺灣文藝》創刊號，1934 年 11 月 5 日，頁 23。

梁啟超：〈《書牘》第五信〉，《國風報》第二年第八期之「號外雜文」，宣統
　　三年三月念一日。

張光直編：《張我軍詩文集》，臺北：純文學出版社，1989 年 9 月

張深切：〈文聯報告書〉，《臺灣文藝》2 卷 1 號，1934 年 12 月 18 日，頁 9。

＿＿＿＿著，陳芳明等編：《張深切全集·卷二·里程碑（黑色的太陽）》（臺北：文經社，1998 年。

許地山著、徐明旭等編選：《許地山選集》，福州市：海峽文藝出版社，1985 年。

許俊雅：《梁啟超、林獻堂往來書札》，臺北：萬卷樓圖書股份有限公司，2007 年 9 月，頁 199。

許雪姬：〈他鄉的經驗：日治時期臺灣人的海外運動口述訪談〉，當代上海研究所編：《口述歷史的理論與實務　來自海峽兩岸的探討》，上海市：上海人民出版社，2007 年，頁 200。

陳玉箴：〈食物消費中的國家、階級與文化展演：日治與戰後初期的「臺灣菜」〉，《臺灣史研究》第 15 卷第 3 期，2008 年 9 月，頁 139-186。

陳柔縉主筆、張超英口述：《宮前町 90 番地》，臺北：時報文化，2006 年 8 月初版。

章慕榮：〈無恥多變的江亢虎〉，《文史天地》2006 年第 8 期，頁 31-32。

彭小妍主編：《楊逵全集·第九卷·詩文卷上》，臺南：國立文化資產保存中心籌備處，2001 年。

黃英哲主編：《日治時期臺灣文藝評論集》雜誌篇·第一冊，臺南：國家臺灣文學館籌備處，2006 年 10 月

靖雨：〈臺灣醜事連篇〉，《前鋒》1946 年第 15 期，頁 18-20。

楊守愚：〈呈贈江亢虎博士〉，《新高新報》第 44 號，昭和 9 年（1934 年）9 月 7 日，第 15 版。

楊基銓：《楊基銓回憶錄》，臺北：前衛出版社，1996 年。

楊肇嘉：《楊肇嘉回憶錄》，臺北：三民書局，1967 年。

葉榮鐘著、李南衡、葉芸芸編註：《臺灣人物群像》，臺北：時報文化出版，1995 年 4 月。

蔡易達譯：〈王詩琅先生口述回憶錄——以文學為中心〉，翁佳音、張炎憲
　　合編：《陋巷清士——王詩琅選集》，臺北：弘文館出版社，1986 年 11
　　月初版，頁 226。

鍾叔河：《走向世界——近代中國知識分子考察西方的歷史》，北京：中華
　　書局，2000 年。

羅福惠、袁詠紅：〈孫中山、梁啟超旅臺的補充研究——依據未刊日文檔案
　　及孫、梁對日本態度的分析〉，收入林家有、李明主編：《清世界與正
　　視中國「孫中山與世界」國際學術研討會論文選集》，天津市：天津古
　　籍出版社，2005 年 8 月，頁 580-598。

時空交互下的特殊存在

——臺灣文學中的淡水地景

一、前言

　　淡水，位於臺灣西北隅的淡水河口，是早期大陸移民進入臺北盆地的登陸地點，又是貿易進出口的轉運站。因其獨特的地理位置，歷史上淡水成為兵家必爭之地。1626年，西班牙佔領淡水後，稱淡水為Tamchuy，又稱為Casidor。建教堂、醫院、城壘，名為聖多明哥（St. Domingo），教化原住民，設淡水Tamchui省區管轄。1642年，荷蘭人攻下北部後，稱淡水為Tamsuy，也在西班牙人所建城址附近再建城砦，即今紅毛城。明鄭時代淡水或稱為滬水、上淡水、上滬水，置有通事李滄。明永曆三十七年（1683），曾重修紅毛城，並駐軍戍守於此。清康熙六十一年（1722）黃叔璥《臺海使槎錄》稱淡水為「虎尾」[1]；乾隆六年（1741）《重修福建臺灣府志》載有淡水社、滬尾庄。二十八年（1763）《續修臺灣府志》也作「滬尾庄」。虎尾和滬尾，應都是來自平埔族語Hoba的轉音。至乾隆（1736-1796）、嘉慶（1796-1820）年間，漢人大量移民淡水，並大興土木，興建廟宇，形成聚落。淡水一躍成為北部最重要的港口，討海、捕魚的船隻，來來往往，自是十分熱鬧。後據天津

---

[1]　洪棄生亦如此稱呼，見〈紀遊滬尾〉：「舟子曰『過獅頭洋矣，進則虎尾港也』（滬尾舊云虎尾）」。洪棄生：《寄鶴齋選集》（臺北：臺灣銀行經濟研究室，1972年8月，臺灣文獻叢刊第304種），頁127。

條約（1858年），淡水開放為通商港口，商務盛行，洋人在此廣設洋行，收購茶葉、樟腦、硫磺等商品，興建豪華洋樓，如紅、白樓、教堂，商店林立，交易熱絡，將淡水漸帶入繁華時期。1867年林紓來臺，在其《技擊餘聞・牛三》云：「余年十六，客臺灣淡水，商埠初立，居人仍樸野無禮衷。街衢猥狹，群豕與人爭道。余日中恒野適，赴炮臺坡，望百里坌山色。百里坌一名觀音山」[2]，至日本領臺後，大正元年（1912），滬尾又改為「淡水」。

　　從其名稱的演變來看，三百多年來的淡水被不同的統治者以不同的語言呼叫它，在中西文化的衝擊洗禮，既使淡水成為一個富含多樣文化風情的歷史重鎮，展露出它獨特的人文魅力，也使淡水三四百年的歷史滄桑，散落在淡水的老街舊巷、山野平疇、廟宇屋舍、學堂紅樓與教會的斑駁記憶裡。

二、特殊地理形塑的淡水景觀

（一）萬國之奴的土地

　　1951年陶晶孫以日文寫了〈淡水河心中〉[3]，登載於日本雜誌《展望》七月號，那是他從臺灣逃到日本後所寫的一篇短篇小說。小說以當

2　林紓著，林薇選編：《畏廬小品》（北京：北京出版社，1998 年 2 月），頁 224。

3　目前討論陶晶孫〈淡水河心中〉的論文有黃英哲〈「跨界者」陶晶孫：論〈淡水河心中〉跨界與游移』──近現代東亞的文化傳譯與知識生產國際學術研討會」（主辦單位：國立臺灣大學臺灣文學研究所哈佛燕京學社），2009 年 9 月 10、11 日。黃氏另篇相近論文〈跨界者的界虛構／小說：陶晶孫〈淡水河心中〉顯現的戰後臺灣社會像〉，「戰後臺灣社會與經濟變遷國際學術研討會」（主辦單位：中研院臺灣史研究所），2009 年 12 月 23、

時發生在淡水河畔的殉情事件為主軸，以之鋪演描寫一對青年男女的自殺事件，呈現臺灣屢次遭受異民族統治的悲劇。故事敘述者是林智芙（可說是陶晶孫化身）從大陸飛往臺北，在通往臺北的空中入口大屯山與觀音山之間，俯瞰淡水河直飛松山機場[4]，在飛機漸降時，他從高空第一次看到臺灣的情景：

> 專注地看地上，荷蘭人營造的歐洲童話般的古城上飄蕩著英國的國旗，那下邊橫豎躺著日本丟下的砲兵陣地的殘跡，這些都象徵著臺灣人民在不斷變換的主人手下一直做著萬國之奴。[5]

　　小說點出了淡水的地理位置，圍襯其旁的兩座山：大屯山和觀音山，但淡水河畔的風景給予林智芙的第一個感受卻是「萬國之奴」，這是多麼強烈深刻的觸動。古城指的是「紅毛城」，高聳在山崗上，可眺望遠山近水，山固然是大屯山和觀音山，水則是指淡水河，從十七世紀以來，淡水河就成為歐洲殖民者入侵的重要門戶，荷蘭、西班牙入侵者在河畔建築了歐洲式樣的城樓，1857年英法聯軍打敗清廷，次年簽下天津條約，淡水開港。四年後，英人在淡水設立領事館。日本領臺後，又在淡水設軍營。1947年陶晶孫奉國民黨之命前來接收臺灣時亦從淡水河

---

24 日。又曾於蘇州大學文學院演說介紹陶晶孫〈淡水河心中〉。須田禎一：〈陶晶孫其人及作品——創造社群像之一〉，原文載岩波《文學》1962 年9 月號，收入張小紅編：《陶晶孫百歲誕辰紀念集》（上海：百家出版社，1998 年 12 月）。

[4] 有關臺北松山機場說明如下：1935 年始政四十週年博覽會開幕典禮之前二星期（即 9 月 25 日），臺北飛機場（通稱「松山飛機場」）之工程告成。10 月 8 日上午六時由福岡飛機場起飛的貨運機「かりがね（雁）號」班機於下午 3 時 50 分抵達松山機場，次年 1 月 2 日客運機開航，11 月 19 日臺灣總督府坂本外事官從松山機場飛往福州訪問。

[5] 陶晶孫：〈淡水河心中〉，日本《展望》雜誌，1951 年 7 月號。

上空進入臺灣。〈淡水河心中〉以外來者必經之路、必入之門——淡水
河畔的描寫開首，簡短幾行文字即點出臺灣悲哀的歷史，那是萬國之奴
的土地。

（二）狹窄街市與教堂尖塔

　　凱達格蘭族流傳一則傳說，生動說明了淡水的地理形勢，傳說中的
大屯山和觀音山是兩位情誼深厚卻爭強好勝的神祇，甚麼事都要相互比
輸贏。一日，大屯山與觀音山比高，觀音矮了大半截，負氣之下，一時
想不開，便欲「蹈東海而死」。大屯情急，伸手去拉，左手變成了關渡，
右手變成今日的淡水。兩手已接近觀音的衣裙，這衣裙便是今日的八
里，但礙於一水之隔，大屯一再地呼喚、乞求，觀音卻不肯回頭，只是
不再往深處走去。於是心憂如焚的大屯，只好將伸長的手往前抓，一直，
一直，直到今天。[6]

　　如是淒美的神話，點出淡水鎮東側有一座高大宏偉、聳入雲霄的大
屯山，西側則是靜靜平躺著的觀音山，兩座山之間橫亙著煙波雲長的淡
水河。山、水，成就了淡水獨特的自然景觀，也帶來淡水特殊的命運身
世。淡水除沿淡水河一帶地勢平坦之外，其餘多屬丘陵地。淡水河在沙
崙入海；大屯山丘陵在境北，使得淡水街市狹窄。淡水城鎮的發展始終
與淡水山河唇齒相依，河流尤是其血脈所在。雖然目前城市與河流的關
係似漸被阻隔，但人民的生活、建物、街道空間等等，其實還是與河流
山勢關係緊密，街道與河岸水平發展，不同的街道景觀反映了不同的生
活文化，淡水是建立在坡道蜿蜒、充滿空間變化之美的山城。特殊的地

---

[6]　林新輝專題報導：〈新舊之間・何去何從：地方建設教淡水太沉重／社區
　　英雄：一群為淡水點燈的人〉，《聯合報》第 34 版（鄉情周報），1995 年
　　3 月 26 日。

形造就特殊的景觀與人文，從淡水街道可看到生活被呈現的脈絡，山崗如畫，洋樓櫛比，而市街的狹長而古老，與山崗上古典的異國情調參差其間。

　　清光緒十七年（1891）池志澂所著〈全臺遊記〉，稱滬尾為「滬美」，記當時情形說：

> 滬美民居數千家，皆依山曲折，分為上、中、下三層街，中、下市肆稠密，行道者趾錯肩摩，而上則樹木陰翳、樓閣參差，頗有村居縹緲之意。由街西出二、三里即港，俗所謂淡水港是也。兩岸南北皆山，中開大港，寬六、七里，水深三丈，兩邊暗沙圍抱，輪泊須俟潮出入。此雞籠以南咽喉也。港口舊有荷蘭砲臺。今外口北岸復新築西洋砲臺，甚雄壯。近又設水雷局、海關焉。[7]

　　此處記述正呈顯淡水街鎮聚落沿著河岸與山腳之間發展，受到地形（地理因素）的影響頗大。因此淡水所呈現的地景是在歷史與地理兩個面向結合下所產生，形成為其城鎮的特殊風貌。街道系統疊落於山水架構上，所謂的淡水地景之空間特質，即根植於如是的時空史地情境下。在這個高低起伏的城鎮中，視覺將隨前進的速度、遠近的距離而有不同的景觀視域，人行走其間，視覺的延伸、移動以及停留都與多變起伏的丘陵地形有關，建築在「山」上的淡水，依順著地形的態勢，也依順著時間，逐漸地「長出來」、「冒出尖頭來」。鍾肇政小說《八角塔下》

---

[7]　池志澂著：〈全臺遊記〉，收入臺灣銀行經濟研究室編：《臺灣遊記》（臺北：臺灣銀行經濟研究室，1960年，臺灣文獻叢刊第89種），頁6。其後二年，史久龍於光緒十九年（1893）11月，任「滬尾鹽務」事，對於淡水、基隆兩地防務極為關注，淡水之繁榮於《憶臺雜記》文中可見。另見方豪：〈介紹一本未為人知的清季臺灣遊記〉，《方豪六十自定稿》（臺北：學生書局，1969年），頁1134-1136。

無意中如實呈現這樣的地貌，不斷長出來的「尖塔」，那正是異國風貌、宗教精神與淡水地勢融合後特有的景觀，也是淡水特殊的意象。他在第九章裡，提到了淡水鎮的一個建築：淡江大教堂。他這樣描寫：

> 那教堂——我凝視著尖塔——有著比我前此所想像的，更多更奧妙的事物，那不衹是張開嘴巴唱讚美歌，閉上眼睛禱告就能明白的。在下坡路上每前進一步，那塔就高出一寸，我越進（就是身子越低）塔就越顯得高——彷彿那塔在自動地長高，長高。[8]

此處「尖塔」的意象，即是外來宗教文化的移入而建築的教堂，不同距離的意象對於人的意義自然不同。遠景的意象偏於視覺，中景的意象則涵括了可辨識的形體、顏色和材質，近景所涵蓋的意象則最廣，視、觸、味、嗅覺等，吸引人產生行為的互動也最明顯。很顯然的，這教堂尖頂的不斷「長高」，是因作者不斷的前進靠近，於此它不僅僅是一種幻覺，它暗示了主人公面對教堂而發生的精神成長。淡水早期受過西方殖民主義者的開發，至今留下許多西方殖民主義文化痕跡，馬偕博士也是以傳教的名義進入淡水的，因此淡水文化上呈多元狀態。淡中本來是教會的學校，其原有的教育精神不能不與其時日本殖民政府制定的皇民化教育相抵觸，而當主人公陸志龍用上教堂來平衡在學校裡受到的壓抑時，其不知不覺又回到了真正的淡中精神。主角在小說中是一位自小就受洗的基督徒，在中學裡他的想法、性格與皇民化教育格格不入。如果我們將書中對日本舍監、教練的渾濁向下的描寫和對八角塔、淡江大教

8　鍾肇政：《鍾肇政全集5・魯冰花、八角塔下》（桃園：桃園縣立文化中心，1999年6月），頁296。

堂的清新向上的描寫對照起來讀，不難感受到日本皇民化教育與馬偕博士的宗教精神在一個本土中學生的精神世界裡的衝突。

　　淡水是一個幾經外國政權異植的港口城鎮，教堂建築或尖塔深深影響淡水人的生活及精神，尖塔指標經常融入畫裡、風景裡及實際現實生活中，誠如朱珮萱所言：「遊走在小鎮的街道裡，這些時常出現的尖塔成為居民重構時代文本想像的導體，因此尖塔可以是宗教融入淡水生活的象徵；尖塔可以是異文化統治的痕跡；尖塔也可以是觀察丘陵地形的標的物；尖塔的分布密度更可點出居民信仰的虔心程度。因為這些尖塔有別於周遭環境的突出性，使得它成為遊走淡水街景的視覺中心，益發突顯它在小鎮紋理所佔有的重要地位」[9]。我們再回到《八角塔下》裡的基督教精神與日本皇民精神來討論，這兩種精神的衝突，與日本殖民統治有關，政治力量滲透入庶民日常生活的宗教信仰與教會學校的精神啟迪裡，有時我們也會在其他文獻讀到日本人士見到教會尖塔，聽到聖歌所引發的聯想，充滿了日本人（殖民者）的立場。

　　約一百年前的佐倉孫三在記錄他所看到的臺灣耶穌教云：「臺人信耶穌教，觀十字會塔聳立於街上，又觀信徒集合唱讚美歌，亦盛矣！問其起因，距今六十年，和蘭陀國傳教師布教於臺南；其後二十三年前，米國加奈太教會偕叡理者，開教於淡水縣滬尾街，爾來英國每歲送布教資若干助之。是以耶穌之感化臺民，不獨土人，深入生番界；茂林中建會堂，唱讚美歌，醇樸之風可掬云」、「余曾觀臺人坐叛逆罪處斬首刑者，概從容就死，豪無鄙怯之態，竊怪焉。自今日思之，知宗教之力居多矣。苟有豪傑之士，大興皇道，而養成我尚武廉恥之風，則其可觀者，

---

[9]　朱珮萱：《變動中地景的現象觀察、紀錄與設計操作：淡水的影像地誌探討》（臺北：淡江大學建築學系碩士論文，2005 年 6 月），頁 39。

豈唯止於此乎哉！」[10]佐倉孫三認為臺人如能涵養於耶穌教精神並日人皇道尚武廉恥之風，則民風可觀者盛矣。然則鍾肇政小說正寫出這兩種精神在主人翁精神世界裡是相衝突的，彼此格格不入。正因如此，佐倉孫三此處所記，頗有觀察不深及特意掩飾之處，臺人坐叛逆罪處斬首刑者，輒從容就死，毫無鄙怯之態，究其因竟以「宗教之力居多矣」解釋，實則所謂坐「叛逆」罪者（有所謂「匪徒刑法令」），係指日軍入臺後，從事抵抗日軍之臺灣志士而言，其從容就義者，實為抵抗異族的精神表現，佐倉氏以宗教力量來解釋，正是站在日本人立場的關係，避開了民族精神的強調。

淡水特殊的地形，讓王昶雄〈奔流〉小說，有了人物與自然和解的契機，也讓小說真正精神得以確立。小說中的敘述者「我」走在淡水「長長的石板路上，上完了古老的石階，就出現了青坪優美的高岡，從這裡可以把港口一覽無遺。」坡道關係，淡水階梯多，「我」爬上石階來到山岡上，感覺正好與大屯、觀音山同樣的高度，「我」因此對山巒、河流、對岸的村落、眼下市街的屋子重重疊疊，一切都在陽光下，籠罩在煙霧中，這樣反而叫人想到這廢港的風情之美。」因為如此優美的情狀，讓「我」恍然大悟過去留戀於內地的冬晴而忘掉故鄉常夏的美好，因而決定今後「我」非穩重地踏著這塊土地不可。後來「我」看到從山岡下路上走過去的伊東，才三十三、四歲的伊東已受皇民化之影響幾乎是滿頭的白髮，作者以此批評了皇民化帶來的苦難憔悴，也讓自己回歸到故鄉（臺灣）的懷抱。而最後從山岡上跑到山岡下那一幕，更是讓人心靈

10　佐倉孫三：《臺風雜記》，收入《臺游日記 臺灣游記 臺灣游行記 臺風雜記 合訂本》（臺北：大通書局，1987 年 10 月，臺灣文獻叢刊第 9 輯），頁 9。另百吉提要一文，見頁 2，同時亦刊《聯合報》第 7 版（萬象），1962 年 12 月 20 日。

震動，「跌了爬起來跑，滑了爬起來再跑，撞上了風的稜角，更用力地一直跑。」至於「眼下市街的屋子重重疊疊」[11]，正是特色，很多以淡水為題材的畫作可見。王昶雄為淡水人，小說呈現了不少與淡水地形、地景相關的常景描寫，〈淡水河的漣漪〉、〈梨園之秋〉皆是。

三、幾個與淡水有關的地景意象：淡水港、紅毛樓（城）、舊砲臺、大屯、觀音山

　　淡水從明鄭至清初淪為流放罪人之地。郁永河《裨海紀遊》卷中記「凡隸役聞雞籠、淡水之遣，皆唏噓悲嘆，如使絕域；水師例春秋更戍，以得生還為幸」；卷下「鄭氏既有臺灣，以淡水近內地，仍設重兵戍守。本朝內外一家，不虞他寇，防守漸弛；惟安平水師，撥兵十人，率半歲一更，而水師弁卒，又視為畏途，扁舟至社，信宿即返。十五六年城中無戍兵之跡矣！歲久荒蕪，入者輒死，為鬼為毒，人無由知。汛守之設，特虛名耳！[12]由這兩段紀錄可知清朝官吏、弁兵皆視淡水為瘴鄉惡地，避之唯恐不及。之後，由於統治需要，遊宦詩人多因軍務來臺，王善宗、高拱乾、齊體物、阮蔡文、周鍾瑄等人均曾北行巡察至淡水河，詩作中呈現的淡水河風光以遊覽勘查為主，因對漢番的文化歧異，自然對番俗印象深刻。「羊酒還其家，官自糗糧峙。殷勤問土風，豈敢厭俚鄙」[13]。隨著淡水河沿岸日漸開發，文職官員漸多，同當地詩人吟詠唱

---

[11]　鍾肇政譯，許俊雅主編：《王昶雄全集》（臺北：臺北縣文化局，2002 年 10 月）。

[12]　郁永河：《裨海紀遊》（臺北：臺灣銀行經濟研究室，1959 年 8 月），頁 29。

[13]　阮蔡文：〈淡水〉，見周鍾瑄著：《諸羅縣誌》（北京：中華書局，1962 年 11 月），頁 269。

和、並肩遊覽，詩作中融入較多情感與關懷。吳廷華〈社寮雜詩〉寫淡水河由窄而闊時水流的一瀉而出，同時記錄了當時番人的渡河方式「垵寶門邊淡水隈，溪流如箭浪如雷。魁藤一線風搖曳，飛渡何須蟒甲來（北淡水港水流迅急，番人架籐而渡，去來如飛。蟒甲，小舟也）」[14]。〈干豆門苦雨〉詩不僅有關渡河景，更描繪北臺灣及淡水多雨的情形：「無賴陰雨拂地垂，客中愁緒一絲絲；那堪更向秋風裏，臥聽黃梅細雨時」[15]。至於「淡北八景」之一的「關渡分潮」，因淡水河、基隆河和漲潮的海水於此相遇，水分三色，而海水一湧入狹隘的河道，衝擊兩岸形成分潮線，壯瀾加上濤聲隆隆，令人心神震懾，這樣的淡水河景，是廣闊雄渾的。林逢原〈關渡分潮〉即如此形容：「重重關渡鎖溪雲，潮往潮來到此分。練影東西拖燕尾，濤聲日夕助犀軍。舟人放櫂中流急，估客鳴鉦隔岸聞。我欲測蠡參水性，由來涇渭不同群」[16]。以下將敘述幾個與淡水有關的意象：淡水港、紅毛樓（城）、舊砲臺、大屯、觀音山。

（一）淡水港的興／衰

　　明代《東西洋考》記錄了從澎湖到淡水的航線，及明朝官府對航販淡水船隻的稅收，「雞籠、淡水」一詞已見，到了康熙朝郁永河的《裨海紀遊》則敘述了他「與顧君暨僕役平頭共乘海舶，由淡水港入。前望兩山夾峙處，曰甘答門（今關渡），水道甚隘，入門，水忽廣，漶為大湖，渺無涯涘」。已可見「淡水港」一詞，同時呈現了進入關渡後的水

14　陳培桂：《淡水廳志》（臺北：臺灣銀行經濟研究室出版，1963 年，臺灣文獻叢刊第 172 種），冊 3，頁 431。

15　阮蔡文：〈淡水〉，頁 272。

16　戴書訓等編纂：《重修臺灣省通志卷十藝文志文學篇》（南投：臺灣省文獻委員會，1997 年 12 月），第 1 冊，頁 309。

域忽廣。道光九年（1829）姚瑩《東槎紀略卷三‧臺北道里記》及《淡水廳志》載道光二十年（1840）姚瑩〈臺灣十七口設防狀〉則歷史陳述了八里坌港衰退，淡水港代之而興，約有三因：一者八里坌港淤淺，而帆船噸位漸大，淡水港水深。二者八里坌港迎東北季風，淡水港則在東北季風的背風坡，風速較小，便於停泊。三者八里坌港背腹為觀音山，農田村落較少，淡水港農田村落較多，商業較盛。[17]因此同治十年（1871）所修成的《淡水廳志》，卷首附有「淡水八圖」，其中「滬口飛輪」首次賦予淡水較具體的風光意象。楊浚〈滬口飛輪〉一詩，即從視覺、聽覺寫滬尾戍臺吹角聲及船泊港岸之思，洪棄生〈停舟滬尾〉亦可見「偶向檣陰高處望，艨艟巨艦鷁頭橫」情景。從自己搭船遠行，到餞別親友，往返間，港口自然是依依惜別之處，許豫庭〈送別黃鴻訂詞客往神戶〉、黃鴻訂〈留別許豫庭詞兄在淡水〉及《賴和全集》漢詩卷四（卷九復重錄）錄了不少其詩作，寫淡水送別石詹二君赴廈門「半帆殘照離瀛海，一棹波濤向鷺洲」、「回憶淡江分手處，蕭蕭楓葉亂飛紅」、「昨日淡江今日廈，淒涼逆旅有誰憐」，皆可見送別之情。

　　但到了日本時代，原本繁華的淡水港因河道淤淺，造成大型船舶出入不便，雖然日本人時加疏濬，強化港埠設施，也有重新築港的計劃，但終究回天乏術。事實上日人自始即全力建設基隆港為日、臺間的吞吐口，兼以臺北、基隆間鐵路架設完成，交通更為便捷，淡水的交通樞紐地位終於還是被基隆港所取代，漸漸地變為有名無實的國際港，淡水的經濟也由港埠貿易轉向以附近腹地的農漁業為主。

17　連橫《臺灣通史卷三十三沈葆楨列傳》亦云八里坌淤塞，淡水港方因之興起，「滬尾港門宏敞，舟楫尤多，多年夾板帆檣林立，洋樓客棧，闤闠喧鬧。」及臺灣銀行經濟研究室編：《臺灣經濟史第十集》（臺北：臺灣銀行經濟研究室，1955 年，臺灣研究叢刊），頁 163。

在詩文裡，洪棄生則慨嘆是日人刻意切斷臺灣與大陸之聯繫，轉而發展雞籠港，淪為日本之「內湖港」[18]，而使淡水港加速衰微。當日人擴張海上霸權之際，情景猶如「巨艦如魚東向奔」，而淡水港卻淺如窪尊，舊日之風花盛景，零落殆盡。在《中西戰記》裡，他不滿劉銘傳棄守雞籠，以堅守滬尾之戰略。[19]從史料[20]及文學作品裡，大約都提到淡水港淤淺其因之一，在於清法滬尾之役，劉銘傳為抵抗法軍，曾以石船二十隻沉在淡水河口阻止法艦駛入，事後未經打撈，加速了淡水港之淤塞。舞鶴小說〈悲傷〉一開始即是寫此一戰役，據說是：

18　洪棄生〈八州遊記〉：「日本以雞籠在西北，搖對門司，故年年不惜臺灣鉅資以投此水也。」，《洪棄生先生遺書》（臺北：成文出版社，1970 年），頁 2。

19　洪棄生對劉銘傳在臺諸政策及作為不滿，除了櫟社迎梁啟超詩會，不願寫歌頌劉氏之詩外，在《寄鶴齋詩話》亦可見其態度，謂劉「不足觀」，不知其名聲何得而來？文云：「及防法來臺，殊滅裂，不足觀。法軍迫雞籠，各軍奮禦，劉忽下令撤營退師。曹軍門志忠力阻，不從；雞籠倅梁純夫伏地哭留，亦不允。及退軍不止，至為艋舺圍人攔住；雞籠遂為敵據。幸滬尾有官軍所募土豪張阿火──人又謂之阿虎改名李成者，率土勇五百在滬戰勝，斬法酋一、法兵六百、花目百人，煅敵船一──外洋謂為大勝，淡水始安；而劉帥謬以為己所布置。故其時臺民謠言四起，謂劉公『通敵』，殆甚之之辭；然張秉銓縣頌竟謂其撤雞籠所以救滬尾，與『申報』所播虛詞，皆係徇劉帥自辯奏語，曲筆以諛，大無信者。當劉公退軍之時，兵備道劉璈列其敗跡申詳左侯。左薨，公欲圖報，遂營謀為巡撫以劾，劉璈戍黑龍江。又清丈臺田加賦，臺民以致激生民變；至今臺人言之，猶共切齒。而外夷顧以為能，江、淮人亦稱之；不知使君何以得此聲於梁、楚間哉！」（南投：臺灣省文獻委員會，1993 年 5 月）。又見洪棄生：《臺灣文獻叢刊第 304 種：寄鶴齋選集》，頁 220-221。

20　連橫《臺灣通史》卷 14 法軍之役提及「洋務委員李彤恩以滬尾港道寬闊，無險可據，請填塞口門，英領事以秋茶上市，有礙商務，不可。彤恩往復辯論，始許。而法艦乃不能入也。」其始末有「防滬尾留牘」可見，詳細情況另見：《臺灣經濟史第十集》同註 17，頁 170。

> 我們智勇雙全的祖先在那裡自沉了幾艘滿載石塊的船，以阻止敵
> 人戰艦的錐頭直戳入我們的內海；也據說由於這幾船石塊，商船
> 再不能直駛到媽祖宮前，它們轉至新興的海港基隆去下蛋，媽祖
> 宮的香火蕭索下去後來被落鼻祖師取代了興隆。[21]

從淡水歷史上看，後一段說法可能來源於落鼻祖師在清法戰爭中顯過神威的傳說，但清水祖師廟取代媽祖香火當是很多年以後的事。這段傳說只是隱含了淡水風水轉變的寓意：媽祖是保佑漁民出海航行的神，落鼻祖師是保佑居民避災安居的神，神的意義顯然不一樣，香火由航海保佑神轉移到安居保護神，外向發展的需要被內在自守的需要所代替，淡水的風氣發生了轉變。作家以一貫的戲謔態度用了性交與下蛋的隱喻，恰恰暗示了淡水小鎮生命萎頓的命運。再回到小說文本來看，舞鶴緊接著這段歷史描寫就引出了眼前修築中山路的事件，正如關於淡水的書籍所記載：

> 中山路拓寬並直達淡海後，福佑宮與老街就像失了寵般，那種前
> 門變後街的景況真教人不勝唏噓。[22]

這是舞鶴所寫的真實的淡水小鎮的歷史，傳說中的小鎮命運的轉變與真實的轉變合二為一，直接點出了小說的悲傷主題。所以這一段淡水歷史起了雙重的暗示作用，既暗示了小說關於淡水古老自然精神消逝的悲傷主題，又暗示了當下淡水重新面對了新的轉變。

---

[21]　舞鶴：〈悲傷〉，《拾骨》（高雄：春暉出版社，1995 年 4 月），頁 1。

[22]　引自陳盈卉主編《淡水》（臺北：小知堂文化事業有限公司，1999 年），頁 40。淡水福祐宮媽祖在「西仔反」（清法戰爭）的角色不亞於落鼻清水祖師，所以有媽祖助戰神話與光緒皇帝頒匾之事，日後建廟的祖師廟也並未凌駕福祐宮之上。而拓寬直通淡海的道路宜是中正路。

　　淡水港淤塞，自然帶來了淡水的沒落，洪棄生在淡水港被廢棄後，有多首詩文自我寬慰，從另一角度看待淡水的衰落，一如他在面對鹿港之衰微。〈遊淡水記〉說「人多憾其廢港，我乃喜其仙源。兩岸清風，無鼓輪之火，一川明月，有賣酒之家。俯仰長空，捲舒雲氣；鑑水為樓，梯山結市。」[23]〈紀滬尾遊〉亦云：「庶乎滄桑，變遷城市；酒帘寥寥，木葉蕭蕭。輪船不航，桃源如在。」[24]〈重遊滬尾即事〉：「不見當年舊板橋，重來一水自迢迢。環山雲樹三層閣，壓海人煙九折潮。北岸蕭疏漁估艇，東風零落市樓簫。車聲日作雷聲至，其奈關津已寂寥。」〈重遊滬尾感詠〉：「形勝空居大海東，輪船今日泊雞籠。一江清靜無煙火，兩岸樓臺有好風」、「閩關咫尺空登望，不見黃龍故國旗」、「劫灰已出昆明涸，何日樓船過海來」[25]，可見淡水曾萬商雲集，風帆爭飛，但此一輝煌期，未必是詩人所喜，因昔日繁華不在，反而換得清靜之好風。大約文人藝術家都有這樣的情懷，日人石川欽一郎（ISHIKAWA Kinichro, 1871～1945）〈初冬漫步〉一文亦描寫道：「清澈的河水映著晴朗的天空，愈看愈澄淨真令人想縱身跳入。紅色帆船緩緩移動，劃過映入水底的觀音山影。岸邊的楊樹葉子甚少，初冬之風從山中呼嘯著掃過水草拂到水面，漣漪消逝的遠方是輕煙籠罩的淡水港，連港邊必有的戎克船也看見了。……近年此港有逐漸蕭條之說，但是對我們而言，反而是再好不過，或可說是天意，這樣才能免於俗化而回歸到原本幽邃的自然」。[26]到了當代，詩人李魁賢以淡水河「不同的風雨沖刷下來的／

23　同註1，頁126。

24　同前註，頁128。

25　同前註。

26　石川欽一郎：〈初冬漫步〉，《臺灣時報》1926年12月，頁87-92。錄自顏娟英譯著：《風景心境——臺灣近代美術文獻導讀》（臺北：雄獅圖書股份有限公司，2001年），頁39。

愈積愈厚的沉沙／埋著多少生物的冤魂呢」隱喻淡水（臺灣）命運的縮影，但「疏濬會使河流／回到清澈活水的原貌吧／即使做到船形老化解體／在新的體制下仍然要堅持下去。」象徵臺灣歷史的淡水河，港口受到沉沙嚴重淤塞，多少冤魂被埋在河床下，詩人希冀著疏濬船要能一直堅持下去，即使老化解體，也要追尋（二二八）歷史真相，再現清澈活水。[27]

　　淡水港衰微後，就被以「廢港」視之，1932年中村地平（1908～1963）的《廢港》，所描繪的淡水港的形象是：「現在已經是一個死去的港口，那種荒廢之美，就像是以幾近畫布原色色彩所描畫出來的港口一般」、「太過蔚藍的南海朝著一方延伸而去，回首處，精巧如積木般的，土人的紅磚屋，看來就像是墜落海中。」[28]（文中所稱的「土人」即本島人）。1945年10月8日，中國憲兵第四團，由福州乘戎克船由淡水港登陸。此後淡水成為二二八事件沉屍者的孤魂流離所在，進入現代化之後，臺灣河水污染，觀光客入侵的破壞，成了幾乎是所有作家縈懷不去，難以擺脫的夢魘，其失落、無奈之情及對自然關懷之情，躍然紙上。1979年蔣勳〈寫給淡水河〉一詩，金色淡水河早已是「大地上一道深深的淚痕」、「帶著污穢與泥沙／帶著罪惡與哀傷／」。到了八〇年代報導文學盛行，文學作品中已日漸呈現工業化後河水污染的情景，洛夫〈淡水河是一條超現實的舌頭〉，詩人對淡水河遭污染破壞，無比痛心，但痛到深

---

[27]　李魁賢：〈淡水的詩景〉，《詩的見證》（臺北：臺北縣立文化中心，1994年），頁351-355。

[28]　黃野人撰，吳豪人譯：〈文藝時評〉「淡水與三篇小說」，原刊《臺灣時報》236，1939年8月1日，頁104-108。後收入黃英哲主編，王惠珍等譯：《日治時期臺灣文藝評論集・雜誌篇》（臺南：臺灣文學館，2006年10月），第2冊，頁371-378。此譯文為松尾直太校訂。

處卻以遊戲心態掩蓋，銷磨其傷憂。詩題隱藏在每一行的頭一字，自右而左唸第一字即形成「淡水河是一條超現實的舌頭」。

（二）滄桑紅毛樓（城）與滬尾砲臺

　　紅毛城亦稱「紅毛樓」、「淡水砲（礮）城」、「番仔城」[29]，在淡水是個飽經風霜、滄桑歷史的意象，其歷史已見前述，其高聳山崗上，可望遠山近水，林逢源〈戍臺落日〉嘆為奇絕：「高臺矗立水雲邊，有客登臨夕照天。書字一行斜去雁，布帆大幅認歸船。戰爭遺跡留孤壘，錯落新村下晚煙。山海於今烽火靖，白頭重話荷戈年」[30]。此詩即從紅毛城靜觀淡水河夕照，亦即淡水八景「戍臺夕陽」之場景。今日沿著淡水老街一路西行，盡頭便是紅毛城，穿過綠藤密佈的南門進入城堡，堡內花木扶疏，濃蔭蔽天。主堡的外牆高聳直立，牆體朱紅，十分顯目。城堡前，陳列著幾尊清朝的古砲。沉默的砲口指向悠悠流逝的淡水河。古砲已是裝飾用，但背後卻含藏了深切的悲哀和無奈。

　　從古典詩文看紅毛樓（城）的出現，可觀知清阮蔡文有淡水記行之作，〈淡水〉一詩：「突入紅毛城，頗似東流砥。」清人吳子光著《一肚皮集・滬尾紅毛樓記》[31]一文，提及紅毛城內存在的地道，此文第二段敘述他當時所見淡水紅毛城的形貌，以及城堡內地面的洞窟：

29　淡水廳志：「礮城在滬尾街尾，荷蘭時建，山頂建樓，週以雉堞；明鄭重　　修復圮；雍正二年，同知王汧重修，設東西大門二，南北小門二；今為英　　領事官廨。」

30　戴書訓等編纂：《重修臺灣省通志 卷十 藝文志 文學篇》，頁309。

31　此作時間，據羅元信云：「大致還可推斷出來：吳子光隨父來臺，原居中　　部一帶，據其自述〈芸閣山人別傳〉所言，他是因戴潮春作亂（清同治元　　年至四年，1862-1865）才逃至淡水依親；而在此記末段則有言：『今海波　　如鏡，舉瀛壖一千八百里而遙，晏然如金甌之無缺。』可知作此記時戴亂

臺地紅毛樓今存三座。郡城及安平鎮未嘗過而問津焉。淡水紅毛樓則在滬尾山巔，面瞰大海。由巔腳盤登，拾級而上，計數百武，即至其處。樓正方，無門，中開一竇以出入。樓寬廣五丈有奇，高稱是。牆厚五尺許，悉砌磚石成之。其頂平鋪，有下宇而無上棟，鬮一小洞以漏天光，但懼雨耳。覆蓋處非瓦非石，頗似黑壤蜃灰所為，望視不甚了了。下有一窟，空洞約數尺，窺之色黝然，而徑路殊狹且濕，苔痕狼籍，似有水相激注者。方駐視間，忽有陰風出於穴，其臭腥以穢，人對之輒寒噤，膚隱隱欲起粟，皆大驚，亟走避乃已。土人曰：「此荷蘭地道，相傳中設機關路，直達安平鎮，當日荷蘭避鄭氏兵亂恃此。」余曰：「此譫語也！荷蘭非鬼物，果能別為養空游與九幽使者相寒暄於地下否？茲地又濱海，所謂徑路絕、風雲通，鵬扶搖直上九萬里，海運徙於南溟，有此狡獪耳。若奇肱氏則無所施其巧矣。臺士何工傅會耶！」然洞天福地，古蹟流傳，本屬荒誕。今郡邑所輯名勝，非入莊子寓言，則出齊諧志怪，皆此地道類也，又奚足怪乎？[32]

已平，應在同治四年或之後。至於時間下限，因清廷係於同治六年（1867）與英國簽訂〈紅毛城永久租約〉，在那以後吳子光也進不了紅毛城。故〈滬尾紅毛樓記〉一文，當作於同治四年至六年之間」。羅元信：〈滬尾紅毛樓記──140 年前未完成的紅毛城踏查〉，《歷史月刊》第 234 期，2007 年 7 月，頁 12。

[32] 王國璠主編：《吳子光全集‧一肚皮集》（臺北：臺灣史蹟源流會，1979年）。另〈第一章城堡要塞〉亦引此文，詳見臺灣省文獻委員會編：《臺灣省通志‧政事志建置篇卷三》（南投：臺灣省文獻委員會，1972 年 12 月）及孔昭明編《臺灣文獻史料叢刊第 7 輯 121 東瀛識略／東瀛紀事／臺灣紀事／臺海見聞錄合訂本》，臺北：大通書局，頁 40-41。

吳子光認為淡水當地居民對紅毛城地道的傳說描繪不可信,文中發揮他推測判斷的能力,提出由淡水可達臺南安平的地道是不可能的。不過吳子光雖不相信這地道能達如許之遠,但當時他確曾親見堡內地上有個數尺闊的大洞,從地窟內忽衝出一股陰風的情況推揣地道另一端的出口必定尚未封閉,且其內徑不小。以文獻推想,襲面而來的陰風,臭腥以穢,令人寒噤走避,宜是地道通向淡水海濱的卑濕地帶之路徑。洪棄生〈滬尾曉望〉詩云:「水氣腥臊船氣熱」,大抵悶濕海域地帶多類此腥臊之氣。

　　傳統文人對紅毛城之描繪,多不免因其滄桑身世而感慨不已。洪棄生〈重遊滬尾感詠〉:「依舊雲山面面收,朝來碧海接天流。紅毛城上一回首,已近滄桑四百秋。」[33]雲山依舊而紅毛城下潮來潮往,憶起近百年來往事,以「滄桑」總括。魏清德〈淡水紅毛城〉亦以乾坤歷劫,憶想戰場遺跡而感觸特深抒懷。相同詩意見諸鄭指薪〈登舊炮臺〉:「霸圖已逐江山改,鎖鑰空鐫鎮北門」[34]。「北門鎖鑰」為清光緒十年（1884）清法戰爭-滬尾之役後,劉銘傳所建之新式砲臺（1886）,即今之滬尾砲臺,為軍事重地,有居高臨下的地形優勢。

　　連橫〈夏日游淡江水源地是世界第三泉〉:「驅車忿登臨,憑弔紅毛壘。」[35]尾崎秀真〈淡水紅毛城懷古〉:「古城依舊倚嶙峋,落日蒼

33　同注24。
34　鄭指薪:〈登舊炮臺〉,《詩報》第143期（1936年12月15日）,頁2。
35　連橫:〈夏日游淡江水源地是世界第三泉〉,原刊《臺灣詩薈》（臺北:臺北市文獻委員會,1977年）,頁70。又詩題小異,作〈淡水水源地是世界第三泉詩以紀之〉,收入沈雲龍主編:《近代中國史料叢刊續編第10輯:劍花室詩集》（臺北:文海出版社,1974年）,頁50。

茫轉愴神。無限感懷禁不得，景勝長屬異邦人。」[36]身為殖民統治的日本人，想必看到異邦（英國）國旗在殖民地飄揚的怪象，對此勝景非我所有，自有一番慨嘆感懷。

不過，初入此地的傳教士馬偕在他的《臺灣六記》（*From Far Formosa： The Island, Its People and Missions*）以乘船入淡水港的視野描述了紅毛樓。紅毛城除了入詩之外，後來也多見諸小說，黃野人〈淡水與三篇小說〉提到幾篇與淡水、紅毛城、古砲臺相關的描寫。[37]中村地平的〈廢港〉所描寫的紅毛城正如馬偕所看到的「被風雨吹黑了的高大堅固的紅建築物」，但另描寫了夾竹桃，這一段描寫充滿浪漫綺想，色彩亦繽紛：

> 因為走到了通往聖多明哥的山崗的小徑，於是我拐了個彎，正面是一座好似蜥蜴肚皮般破舊的紅色黑古城。聽說古城現在成為英國領事館，領事的女兒──一個有著細細的脖子與褐色眼珠的少女──正在城周遛狗。從城牆下盛開的夾竹桃花叢裡，少女是否將為我展現她那異國的身影呢──我懷抱著綺夢，漫步花叢小徑。夾竹桃的黃色花朵稍一拂過我的身子，就落了滿地。[38]

西川滿《楚楚公主》所寫的庭園花朵亦是夾竹桃，對紅樓描繪更多了一些：

---

[36]　尾崎秀真：〈淡水紅毛城懷古〉，《臺灣時報》156 期（1932 年 11 月 1 日），頁 156。

[37]　原刊《臺灣時報》236 期，1939 年 8 月 1 日。收入《日治時期臺灣文藝評論集（雜誌篇）》（臺南：臺灣文學館，2006 年 10 月），頁 371-378。第 2 冊此譯文為松尾直太校訂。

[38]　同前註，頁 373。

不知是否無人照管，整個庭園叢生著茫茫雜草。即使如此，間或
也有幾朵或黃或紫的野草間花，點綴春日。在門戶鐵欄附近，夾
竹桃正燦然盛開著。這荒涼之美，與紅磚建築融為一體，營造出
憂鬱的氣氛，和這個廢棄的港口再相配不過了。……樓下面對前
庭之處，有個彎曲成鉤狀的，拱門走廊般的涼臺近海而建。二樓
則是個舊式陽臺，圍著青瓷色「亞」字形狀手欄杆，燻黑了的紅
磚瓦柱子上面，則爬滿了祕密層層的長春藤，甚至攀爬到高處的
石綿瓦屋頂。[39]

　　在西川筆下的淡水、紅毛城或觀音山，仍洋溢著異國風情般的美
好，即使是有歷史感的紅毛城，在其筆下也仍是殖民者眼中所看到的異
國風情，在小說裡他繼續寫道：「紅磚的城牆。垂著好幾條氣根的榕樹，
猶如壁虎般黏上牆壁，在風中搖晃的常春藤閃爍著光的影子。」其小說
盡量以風俗民情、祭典的營造，呈現臺灣風情，近乎詠歎調般的書寫。
從西川的改寫似隱隱約約透露了欲爭取內地（日本）讀者對於臺灣外地
文學的關注用意。[40]

　　時序到了1972年，英人方從紅毛城撤館，委託澳大利亞代管，但年
底中澳斷交，英國又託美國代管。期間，紅毛城重門深鎖，禁止出入。
直至1980年才正式由臺灣政府收回。李利國（1954-）的《紅毛城遺事》、

---

[39] 同前註，頁374。

[40] 彭瑞金以為現實世界裡的郁永河是不懂山水精靈的粗俗遊客，西川滿筆下
的郁永河則是「投入情感的臺灣大地訪客」，其文學是「忠於作品土地的
屬地主義文學」，但也同時認為西川「沒有注入太多的個人思想或感情在
裡面，卻完全符合西川滿耽美、浪漫的文學個性。」彭瑞金：〈用力敲打
出來的臺灣歷史慕情——論西川滿寫〈採硫記〉〉，聯合報副刊主辦，臺
灣現代小說史研討會。後收入陳義芝主編：《臺灣現代小說史綜論》（臺
北：聯經出版事業股份有限公司，1998年12月），頁12-28。

〈我在淡水河兩岸做歷史狩獵〉、〈在淡水探訪歷史遺事〉，這些報導呈現了異族佔領臺灣的歷史糾結與民族情感，藉由歷史的重新記憶，再次激發民族的情感。他說：「紅毛城本身彷彿一部活的中國近代受欺凌的滄桑史；亦可以重新喚起這一代中國人的切膚之痛，而激發大家思考個體命運與整個民族休戚相關。」[41]王文進《豐田筆記》說李利國：「更把這項問題（紅毛城的歸屬問題）利用他工作的《仙人掌雜誌》渲染開來。一時討伐之聲四起，政府得到民氣的支援，終於在七〇年代結束的一九八〇年，順利將那三千七百坪的國土收回來。」[42]可見當時李氏的關懷與熱情。

　　書寫紅毛城，必然也會提及紅毛城西半公里餘處的舊砲臺（滬尾砲臺）。文學中的淡水砲臺有幾處，沙崙砲臺、中崙砲臺（白砲臺）及油車口砲臺（劉銘傳在清法戰後重建新式砲臺），今日古砲早已不見蹤影[43]，惟有萋萋荒草及斑駁的牆垣，滿布鐵銹的欄杆，見證臺灣百年的滄桑。周鍾瑄於清康熙五十三年（1714）任諸羅知縣。諸羅初建之時，轄地北至三貂、淡水、雞籠，周氏北上巡視，隨其行跡所致，寫下不少紀遊之詩，〈淡水砲城〉即其一。可見淡水地理形勢之險要，負山面海，欲圖謀王業，則需海防控北。因此淡水也是一處充滿歷史意涵的古戰場，西、荷、鄭氏都先後據其地之顯要建砲臺，以防北鄙，周氏見古砲城斑駁，往事滄桑之情油然而生。日治時期莊太岳〈過滬尾舊礮臺故址〉、李本〈登淡水舊砲臺〉及鄭指薪〈淡水雜詠（登舊炮臺）〉：

---

[41]　李利國：〈歷史的悲憤——序紅毛城遺事〉，《紅毛城遺事》（臺北：長河出版社，1977 年 9 月），頁 3。

[42]　王文進：《豐田筆記》（臺北：九歌出版社，2000 年 7 月），頁 30。

[43]　二戰末期日軍視滬尾砲臺舊式十二吋巨砲群為廢鐵，乃撤走改為近代戰所需原料，滬尾砲臺變成「有壘無砲」。

「石室摧殘塹壘存。留供樵牧弔黃昏。霸圖已逐江山改。鎖鑰空鐫鎮北門。」[44]陳逢源〈同金塔赴淡水得昶雄導遊〉等作皆是。

李茲·巴姆（Lizalde Bam）對紅毛城砲臺的描繪則是：

> 穿越紅毛砲臺之下，沿著在榕樹粗大的樹枝與樹根裡蜿蜒起伏的道路走下丘陵……有一片美麗的灌木林。各式各樣的樹枝成日被牽牛花之類的蔓藤植物纏繞，形成了一大片天幕般的巨大屋頂。而這些牽牛花淡淡的紫色花朵，又是如此耀眼。往下走去，只見不見天日之處物影幢幢——居然是滿地的洋尺類植物與白百合！另外有一面石頭堆積而成的城牆，到處都挖了槍眼。還有一門被人遺忘的陳舊大砲架在上頭，是荷蘭人殖民臺灣時代的遺物。（松風子譯）[45]

到了戰後，作家鍾肇政《八角塔下》雖是小說，但作者就學於淡江中學，小說場景相當寫實，說明了砲臺之建，是為了「監視出入的船隻」，又對古堡加以描繪：「這古堡呈圓形，中間圍著一塊直徑大概有五六十公尺的圓形空地，城牆約有十來公尺高，如今就祇只剩下那個崩毀了不少的的空殼子。牆上爬滿了爬牆藤，牆邊有幾棵參天古木，此外什麼也沒有了。唯一可辨認出來的是幾個砲座，還有就是牆上的豎立的紡錘形淺洞。也許那是放置砲彈的吧，不過我實在把不定，祇因那淺洞的形狀很像在書上圖片上看到的砲彈，所以這麼猜想的。」在悠悠敘述中隱見被遺忘廢棄的命運，但山水美景則仍是依舊不變的，「我們一行人爬到

---

44 鄭指薪：〈淡水雜詠（督舊炮臺）〉，頁2。
45 同注38，頁373、374。

城牆上。……站在那兒，河口一覽無遺，對面觀音山倒映水中，風景十分優美動人。」[46]

　　在這兒連帶一提，紅毛城附近的水雷營、老砲臺遺址。前述曾引池志徵所云「近又設水雷局」（文1891年撰），這在其前的清法之役滬尾血戰（1884年10月）發揮其功能。水雷局又稱水雷營，位於油車口，即淡水高爾夫球場西南方兩、三百公尺之丘陵麓，瀕臨淡水河口，三面以「城岸」圍繞，日治時期改為淡水街運動場。清法之役時，兵家咸以為淡水港失，則臺北不能保，因此劉銘傳全力防守淡水，為防止法軍遠東艦闖入淡水港口，填石塞港和佈設水雷於其最狹窄處淡水油車口與八里挖仔尾間之水域。此地可謂是古戰場，意義非凡。1935年時柯設偕於此舉辦了一場空前的「淡水鄉土史探討會」，他站在水雷營中央侃侃而談，感動了許多人，其中郭瓊久（號鷺仙）有詩一首特別致意，詩云：「草來開闢自紅彝，文獻無從說太初。來聽先生談往時，卻教勝讀十年書。」[47]（附圖參照此頁內文）

　　時序到了八〇年代，朱天心〈淡水最後列車〉小說中的老頭在關渡投河以後，敘述者「我」一段充滿歷史感的描述：

> 我就這樣在紅毛城過去不遠河海交接處的公路旁的石墩上面坐了一天，讓太陽痛曬一頓也罷，免得整個腦袋不肯歇息的想個不停，可是，處處是老頭說過的物事，身後的高爾夫球場老頭嚇唬過我，說那裡本來是墳山，還埋了不少中法戰爭時陣亡的劉銘傳（1836-1895）手下「河南勇」咧！右方不遠的油車口老砲臺遺

46　同注8，頁466。

47　周明德：〈柯設偕與淡水鄉土史〉，見氏著：《續・海天雜文》（臺北：臺北縣政府文化局，2004年），頁203、212。

址，老頭說年輕時常和妻子帶著剛學走路的施德輝去那裡散步，那時離我出生還早哩——」[48]

老人的死與他生前的懷念中，似乎都說明了老人在晚年的精神失常裡，淡水給他所帶來的溫馨感受，「我」所目視觸及到的的淡水——高爾夫球場、油車口老砲臺遺址，處處有老頭年輕時代的生活回憶，同時也是充滿歷史情境的場景，換句話說，淡水是老人的精神故鄉和最後的葬身之地。

尚有不少作品此處未及討論，如葉石濤〈福佑宮燒香記〉以清法戰爭為背景，淡水守備千金到福佑宮燒香，與法軍皮耶爾‧羅蒂邂逅。東方白《浪淘沙》小說，曾以淡水女學校為人物的主要場景。

（三）觀音山、大屯山的意象

談及淡水，當然不能忽略圍襯其旁的兩座山：大屯山和觀音山。山、河、海的交會形塑出淡水優美的景觀意象，觀音山因其特殊景致，成為淡水河口地景意象的主體[49]，在文學藝術上也是經常被描繪的對象，其林木蒼翠，風景壯麗，北望臺灣海峽，綠波粼粼，若遇風雲、怒濤洶湧，景觀壯麗非常，遠眺大屯河口，俯視淡水河的關渡大橋，自然景觀渾然天成，如置化外之境，歷來之騷人墨客，多有歌詠之作，清代文人稱觀音山之景為「坌嶺吐霧」。

略觀臺灣描山摹水的詩作中，寫山景多於河景，就《臺灣詩鈔》一書分析清代臺灣山水詩的山景與河景，其中詠山之作幾近詠河之作的兩

48　朱天心：〈淡水最後列車〉，《我記得……》（臺北：遠流出版社，1989年），頁39。

49　觀音山到戰後被民間做為殯葬佳處，佛寺聖地、墓葬區、風景區交雜，成為一種錯置的視瞻。

倍[50]。而遊記中更不乏以山為要角者，〈釋華佑遊記〉中的〈臺灣內山總序〉和圖十三幅，其中錄載臺灣的山景，[51]不僅是堪輿學之作；更是珍貴的地理史料。綜觀臺地詩人愛山之因，除單純欣賞自然外，亦參入政治因素，此乃肇因於臺灣山脈乃是自中國沿岸延續而來的說法，陳壽祺（1771-1834）的〈平定臺灣為郭參軍庭筠上嘉勇公福大將軍一百韻〉：「鷺島沉煙出，雞籠隔霧窺；三貂恢海甸，五虎拓坤維。」[52]即有「臺山之脈，自福州五虎門蜿蜒渡海而東」的觀念。直至日治時期，亦常隱含於詩作中藉以言正統：

> 東寧地脈發閩疆，磅礴渡海勢龍蔣。朔首雞籠隈，南盡馬磯磋。
> 逶迤起伏、轟軒特拔，不知橫互其幾千萬里；嗟餘搘頤挂笏，獨
> 偉大屯之巍。（下略）[53]

---

[50]　《臺灣詩鈔》主要選輯「諷詠臺灣或與臺灣相關的史事、地理、人文、俗
　　　尚等古今體詩」，其中描述渡海艱難或海景詩作頗多，本文以「淡水河」
　　　為論，不列入此類詩作。原《臺灣文獻叢刊》第 280 種，臺灣銀行經濟研
　　　究室及臺灣省文獻委員會皆有出版，另見吳幅員：《臺灣文獻叢刊提要·
　　　下》「第二八〇種臺灣詩鈔」（臺灣銀行經濟研究室發行，1977 年）。

[51]　根據連橫考證，釋華佑是普陀山僧，約於荷人入臺後來遊，遍歷全臺，其
　　　中山圖僅存十三幅，地名皆用番語且附有頗似繇辭的圖說，尤以「內山」
　　　一圖，南自琅嶠、北至雞籠，山川脈絡，記載尤詳。連橫：《臺灣詩薈雜
　　　文鈔》（臺北：臺灣銀行經濟研究室，1966 年），頁 26。

[52]　陳壽祺，字恭甫，號左海，清福建閩縣人。歷官翰林院編修，晚號隱屏山
　　　人。著《左海文集》、《絳跗草堂詩集》等書，有〈海外紀事詩〉八首及
　　　〈平定臺灣恭紀〉六首等。

[53]　〈大屯山歌·寄沈琛生〉，作者林景仁，字健人，號小眉，別署蟬窟，臺
　　　北板橋人。清末日據時人，久客廈門。嘗南遊印度諸邦，北歷大江南北。
　　　吳幅員：《臺灣詩鈔》（南投：臺灣省文獻委員會，1997 年），頁 268。

該詩並有自注，依據〈赤嵌筆談〉所云：「宋朱子登福州鼓山，占地脈曰：『龍渡滄海，五百年後，當有百萬人之郡。』今按宋至清初，年數適符。」又云：「福州五虎山入海，首皆東向，是氣脈渡海之驗。」[54]而福州五虎門東向至大屯山五虎崗，這種以山為血脈相連的觀念也影響文學創作，臺地詩人透過山表達響往中原「正統」之心，遊宦詩人則以遊山來抒發對故里的懷念。清領時期派遣至臺灣的官員多來自閩浙，因有俗諺「無福不成衙」臺灣諸山在當時觀念是延自於閩浙山脈，而會於雞籠山，故不論是漢學熏陶的本土文人，抑或遊宦官員，詩作中不乏吟哦山景藉以抒發遙念。

　　淡水河旁的觀音、大屯二山，除讓文人詠吟以抒故國之念外，兩山相抱的景致亦有「溫柔鄉」的隱喻，在林景仁（1893-1916）的〈東寧雜詠一百首〉中曾對大屯山、觀音山有如此描繪：

　　　　試看大遯抱觀音，終老溫柔共此心。莫便晏安笑公子，江山鴆毒我爭禁![55]

　　這首並非單純寫景之作，這環抱淡水河的兩座山在詩人眼中，常引為嘲諷流寓不歸者，故詩旁注曰：「閩、粵客籍，每贅於臺人養童媳之家，歸國十無一二焉。」除反映早期移民流連臺灣忘歸，在日本領臺之後，詩人更藉此感慨臺人不知喪國之痛。

　　由淡水河北岸遙望觀音山，山形如佛來趺坐，登頂西俯臺海，東望平原，河水遶繞縈回，如詩如畫。水氣自海上來遇山陟降，化為雲嵐，

54　吳幅員：《臺灣詩鈔》，頁268。

55　同前註，頁302。

有若飄綿滾絮，變幻無窮，蔚為奇觀，為淡水八景之一，在林逢源〈淡北八景・坌嶺吐霧〉一詩中便是呈現這樣的景致：

> 秋色蒼茫黯遠岑，亂山匼匝白雲深。雁傳寒信月千里，鴉咽啼聲霜半林。遠浦帆檣煙隱隱，下方鐘鼓夜沉沉。幽香聞道生空谷，欲譜猗蘭一曲琴。[56]

除了晴日雲霧之美外，觀音山的雨景、黃昏落日更是迷人。夕照時彩霞滿天，不論是山襯著餘暉，或是立於山頂觀賞海面的浮光躍金，或是歇宿山中欣賞月色等等，都給人絕佳的視覺享受。

四、批判與懷思：闖入的現代化與淡水詩文的地景

日本領臺後，淡水變化甚大。以下將敘述淡水水源地、海水浴場等地景及延伸的觀月會、龍舟競漕等活動，同時將場景延伸到現今的淡水。陳澄波〈美術季／作家訪問記（十）〉文中提到陳澄波每年慣例必到淡水，今年（1936）亦花數月時間在淡水作畫並且分析、研究淡水風景。陳澄波對淡水風景的描述是「多經歷風霜，充滿古淡味的建築物，特別在雨後或陰天的次日，空氣極潮濕的日子，屋宇及牆壁的顏色或樹木的青綠等，分外好看。」[57]頁165附有兩幅陳澄波畫作「淡水1935臺九西67無鑑查」、「曲徑1936臺十西7無鑑查」。（附圖參照內文頁265）

---

[56] 林逢源：〈淡北八景・坌嶺吐霧〉，收入連橫編：《臺灣詩乘》（南投：臺灣省文獻委員會，1992年），頁173。

[57] 顏娟英：《風景心境──臺灣近代美術文獻導讀（上）》（臺北：雄獅出版社，2001年），頁164。陳澄波：〈美術季／作家訪問記（十）〉，《臺灣新民報》，1936年10月19日。此文為臺灣新民報記者訪問陳澄波氏的文稿，內容多為陳澄波口述，故作者署名為陳澄波。

這兩幅畫都以淡水港為背景，呈現淡水的屋宇，尤其是比櫛而次的屋簷之美，但相隔一年的畫作，其相當大的差異處在於1935年的畫作，處處可見矗立的電線桿。1936年「曲徑」之作則全部隱去，畫面顯得更明朗舒坦。從1935年畫作來看，電線桿正是現代化的表徵，1936年的曲徑何以不見電線桿，是取材角度問題還是畫家有意避開現代化的入侵？還是為了美學的考量而移除了無所不在的電線桿？如果再考量「岡1936臺十西10無鑑查」此作及當時眾多淡水畫作，電線桿的存在與否與桿數的多寡，似乎是從畫面美學考量的結果，在「岡」這幅同是1936年的畫作，道路邊參差列了數根電線桿以點綴蜿蜒的田埂，使整個畫面動了起來。[58]

這幾件畫作，使我們想起三〇年代的淡水除了電線電燈的現代化照明設備，還有自來水、海水浴場等現代化設施，而這些與生活、休閒息息相關的物件，在文學作品究竟有多少的呈現？

（一）淡水水源地

日本初領臺灣，基隆尚未開港，淡水港人群、物資流通頻繁，但給水不足，為遏止熱帶傳染病，[59]注意用水衛生，日本統治階層乃積極覓

---

[58] 蕭瓊瑞在〈陳澄波作品中的空間表現及其相關問題〉一文云：「早期他喜好運用一些豎立的直線，如電線桿、欄杆、樹幹等，來造成一種結構性的空間秩序，如前提的〔嘉義街外（1927）〕……但在前期原已存在，後來更成為畫面重心的，則是陳氏在自述所謂的『一曲山路而遠而近，在畫面上構成一條弧度，不但襯托出景的距離感，也為畫面製造了流動的氣勢……』這種透過畫面形式安排，所隱含的視覺移動」。蕭瓊瑞：《島嶼色彩——臺灣美術史論》（臺北：東大圖書公司，1997年11月），頁349、350。

[59] 據聞當時臺灣流行被稱為「黑死病」的鼠疫，尤其淡水在1896年的冬天發生了嚴重的鼠疫，有一百廿七人因此死亡，為了防疫，更是積極想找尋潔

水源，建水道，滬尾水源地即是1896年淡水支廳長大久保利武特聘丹麥籍工程師韓生（E.Hanson）於大屯山麓勘設（雙峻頭水源地），請英國技師設計輸水鐵管，於1899年完成全臺最早的自來水設備，同時也是臺灣少數僅賴湧泉做淨水處理的自來水之一。1899年初建時，門眉刻石上書「滬尾水源」（大正年間加蓋石室，改題「淡水水源」），據聞儲水塘的涵洞，其流水清澈見底，清泉汩汩而出，淙淙水聲在涵洞裡迴響。

　　淡水水源地成為小說中人物的最佳休閒去處。謝春木〈她要往何處去〉小說，在「二、孤帆遠影」一節，敘述者我所見的水源地是兼有樹蔭與水之處，「好像乳房一般的相思樹並木，它那柔和優美的曲線，在行人來說是值得感謝的。綠色的稻田、農場，涼爽的瓜棚，蒼黑的山木松樹，山上的涼亭，這些都是在水源地逍遙過的人永難忘懷的。繞道後面，便有清澈的河流，也有沙洲、帆影，一朵濃綠的蟾蜍山，好像就要縱躍起來似的。……繞道輸水室背後一看，在一棵相思樹下，正有一對青年男女在喁喁情話。」[60]從相思樹、沙洲、帆影、水源地等休閒風景之描繪，襯托出主人翁為現代青年男女，同時為情感所困出來散心。水源地在詩文裡時常可見，除了許五頂〈登滬尾水源地〉：「萬水千山照眼明，百川風湧起秋聲。無端忽上高原望，觸起家山萬里情」[61]。思想起鹿港家鄉外，彰化籍的賴和似乎亦常到水源地散心，賴和就讀臺北總督府醫學校，到滬尾水源地極有可能（因詩題及內容無法確認是滬尾一地），這方面詩作極多，如《賴和全集·漢詩卷》載〈水源地一品會（中

淨的水源。日本軍醫曾經化驗淡水泉質讚譽有加，因此日人稱為東亞第一泉，泉質甘美。

60　謝春木：〈她要往何處去〉，收入鍾肇政、葉石濤主編：《光復前臺灣文學全集》（臺北：遠景出版社，1979年7月），頁8。此處言「蟾蜍山」，與淡水民間傳說學府路鄞山寺的「蟾蜍穴」有關。

61　許五頂：《續鳴劍齋遺草》（高雄：大友出版社，1960年9月），頁62。

秋夜）〉：「意外同心格別多，歡來（改：眼前）世事任如何。水源地
僻無絲竹，合唱臺灣議會歌。」[62]同書復有〈水源地偶成〉（頁44）、
〈重遊水源地〉（頁123）、〈水源地〉（頁27、151、165）、〈同錫
烈阿本二君遊水源地路中〉（頁286）。此外，其水質清洌，連橫曾特
地遠赴淡水河源頭取飲泉水，沖泡一壺好茶，另有詩稱「淡水水源地是
世界第三泉」。好山好水的共襄盛舉，詩人寫得暢快而稱意，淡水清泉
可灌溉可賞景，詩人眼觀淡水，沉浸空明幽靜的山水中，最後期勉自己
如泉水不受污濁。夏天蒞臨水源地，冷然水聲足使憂慮愁緒滌盡化去，
洪逸雅〈夏初同游淡水水源地即景〉亦有此感受：「一林疏雨鳥聲幽，
聯袂登臨鎮日游。流水層岡雲霧外，風光四月淡於秋。極目婆娑萬里流，
海天風景望中收。漫山綠樹一泉水。滌盡胸懷無限愁。」[63]

（二）海水浴場

　　日治時期臺灣民眾之休閒生活，特別因殖民政府的現代思維，或提
倡體育、生活休閒、體魄鍛鍊等需求，而設立海水浴場、登山路線，利
用鐵公路運輸發展休閒觀光活動。依據陳柔縉所言，1796年英國開始有
海水浴場，到十九世紀歐陸逐漸風行到海水浴場舒展身心，當時醫學觀
念也強調海水浴場有保健作用。臺灣社會則到日本統領臺灣後，社會的

62　賴和著，林瑞明編：《賴和全集‧漢詩卷下》（臺北：前衛出版社，2000
　　年6月），頁462。

63　洪逸雅：〈夏初同游淡水水源地即景〉，《臺灣日日新報》第6489號，1918
　　年7月16日。洪逸雅（以南）移居淡水，詩友賀喬遷之詩不少（即達觀樓），
　　如顏雲年〈和逸雅社兄喬遷淡水瑤韻〉：「地極三層（君所居地，名曰三
　　層厝）高位置，一層更上已無人。」亦可見淡水地勢。自注所云，即三層
　　厝街28番地，今三民街，中正路老街山坡上，因為紅磚外貌，故又稱「紅
　　樓」。西側一棟磚瓦兩層樓房為日本畫家木下靜涯所居。

休閒內容滲入現代化，跑往到海邊。[64]在殖民政府引進的休閒活動中，海水浴場之設，可能是改變臺灣人觀念、習慣最多的。臺人自小即被告誡不可到海邊溪流戲水，尤其炎熱夏季正值農曆七月，必須特別提防被水鬼捉將去。有關「海水浴場」的興起及淡水海域的盛況，1907年後《漢文臺灣日日新報》有所報導，時當八月苦熱之際，溽暑偪人，因此赴海浴以作半日清游，最好不過。其前往路線及風景對讀者作了詳盡交代，並叮嚀其日光焦熱可畏，欲往游者需準備土人製之竹笠及草履等，此文以土人稱呼臺灣人，自然是日本人士所寫，也帶有提倡的意味。淡水海水浴場除可戲水去熱，亦可觀月、舉辦運動會，周邊亦有之宿屋飲食料可供休憩，吸引更多遊客，風趣自然不減於園遊會，又可賞心悅目觀景，放鬆心情，因此吸引不少人潮。

　　因臺灣四面環海，日人又特意提倡，因此在1930年以前，已有不少海水浴場，林獻堂1931年日記載有陳炘「欲招諸親友於大安海水浴場」、施梅樵〈鄉友招遊海水浴場即景〉、鄭家珍〈丁卯（1927）八月五日同曾許二生遊山腳海水浴場順途至秋濤家小憩〉：「浪靜波平水氣涼，泳游競脫穢衣裳」，都可以體會盛夏消暑的娛樂休閒方式，已漸被臺人所接受。詩社中人且以此活動作詩聯吟。高文淵、謝尊五、葉蘊藍、林子惠、林子楨、許劍亭、施瘦鶴、卓夢菴、鄭水龍諸氏皆有詩記之。[65]或者競爭泳技，或者消閒忘機，也可看到「二八佳人共學泅」、「波平泳客爭飛汆。水淺佳人笑學泅」的畫面[66]，可見社會風氣漸開放，男女共

64　陳柔縉：〈摩登新世紀：日本領臺後·臺灣的西方文明體驗〉，《經典雜誌》93 期，（2006 年 4 月），頁 61。

65　見《詩報》208 期（1939 年 09 月 01 日），頁 16。

66　蔡景福寫「沙平水闊好波場，操泳多誇擅技長。破解女權新腦覺，玉膚猶欲效潛揚」。蔡景福：〈基隆水泳場〉，《詩報》48 期（1932 年 12 月 01 日），頁 14。

赴海水浴場的情形已不希罕。另詩中亦見以熱血兒、健兒稱代青少年，如「潔身我願除塵垢，熱血兒皆學泳游」，又如吳景箕〈海水浴場作〉詩：「涼風萬斛湧天池，銷暑灣頭喧健兒」、「風微海晏夏日遲，男女聯肩戲芷湄」。不知不覺中流露出當局（校方）鼓勵學生假日多到海裡去鍛鍊身體，以成為一個強壯的皇國民，鍾肇政《八角塔下》即說明了當時學校此一措施的用意。這是戰爭期1940年代的淡水海浴，時間回到其二十幾年的年代，在剛完成不久時，報上廣為宣傳，尤其強調交通之方便及具娛樂。戰後，此著名之淡水海浴曾關閉多年，淡水鎮即顯蕭條，居民生活因之困難，地方人士遂陳情盼開放，「認為此優良浴場禁用，不獨使一個優良的運動場所棄置可惜，尤影響當地地方繁榮。」[67]不久後再度開放，吸引了大批海灘人潮，而女性到海水浴場嬉遊，已相當普遍。到了呂佛庭〈淡水半日遊〉：「時有男女青年數百人，方裸體就浴。或攜手攀肩，或浮水眠沙，嬉笑叫囂，喧闐不已」，則社會風氣更為開放了，儼然是「一活潑自由之世界」。

（三）觀月會、龍舟競渡

沙崙「淡水海水浴場」位於淡水河口右方海岸，背眺大屯山，可遙望觀音山。因是白色沙灘，加上水質清澈、風景秀麗，成為淡水名勝景點，亦是畫家寫生圖畫的對象，陳澄波除了嘉義、淡水取景外，「淡水達觀樓」、「淡水海水浴場」都是他曾進行的題材。[68]事實上，也因其

---

[67] 不著撰者：〈淡水海浴場地方盼開放〉，《中央日報》第 5 版，1956 年 5 月 18 日。

[68] 不著撰者：〈藝術地表現阿里山的神秘〉一文介紹陳澄波有未完成的「淡水達觀樓」、「淡水海水浴場」（臺灣新民報，1935 年秋，轉引自《臺灣美術全集第一卷陳澄波》（臺北：藝術家出版社，1992 年 2 月），頁 46。

勝景，海水浴場並有「觀月場」，「觀月場周圍，則列炬燃燈，以便行動，置椅設蓆，以便憩坐」「良宵將半，皓月當空，上下四顧，海天一色，尤飄飄浩浩，幾疑此身已遺世獨立，如羽化登仙者矣。」[69]這類雜文報導頗多，如〈淡水觀月會〉[70]、〈淡水觀月〉[71]。如果回溯日本統治者及漢文人對節慶的參與認知，則其提倡似乎有著借臺灣民間既有的中秋觀月舊俗，以現代化為幌子，用茶話會、觀月會、電影會等活動取代之意味。在明治期間時見推廣觀月會，視為德育的一部份，如水哉園十分重視學生對節慶典禮的參與，塾生每月大約需參加一兩次餞春詩會、觀月會、七夕祭星會等活動。[72]可見觀月會不限於中秋佳節，日人對此相當重視，亦以之作為籠絡同化之思，並得以把握民心。因此在領臺初期，1896年9月13日《臺灣新報》即有「官紳同宴」的消息，民政局長水野遵與土居香國、陳洛、李秉鈞、劉廷玉、黃茂清等人夜宴歡吟，其樂融融。[73]接著9月22日水野遵又與官紳多人共開觀月之宴於艋舺街龍山寺，是日「置酒高談，探籌清唱，興正酣而月漸明，到夜半而散，真個清世之雅會也。」[74]「此次吟會規模更勝從前，共有官紳三十六人參加，而日方代表如水野遵、金子芥舟、土居香國、加藤重任、七里恭三郎、黑江蛟等皆吟詩助興，當日杉村浚則因口不能一辭而引以為憾，寫下《觀月雅會序》以自遣。[75]當然，一個活動的推廣，在殖民者、被

---

[69]　不著撰者：《漢文臺灣日日新報》第 2818 號第 5 版，1907 年 9 月 22 日。

[70]　不著撰者：《漢文臺灣日日新報》第 2796 號第 5 版，1907 年 08 月 28 日。

[71]　不著撰者：《漢文臺灣日日新報》第 3011 號第 5 版，1908 年 09 月 11 日。

[72]　劉岳兵主編：《明治儒學與近代日本》（上海：上海古籍出版社，2005 年 4 月），頁 195。

[73]　不著撰者：《臺灣新報》第 19 號，明治 29 年（1896）9 月 13 日。

[74]　不著撰者：《臺灣新報》第 24 號，明治 29 年（1896）9 月 23 日。

[75]　不著撰者：《臺灣新報》第 26 號，明治 29 年（1896）9 月 27 日。

殖民者不同的立場、視角，可能各取所需，陽奉陰違。當時臺灣新知識
分子即曾以之巧妙成立讀書會，互通信息。據聞1923年翁澤生與蔣渭水
在中秋節晚，「臺北青年讀書會」以「觀月會」形式巧妙成立。皓潔的
月光灑在淡水河上，一艘遊艇載著讀書會骨幹成員三十多人，游弋在粼
粼閃爍的水面。[76]臺灣詩文中復可見到吳子瑜辦過多次觀月會，留下一
些詩作。但像在淡水及淡水海浴舉辦觀月會的場面，仍是淡水文學中值
得書寫的議題。

　　借臺灣民間既有之習俗予以偷天換日，轉換為殖民者想要的國民改
造，這一類作為相當多，端午競艇亦是。本來有關龍舟競渡的淵源說法，
自然與先民的龍圖騰崇拜、驅旱求雨、祓邪厭勝等巫術儀式有關，[77]之
後又演變成端午弔屈原，龍舟競渡等活動。

　　錢琦〈臺灣竹枝詞〉、胡承珙〈午日〉、陳朝龍〈竹塹竹枝詞〉皆
可想像鬥龍舟活動引發圍觀喧騰的熱鬧情景。據廖藤葉的研究，清領時
間有關臺灣端午主題的書寫以采風為主，屈原只是節慶中的小陪襯，至
日治時期，詩人才自覺強化屈原主題，到了1949年兩岸分治，臺灣的端
午節加祀鄭成功，與屈原相提並論，國仇滅匪成為端午節節慶采風外的
唯一主題[78]。這是從時代背景及詩作題材，得出不同時期的主題變化。

76　何池：《翁澤生傳》（福州：海風出版社，2004 年 8 月），頁 29。另參見
　　黃文雄：〈臺北青年會・讀書會・體育會〉，《臺北文物》第 3 卷第 2 期
　　（1954 年 8 月），頁 137。
77　另有傳說競渡起於越王句踐欲滅吳復仇，日夜操練水兵，戰鼓陣陣，舟艇
　　齊飛，為免吳王夫差起疑，以貌似嬉戲娛樂方式訓練水師。
78　廖藤葉：〈由屈原到鄭成功──臺灣端午古典詩的主題演變〉，《歷史月
　　刊》233 期（2007 年 6 月），頁 44-49。另，可參閱聞一多〈端午考〉、中村
　　哲〈競渡考〉。

　　除了屈原的主題外，與之相關的鬥龍舟活動，亦同樣有各期的差異性，清領時期臺灣競渡多為杉板船（如前述錢琦詩），奪標物為紅布、錦標，日治時期則有龍頭，船體繪以龍紋（明代中土即有，但臺灣文獻未見），奪標物使用旗子。稱呼亦由「扒龍船」取代「鬥龍舟」，[79]舉辦時間也會在非端午時節。這情形與觀月會一樣，未必在中秋節才舉辦觀月會。統治者在不同時期（明治、大正、昭和）賦予端（短）艇競渡不同的功能面。黃麗雲認為明治期仍保持舊曆端午節慶，但內容擴大、豪華化；大正時期強調宗教經濟面，及表演取樂之性質，時間多在端節以外；昭和時期漸被利用為展覽會競渡時的餘興活動。[80]當然明治時期即開始有非端節時日舉行的「端（短）艇競漕大會」，於春秋兩季舉行。黃麗雲謂此舉「是為利用政權控制地域生活共同體的親睦秩序，及促進地域經濟之活絡化。……也為發揮海國男子本色。」[81]

　　日人過新曆，臺人過舊曆，倪炳煌對新舊端午各有詩以區別，〈新曆端午〉自然是描寫日本人，臺人過的端午則是：「不隨插艾與懸蒲，獨醉雄黃酒一壺。競渡龍舟金鼓振，驚回蟻夢日將晡。」「水邊爭弔大夫魂，楚俗也教瀛海存。欲效薦牲致誠意，汨羅深恨不通源。」（〈舊曆端午〉）[82]當時《臺灣日日新報》刊載或報導淡水河龍舟競渡詩作及消息不少，林天進〈淡水河龍舟競渡〉，敘述了看熱鬧的群眾人山人海。〈淡水競漕會〉則謂：「基隆重砲兵隊。為軍隊演習。將寄泊于淡水舊

79　雖然「鬥龍舟」在漢詩裡仍時見，但民間一般以「扒龍船」稱呼。文字書寫上，日人偏用「競漕大會」、「短艇競漕」，臺人喜用「鬥龍舟」、「龍舟競渡」。

80　黃麗雲：〈日治時期研究資料中的扒龍船〉，《臺灣史料研究》35 號（2010年 6 月），頁 116。

81　同前註，頁 113。

82　以上四首倪炳煌，見《臺灣日日新報》第 3345 號第 1 版，1909 年 6 月 25 日。

砲臺。是日亦必來參觀。河岸一帶。定雲屯蟻集。又港內小汽船。是日滿船裝飾揭國旗。與應援船等巡遊江心。笛聲櫓聲援聲。嘈雜相和。其偉觀必無待言。況今秋稻江體育俱樂部競漕大會。已展期於明年。屆期人士之趨赴于此者。必異常輻輳。現競漕各團體。熱心操練。以為是日奪錦之準備者極情興勃勃云。」[83]除了龍舟，其旁尚有應援船，笛聲櫓聲援聲，嘈雜相和，且提及稻江體育俱樂部競漕大會，宜有藉此強調體育，鍛鍊體魄之用意。合觀〈稻江競渡〉一文：「稻江於兩三日間。在淡水河。爭鬥龍舟。此為端陽故實。毋乃明日黃花。雖然中流擊楫。奮勇爭先。錦標競奪。彼此一心。皆欲直達目的而後已。頗具忍耐力。大有合於文明之好運動會。」[84]則鬥龍舟實有提倡體育運動之意味。宏鈞在〈日本學生的體育生活〉[85]一文提到，因1927年8月底在上海舉行的第八次遠東運動大會由日本奪得第一名，有所感而寫下此文，告訴讀者日本優勝成績非偶然，而是平時辛勤的練習，日本學生平時體育活動、團體組織不少，其中「漕艇（即賽船）協會」即是競技團體之組織。在臺之競漕會當然也與訓練體力，強壯體魄、凝聚團結有關連。

　　此外，〈稻江競渡〉提到「一時聞風來觀者。岸上一帶。積如疊墙。更有騷士風流。邀朋呼友。花叢姊妹。曳綠拖紅。別駕小舟。撐入中流。猶堪游目騁懷。致足樂也。」[86]詩人沈相其〈鬥龍舟〉則觀察到「浪花

---

[83]　不著撰者：《漢文臺灣日日新報》第4077號，1911年09月30日。標點弧號依原刊。

[84]　不著撰者：《臺灣日日新報》第2049號第5版，1905年7月2日。標點弧號依原刊。

[85]　宏鈞：〈日本學生的體育生活〉，《學生雜誌》第14卷第12號（1927年12月），頁75。

[86]　不著撰者：《臺灣日日新報》第2049號第5版，1905年7月2日。

似雪驚飛槳，士女如雲笑拍肩。」[87]從圍觀之群眾，男男女女，老老少少，如牆如雲的盛況及活動當下各種聲音觀之，正呈現街市城鎮的生活經驗，觀月會、競漕會營造了城市與居民的關係，積極參與活動，娛樂自己也展示自己，透過文學展示了集體的聲音、集體的活動。在殖民統治下，日人將臺人原有的傳統節日及其負載的文化傳統賦予裂變、置換，以獲致其政治目的。林曉漁〈端陽競渡〉：「畫舫聲揭破浪風，端陽競渡古今同。忠魂憑吊今何在，惟見舟人拔幟雄。」[88]正說明了「端陽競渡」是今昔都相同的活動，但日本統治時，憑弔屈原的意識是不被喚起提倡的，競渡的本身就只是為了拔得旗幟稱雄。

（四）慾望之河

對當代作家來說，童年時期的城鎮早已經不復早年商阜的風光，他們只能從城鎮的別名「滬尾」去捕捉當年河岸繁華風情。童年故鄉種種記憶不再，人到晚年，所有有關故鄉「淡水」的記憶盤結，遂形成永恆的意象。然而都市翻新的腳步卻不因思古幽情而暫緩，鋼骨水泥的巨廈不斷竄起，高樓阻擋了淡水夕照，房地產的大量開發、捷運通車，帶來了洶湧的人潮、無限的商機，也伴隨了垃圾、空氣、水、噪音污染，昔日的淡水正逐漸消隕。從上世紀七十年代以來，頗多作品流露著細密綿長的神傷，對環境污染的憂思抗辯。

---

[87]　沈相其：《臺灣日日新報》第 1847 號第 1 版，1904 年 6 月 29 日。各地觀龍舟競渡，時見歌妓及婦女出遊，「四方來觀者，衣香扇影，轂擊肩摩」，《臺灣日日新報》第 342 號第 4 版，1899 年 6 月 24 日。

[88]　林曉漁：〈端陽競渡〉，《臺灣日日新報》第 5734 號第 6 版，1916 年 6 月 14 日。

王昶雄〈嘶啞的淡水河〉、麥穗〈淡水河〉等詩作對日益遭受污染的淡水河充滿憂心憤慨，黃凡〈新年快樂〉：

> 　　接近新年的一天晚上，電視上出現一條綠色發亮流動著的液態水時，我十二歲的大女兒叫了起來。
>
> 　　「爸！那是什麼東西？」
>
> 　　「一條河流。」我漫不經心地答道。
>
> 　　「什麼？」這可糟了，我應該告訴她一個數字符號什麼的，省得麻煩。
>
> 　　「很久很久以前，」我溫柔地說，「我們住的地方被一條『液態水』，人們稱為『河流』所包圍，他們甚至給它取了一個很好聽的名字『淡水河』，一些附近的居民慣於滑著船，一邊垂釣，河裡盛產很多魚類。」
>
> 　　「船我知道，」她拿了一個墊子放到背後，這個動作給了我很大威脅。
>
> 　　「但，魚是什麼東西？」[89]

　　黃凡誇張的描寫，正是對現代文明發展的未來預言，從這裡也點出城市發展遠離了河水、自然，人們最後又再度以科技企圖恢復自然原貌，而下一代依舊是不解不識。龍應臺《野火集》中的〈焦急〉寫到淡水河的嚴重污染「像骯髒的章魚，張牙舞爪的延伸」、「花枝招展的墓園像癬一樣」。取代七〇年代以前淡水的，並非美麗新世界。小說〈悲傷〉裡一場惡鄰策劃的鋸掉臺灣連翹的鬧劇，便有了更大的象徵意義：為了現實中的微小利益，居然毫無猶豫地鋸掉了象徵著臺灣的連翹：

---

[89]　黃凡：《東區連環泡》（臺北：希代出版社，1989 年），頁 175。

「我午睡在鋸齒吱怪中驚醒，或出外散步回來，見我終年心所寄的連翹被鋸成禿頭，而那些老中青傻笑的瞟著我瞬息萬變的面肉皮。」

「——哼鋸你孤單一人的連翹又怎樣？」可是這不只是「我的連翹」呀，人家不都說這是「屬於我們的臺灣連翹」啊！我呆楞著看那熬過夏熱終於長成肥大隻的紫色連翹一隻隻萎在泥地上，我痛切感到這個屬於臺灣連翹的民族能有久長希望嗎？[90]

最後的感慨已經超越了舞鶴一貫的嘻皮人生的態度，成為一種啟蒙式的憤怒。這並非是舞鶴的長處，但這種出自本能的憤怒我們自可以理解敘事人隱居淡水的生活態度和對臺灣的真正感情：守護臺灣連翹才是他的目的所在和操守所寄。然而當他以生命守護的連翹被臺灣人野蠻鋸掉，才發生了他的精神崩潰被送進精神病療養院。

朱天心在《古都》裡曾經懊喪寫道「從福佑宮旁的巷子上去，至重建街左轉，穿過人家前庭，來到山腰小徑，你見紅樓在你腳下，但實堵堵個灰牆把你又阻斷。」日後這些作品的憂鬱意識、哀悼之情，仍然是貫串其間的，一個不時引起傷痛、激起想像和回憶的現代古城，書中主人公「你」，一位抑鬱的中年女性，面臨二十年間不停的擴建拆遷，改變她所熟悉的一切，使她覺得一如流離失所的外鄉人，也使她不得不去追撫燦爛的青少年往事。當古都中主人公迷失在淡水河畔，驚恐之中不由放聲大哭之際，恰恰宣告了當代文明、城鎮生活的貧乏與庸俗，猥瑣與荒蕪。朱天心、舞鶴等作家都以外人的身份來追悼這漸失去歷史記憶的城鎮，以傷逝情懷來對現代社會重新觀照、重新挖掘。

---

[90]　舞鶴：〈悲傷〉，頁 40-41。

五、餘話

　　1629年，荷蘭人為了驅逐佔領淡水的西班牙人，派人偵察淡水附近水域，並繪製出最早的地圖，圖上清楚標示了淡水河河口的聖多明哥城，因繪製者無法深入內地勘查，淡水河附近的村落、山形、河道相當簡省。1654年已佔有淡水的荷蘭人，畫出了較詳細的淡水圖，淡水河流域的港灣形勢、山川林木和聚落分佈，甚至實地測量河道深度，清晰描繪村落對岸的觀音山，完整呈現淡水的地理圖像。往後清廷歷次修纂的府志、縣志、廳志，亦皆繪有淡水形勢圖。這些圖繪淡水之目的仍旨在呈現地形方位，以為軍事、行政用途，並不以山形水勢的風景意象為主。直至康熙六十一年（1722），巡臺御史黃叔璥奉呈御覽的「臺灣番社圖」始見圖文相參的生動表現；同治十年（1871）的《淡水廳志》，卷首所附之「淡水八圖」，其中「滬口飛輪」則首次賦予淡水較具體的風光意象。至於近代認知中的淡水美景，其明確的建立與形塑，則宜追溯至日治時期。[91] 淡水圖像的呈現與詩文中淡水的書寫大抵符合。確實，在近代文明來臨之前，淡水河已是時間之化身（江河早已是文學中最典型的時間象徵），見證著四百年的臺灣歷史，諸如西荷、鄭氏、清朝日本、國民政府輪替統治、英國人租借及帆檣雲集、河口淤積、二二八事件、河水污染等等，很少有一個地方歷經各階段歷史記憶痕跡的聚落。而這

---

[91]　參見蕭瓊瑞：〈人文與自然之交映——美術家眼中的淡水風情〉，收入周宗賢編：《淡水學學術研討會：過去、現在、未來論文集》（臺北：國史館，1999年4月），頁220-212。另可參夏黎明總論，王存立、胡文青編著：《臺灣的古地圖明清時期》（臺北：遠足文化出版，2002年10月），頁55。李欽賢：《臺灣的古地圖日治時期》（臺北：遠足文化出版，2002年11月），頁89。

些文化風情和歷史遺跡在時間與空間的交互影響，歷史與文學的實像及想像，地形與天候的關係，文學中的淡水地景正展現了這座城市興衰容顏的一種特殊的存在姿態。淡水的地理形勢呈現了街市狹窄，街鎮聚落沿著河岸與山腳之間發展的特色，淡水所呈現的地景自然是歷史與地理兩個向度結合下所產生，成為其城鎮特殊風貌的基本架構，街道系統疊落於山水架構上，為數眾多的歷史古蹟與古老建築，佔據了淡水空間經驗印象中絕大部分，而其濕冷多雨的氣候因素、豐富的歷史人文活動或者建築及風俗民情上感知及經驗，都提供了吾人想像不同年代中淡水文學地景的變與不變。

　　同樣的地景必然因視角與態度的不同而有差異，西、荷、滿清、日本對淡水的印象描寫，隨著時間的延續與歷史的變遷，而有不同的認知概念。1628年時耶穌會神父報告書裡提到淡水是：「一個非常美麗的地方，居民稠密……稻穀盈倉，如此豐饒之地」[92]。但郁永河初抵淡水時，此地如鬼域般。此後自然、人文景觀描寫兼具，日治下的詩文地景則因淡水港的淤塞沒落而有不同的書寫，洪棄生及臺籍詩人對此通福州、廈門航路的衰微，及殘存的砲臺等古蹟有著滄桑之感，日本人對此地的紅磚瓦、相思樹林，尤其從淡水港看著大屯山的後山，朝霞暮靄之色紫，不禁以從京都的一角望向比叡山的樣子比擬其美麗之姿。[93]三〇年代的

---

[92] Jose Eugenio Borao Mateo, *Spaniards in Taiwan: Documents*（Taipei: SMC Publishing, 2001），p.131, 132。

[93] 石川欽一郎：〈水彩畫與臺灣風光〉，《臺灣日日新報》日刊第4版，1908年1月23日。丸山晚霞言：「我曾說過臺南的景色有史景的趣味，然而我現在覺得淡水比臺南更有味道。在淡水，帶有古銹色瓦的房子沿著山丘排列，還有些古老建築有如地中海沿岸的景色。從船上看到古瓦的屋頂突出於高高的山崗上，可以入畫。……穿過相思樹林間可以看到掛著綠色或紅色旗子的戎克船，或外國人的古西洋館。」丸山晚霞：〈我所見過的臺灣

臺日籍藝術家多以讚嘆眼光看淡水，到了四〇年代，充滿戰爭氛圍的淡水，成了臺日籍作家抵抗或擁護皇民化的角逐地。淡水在日本統治下引進現代化，但也巧妙將臺灣傳統習俗慶典置換為其政治需求。在空間、建築對比中看到不同的歷史與文化記憶，當淡水藉由殖民經驗而進入了「現代」，它將失去什麼傳統？在文學作品、建築與都市空間中，背後的歷史痕跡以及被建構的文化觀點又是如何？二戰結束後，淡水被建構成如來臺後移居於此地的王文漪所描繪的寧靜而純樸（1951年的淡水小鎮風情），但很快的，過度的工商業發展，使淡水早已淹沒在層層相疊的高樓瓊宇之間。雲朵變成河邊垃圾，波浪成了櫛比鱗次的高樓，天籟成了刺耳的噪音，星辰化為空氣中浮塵，不再是美麗新世界，而是世紀末的向下沉淪。舞鶴、朱天心筆下的淡水，是追悼一個美好「田園」的傷逝之作，是一座魔幻又寫實，似看得見又看不見的城鎮。在日漸繁華富足的背後，傳統家庭結構、人文氣息在資本經濟掛帥主義的衝擊下宣告崩潰，淡水成為居民游離失所的迷園。當鐵公路及空中運輸興起後，港口就不會是商旅出入的門戶，亦非人們生活的主要空間，在現代，「海港」的地位已被「空港」（及道路）所取代，從臺北市重心向東移動，即可明白淡水河對臺北城市功能的重要性不斷降低，許多舊港也愈離海岸線，港邊惜別的淒淒及不捨情懷不再，取得代之的是對舊港本身的懷舊之情。這讓老街市發展有了新契機，歷史古蹟、舊有街道的風情成了觀光資源，今日淡水正沿著時光的鐵軌，駛過現代化的小鎮，而後進入深邃而幽黑的遙遠的過去，復又努力掙脫自閉的長夜，遙望夐闊的晴空。

風景〉，《臺灣時報》1931 年 8 月 9 日。顏娟英：《風景心境──臺灣近代美術文獻導讀（上）》（臺北：雄獅圖書股份有限公司，2001 年 3 月），頁 92。

附圖

圖一：柯設偕在淡水水雷營主講淡水鄉土史。
左右兩邊的長土堆即是滬尾血戰的部分遺跡「城岸」。

資料來源：周明德《續‧海天雜文》，臺北縣政府文化局，2004 年。

圖二：陳澄波〈曲徑 1936 臺十西 7 無鑑查〉

圖三：陳澄波〈淡水 1935 臺九西 67 無鑑查〉

參考文獻

丸山晚霞：〈我所見過的臺灣風景〉，《臺灣時報》1931 年 8 月 9 日，頁 32-42。

不著撰者：〈淡水海浴場地方盼開放〉，《中央日報》第 5 版，1956 年 5 月 18 日。

不著撰者：〈藝術地表現阿里山的神秘〉，轉引自《臺灣美術全集第一卷陳澄波》，臺北：藝術家出版社，1992 年 2 月。

不著撰者：〈淡水觀月〉，《漢文臺灣日日新報》第 3011 號第 5 版，1908 年 09 月 11 日。

不著撰者：〈淡水觀月會〉，《漢文臺灣日日新報》第 2796 號第 5 版，1907 年 08 月 28 日。

不著撰者：〈淡水競漕會〉，《漢文臺灣日日新報》第 4077 號，1911 年 09 月 30 日。

不著撰者：〈奪標為戲〉，《臺灣日日新報》第 342 號第 4 版，1899 年 6 月 24 日。

不著撰者：〈稻江競渡〉，《臺灣日日新報》第 2049 號第 5 版，1905 年 7 月 2 日。

不著撰者：《臺灣新報》第 19 號，明治 29 年（1896）9 月 13 日。

不著撰者：《臺灣新報》第 24 號，明治 29 年（1896）9 月 23 日。

不著撰者：《臺灣新報》第 26 號，明治 29 年（1896）9 月 27 日。

中村孝至（NAKAMURA, Takashi）主講，曹永和譯：〈十七世紀中葉的淡水、基隆、臺北〉，《臺灣風物》41 卷 3 期，1991 年 9 月，頁 118-132。

方豪：〈介紹一本未為人知的清季臺灣遊記〉，《方豪六十自定稿》，臺北：學生書局，1969 年。

王文進：《豐田筆記》，臺北：九歌出版社，2000 年 7 月。

王國璠主編：《吳子光全集‧一肚皮集》，臺北：臺灣史蹟源流會，1979 年。

冉福立（Zandvliet, Kees）著，江樹生譯：《十七世紀荷蘭人繪製的臺灣老地圖》，臺北：漢聲雜誌社，1997 年。

白尚德：《十九世紀歐洲人在臺灣》，臺北：南天出版社，1999 年。

石川欽一郎：〈初冬漫步〉，《臺灣時報》1926 年 12 月，頁 87-92。

石川欽一郎：〈水彩畫與臺灣風光〉，《臺灣日日新報》第 2917 號第 4 版，1908 年 1 月 23 日。

朱天心：〈淡水最後列車〉，《我記得……》，臺北：遠流出版社，1989 年。

朱珮萱：《變動中地景的現象觀察、紀錄與設計操作：淡水的影像地誌探討》，臺北：淡江大學建築學系碩士論文，2005 年 6 月。

池志徵：〈全臺遊記〉，《臺灣遊記》，臺灣文獻叢刊第 89 種，臺北：臺灣銀行經濟研究室，1960 年。

佐倉孫三：《臺風雜記》，收入《臺游日記　臺灣游記　臺灣游行記　臺風雜記　合訂本》，臺灣文獻叢刊第 9 輯，臺北：大通書局，1987 年 10 月。

佐倉孫三：〈臺灣古風誌異耶穌教與愛國志士〉，《聯合報》第 7 版（萬象），
　　1962 年 12 月 20 日。

何池：《翁澤生傳》，福州：海風出版社，2004 年 8 月。

吳幅員：《臺灣文獻叢刊提要・下》「第二八〇種臺灣詩鈔」。臺灣銀行經濟
　　研究室發行，1977 年。

吳幅員：《臺灣詩鈔》，南投：臺灣省文獻委員會，1997 年。

宏鈞：〈日本學生的體育生活〉，《學生雜誌》第 14 卷第 12 號（1927 年 12），
　　頁 75-80。

尾崎秀真：〈淡水紅毛城懷古〉，《臺灣時報》156 期，1932 年 11 月 1 日，
　　頁 156。

李利國：〈歷史的悲憤──序紅毛城遺事〉，《紅毛城遺事》，臺北：長河出
　　版社，1977 年 9 月。

李欽賢：《臺灣的古地圖・日治時期》，臺北：遠足文化出版，2002 年 11 月。

李魁賢：〈淡水的詩景〉，《詩的見證》，臺北：臺北縣立文化中心，1994 年。

沈相其：〈鬥龍舟〉，《臺灣日日新報》第 1847 號第 1 版，1904 年 6 月 29 日。

沈雲龍主編：《近代中國史料叢刊續編第 10 輯：劍花室詩集》，臺北：文海
　　出版社，1974 年。

阮蔡文：〈淡水〉，見周鍾瑄著：《諸羅縣誌》，北京：中華書局，1962 年
　　11 月。

周明德：〈柯設偕與淡水鄉土史〉，《續・海天雜文》，臺北：臺北縣政府文
　　化局，2004 年。

林紓著，林薇選編：《畏廬小品》，北京：北京出版社，1998 年 2 月。

林逢源：〈淡北八景・坌嶺吐霧〉，收入連橫編：《臺灣詩乘》，南投：臺灣
　　省文獻委員會，1992 年。

林昌華：〈馬偕牧師與淡水──書信與日記的考察〉，《淡水學術研討會──
　　過去・現在・未來》論文集，1998 年 12 月 12、13 日。

林新輝專題報導：〈新舊之間・何去何從：地方建設教淡水太沉重／社區英雄：一群為淡水點燈的人〉，《聯合報》第 34 版（鄉情周報），1995 年 3 月 26 日。

林曉漁：〈壟陽競渡〉，《臺灣日日新報》第 5734 號第 6 版，1916 年 6 月 14 日。

河原功（KAWAHARA, Isao）：〈日本人作家眼中的淡水──日本統治時期的臺灣文學與淡水〉，2001 淡水學學術研討會論文，淡江大學歷史系主辦，2001 年 12 月 7、8 日。

洪棄生：〈八州遊記〉，《洪棄生先生遺書》，臺北：成文出版社，1970 年。

洪棄生：《寄鶴齋選集》，臺灣文獻叢刊第 304 種，臺北：臺灣銀行經濟研究室，1972 年 8 月。

洪棄生：《中西戰記》，南投：臺灣省文獻委員會，1993 年 5 月。

洪逸雅：〈夏初同游淡水水源地即景〉，《臺灣日日新報》第 6489 號第 6 版，1918 年 7 月 16 日。

郁永河：《裨海紀遊》，臺北：臺灣銀行經濟研究室，1959 年 8 月。

倪炳煌：〈新曆端午〉，《臺灣日日新報》第 3345 號第 1 版，1909 年 6 月 25 日。

倪炳煌：〈舊曆端午〉，《臺灣日日新報》第 3345 號第 1 版，1909 年 6 月 25 日。

夏黎明總論，王存立、胡文青編著：《臺灣的古地圖・明清時期》，臺北：遠足文化出版，2002 年 10 月。

翁佳音：《大臺北古地圖考釋》，臺北：臺北縣立文化中心出版，1998 年。

馬偕（MacKay, George Leslie）著，周學普譯：《臺灣六記》（*From far Formosa: The Island, its People and Missions*），臺灣研究叢刊第 69 種，臺北：臺灣銀行經濟研究室，1960 年。

張志源：《殖民與去殖民文本的文化想像：重讀淡水埔頂之地景》，臺北：
　　淡江大學建築學系碩士論文，1999 年。

張建隆：〈看見的，和看不見的‧淡水──十七世紀至十八世紀初，西、荷
　　及清人對淡水的記述與認知〉，2001 淡水學學術研討會論文，淡江大
　　學歷史系主辦，2001 年 12 月 7、8 日。

許五頂：《續鳴劍齋遺草》，高雄：大友出版社，1960 年 9 月。

連橫：〈夏日游淡江水源地是世界第三泉〉，《臺灣詩薈》，臺北：臺北市文
　　獻委員會，1977 年。又收入沈雲龍主編：《近代中國史料叢刊續編第
　　10 輯：劍花室詩集》，臺北：文海出版社，1974 年。

連橫：《近代中國史料叢刊續輯 738-740 臺灣通史一、二、三》，臺北：文
　　海出版社，1980 年 6 月。

連橫：《臺灣詩薈雜文鈔》，臺北：臺灣銀行經濟研究室，1966 年。

陳柔縉：〈摩登新世紀：日本領臺後‧臺灣的西方文明體驗〉，《經典雜誌》
　　93 期，2006 年 4 月，頁 52-64。

陳盈惠主編：《淡水》，臺北：小知堂文化事業有限公司，1999 年。

陳培桂：《淡水廳志》，臺灣文獻叢刊第 172 種，臺北：臺灣銀行經濟研究
　　室，1963 年。

陳澄波：〈美術季／作家訪問記（十）〉，《臺灣新民報》，1936 年 10 月 19 日。

陶晶孫：〈淡水河心中〉，日本《展望》雜誌，1951 年 7 月號，頁 95-99。

彭瑞金：〈用力敲打出來的臺灣歷史慕情──論西川滿寫《採硫記》〉，收入
　　陳義芝主編：《臺灣現代小說史綜論》，臺北：聯經出版事業股份有限
　　公司，1998 年 12 月。

須田禎一：〈陶晶孫其人及作品──創造社群像之一〉，收入張小紅編：《陶
　　晶孫百歲誕辰紀念集》，上海：百家出版社，1998 年 12 月。

黃凡：《東區連環泡》，臺北：希代出版社，1989 年。

黃文雄：〈臺北青年會‧讀書會‧體育會〉，《臺北文物》第 3 卷第 2 期，1954
　　年 8 月，頁 137-139。

黃英哲：〈「跨界者」陶晶孫：論〈淡水河心中〉〉，國立臺灣大學臺灣文學
　　研究所哈佛燕京學社：《「跨界與游移」——近現代東亞的文化傳譯與
　　知識生產國際學術研討會：學術研討會會議資料》，2009 年 9 月 10、
　　11 日。

黃英哲：〈跨界者的界虛構／小說：陶晶孫〈淡水河心中〉顯現的戰後臺灣
　　社會像〉，《臺灣史研究》第 18 卷第 1 期，2011 年 3 月，頁 103-132。

黃野人撰，吳豪人譯：〈〈文藝時評〉「淡水與三篇小說」〉，《臺灣時報》236，
　　1939 年 8 月 1 日，頁 104-108。收入黃英哲主編，王惠珍等譯：《日治
　　時期臺灣文藝評論集‧雜誌篇》第 2 冊，臺南：臺灣文學館，2006 年
　　10 月。

黃麗雲：〈日治時期研究資料中的扒龍船〉，《臺灣史料研究》35 號，2010
　　年 6 月，頁 102-121。

廖藤葉：〈由屈原到鄭成功——臺灣端午古典詩的主題演變〉，《歷史月刊》
　　233 期，2007 年 6 月，頁 44-49。

臺灣省文獻委員會編：《臺灣省通志‧政事志建置篇》，南投：臺灣省文獻
　　委員會，1972 年 12 月。

臺灣銀行經濟研究室編：《臺灣經濟史十集》，臺灣文獻叢刊第 90 種，臺北：
　　臺灣銀行經濟研究室，1966 年。

舞鶴：〈悲傷〉，《拾骨》，高雄：春暉出版社，1995 年 4 月。

舞鶴：《舞鶴淡水》，臺北：麥田出版社，2001 年 12 月。

劉岳兵主編：《明治儒學與近代日本》，上海：上海古籍出版社，2005 年 4 月。

蔡景福：〈基隆水泳場〉，《詩報》48 期，1932 年 12 月 01 日，頁 14。

鄭指薪：〈登舊炮臺〉，《詩報》第 143 期，1936 年 12 月 15 日，頁 2。

蕭瓊瑞：〈人文與自然之交映──美術家眼中的淡水風情〉，收入周宗賢編：《淡水學學術研討會：過去、現在、未來論文集》，臺北：國史館，1999年4月。

蕭瓊瑞：《島嶼色彩──臺灣美術史論》，臺北：東大圖書公司，1997年11月。

賴和著，林瑞明編：《賴和全集‧漢詩卷下》，臺北：前衛出版社，2000年6月。

戴書訓等編纂：《重修臺灣省通志　卷十　藝文志　文學篇》第1冊，南投：臺灣省文獻委員會，1997年12月。

謝春木：〈她要往何處去〉，收入鍾肇政、葉石濤主編：《光復前臺灣文學全集》，臺北：遠景出版社，1979年7月。

謝尊五等：〈淡水海浴即事〉，《詩報》208期，1939年09月01日，頁16。

鍾肇政：《鍾肇政全集5‧魯冰花、八角塔下》，桃園：桃園縣立文化中心，1999年6月。

鍾肇政譯，許俊雅主編：《王昶雄全集》，臺北：臺北縣文化局，2002年10月。

顏娟英：《風景心境──臺灣近代美術文獻導讀》，臺北：雄獅圖書股份有限公司，2001年3月。

羅元信：〈滬尾紅毛樓記──140年前未完成的紅毛城踏查〉，《歷史月刊》第234期，2007年7月，頁10-12。

Hayden, Dolores, 1995, *The Power of Place: Urban Landscapes as Public History,* MIT Press, Cambridge, p.46.

Jose Eugenio Borao Mateo, *Spaniards in Taiwan: Documents*（Taipei: SMC Publishing, 2001）, p.131, 132。

Walker, Richard, 1997, *Unseen and Disbelieved: A Political Economist among Cultural Geographers, In Understanding Ordinary Landscapes*, edited by P, Grothand T, W, Bressi, Yale University Press, New Haven andLondon.

臺灣文學中的烏來書寫

一、前言

　　烏來位於臺北縣（今改新北市）最南端，北與新店市、石碇鄉、坪林鄉相鄰，西接三峽鎮、桃園縣復興鄉，南則與宜蘭縣礁溪、員山、三星鄉相接，為臺北縣面積最大的鄉鎮。

　　烏來這個名字在泰雅族語中的意思是「溫泉」，早年原住民外出狩獵時，發現溪谷中湧出溫泉，於是將此地命名為烏來，並逐漸在此定居，成為今日的烏來。王昶雄〈烏來風光處處幽〉說：「據傳往昔有一山胞，出獵經此，見白霧飛騰，窺探一下，原來是從岩隙外溢的泉水，狀似沸湯，驚呼曰『烏來哥伊露』（熱水之意）。清宣統二年（日明治四十三年），日人召工開鑿，終於劈成現在這一名勝。」[1]烏來除擁有聞名遐邇的烏來瀑布、溫泉、雲仙樂園之外，風景區天然景致的渾然天成更是烏來最大的自然寶藏；另一方面，烏來也是臺北縣唯一的原住民鄉，久居於此的泰雅族原住民也使烏來具有特殊的人文氣息。

　　烏來的泰雅族人，大約是三百年前，從南投山區，由兩位頭目率領著族人向北遷移，哥哥帶領著部分族人在現今桃園縣大溪、角板山和復興鄉一帶居住下來；另一支由弟弟亞威波明率領，翻山越嶺來到福山附近定居下來，被稱為屈尺社。所以，烏來鄉的泰雅族人都認為他們是亞

---

[1]　見王昶雄：《驛站風情》（臺北：臺北縣立文化中心，1993年）。

威波明人的後代。而根據學者的分類，將其歸於賽考列克亞族之馬立巴群。其遷徙的路線，先是由發祥村，越過松嶺到大甲溪上游，往北到蘭陽溪上游的四季，過山進入大漢溪上游，最後由拉拉山進入南勢溪流域。最初在今烏來鄉福山村建立札孔亞社與大羅蘭社。後來陸續有遷入者，並向北沿著南勢溪、桶後溪一帶建社居住[2]。「家屋全是橫式長方形，以木柴為牆，用樹皮或茅草蓋頂，另一部分舊式家屋是半堅穴式，屋基深入地下約一公尺。他們自耕自食，耕作是以山田栗作及砱芋種植為主。狩獵雖是次於農耕的生產方式，但他們極注重狩獵的傳統儀節，同時也有山溪捕魚的習慣，捕魚法多用射魚法和堰魚法。在烏來飯店裡常有鹿肉、山豬肉可餐，尚有特產鮎魚，味鮮美無比。」[3]

在日本人統治臺灣之前，烏來泰雅族建立的部落，經遷併後共有九社：大羅蘭社、林望眼社（李茂岸）、卡拉摩基社、拉號社、拉卡社、烏來社、希魯幹社、加九寮社、西波安社[4]。而根據大正六年（1917）的人口統計資料，烏來泰雅族僅分成四社：烏來社、拉號社、拉卡社、林望眼社等。昭和四年（1929），大羅蘭社自林望眼社分出、桶壁社自烏來社分出，獨立成為一社計算。昭和六年（1931）新成立哈盆社。昭和11年（1936）拉卡社併入烏來社計算。1936、37年，哈盆社相繼遷至宜蘭而廢社。[5]

戰後，對於原住民設鄉治理，以鄉、村自治機關代替過去之部落，改制為烏來鄉，隸屬於臺北縣，1946年6月15日，烏來鄉公所正式成立，

---

[2]　參見廖守臣：《泰雅族的文化》（臺北：世界新聞專科學校觀光系，1984），頁 113-120。

[3]　同注一。

[4]　同註二所引文，頁 117-118。

[5]　參見溫振華：〈烏來泰雅族社會經濟變遷〉，收於《北縣文化》54 期，1997年 10 月，頁 4-14。

下轄福山、信賢、孝義、烏來、忠治等五村。[6]烏來鄉的居民以原住民泰雅族為主，故其文學活動與資源，亦多以原住民文化多所相關，在表現形式上，近幾年來因觀光的關係，被強調成豐年祭，與祭祀時所使用的紡織、裝飾物、雕刻、原住民歌舞與臉部紋面等，而跟文學較為接近的則屬於泰雅族的口頭傳說。至於現代文學作品則多是來此一遊，有所感發而成。本文即針對此二項敘述之，神話傳說部分，則以訪談為呈現方式。

二、現代文學作品中的烏來

四〇年代末，林亨泰與師範學院（今臺灣師大）教育系同學前往烏來郊遊，接觸到泰雅族，他把這難得深刻的經驗轉化成動人的詩篇。一組九首的〈山的那邊〉，詩人透過瀑布的耳語與山地歌謠的詠唱，感受到「異族語言美妙的音調」，從而觸發「內心真正的悸動」（〈烏來瀑布〉）剛開始時，他雖然不免因陌生而無法完全融入「山地人」中（〈山路〉），然而經由對「被滅亡的弱小民族」的瞭解，他真正欣賞起山裡那充滿靈秀之氣的人事物（〈里慕伊〉、〈山中的百合〉），他試著去體會泰雅族人在山地與城市之間選擇的矛盾（〈微笑〉），他從簡單的言行舉止中去體會所謂「文明人」與「山地人」的不同生命感覺，如〈杵〉一詩所呈現的：「『山地的生活是這樣過的』／指著臼中杵過的米說／（空一行）文明人卻瞇起眼睛笑著說／『山地的生活是這樣過的』」同樣的一句話，泰雅族是肯定而篤實的生活寫照，對「文明人」來說卻是疑惑而空泛的。

---

[6]　參見文崇一、蕭新煌編著：《烏來鄉志》（臺北：烏來鄉公所，1990年），頁 1-2。

　　雖然如此，詩人還是被泰雅族那種開放、充滿自由的生命型態深深感動，在一間圓木小屋裡，他輕輕哼起動人的旋律：「山就是天國／大家都是兄弟／雨輕輕地敲在／綠色的絨氈上／沒有籬笆的／圓木小屋只是微笑向著／裸露在微笑之中的自由人……」（〈圓木小屋〉）這種坦誠質樸的生活，讓「文明人」心嚮往之。直到回到所謂的文明世界，原住民澄澈無染的生命精神更是凸顯無疑，〈那邊與這邊〉一詩：「進入深山時／有一天我像個孩子般／用純情去愛山的一切／回到這個城市／不知何故我的心便焦急起來／完全變成一個精打細算的大人」這種桃花源對文明人來說也許只是逃避紛擾現實的方式，並沒能從裡頭獲得心靈的滋潤。大部分人對奇風異俗報以他者觀看的角度，點綴枯澀呆板的生活。詩人卻對此進了知性的反省：「我以文明人的感覺／在這個山坳裡尋得百合花／　但是……／我以文明人的感覺／也扔掉了山坳中的百合花／」。百合代表原住民的高雅純潔和與世無爭的和平象徵，它之所以被擁抱或被拋棄，乃是依據文明人的「感覺」，也可以說完全是從漢人偏見的立場出發的，以致原住民長久無法建立其自主性，備受歧視。林亨泰的詩作在戳破漢人虛妄的霸權意識上，具有相當先知性的震撼力。

　　在〈山的那邊〉組詩系列，充滿了對於山居生活的嚮往與對原住民朋友的溫柔情懷，也呈現了典型的泰雅族女性，她們是屬於山的女兒，詩人〈里慕伊〉這首詩：

　　　里慕伊！里慕伊！像歌一樣

　　　你到底是屬於誰的呀

　　　在許多層層的山坳裡

　　　被滅亡的弱小民族

你是烏來之處女

「里慕伊呀里慕伊

這是妳的呀！」

唱完了歌就明朗地微笑

你到底是屬於誰的呀

你是烏來之處女

　　根據林曙光翻譯本詩之後的附註，「里慕伊」是泰雅族語，意指「美麗的姑娘」，也是林亨泰在烏來之遊時所認識的泰雅女孩的名字。在泰雅族歌謠中亦有一篇〈里慕伊之歌〉，歌詞大意是：「美麗的姑娘，美麗的姑娘，妳是屬於誰的呢？哦，我是妳的啊！」詩中說她是「被滅亡的弱小民族」，在當時已有同情泰雅族群的情懷。詩人也特別注意到泰雅女性的心靈世界，在〈微笑〉中他如此描述：

山地女郎

和來自都市風塵裡的我們

以現代的禮儀

清純而文雅地談笑

里慕伊她是

目光聰慧的姊妹

落落大方

以深情娓娓說著山地話向著我們微笑

「在臺北時

不想回歸烏來

只是一回到烏來

　　就再也不想回歸臺北呢」

　　詩人這一系列以烏來為題材的詩作，再現了他在四〇年代末與烏來泰雅族接觸的感思，就八〇年代才興起的原住民文學來看，在文學史上實具有特殊意義[7]。

　　歲月走到七〇年代，同為泰雅族的瓦歷斯・諾幹[8]有另一番感受。他曾在烏來以每月五百元租下五坪的房間，作品中有關本地的詩作有：〈在烏來〉、〈不快樂的母親〉等。〈在烏來〉（1986.8.27）

　　秋收季節，父親微笑著說

　　他聽見豐年祭的快樂聲音

　　我傾耳細聽，流水在鳴咽

　　山下的民俗村，大概是

　　觀光客盡情的嬉遊聲吧！

　　作者1987年初閱讀《夏潮》雜誌，從中概略地了解臺灣原住民的社會狀態，心中震撼頗大，也訝異於自己過去從來就不知族人的另一面，而只是陶醉在所編織的「文學家」的夢幻中。因此，他寫了「在烏來」這首詩，將所知道的資料以文學形式表現出來。在〈詩與私生活〉一文中，他說：「烏來其實是我童年一直嚮往的地方，特別是七十年代，我

7　參見呂興昌：〈林亨泰四〇年代新詩研究〉，《臺灣詩人研究論文集》（臺南：臺南市立文化中心出版，1995 年 4 月），頁 273-346。

8　瓦歷斯・諾幹，漢名吳俊賢，1961 年出生於臺中縣泰雅族 Mihou 部落。臺中師專畢業，現任教自由國小，並主持「臺灣原住民人文研究中心」，致力於原住民文化、歷史的重建。著有評論集《番刀出鞘》、散文集《永遠的部落》、報導文學集《荒野的呼喚》等。

們大安溪Mihou部落還在全村只有兩臺黑白電視機的生活情調下，從潘朵拉盒子映在腦海的烏來部落，是我們公認的『文明世界』。一九六七年我六歲時，隨著教會舉辦的旅遊活動，全部落幾乎響應著賣掉農產品，到東勢小鎮上購買體面的新衣裳，準備著見見世面，我的第一套小西裝就在這種瘋狂而熱烈的情緒下誕生了，我還記得當年那個羞澀的男孩仍然掩不住嘴角的輕笑。二十年後，烏來正以我所最不願意看到的庸俗的掠奪觀光形式呈現出來。」他悲憤的寫下對烏來的幻滅，〈不快樂的母親〉（1987.5.21）：

> 後來我也聽見祭典的聲音
> 它們在精美的錄音帶裡轉動
> 低沉抑或熱情，都令我悲傷
>
>
> 自從丈夫失去弓箭槍枝
> 就失去了八雅鞍部山脈
> 鎮日在商店沽酒買醉
> 像無知孩童收買昔日光榮

王昶雄〈烏來風光處處幽〉：「有一群群的山姑，眼巴巴的找個遊客合拍幾張照片，這是他們的生意經。她們的正裝，都會保持著較多的民族特色，服飾是苧麻布的無袖胴衣、背心及條紋布的披肩、珠衣、珠裙等。頭上簪戴珠圍鮮花，有如盛裝的新婚少婦，真是多采多姿。臉部刺黥的多是四十歲以上的山婦，有的口含竹製煙斗，一副悠然自得之狀，使人忘卻世上還有所謂冷戰或熱戰的玩意兒。」這幾乎是每一個少數民族在經濟開發過程中都不得不採取的謀生之道，在今日反而看不到

這些習俗了。烏來另有旅遊佳處，即是遠近遐名的烏來溫泉。呂佛庭有〈烏來溫泉〉[9]一文，謂：「烏來溫泉去臺北市西南二五‧八公理，瀕臨南勢溪流。泉於五十年前，為撫蕃官吏所發現，係自石洞湧出，屬炭酸質，為療腸胃病之特效劑。其附近多高山人之聚落，竹籬茆社，板橋魚罾，別有一種風味也。烏來瀑布，為臺北名勝，上有遊樂園，乘坐纜車可達。」沙穗〈烏來〉[10]一詩寫了烏來的瀑布：「妳問我　瀑布流了多少年／怎麼年年都那麼豐滿？／青山綠了多久／怎麼都沒有皺紋？／瀑布流了多少年／我不知道／青山沒有皺紋　是因為／和妳一樣／常常微笑／妳問我　水鳥為什麼喜歡飛過／溪流？櫻花總是／靠在山邊……」綿綿密意，如悅耳的音樂流洩在水間。詩中也將烏來的特色，瀑布、櫻花、翠綠的山如實呈現出來。王昶雄〈烏來風光處處幽〉也寫道：「馳名中外的烏來瀑布，長度八十二公尺，寬約十公尺，宛若一條匹練沿峭壁直瀉下來，聲如疾霆，震撼山谷。從崖上沖下來的水勢，不斷地濺起無數的水珠和水花，這些有的隨著匹練一直落向溪底去，有的便在半空中消失了。淙淙的溪流，從此急急地流下，不稍駐留，好像要去尋覓久別的家園，不願與不速之客多攀談似的。李白詠廬山瀑布詩：「飛流直下三千尺，疑是銀河落九天」，而今所見的烏來瀑布，雖與李白所詠的有別，但也有它的壯麗之處。」、「瀑布順著地勢高低而成數折，從人工湖底的飛砳而下，形如奔馬，落於磐石，激而四散，是為第一折。磐石以下，散而復聚，縈迴直瀉，是為第二折。再下飛練數十公

9　《臺中市籍作家作品集──臺灣漫遊記》（臺中：臺中市立文化中心，1993年 6 月），頁 33。

10　原刊《幼獅文藝》第 335 期，1981 年 11 月。收入：張漢良、蕭蕭主編《幼獅文藝四十年大系‧新詩卷──半流質的太陽》（臺北：幼獅文化出版事業公司，1994 年 3 月初版），頁 207、208。

尺，穿雲而過，濺珠如雨，噴石似煙，下接前面的瀑布，是為第三折。如果在山下瞭望，又那兒會曉得上面有這麼一個美妙的境地呢？」[11]王昶雄原是日文作家，戰後重頭學起中文，卻能細膩有聲有色的描繪烏來瀑布之壯觀，讓人不能不佩服。

　　舒國治〈北郊遊蹤・烏來〉一文，則以洗鍊之筆，簡單輪廓即傳達出烏來的各面向：「烏來。宛然臺北盡頭邊陲。景致民氣皆饒邊陲風情，山絕高，水絕深，谷又絕狹，臺車軋軋行其蜿蜒。山之深裡，少人跡，又富傳聞，幼時慣聽有日軍藏埋軍火以俟異日再戰云云，而其中心勝景，仍是那一練高瀑，飄擺灑下，雄秀天成；數十年亦不斷裂。午後四點方過，雲氣湧來，迅即昏暗瀰籠山瀑，……再出時，月光下白瀑亮潔，颯颯呈在人前，毫無紗帳，更較白天勝也。」[12]杜十三譯的孔柏格〈烏來瀑布〉則極其詩意說「那水不睡覺」「像被充滿水氣的風揪住的長髮」「就在那一點，在許多光亮的彈波跳進我的照相機之後，掉下來的水收集了自己」。烏來瀑布成了詩人的美好記憶。吳昭明在〈烏來「鷹乙千株櫻」碑〉一文回憶道：「烏來，在我孩提時期的印象中，是由溫泉、瀑布、臺車、纜車等四大景點構成的觀光勝地。五〇年代到烏來玩，櫻花似乎都不是什麼旅遊賞景的要角。現在可不一樣了，農曆春節過後到三月這段期間，是烏來最美的季節，春寒料峭，滿山遍野的櫻花，繽紛豔麗。每年的櫻花祭活動，已成為烏來觀光季的壓軸好戲。到底櫻花是在怎樣的因緣際會下悄悄進駐這片土地呢？如果想一解心中的疑惑，那麼只要到環山路瀑布公園上方的『鷹乙千株櫻』紀念碑走走，就可以找到答案了。據石碑上的記載，民國六十一年春，時任中日親善協會常任

---

[11]　同注1。

[12]　刊《中國時報》1991 年 11 月 9 日第 27 版。

理事的伊藤鷹乙來臺觀光，見烏來山區風景幽美，可惜缺乏名花點綴，於是便花費巨資購贈日本名種吉野櫻花一千株、梅花五百株、栗樹五百株種植於此。並於次年二月十八日親自來臺，與當時的烏來鄉長簡福源共同主持捐贈及栽植典禮；這塊石碑便是為了感謝伊藤鷹乙而樹立的。三十年前，時逢中日斷交，伊藤鷹乙以民間團體的身分展現親善友誼的舉動，誠屬難能可貴，意義非凡。然或許是基於敏感年代，捐贈儀式顯得低調。當年參與典禮的人士，如今若再回到櫻花樹下，想必也會有『今年花勝去年紅，可惜明年花更好，知與誰同？』的感慨吧！來年春天，如果再到烏來賞櫻，不妨也去瞻仰一下這個快被人遺忘的『鷹乙千株櫻』石碑，然後再去找找當年那幾株老櫻，如果沒有它們，恐怕今天的烏來也不會有櫻花滿枝的盛況了。」瀑布、青山、水鳥、櫻花、臺車、吊車構成了烏來風美秀麗的風光。與沙穗同一年發表的報導文學作品，作家古蒙仁卻因河川日受污染，而憂心忡忡。〈放長線釣香魚──香魚再生的一線生機〉一文：「烏來風景區的飲食店說，去年（1981年）還有人捕到一些，今年完全沒看到。客人來指名要吃香魚，我們一點辦法也沒有。福山村的山胞說，有人用魚叉叉到一些，但數量並不多。我們是很守法的，從來不用炸藥，也不撒毒。香魚很好吃，小孩子們最喜歡去叉香魚。溪邊垂釣的年輕人說：我常常來這兒釣魚，但還沒見過香魚。……除了河川污染，導致香魚迴游困難，無路可退外；河川地形的破壞，砂石工廠的恣意挖掘，使得香魚賴以覓食的礁石水藻、賴以交配受精的瀨區，悉數被毀，連這僅有的根據地也失去了。」[13]最後他說，今天令人擔憂的現象，不是香魚是否能夠再生，而是新店溪、淡水河污染的程度，

---

[13]　原刊《時報周刊》238期，1982年9月4日。收入氏著《臺灣社會檔案》，臺北：九歌出版社，1983年1月出版。

不僅是再生的香魚活不下去，連一些生命力較強的草魚、鰱魚、鯽魚、吳郭魚，也有活不下去的隱憂，此篇呼籲當局應重視臺灣生態環境的問題。王昶雄〈烏來風光處處幽〉「在街道上，所看到的大多是粉飾得花花綠綠的的門首，所聽到的也多是虛浮刺耳的爵士歌樂，都市所具有的頹風現象，已蔓延到這個幽清的地方來。在小街盡處，購一張門票，從前是『清風明月不用錢』，如今卻要錢了。」[14]也是對觀光開放之後產生的變化有所感觸。

三、烏來泰雅族的神話傳說

至於烏來泰雅族的神話傳說，筆者二〇〇一年七月四日採訪陳勝榮校長，由伊象菁幫忙記錄整理，因一直存放著，現再次釐定，呈現二人對談內容，或可提供讀者參酌。

許俊雅老師（以下簡稱為許）：中研院民族所王光日先生曾經作過泰雅族傳說的採集，是有關於巨人、猴子以及女鬼事件，還有泰雅族射日神話等等。林懷民也曾經將它改成舞臺演出，相信陳校長也知道。這方面的資料蠻豐富的，是否請陳校長回憶在您小時候，族群裡或家中，一般會跟您講故事的是媽媽、父親或者是祖母？

陳勝榮校長（以下簡稱為陳）：在我小時候，是由我外祖母來敘述這些故事，因為外祖母常跟部落裡的酋長、長輩生活在一起。而且在烏來這個部落，它的族系原先的元老與我的外祖母都有密切的關係。有一個gaga，泰雅族講這個gaga是指一個家族的一個核心，無形的一個精神，道德的。所以我的外祖母很了解比她的年齡還大、還久遠的故事跟

14　同注 1。

傳說，常常都會跟我提到一些有趣的故事，剛剛您跟我提到的像猴子的故事、射日的故事以及巨人的故事，那麼甚至一些有關於巫術，巫婆在部落裡面她們施法的情況，有時候也會提到了人在泰雅族裡面是怎樣的發源，人的起源等等，這個在小時候記憶很深，但是在長大以後看到各民族歷史的記錄，都有提到相關於人類起源的一個傳說，有很多有是蠻有趣的。

　　但是泰雅族是說我們是從一個靈磐，一個大的岩石，有靈氣的一個磐石裡蹦裂出來。那麼蹦裂出來以後呢？就從這個石頭那個岩磐的縫裡蹦出三個神人，這三個神人有兩個男的，一個女的。那麼他們稱這個磐石的地方為Pinsbkan，泰雅語pinsbkan是蹦裂的意思，大石頭蹦裂的意思。那麼出來之後這三個神人一看這個浩翰的宇宙，都沒有什麼人群，覺得很孤獨，很陌生又很懼怕，結果有一個男的就轉身準備跳回那個蹦出來的大磐石縫裡面，那麼另外那對男女很想把他擋著，既然我們已經出來，那一輩子就要作伴啊！但是他們要攔阻的時候來不及讓他進去了，那個男的進去以後只剩下那對男和女，這對男女就看看整個宇宙，感到這個大自然好像什麼都很原始的，但是為什麼舉目遠眺就只他們兩個人，所以他們猜想上天可能要他們來管理這個浩大的宇宙吧！後來那個男的慢慢想一想，如果有一天我們老了，死了怎麼辦？這個世界怎麼辦？所以他們就想要繁衍子孫，但是人剛從蹦裂的石頭裡出來，他們還沒有人類的經驗，繁衍的經驗以及傳宗接代的經驗，所以他們就一直討論，想來想去就是要如何繁衍他們的下一代。只有他們兩個同時出來又只有他們兩個會動的人，所以他們一定要想辦法，也只有他們兩個才有辦法。所以開始嘗試肩碰肩，頭碰頭，然後鼻子對鼻子，但是都沒有辦法，所以他們就很擔心地邊生活邊想法子。有一天這個婦女在這個高山上，在高山上看到很寬廣的山，從對面吹來很清涼的輕風，那個風陣陣

吹來，她想會不會我在山頂上坐著，也許這個風這樣吹來會讓我得到繁衍子孫的靈氣還是靈感，所以就在那裡坐了幾天但是也沒有辦法，他們兩個總是在想這個問題。

忽然有一天黃昏，他們兩個就在蹦出的磐石附近，平坦的地方準備休息，在那個地方談天。忽然間聽到一個「嗡～嗡～」的聲音，一看蒼蠅飛到他們兩個人的中間，飛到這個女孩的旁邊，在她的跨下飛來飛去，這個男的忽間就有一個靈感，會不會就在女孩的跨下，有一個可以交合的地方。所以那天就試了一下，發現有它的道理，那麼以後他們就繼續進行這樣的工作，終於找到天地交合的道理，原來男女就是要找到適當的位置才可以繁衍生命。在過了差不多幾個月以後，女孩子中間腹部大了起來，才知道生命的孕育原來在女孩子的腹部裡。就這樣過幾個月之後就生出了小孩子。原來人就是要這樣繁殖，幾年下來就這樣繁衍，等孩子越來越大以後就教孩子，所以他們就在那個地區開始繁衍這個民族的子孫。

後來很多人就把這樣的傳說故事去聯想幻想，像是把男跟女之間當成原來是一對姐弟，是什麼對什麼的關係，那是後來把他們當成姐弟。那麼這個故事慢慢地衍變，也許是因為時代的變遷，姐姐擔心只有姐弟兩人，沒有子孫繁衍的話這樣對自己出來的這個宇宙會有所虧欠違背。所以她就告訴她弟弟：「你已經成年了，必須有一個妻子來繁衍你的子孫，明天中午在對面山腰際有一棵大樹，你會看到一個好像蒙著黑紗的女子。」其實那是姐姐用黑紋塗在臉的兩頰，再用一些偽裝的樹葉擋著。隔天他弟弟果然看到她姐姐所講的那個女子便與她成親，那麼子孫就這樣繁衍下來，以後黥面的故事也就跟著來，當然這樣的故事邏輯還蠻有道理的，聯想力也很合理，而事實上以後也慢慢地發現黥面文化是泰雅族在認定女子變成女人的過程。所以人的發源，黥面以及整個成年的過

程，都是一脈相承，很難將它斷裂性的介紹。文化是具時間性的，循環性的。當然我們介紹一個時期當時代所談到的故事傳說內容，也許那時候所講的和過幾代講的可能會有一些變化，但是它的意義可能還是保有原始的精神在。

許：剛剛前面所講的是您祖母講述的？

陳：是。

許：因為我們後來聽到的都是之後姐弟的版本，那您小時候是否聽過姐弟的版本，還是後來才聽到的？

陳：姐弟部分就是我祖母說的，那個時候就有了。事實上在很早以前只有談到那個蹦裂發生的故事，那慢慢地變成姐弟的傳說，那個時候一定比我祖母的年齡更久遠。

許：所以那個時候您已經有聽過幾個版本。

陳：那個時候我的祖母已經五十多歲了，她是二十年前過逝的，現在已經百來歲了。

許：因為我以前也是聽說臺灣原住民中有黥面的，一個是泰雅另一個就是賽夏。然後賽夏為何會黥面？好像是聽說兩個族群住得比較近，有的時候就會過渡到泰雅族的區域，好像是那個時候受到殺害還是什麼之類的，後來就學泰雅黥面，是不是有這樣的一個說法？

陳：這個我沒有聽說，在賽夏族那邊，可能在賽夏族的區域附近有這樣的一個情況傳說，他們可能是因為族群的一個接觸，為了尋找一個比較調合的空間，這個部分我想應該會有。也許我們跟他們的距離比較遠，因為我們泰雅族分佈很廣。

許：是，宜蘭那邊也有。像臺中瓦歷斯・諾幹也是。

陳：我們的發源地是仁愛鄉，從南投仁愛鄉的白狗大山慢慢遷徙。我最近也做了尋根之旅，跟烏來的老阿媽啦，還有年輕人做的尋根之

旅。所以在各地也會聽到一些傳說故事，稍微有點不一樣，雖然整個故事大同小異，但是有一些後來自己親自發生的加進去也很有趣，所以我現在要做語料的調查，我就是很想到每個部落搜集當地的故事和傳說。有些故事是因為地理的形勢而變化，有的是因為人的生活文化變遷而變化，有的是本來就是跟著部落遷移而在地區裡面而發生，這都是很有趣。

許：這都跟你們的生活、還有祭典啦，以及文化意義整個都是結合在一起的？

陳：對對對。

許：那我們先休息一下，待會兒再請您講述其它的故事。

陳：有關於熊的故事，我們泰雅語「熊」叫做（Ngarux），是龐大凶猛的意思，在部落裡面小的時候就開始聽到，在泰雅族裡是很敬畏熊。我們對熊的看法是山林的保護者，所以我們到高山野地時，看到熊我們不會主動去獵取，熊的嗅覺很靈敏，只要遠遠聞到人的呼吸，就會在與人的範圍內保持適當的距離，所以熊在大自然裡面是個保護神。如果我們獵取它，家裡會有天譴或惡耗，像我的祖父就獵過熊，他是無意的。當時他去打獵時，那隻熊帶著小熊，小熊踩到我祖父的陷阱，我們叫做是（mursa），那小熊被抓到後，母熊就在那裡看著不離開，那時我祖父正好去巡視，看看獵具有沒有獵取野獸。一看，哇！那地方整個機弦的陷阱周圍大概半徑十公尺的草地，整個都禿禿的，包括草、樹根、都被他們挖起來。因為他們要掙扎要離開，可是熊不會解繩，到最後母熊累了就到溪流喝水，那時剛好我祖父到了，看到小熊在掙扎。那個時候沒有辦法，因為不獵的話，這個鋼絲斷掉了牠就會攻擊你，二方面祖父有點貪心，因為那個時候聽到漢人灌輸一些觀念，像熊掌啦！熊膽啦！心啦都

很貴嘛。在那之後祖父也得了一種病，不太確定也就過世了。所以這個部落就會把這件事當成一個實例，以前一代代祖先所留下來的遺訓，我們不得不相信，那以後就很少聽到有人獵到熊，那麼這是一個獵熊會遭到天譴或凶兆。

另外一個故事是有關於一對姐妹，她們上山工作。因為那個時候泰雅族女生要負責砍柴、炊飯，一定要有木柴生火，但這個現在好像變成男孩子的工作，因為粗重的樹木要揹要砍。所以那對姐妹在父母親的吩咐之下去砍柴，在之前父母叮嚀「爸爸媽媽現在要到高山去種小米、旱稻，爸爸要去打獵，趁我們回來前你們要把所有要燒火的乾柴準備好」。

於是二個姐姐趁父母上山工作的時候去砍柴，差不多是上午十點左右，她們就揹著藤籃「Kiri」上山砍木柴，結果忽然間妹妹看到對面山坡上傳來很強烈的喘息聲，結果看到一隻熊在那裡跑，漸漸地往她們這個方向走過來。這時候姐姐很專心在砍柴沒有聽到喘息聲，那妹妹她因為怕又不講就先跑回去部落告訴族人。但是妹妹還沒到部落時熊已經快要靠近姐姐，當姐姐發現熊的時候已經很靠近了，所以姐姐就爬到樹上，暫時安然無事。但是熊會爬樹，而且熊對女孩的身體氣味很有好感，那麼熊喜歡吃肉喜歡抓人，然後熊看到姐姐在上面，姐姐心生恐懼，拚命大喊「救我啊！救我啊！」部落的人都聽到了姐姐在喊：「熊在下面了，要殺我了要攻擊我了。」那熊一聽到她大喊大叫，反應就更強烈，發現這個人是活著的，牠就是要活人，熊就先去溪邊拿大石頭，因為牠想到人的頭很硬，可能這個熊過去有這經驗。

在過去我們曾聽過有老先生在高山上砍草時，忽然間遭遇到熊，在沒有辦法的情況下，本來人是不能攻擊熊，熊也會避開人，大家互

相尊重。但是那個時候可能大家都沒有注意到氣味的變化,所以在大樹後面相遇,那時拉拉山和福山交界的地方,老先生和熊偶遇,熊就把他的臉拉下來,但是人頭沒有辦法打破,老先生就趁機用腰間的開山刀刺熊,一直到牠死。像這個情形就不能怪人,人也不會有什麼凶兆或惡耗,因為這是熊先攻擊你,而且他回到部落,大家都以為他頭破了,其實只是臉皮被抓下來,他們就把臉皮再敷上去,用一種特別的草藥敷上去,後來那個人也恢復了,他算是活活的見證人。

那個時候姐姐在樹上,熊根據經驗便跑去找石頭,然後帶石頭上來以後,就從樹根下爬上去要把姐姐拉下來,那時候她一直喊著趕快來救我啊!叫著叔叔伯伯、阿公的名字,事實上這些人都已經上來了,只是太遠了,緩不濟急,遠水救不了近火,姐姐也知道了。只是姐姐在叫的時候特別有交待,不要叫我兄弟,因為這是一種忌諱,在泰雅的部落裡兄弟不可以看姐妹的身體,因為她爬上去的動作會被看到身體,所以爸爸最後是拿一個布把她包起來救下來。後來為什麼沒有被熊給抓下來,因為姐姐在砍柴的時候,在腰間有綁著一個小的砍刀,在情急的狀況之下,熊已經要上來了,要來救她的人還在山谷間,所以她想著這下子完了,我就這樣死了。她看到熊慢慢爬上來,那個熊爪那麼利,不過人到危急的時候總會變得機靈,她忽然間想到她後面有刀,所以她不動聲色想到要用這個刀來砍熊掌,這個熊在爬樹時是用爪子慢慢地爬上去的,如果它是直直地爬上去那還不見得可以砍到它的手,可是它的手是以繞圓圈的方式爬上去的,所以她就先砍掉它的一隻手掌,另一隻爬上來就再砍掉一隻,熊就這樣掉下去,熊痛得不得了就逃走了。姐姐心裡很緊張也很高興,希望救人的趕快來,最後就由爸爸將她抱下來了,

將她扛回部落去。那些叔叔伯伯以及部落的族人有一個想法，他們想著不可能，一個弱女人不可能打退熊，而且是砍斷熊的雙掌，所以他們就猜想這個女孩子擁有上天給她的奇能，回去以後在部落裡就以長老或以酋長的階級敬畏她。所以部落裡每一件事情，要開會做決策時，她都會在場。本來那個不是女孩子的事，因為她經歷這樣的事情，所以部落都封她為英雄，也是部落的守護神的替代者，是有形的，希望她有無形的力量，可能那時候的人比較……（按：錄音不清楚），因為居住在山林裡面，常常有豐富的靈異力量影響。這個故事我外祖母講得非常生動，一直到我媽媽，我大一點的時候媽媽也講，但是後來祖母不在了，媽媽就繼續……。有時候我們的傳說故事是在部落裡在一個家族裡，很喜歡這樣說了又說變成一種精神的食糧一樣，有時候在無聊的時候，或者在工作下來的時候，以前也沒有電視啦！電影院啦！太陽下山就是一天結束啦，不像現在太陽下山，甚至到了晚上十二點還有電腦什麼的。以前就是圍爐，昨天談過的故事今天又談，每一次談的時候都會加一點自己的感情，那個傳說就會愈來愈豐富，本來就只是一個事件，當初一個事件會加上自己的一些感覺，又加上當時一些觀念的轉變，故事就愈來愈豐富。所以熊的故事就讓我印象深刻。

許：第一個故事我聽過，第二個沒有。

陳：第二個故事在我那一本書裡就有提到。但是寫起來就沒有那麼詳實，如果是用自己的語言寫，哇！那就更生動了。而且在泰雅語的表現上，一個字或者一個詞就可以說出一個句子，所以非常好用。哈哈……。

許：對，而且跟地理環境也有密切的關係，有時候漢字沒有辦法傳達出來泰雅語豐富的意義，另外就是有關人變猴子啦！或者是射日、洪水、巨人還有蠻多的，是不是請陳校長講述呢？

陳：對，像是人變猴子，一直到現在部落裡如果說這個人很懶惰，就說這個屬於猴子類，但是現在慢慢地又改變，不一定用猴子來形容這個人很懶惰，那有時候會說神猴，就是這個人很靈巧。不過猴子的故事是這樣的。

有一天，有對父母常常早出晚歸，其實部落的人都是這樣的生活，你不做就沒有吃的，那你做的愈多你吃的東西就愈多，農業社會就是這樣，你多做一塊地收成就愈多，你懶惰那你吃得就少。那對父母有一個孩子，父母親希望孩子長大以後可以比父母更勤勞，而且用勤勞來養他的下一代。可是這個孩子很奇怪，他在家裡面是獨子，所以他們一直期待他可以早日工作，燒墾山林，種植些雜糧。可是每一次父母帶他去，他有一點不願意動，可是不去嘛，父母親會罵你很懶，不工作你要吃什麼，那麼他就跟著去。可是每次他們要燒墾要砍草的時候，一些土地要整鬆要撒些種子，這是一個蠻辛苦的工作。但是燒墾的方式是這樣，第一個禮拜先上山畫一個範圍把它燒起來，燒起來之後就有很多的樹枝和未燒盡的樹根，那個要挖很辛苦。所以燒完以後要整地，他們必須要去挖那些很深的樹根，然後把樹根拿掉那些土才會鬆。

父母親在斜坡上看這個孩子，總是在樹底下裝著好像在工作，其實是在把玩他的小鋤子。父母親工作到一個進度，就感到奇怪這個孩子還沒有做一個進度上來，一般人會這樣拉上來的，就會說：「尤幹！你趕快做啊，你還在那裡做什麼？」他也不講話，當父母在叫他的時候，他就故意裝著好像很努力地在工作，其實有做沒做看範

圍就知道了，原來是偷懶在大樹底下乘涼，父母一看怎麼總是在樹底下，所以父母就一直喊他，你趕快工作啊！不然明年就沒有收成，到時候你就吃不到了喔！他就說好啦！我在做啦！就一直在大樹底下坐著，一直坐到那個鋤柄斷了，父母看到了他就說：「我這個鋤柄斷了要修理。」所以他不是假裝在修鋤柄就是在那裡乘涼，裝模作樣好像工作很認真。

也許是天意，這個地方沒有提到，黃昏時他怎麼都修不好他的鋤柄，不小心就插到他的屁股，爸爸一看更生氣就罵了：「你到底在做什麼？」鋤柄一插進去他就害怕尖叫，發出吱吱的叫聲，爸爸就看到他爬到樹上去變成一隻猴子了。父母一看孩子怎麼變成猴子了呢？結論就是這個孩子太懶惰，所以自己玩到最後，天為了懲罰他就把他變成一隻猴子，讓他不能在人的世界好好工作收取自己的收成，這個故事在部落裡流傳就變成說你們要好好工作，小孩子要是不努力工作，太懶惰的話就會變成一隻猴子。猴子只能吃樹上的果子不能吃魚吃肉，就這樣傳下來很有趣味。那現在的人不在山裡工作了，所以對這個故事就比較淡然冷漠，但是意義還是可以教訓年青人有這樣的傳說，證明祖先是一個勤勞的民族，如果好好在自己的工作崗位上，把自己份內的工作好好的做就會成功，不會變成猴子，哈哈……。

許：嗯，很有趣的故事。我還聽過一個版本，有一對夫妻他們在烤地瓜的時候不小心把鐵柄丟到火裡頭一起烤了，結果在吃地瓜的時候不知道怎麼回事，先生不小心坐到了鐵柄，因為鐵柄已燒得火紅，結果他就大叫，太太也不知道是怎麼回事，就看到他跳了起來換了個位子又坐了下去，結果燒過的鐵柄就插在屁股上變成尾巴。請問有沒有這樣一個說法或另一個版本。

陳：這個我不太清楚，或許老一輩的有這樣一個版本。我的印象是剛才
　　說的版本，但我想回去問問我的老媽媽，也許會有。好像有聽說過，
　　但是印象不是很深，因為流傳下來這個比較廣，印象比較深刻。

許：因為有很多動植物的啦！還有傳說其實都蠻多，那您印象比較深刻
　　的還有巨人……。

陳：這個巨人是在發源的地方，我們發源的地方叫做Pinsbkan，翻成國
　　語叫做賓斯伯干，翻成國語是沒有什麼意義，我們Pinsbkan的意思
　　是碎裂的磐石，就在白狗大山有一個平的地方叫烏來河（？）他們
　　叫貢辜來就是烏來溪，是指很狹隘的地方，我就是去那裡尋根，去
　　那裡跟老人聊聊，聽到這個故事，跟我們那邊有關巨人的故事很
　　像，但有一點點不同，等一下我會說明。

　　話說有一個部落有一個高大的男人，這個男人他的心很好，因為他
　　很高大所以他吃得很多，也很會走路，有時候獵取食物很容易，像
　　熊、山豬簡直是唾手可得。

　　有一次發生一件事，後他便常熱心公益，有一次他們的溪，那個溪
　　流叫烏來溪在紅香那一帶山洪暴發，有一些族人都沒有辦法跨過洪
　　水，這樣下去好幾天不能回家家人會擔心，那時候他人高馬大就在
　　另一個岸頭偽裝，因為他的陰莖很長，就把他丟到對岸變成一座木
　　橋，那些部落的族人都不知道，想說我們都沒辦法跨過這個河回
　　去，忽然間在上方就出現跨過這個河溝的木橋，他們便開始越過。
　　剛開始呢，女人很順利的過去，不久男的要過去時，那個橋就彎下
　　去變軟軟的，幾乎要被水給衝走，他們就覺得奇怪這個木橋怎麼會
　　伸縮還有彈性呢，後來才發現是巨人在幫忙，但是巨人也是人，所
　　以女性在過橋時他就變得比較有衝勁，但是碰到男性就唉！冷淡無
　　味這樣，所以他們就變得很聰明，只要洪水又出現的時候，男人們

就抓著太太、姐姐或妹妹一起走，這樣就走得很順利了。所以就說巨人是熱心公益的，常常幫助人家，但是不久以後，巨人比較老了，洪水就比較少了，就常常去偷看婦女在織布。你不知道他人在那裡，但是他的東西就會去找女人，有時候婦女在織布的時候就會出現在窗戶，忽然間看到那個東西要非禮女孩子，男孩子就用織布的壓板木「啪」地打下去，所以巨人也不太敢侵犯婦女。但是巨人的色性畢竟很重，他還是常常這樣，所以部落裡很多女孩子就這樣被他欺負了，部落的人就決定要懲罰他了。

有一次趁他溪邊喝水的時候，在上游擺了很多大石頭，等他喝水的時候就全部丟下去，他就因此而死。前面提到他做那些善事是幫助人，所以大家都很喜歡，但是後來他欺負女性，大家就懲罰他，而他也因此而死了。

這個故事是幾乎每個部落都會流傳，算是共通的傳說。

許：我曾聽過另一個不同的版本，就是說巨人因為食量很大，所以像是熊啦，山豬啦都是一口就吃掉了，因為他的食物消耗量實在太大，而且他很喜歡吃小孩子，後來也是因此而被族人騙到山腳下，騙巨人說如果我們講「小孩」就表示要丟小孩下去給你，巨人信以為真，族人就丟大石頭下去，這個版本你們那邊也有嗎？

陳：對！我們部落裡也有，這也是一個老人講的，所以就有兩個版本同時不斷出現。

許：那您剛剛提到的我就不曾聽說過，真的蠻有意思的。這裡面其實都有一些教育的意義在，那另外射日還記得嗎？

陳：嗯！因為我去年跟……

許：這與林懷民的射日舞臺劇好像有些關係，林懷民的舞臺劇是有做一些更改，因為為了讓演出更豐富更有戲劇張力，但基本來說跟泰雅

　　族的仍然比較相關，因為中國的后羿射日有十個太陽，我看到最多的傳說是有38個太陽，你們兩個是最少的。

陳：我所以他們就知道看起來很近，其實一個人的人生時間可能會不夠，所以他們就揹著他們的小孩子和小米的種子，也不知道走了幾年幾個月，只知道走了很遠的路，還沿路撒了種子，也許回來的時候就可以這樣吃，因為不可能帶那麼多的米，當然這個路上有很多野獸昆蟲可以獵，但總不能只吃肉，要吃一些穀類。就這樣邊走邊撒，聽說到了中途，他們兄弟就很老了，一直走到最高的山頭的時候，哥哥先死了，弟弟就背著小朋友再走，快到了弟弟也就老死了，再走一段路時小兒子已經大了，為了完成爸爸的心願，終於走到很高的山上，就是傳說中的大霸尖山（Papak-waqa），他就從這個山上射日：「很抱歉，我們這樣才能活下去。」等於是要太陽犧牲了，結果被射到太陽就噴出血來死了，傳說那些血就變成在天上的星星，被射中的那個太陽就變得很暗淡，結果就變成有日有月有星星，傳說這個孩子回到部落時已經很老很老，他回來見證那個過程。這個世界從此就安然無恙，幸福度日了。這就是射日故事常常可以聽到。

　　比較可惜的是，目前尚未挖掘到更多相同類型的傳說故事，無法就變異性的特點予以探討，但要強調的是，因為現代化的步伐已加速地在山林與部落裡邁開，新世代的原住民已逐漸喪失父祖一輩說故事的能力，甚或連母語也無法參贊一語，在這種語言傳承即將面臨斷層的情況之下，對於老人家進行更多的訪問，記錄下更多的神話與故事，似乎已經是刻不容緩之事。

許：謝謝陳校長，今天講了這麼多有趣的傳說故事，希望下一次再繼續請您說說其他的故事。

四、結語

　　臺灣文學中的烏來書寫，現代文學可以看到不少，而作品大抵短暫旅遊者居多，雖然來往烏來的時間不長，但對烏來名勝美景的詠歎，可說替舊時空下的鄉城樣貌作了極為寫實的描繪與保留。透過文學的書寫，烏來的空間變化隨著時間而有所改觀，景觀的轉換瞬息萬變。尤其在現代化的歷程裡，河水污染，觀光客入侵的破壞，幾乎是所有作家縈懷不去，難以擺脫的夢魘，其失落、無奈之情及對自然關懷之情，躍然紙上。而陳勝榮校長所講述的古老傳說故事語料，觸及到「熊的禁忌」、「巨人」、「人變猴子」等等，其中「人變猴子」一篇傳說的由來，與我們所熟知的進化論「猴子進化為人」之說持相反觀念，頗為有趣。雖然本文調查整理了幾則故事，不過，如果能夠繼續蒐集其他部落長老所口述出來的故事，應該會使這些故事的類型歸屬有比較明確的脈絡，也就是說，在我們替一則口傳故事進行詮釋時，著重點應該擺在這些故事在異同點上的比較。相同的敘事結構會讓我們看出原住民部落心靈結構與思維從古至今那些共同的成分，而差異點則可讓我們去比較、分析造成差異的真正原因在哪裡？這些改變的原因，「也許是族群內部發生令它們改變的動力；也許是異文化帶來新的變因，也或許是講述者主觀的予以改變，種種的因素都可能造成不同的說法，基於這樣的原因，口傳文學材料的持續發掘是必要的。」[15]可惜，個人後來因外務繁忙，未能持續再訪談再挖掘。從陳校長的講述中，得以了解其特色是強調人類在

---

[15] 參見浦忠成《臺灣原住民的口傳文學》（臺北：常民文化事業有限公司，1996），頁 5。

山林自然裡必須小心的禁忌，對於原住民族來說，在以往因為生活方式比較沒有受到現代化與科技的洗禮，對於變化多端的自然界，往往有許多崇敬甚或懼怕的心理，或許是恐慌天災的降臨，或許是幾千年來累積出的萬物和諧共存的經驗法則，他們往往不若現代人因為理性的膨脹而造成對自然資源的過渡剝削，在當代講求永續發展的環保學說中，原住民的生存哲學不斷被呼籲與重視，而這些流傳千年的智慧正是蘊含在神話故事裡頭。

輯三

憶昔紅顏少年時

──談鍾肇政的《八角塔下》

一、前言

　　二十幾年前我在師大就讀時，陸續做了些剪報，有兩篇剪報文章現今仍安然保存著，當年閱讀時的激動心情也仍舊鮮活，不過當年我並不認識這兩位作家，名字早忘了，只是純粹喜歡，就剪貼下來。這兩篇文章是龍瑛宗〈杜甫在長安〉、王昶雄〈人生是一幅七色的畫〉。當然還有一些臺灣作家的作品被我保留了下來，包括在圖書館翻讀時，印了篇〈憶昔紅顏少年時〉[1]，這篇文章也是在十幾年後我才驚訝是鍾老的作品。似乎冥冥之中已注定要走上研究臺灣文學的路子。

　　再次翻讀〈憶昔紅顏少年時〉，腦海中便經常出現什麼「鍾肇五郎」、「政三郎」、「馬沙」之類的名字，與鍾老可愛的模樣聯繫在一起時，便噗吃要笑出聲來。那是六十年前一幅醒目的畫，有很多畫面都在我記憶中定格，譬如紀念會上胡思亂想以致忘了唱國歌而被罰寫「始末書」（悔過書），迷迷糊糊胡思亂想我也經常有的；異想天開，用偷的方式借了書出來，我也不免，原來青春年少，不分年代、性別，總是有很多相同相似之處。但我的時代不同，我沒「鍾肇五郎」這麼多采多姿、多

---

[1] 屈萬里等著：《少年十五二十時》（臺北：聯合報社出版，1979 年 2 月），頁 119-130。

災多難的中學生涯。只是一想起這樣的鍾老，我總是一再錯用這文章的篇名，總是脫口而出「紅顏美少年」。原來，鍾老也曾經如此青春年少過。

後來讀他的《八角塔下》，雖明知是小說，不免有虛構，卻總認定陸志龍就是鍾老的化身，彩霞上床壓住志龍那一幕，真實呈現一個可愛的呆子、戀人形象；一個中學生的情感與心靈的圖景：青春叛逆期的不安；身心成長時自我身體探索的冒險與驚疑，對情感的壓抑與對純潔愛情的嚮往，心頭小鹿流竄砰跳。有如一粒小小的青澀果實，既期待長大成人，在淡綠的表層下，又有著不知名的困惑與迷惘，急欲掙脫跳離。這裡有校園生活的細數，有年少心靈的描寫，他們像是一面小鏡子，卻也映照出淡水另一種風土人情、山川文物。半年前聽人說鍾老這陣子身體硬朗，準備要寫情色小說，也不知是玩笑否？然而我腦海裡相關的這些人物、描寫，又再度活靈活現，我相信這對鍾老一點困難也沒。再次地，我被誘惑去翻讀這本書，讀著他的人生故事和昔日的歷史場景，從校園生活的敘述裡頭，呈現了屬於淡水屬於臺灣的特殊歷史階段。

翻開讀本，一入眼，八角塔正鵠立在夕陽殘照的藍天下，少年鍾肇政匍匐在草地上，不久做了個惡夢。平時他總是這樣遐思，或在馬偕銅像前想念故鄉，或沿著淡水海岸撿貝殼要帶回去給妹妹，或偶爾抬頭看到天上爆開朵朵高射砲彈。

二、渾沌與清明

鍾肇政，1925年1月出生於桃園龍潭。畢業龍潭公學校，報考新竹中學未錄取，1938年（14歲）入私立淡水中學（今改名淡江中學）就讀，住校五年，1943年畢業。雖然淡水中學的學生生活自成一個封閉區域，

直接參與和介入淡水鎮的居民生活的描述很少，但作為整個淡水文化生活的組成部分，中學教育集中反映了日治後期皇民化運動的意識形態，所以這部含有自傳色彩的長篇小說，真實地描寫了淡水地區的皇民化運動過程與被佔領者的屈辱心理，及對未來、對愛情的尋覓與困惑。

《八角塔下》是以作者親身經歷的中學生活經驗為素材[2]，主角陸志龍這個名字曾多次出現在鍾老的小說作品中，顯然含有自我影射的意義。如果對照作家的回憶散文〈憶昔紅顏少年時〉，許多重要細節都具有真實性。在這部創作於60年代的自傳體小說的後記裡，作家寫出了對中學母校的複雜感情。他把那所古老的中學「看成是我的精神的故鄉」，因為從14歲到19歲是他的「人生的黃金時代」；然而這僅是從一般意義上的青春懷戀而言的，在現實的層面上，他的回憶仍然帶有夢魘性質，如他所坦言的：「在意識裡，就有如一個比別的兄弟們更少受到母愛眷顧的兒子那樣地，總覺得我是個受到歧視的兒子，因而在懷念她的傷感裡不免摻著絲絲自卑。」（頁633）這傷感自卑隨著年月漸淡薄無形後，他踏向母校的步子才不再那麼沉重，心中所擁有的，成了一片懷念的純摯感情，即使是有過齟齬。1963年秋他接收曹永洋的邀請返回母校看看，根觸之情越發濃重，遂決定以母校為題材[3]。

淡水中學為馬偕博士（Rev.George Leslie Mackay.D.D.1844～1901）的長子偕叡廉（Rev.George William Mackay.1882～1963）承父親遺志，自加拿大籌款建造，1914年借牛津學堂校舍成立，1925年著名建築八角

---

[2] 這作品雖以真真實實的時代與生活背景為主加以構成，但終究祇是一篇小說作品。……儘管時代、生活、感情無一不真，但情節上以及人物塑造上，仍然祇是虛構的。鍾肇政〈後記〉：《鍾肇政全集5：魯冰花、八角塔下》，1999 年 6 月，頁 634。

[3] 同前注，頁 633-635。

塔建造落成，正式遷校現址。不僅八角塔為淡水一景，而且中學附近洋樓建築自成規模，處處留下淡水居民的忠實朋友馬偕博士的精神氣息，成為淡水鎮的人文精神薈萃之地。但是在日本佔領者的闡釋裡，淡中的人文精神則被無情篡改。小說寫到那位日籍中學校長信口開河地介紹淡中的歷史：「我們淡中是有輝煌的傳統與歷史的。遠在六十年前，馬偕博士就創立了我校。」（頁233）以小說描述的時間推算，六十年前應該是1878年，而馬偕博士本人在1872年3月才到達淡水[4]，前六年正是他極為艱苦的傳教時期，到1882年才建立起第一個傳教所牛津學堂。然而這位校長對歷史的無知並不妨礙他對中學精神的任意篡改，他所要強調的是，這所原來的教會學校終於在兩年前（1936年）被臺北州財團法人接管，而1938年正式獲得甲種中學的資格，也就是正式被納入了日本殖民政府的教育體制，所以：「皇民精神，也就是淡中的精神，不屈不撓，做一個堂堂正正的日本人，成為六百萬島民的先驅，這就是淡中精神，也就是皇民精神……」（頁233）殖民地教育的任務就是在被奴役者中間培養有意識有知識的奴隸，培養能夠把被奴役者順利送往屠宰場的領頭羊。作家以一個無知少年的心理來形容接受校長訓詞的感受，那就是「我的脊背挺得更直了，臀部的筋肉收縮得更緊了。」（頁234）然而，「我確是在被催眠中。」（頁239）「一種催眠力量的權威的。」（頁233）

　　從表面上看，陸志龍能進中學接受日本式的法西斯教育和皇民教育是一件「榮幸的」事情。遭遇近五十年被日本合法佔領歷史的十五歲的臺灣少年，早在降臨塵世以前，他已經失去了單一身分認同的可能性，

---

[4]　馬偕於 1871 年年底抵高雄，1872 年 3 月 7 日在李麻陪同下乘帆船「海龍」號，自高雄出發往淡水。4 月 10 日淡水教會開設。

在皇民（日本）／島民（臺灣）之間的鴻溝本來是不可逾越的，但是當他模模糊糊地接受了皇民教育以後，這種天然鴻溝似乎有希望會被慢慢填平，「做一個堂堂正正的日本人」的美夢似乎正在一步步地接近。同時，作家還以一個由外鄉到淡水的孩子心理，寫出了與這種接受催眠的自覺相聯繫的，是主人公對現代文明的朦朧追求：他在淡水看到了他羨慕已久的樓房，「我幾乎願意用莊麗這個最高級的詞兒來形容它。」（頁240）於是，他一進入有八角塔的中學，就開始對人生有了新的嚮往：「進了校門，開始是寬約二公尺左右的紅磚路——一塊塊紅磚頭鋪起來的。它在兩旁的無數棵榕樹挾持中蜿蜒伸展開去，直伸入虛無縹緲中——這是當時的感覺。那林蔭、碧草，彷彿深不可測。」（頁240）作家寫的自然是主人公當時的真實感覺，但「虛無縹緲」一詞則暗示了豐富內涵：既包含了少年對未來人生路的美好的飄飄然的希望，又暗示出它的極不可靠性。

　　與淡水中學裡施行殘酷的法西斯教育相適應的，是小說所描寫的全然封閉的中學生活。作家通過學生之間的等級制度和欺凌弱小的描寫，揭示了在這種喪失了人的尊嚴的皇民化教育下，奴隸的島民是如何一步步接近「皇民」的臺階的。那麼，在這種令人窒息的教育環境裡，淡水鎮的文化對此扮演了怎樣一種角色呢？淡中的八角塔是作家回憶少年時代精神歷程的象徵物，第一、四章的時候曾被描寫過，描寫場景一次是表現主人公在塔前草地上昏昏睡去做了一個噩夢，噩夢醒來趕緊朝八角塔跑去；另一個場景是和祥安寧而且充滿均衡的莊嚴相[5]；八角塔成

5　小說這樣描述著：「正中是一座八角塔，大概有四層樓那麼高——這不算很高，但比起臺北總督府的那瘦而長的塔身，卻顯得格外沉著安穩。兩旁是二層樓。前面兩廂伸向西，各有三間教室，都是平房，廂端又是兩座八角塔，但比正中的要矮一大截。……」（頁241）

為主角逃避醜惡現實投入其懷抱的地方。從相關的介紹裡頭，我們知道
八角塔是淡水中學的精神堡壘、象徵，建築師羅虔益（D. W. Dowie）
在1913年10月底奉派到淡水宣教，並協助淡水中學教育工作以及規劃建
設校園及校舍。八角塔在1923年11月開工，1925年6月竣工。他成功的
融合了中國寶塔和西方拜占庭式建築風格。採用很多地方性建材，按農
宅三合院格局，正面大門的主塔由方形轉成八角形，兩邊護龍教室也由
八角塔依次降低（目前已加蓋二樓），至前端再升高建有兩座八角形衛
塔。三塔環護青翠的前庭，中間開椰林道通正門，主塔正門以紅磚面和
粉面紅白交替非常美觀，正門以觀音石雕出雀替和宮燈，上方原門楣有
「淡水中學」和吳廷芳的篆隸「信愛望」校訓。

　　而在小說第九章裡，作家又提到了淡水鎮的另外一個建築：淡江大
教堂。他這樣描寫：「那教堂——我凝視著尖塔——有著比我前此所想
象的，更多更奧妙的事物，那不祇是張開嘴巴唱讚美歌，閉上眼睛禱告
就能明白的。在下坡路上每前進一步，那塔就高出一寸，我越進（就是
身子越低）塔就越顯得高——彷彿那塔在自動地長高，長高。」（頁296）
很顯然，這教堂尖頂的不斷「長高」不僅是一種幻覺，它暗示了主人公
面對教堂而發生的精神成長。淡水早期受過西方殖民主義者的開發，至
今留下許多西方殖民主義文化痕跡，馬偕博士也是以傳教的名義進入淡
水的，因此淡水文化上呈多元狀態。淡中本來是教會的學校，其原有的
教育精神不能不與日本殖民政府制定的皇民化教育相抵觸，而當主人公
用去教堂來平衡在學校裡受到的壓抑時，其不知不覺又回到了真正的淡
中精神。陸志龍在小說中是一位自小就受洗的基督徒，在中學裡他的想
法、性格與皇民化教育格格不入。如果我們將書中對日本舍監、教練的
渾濁向下的描寫和對八角塔、淡江大教堂的清新向上的描寫對照起來

讀，不難感受到日本皇民化教育與馬偕博士的宗教精神在一個本土中學
生的精神世界裡的衝突。

　　幼年時的作家，家裡頭就常去做禮拜，在教堂唱聖詩的和諧動聽、
美好經驗，很早就打動當年那個寂寞又驕傲的小男孩心中。在第七章作
家描寫了陸志龍做禮拜時巧遇林鶴田，第九章寫道陸志龍走到淡水海岸
線，林鶴田與他的對話，林鶴田的深思多識都讓主人公陸志龍訝異、欽
佩，也發覺自己應該要懂的事物還很多。

　　佛教徒藉著課誦、梵唄，以及儀軌，來傳達並提昇宗教情懷，透過
音聲所唱的梵唄，傳達出最深沉的感動，並將自我的身心深深契入讚頌
佛德的意境中。基督教裡頭的靜修、祈禱、頌經、唱詩、禮拜，也同樣
提供了一個人心靈得以安息、得以釋放、重新得力的一個場域，使意義
價值的生命意識重新被激起、美好的人性再度被釋放出來。小說中主人
公即感受做禮拜時鐘聲悅耳，撩人情思，而聖歌的悠揚迴盪，也因之吸
引了林鶴田走入教堂。不久之後的再見面，林鶴田就提到教義信、愛、
望。在那樣嚴苛的巴斯達教育訓練環境裡，更容易使人意識到或回復到
人性的尊嚴光輝上，以及人的自我認同上罷？宗教的柔軟與寬容，成為
讓人內心安寧感動的源頭，尤其對這群離家寄宿學校的年輕學子。

三、以小襯大，寫出淡水及時代

　　淡水地勢多山,觀音山和大屯群山,隔著寬闊的淡水對峙，風光明媚
素有「東方威尼斯」的雅稱，昔日一直是臺灣歷史文化的重鎮，而淡江
中學正代表著淡水的歷史文化。

　　從《八角塔下》一書可以看到很多淡水人文歷史與風情的描寫，嘉
慶年間在淡水五小崗前緣海邊，建有砲臺守備，稱之砲臺埔。是馬偕博

士在臺宣教和教育的根據地，也是淡江中學茁壯與成長的地方。以宗教精神立校，以西方人本教育為主體，以臺灣子弟為教育對象，無法見容於日本軍國主義的「皇民化」政策，自是可見。所以始終無法獲致總督府「備案」和「認定」為合格的中學校，學生無法繼續考高等學校、升大學。昭和12年（1937年）臺灣總督府修改教育法令，認可私立中學之創設。同年，有板（1937.1.6-1945.11.20，日本東京青山學院英語師範科畢業）校長開始興建「馬偕博士紀念圖書館」，但進入皇民化時期，在教育上灌輸「日本精神」，在服裝、儀態、生活作息都對學生改採軍事化管理，並實施更嚴格的軍訓課，練槍、打靶、劈刺等。有板校長在一般評價中倒還算開明、用心治校的校長，不過對一位十幾歲的小孩子來說，有板校長喜歡長篇訓話，不斷強調淡水中學好不容易才爭取到「設立認可」，再不是教會學校，學生畢業後可以參加上級學校的考試，而且負有皇民化運動的崇高使命，他還聘請了一位體操教練兼舍監的驃悍勇猛的琉球人（沖繩），對學生施以打罵教育。在這裡主人公逐漸脫離了孩童的懵懂，幾次的處分及被誤解痛打，也讓他認識了許多事情。

四、情與欲的激盪、轉化

少年的情感世界，是青春的苦澀與成長的喜悅。《八角塔下》另方面也展現了中學生青春的美好與詩情。青春像一條河，河的流程最燦爛處，是成長展現的生命真實和心靈圖景。書中除了同學之間的友誼，情欲的衝撞、迷惑、昇華也是青春期學生邁向成人的必經階段。

小說第一章一開始即觸及學校裡頭高年級生欺負長得像女生的低年級生，發洩其性衝動，這事與主人公惡夢結合，筆力精彩，而這一章本是第七章才提到的事，但作家把這事提到最前頭來寫，足見作家對美

好情愛的追求，而厭惡齷齪、欺凌、不平等的暴力施諸人與人之間的愛。小說中也描寫主人公正值情竇初開的年齡，對愛情多少帶有憧憬和幻想。身體的變化、內褲散發的體味，「一種對性的成熟的模糊的概念偷偷地萌生在我腦中。」因而在小說的後半部分，作家的注意力從淡水小鎮轉移開去，敘及了陸志龍與彩霞、阿純、靜子間「愛情（欲）的迷惑」，更真實傳達少男成長的真相。主人公的兩次刻骨銘心的愛情經歷，一次發生在臺北市中，一次發生在大溪山區，形成了淡中／臺北；淡中／大溪的對比，而前半部分所設定的「日本皇民化／西方宗教精神」之間的更帶有時代特徵的衝突，反而被淡化了。但從整部作品的構思來看，後半部分的視野更加開闊，以現實生活的嚴酷性來粉碎中學皇民化教育的虛偽實質，所謂「做一個堂堂正正的日本人」的囈語不攻自破。主人公的兩次不成功的戀愛事件，第一次與臺灣女子阿純的悲劇發生於傳統家庭制度陋習，阿純受不了母死又被大阿母惡毒打罵上了吊；而後一次與日本女子靜子的悲劇則反映了殖民地臺灣的民族等級之間的嚴酷性。小說在結尾時寫到：主人公因與日本女子戀愛受到阻撓和陷害，而淡中的那位日籍校長卻在畢業會上喋喋不休地鼓吹臺灣人與內地人通婚，以製造出混血的「優秀民族」，自然構成了絕妙的諷刺。

　　讀這部作品時體認到的意趣，源於文本塑造了一個具有新意的少年形象，他執著地出現在我們的審美視野中並走入我們沉思的心靈，而似情非情、似愛非愛的朦朧情懷，構築出作品的藝術韻致與張力。對於青春成長軌跡的描摹，使文本中營構的人物及經歷過的生活細節，既傳達出時代之聲，也昭示了心靈的力度與性格的內蘊。隨著阿純的死、林鶴田的退學及吸煙事件的獨自承擔、期待與靜子能再相逢，主人公也隨著每一次的悲苦挫折不斷蛻變成長。末了，正預示著：雲霧撥開，重見藍天。

讀小說，辨金針

——讀《現代小說啟事》

　　張素貞老師對現代小說的研究與解讀，已經累積了許多成果。最近，繼她對現代小說的細讀、續讀和選讀以後，又有一本九歌版的《現代小說啟事》問世，對縱橫五十年的兩岸小說創作都有獨到的心得與深入的評說。作者在課堂裡指導學生，與學生們反復討論和解析現代小說，引發出許多趣味盎然的題目，她的新著彷彿也是一門內容豐富、引人入勝的小說課程，引導讀者進入小說世界盡情漫遊。也許作者編這本論文集時也是存了這份心思，所以才在書的前面先列上一篇「請客入門」，先要詳細告訴讀者，她評析現代小說用的是怎樣一把尺子。

　　本書從文章排列上來看，第壹輯是較為宏觀的作家或作品論述，也有文學創作現象的討論，第貳、參輯基本上是細讀作品，輯貳主要討論年長一輩的作家的作品，有沈從文、張愛玲、姜貴、潘人木等作家的作品，時間跨度由二〇年代到五〇年代，輯參討論的是後幾代作家作品，包括了劉大任、王禎和、黃春明、李潼、洪醒夫、李杭育、郝譽翔等人的創作，基本上是貫通了七〇年代到九〇年代的作品。雖然作品的時間跨度很大，但作者評析小說的尺度是一致的，也就是從小說敘述技巧入手，緊緊抓住了小說的敘事結構與語言運用，挖掘出被表面故事內容所遮蔽的小說本身的意義。所謂小說本身的意義，也就是要追尋這篇小說是如何形成的？作家是如何把一個故事敘述出來，這涉及一系列敘事角度、人稱、語言等概念，而不僅僅關心故事的表面內容。姜貴、潘人木

的小說在發表當時離不開政治上的反共背景，但這些作品之所以放到現在來看還是「經典」，因為它們在小說敘事本身仍然保持了自己的特色，所以不僅有時代「傷痕見證」，更主要是「深諳小說技巧」，內容的時代意義已經淡漠，但敘事技術依然值得稱道。如對《蓮漪表妹》的分析，本書強調了作家「第一人稱」的敘事角度，由於第一人稱的有限旁知或自知觀點，使小說在敘述情節時「便於營造神秘氛圍、布置懸念」，使人物忠奸不能立現，因為需要隨著敘述人的觀察逐步深入，才能慢慢發現。這樣一些小說的本身因素支撐了小說的藝術性，在當時反共背景下無需考慮，但在今天卻成了小說經得起時間篩選、成為經典的主要原因。沈從文的小說名作很多，作者卻獨具慧眼選了一篇完全沒有名氣的作品〈在別一個國度裡〉來分析，因為這篇小說的敘事技巧非常凸出，作家通過多封書信的第一人稱敘述，出人意外地講了一個山大王娶親受招安的浪漫故事。湘西歷來出土匪，讓人聞之毛骨悚然，但在沈從文的故事中，土匪頭子不但令人同情，而且是個「完美的丈夫」，被搶的新娘也成了「幸福的妻子」。這裡當然寄託了沈從文先生對湘西民間的熱愛與美化，而且這種觀點並不是從文先生強加給讀者，卻是通過多個敘述人的自我表述，讓讀者逐步領會，然後恍然大悟、啞然失笑的。尤其是最後的結局，如果不是通過女主人公給親密女友的私人通信，很難表述得令人信服。本書分析這個作品似乎一直在複述故事，但在看似簡單的複述中，把小說的敘事特徵不動聲色地傳達出來。讀張老師的小說文本分析，很少感受到中西各派理論術語的困惑，她只是在複述故事中讓人自然而然地梳理出小說的敘述特色，既看到了繡成的鴛鴦，更加領會了繡成鴛鴦的高明的金針技法。

　　張老師對作品的分析時有一針見血的精妙處，我很喜歡她對劉大任的作品〈鶴頂紅〉的分析，這篇小說不過兩千字，敘述結構的簡單與敘

述內容的繁複構成了很有意思的張力。小說的意義在於嘲諷，即如本書作者一言道破的：如果以廣大的宇宙觀質疑他對魚與人的態度為什麼這麼天地懸隔？我們看出作家似乎就寓含了這樣調皮的嘲諷。前一句是小說提供的情節線索，而後一句則是張老師對劉大任這篇小說的敘述風格的概括，有了這「調皮的嘲諷」作引導，我們就不難體會小說開篇第一句是藉頑固的父親的嘴所說的「再試上兩三代，總該有結果的」一語的雙關與幽默，也不難理解小說最後主人公鶴舞音清的美麗幻覺的意義所在。

現代小說的敘述形式還離不開對語言的探索，臺灣小說的語言有得天獨厚的優勢，在國語為主體的敘述中，可以配合各種臺語以及外來語，臺語也不僅有閩南語，還有客家語和原住民的語言，在王禎和等作家的不懈努力下，臺語和外來語進入小說敘事已經成臺灣現代小說的一大特徵。本書在分析小說的藝術特色中時時顧及到對作家語言嘗試的鼓勵，在論述李潼、洪醒夫的小說時都有專門篇幅論述臺語外來語的應用，但也提出了小說過多應用方言而可能造成變相自我設限的問題。在關於王禎和的〈老鼠捧茶請人客〉中那首童謠的分析，從日語的原文到臺語的變文的追根溯源的分析中，確定了小說敘述人奶奶在小說中的身分，以及小說中承擔的功能·對於我們理解王禎和的作品，直接提供了意義的綫索。

這本關於現代小說的研究論著，最大特色是在平易的文本解讀中，讓人不知不覺地進入了小說的藝術世界，使原先閱讀小說時不甚清楚的感受突然有了更深的領悟。我由此想到書名上的「啟事」，也可以作「啟示」來理解吧，通過這本書我們確能獲得許多關於現代小說的寶貴啟示。因此我想說，這本現代小說研究，對喜歡讀小說又苦於說不出一個所以然來的讀者而言，是非常好的入門書；對一個有幸進入她的研究

事業的作家而言，也是真正的知音者的對話和回應。這不也是一種啟
示嗎？

讀鄭清文的兩篇小說

——〈二十年〉、〈雷公點心〉

　　大約是2005年11月時,在一次北縣文學評獎會議時,我與鄭清文先生同評小說類,他是召集人,我曾好奇問過他:您的那篇小說〈二十年〉,寫得那麼好那麼感人,為什麼沒收入《鄭清文短篇小說全集》?他回答我說:是因版權問題無法收入,因這篇小說收在三民書局出版的《校園裡的椰子樹》,三民書局未能授權。他還提起當初是因介紹葉石濤作品給三民,結果三民要他把作品也給他們,可是審查結果葉石濤的沒過。原先要幫忙的美意泡湯,而自己的作品也被限制使用,實在是始料未及。這且不去說它,就說說兩篇少被人提起討論的作品吧。

　　〈二十年〉是一篇臺灣人在二戰(南洋)經驗後的創傷故事,小說分兩部分,一是歸來,二是二十年,題目「二十年」其實就是敘述者在歸來後二十年仍舊面對著自己心中的傷痛,二十年間好友、好友妻子(美珠)皆已逝去,而女兒(玉雲)也必然是步上母親瘋死的命運,怪不得題目加上副題「二十年也勉強可算一代」。小說寫「我」帶回好友陳吉祥的一撮短髮、一點指甲屑。在戰地時,陳吉祥常常把妻子美珠的事情講給「我」聽,他們常一起看著美珠寄來的信,甚至女兒玉雲的名字,也是他倆望著北方的天空,看到低徊在遙遠地平線上的白雲而命名的。「我」的心裡遂有一個感覺,好像跟美珠很熟稔親密,對美珠充滿遐想與愛慕。甚至逃亡時,「母親替我求來的神符,也在這期間給遺失了。

留在我口袋裡的竟是一個沒有見過面的女人的照片。」命運就這樣將這一對母女與敘述者「我」拉近了。

後來不堪日軍凌虐的臺灣兵逃亡山中，在食物極度缺乏的情況下，屍身成為食物的來源，最後人也成為獵物。很不幸的，陳吉祥竟被飢餓的逃難士兵射殺，他的肉被做成湯，在一種非常恐怖、非常不得已的情況之下，敵人還強迫「我」喝了一口肉湯。「我」心裡面一直有一種感覺，好像必須娶她、照顧她，才算盡了自己的責任。回鄉之後，在美珠多次的追問下，「我」說出了那段經過，美珠聽到這樣慘絕人寰的事後，她崩潰瘋掉了。「我」本來是不願說的（嚴格說來，也有想說以擺脫痛苦的矛盾），在一次不得已的情況下說出的這件事，其實包含頗多的寓意，「我」回來以後生了滿身的毒瘡，是因在山間的十幾個月，能放進口裡的東西都吃下去了，尤其是喝下好友陳吉祥的肉湯。吃人的隱喻意義，恐怕是殘酷、罪惡、痛苦和荒謬這些字眼都不能道盡一切的。所以「我」在之前一直有所保留，自我隱瞞，不去碰觸那傷口，這「隱瞞」隔離他對戰爭的罪惡和痛苦的一切回憶，藉此築起一個自我防衛的機制。可是當他把喝人湯的事說了出來，而且是說給一位他非常關懷在意的人以後，他自己的毒瘡竟霍然而癒，而美珠卻瘋掉了，不但她瘋掉了，連她的女兒玉雲後來也瘋掉了，這是非常沉痛的。戰爭的痛苦和罪惡感由「我」轉遞給她以後，有的人較脆弱，柔軟的心靈無法承擔，於是心神徹底崩潰，進入精神病院，瘋狂變成是一種治療。戰爭遺留的痛苦，並未隨戰爭結束而終結，也未隨美珠的發瘋死去而切斷，美珠的女兒繼續步上母親的後塵，小說以暗示手法，強調戰爭迫害的延續性、擴散性；而「我」不敢再提及我的記憶，對於這樣的歷史，就像不可言說一樣，塵封在個人的內心深處與崩潰的心緒中。不是受難者的指控，也不是施虐陣營的懺悔，而是戰爭倖存者飽受私密的戰爭記憶所苦，愛格·納索

（Agate Nesaule）在《琥珀中的女人》書中的後記所寫，「任何一場戰爭的槍林彈雨終會休止，身上的傷口會癒合，記憶會逐漸模糊，但是，那些戰爭的生還者，卻必須與可怕的經歷共存一生。」不僅此也，戰爭其實與所有人的命運都緊密難分，陳吉祥無辜犧牲了，他的家人，妻子、女兒、媽媽，沒有一個倖免，苦難不曾隨戰爭結束而結束，而是代代相傳，一個傷痛的二十年過去了，另一個二十年卻隨即展開，「看樣子，她會像她母親，也是蠻好伺候的吧」，不就是美珠苦難的再複製？

　　至於〈雷公點心〉這一篇小說以臺北都會為背景，捕捉了現代人在都市生活的面影，並且透過母親與兒媳對食物用品觀念的差異，呈現新舊時代人們價值觀念的改變，以即因這改變帶來的親情衝突，作品深具時代精神與社會意義，也是一篇很有意思的小說。從小我們就琅琅上口：「鋤禾日當午，汗滴禾下土。誰知盤中飧，粒粒皆辛苦。」又說：「守家二字勤與儉」，可以說勤勞與節儉的觀念早已深深鑴刻在每個人的骨頭裡，浸透到每個人的血液中。過去物資匱乏的年代經常一件衣服「新三年，舊三年，縫縫補補又三年」，人長大了，衣服小了，那就給小妹妹、小弟弟穿吧；洗衣洗菜水攢起來可以沖廁所；米粒飯菜不能浪費，免得將來嫁了麻子臉。也許是歷史經驗中，我們的上一輩有過太多苦難，因此生活多求節儉刻苦。從好的方面看是惜福，是居安思危也是環保。只是時代變了，當媳婦買一件衣服的花費差不多可以讓鄉下人吃上一年時，老人家便要翻來覆去的睡不著；當全家人都不吃隔餐的飯菜，把剩餘的飯菜傾掉時，老人家也不免要碎碎唸，婆媳代溝能不因此產生嗎？

　　小說中的老婦人十分節儉，她的思維一直是有用的東西不能扔，可吃的食物不能丟，但對兒子來說，在都會生活，東西多而空間狹小，沒有辦法，只好扔掉。她到兒子經營的餐廳，看廚師對一條魚只取那麼一

點肉感到不忍，她把佣人扔掉的菜又幫忙挑回來，種種被扔掉的情景讓她不忍、不捨。因此當她看到被顧客動了幾筷就「遺棄」的雞腿，就挺心疼的一把抓進手裡。她做不到暴殄天物，端回來的大蝦子趕緊順手塞到口裡。老婦人的極度節儉為兒媳帶來尷尬與不便，在兒媳眼裡，她的舉止顯得很怪異，她的出現只是徒然礙手礙腳，並影響餐廳的生意。這裡頭沒有絕對是非可言，是時代變了，人民的思維也跟著變了，老婦人覺得餐廳哪需花幾萬元去裝飾？她覺得可吃的東西就應該吃掉，怎能扔到餿桶裡去？農婦樸實的想法，哪裡能理解城市居民的生活方式在總體上正從節儉型向消費型轉變，人們對生活品質和衛生健康的意識明顯增強的道理？尤其工商社會大張旗鼓地鼓勵消費，以刺激經濟，維持充分就業的觀念正瀰漫著，做兒子的進入都會求生存，自然也慢慢改變了過去的想法，跟著時代前進。但是老婦人仍然堅守傳統觀念，這就造成母子兩人或者說上下一代之間的代溝。俗諺說「由奢入儉難」，說的是由富變窮無法適應的痛苦，然而「由儉入奢」也一樣不容易啊。小說題目是「雷公點心」，文中有句話說「糟蹋東西的人，和對父母不孝順的人，是一樣要遭雷殛的。」民間就傳說浪費食物會被雷公劈死，老婦人很喜歡講這一句話，用它來規勸告誡兒子，也用來抒解心裡的不快。這句話很傳神，也使小說生動起來。

作者表達思想情感的言語，正如他的小說語言，很簡潔、含蓄、清淡。這篇小說其實也給我們一個省思，人類的經濟能夠建築在消費主義上嗎？我們今天拼命消費，也許可以刺激經濟，可是終究將帶給人類極大的禍害。自然資源有限，如果人類毫無理性地奢侈浪費，資源快速消失，那與自掘墳墓有何異？當然過分的節儉有時也不合時宜，但不盲從流行、不追時髦、不比闊綽的理性消費，在這時代不也很重要？

星光燦爛的文學天空

——我看《苗栗文學讀本》

一、他山之石——醒目的苗栗文學風景線

　　看李喬的小說，腦海裡總是揮之不去那一片悲苦嚎哭的蕃仔林，《山女》、《寒夜三部曲》幾乎是一字一血淚，雋刻在這悲苦大地的撼動人心的故事。之後，也擬為臺灣畫出文學地圖時，我理解了山林誕育了李喬的文學生命，李喬的作品成為苗栗文學的品牌，當然也是臺灣文學的品牌。李喬這些文學作品，為什麼恰恰在以蕃仔林為題材？七等生的沙河之歌創作之旅，為什麼恰恰在苗栗通霄？許許多多的苗栗作家作品與當地的關聯性，不就是時也，地也嗎？

　　好像是鄭清文說過的話，英國人曾經說，可以失掉印度，但不能沒有莎士比亞。現在，莎士比亞依然是屹立世界文學的高峰，而印度果然脫離了英國。莎士比亞所畫的文學地圖，遠大於整個印度。文學地圖不是一天就可以完成的，然而臺灣的文學也漸漸透過翻譯遠播世界各地，並得到重視。只要我們對自己有信心，肯下心力，很快的我們也可以為臺灣畫出一張文學地圖。這一張文學地圖其實得靠許多地方先畫出來，而目前這一工作正方興未艾。苗栗在做，臺中在做，彰化也在做。

　　「在某種意義下，幾乎所有的文學作品，都是旅遊指南。」梅爾維爾如是說。讀過《苗栗文學讀本》，正是一趟苗栗人文知性與感性之旅遊指南，記憶與夢中穿過的街道、屋舍、橋樑、寺廟、山林，仍然鮮活，

〈靈秀的後龍溪〉、〈內灣吊橋〉、〈秋遊獅頭山〉、〈武山農場〉突
然繽跳到面前；一不小心，也許就遇到陳芳明正站在路邊注視鷺鷥鳥的
盤旋；碰到去內灣吊橋郊遊寫生的張典婉，吊橋被使勁晃動，你可能為
之驚慌失措又感到緊張刺激。〈巴斯達矮考〉裡的南庄賽夏族矮靈祭依
舊年年舉行。我看到張致遠的〈與矮靈共舞〉，瓦歷斯・諾幹的〈在南
庄〉；我喜孜孜、好奇的看著老伯在山邊提煉樟腦油和香茅油。我不知
道我的許多夢想是否會實現，但我知道在文學中享有不朽定位的地方，
有許多迄今仍然存在，而更多的依然是我們這一代人的「生命現場」，
苗栗的文學之旅，也將會不斷有人傳承下去。

二、第一部地方文學讀本

　　近來不斷有文學選本、讀本的面世。歷來文學集多由出版社編選，
如爾雅出版社長期經營年度小說選、《中國近代小說選》等選集，近年
又由王德威編選《爾雅短篇小說選》及《典律的生成》。九歌出版社推
出張曉風編的《小說教室》、詩人陳義芝編的《散文教室》。洪範書店
由楊牧與顏崑陽編《現代散文選續編》。探討女性意識方面，則有江寶
釵、范銘如編《島嶼妏聲──臺灣女性小說讀本》（巨流版）；邱貴芬
主編《日據以來臺灣女作家小說選讀》（女書文化版）。另外陳玉玲編
選《臺灣文學讀本》（玉山出版社），二魚文化推出「臺灣現代文學教
程」系列，有《小說讀本》、《新詩讀本》、《散文讀本》、《當代文
學讀本》、《報導文學讀本》，專為大專院校通識課程所設計的教材。
臺中縣國民中小學臺灣文學讀本則分為：兒童文學、地方傳說、新詩、
散文、小說及導讀等卷（臺中縣文化局出版）。

　　至於《苗栗文學讀本》則更早，1997年出版了第一輯。這是各界期待已久的文學讀物，然而要給「苗栗文學」編一個讀本，談何容易？「創作」方面，作品的種類和數量不可謂不多，要從中編輯若干選本，不愁沒有材料。可是，困難也在於作品汗牛充棟，悉心選擇具代表性的作品勢非短時間內可以完成，而卷帙之浩繁亦可以想見。什麼樣的作品可以代表苗栗文學？《苗栗文學讀本》的編選工作，除了考量作家的籍貫、作品的題材外，對文學的藝術價值，對人類的生命的啟示，富含情意的薰陶和文學的想像也是編者用心之處。編者莫渝、王幼華以創作家、評論家和教學經驗豐富的教育工作者的身份，編選出極具特色，兼容詩、散文、小說的讀本，以細膩的心思深入挖掘作品的深刻內涵，並以深入淺出、素樸親切的文字，帶領讀者悠遊於文學天地。這一套讀本與獨立文類的編選方式不同。我想這可以更方便讀者進入苗栗文學的殿堂，同時也不受時空限制，可以一本接一本編下去。如果是各文類獨立的話，每一文類的續編本得等待更長時間才能出版。所以雖然目前僅規劃出版到第六本，但日後有機緣仍可繼續編輯出版。

　　這套讀本選文標準，據莫渝所述是：「縣籍作家作品與翻譯，有鄉土和國族觀點，有歷史和人民迴響、大自然的描寫、親情的溫馨、勵志小品、求學經歷、勞工心聲、旅遊的歡欣等。」而編輯苗栗文學讀本的目的，在於推廣縣籍作家的文學作品，延續文學作品的生命力，透過類似教科書的指導，普及文學、提昇文學認識。編者並不只推崇現當代知名的文學作家，對有潛力的新生代作家作品也選入讀本中，如甘耀明、解昆樺、高翊峰、劉正偉、蔡豐全、邱一帆、劉嘉琪這些頗具實力的年輕作家、詩人，便是可畏的新生力量。也唯有如此，苗栗文學才能更加茁壯。

每集選入詩文、小說，有主題說明、作者介紹、注釋及賞讀、思考等解說。有志於臺灣文學的愛好者，能從文本中獲得喜悅和智慧，甚至引誘出創作的可能和樂趣及資源，而各類秀異的作品，更是一道道精緻可口的文學佳餚。這些材料的提供，不僅可使讀者容易進入文學情境，也對教學工作者提供方便好用的鄉土教材。編者獨具隻眼選了苗栗文學之特色：客語詩〈屋簷鳥〉、邱一帆〈故鄉〉等。導讀部分掌握細部的文本詮釋，直接切入作品本身，讀出隱藏在字裡行間的訊息，解說流暢、清楚、精確，更難得的是取材視野廣闊、觀點詮釋貼切客觀。選為範文的李喬、七等生小說均極好，導讀工作復比較這兩位作家的差異處。在「思考」題的設計上，亦頗有特色。如詹冰〈天門開的時候〉，提到「財子壽」，進而指引讀者進一步閱讀呂赫若小說〈財子壽〉，等等，都是非常好的作法。莫渝翻譯法國詩人波德萊爾（Baudelaire，1821-1867）的詩作〈信天翁〉，導讀時即引介洪素麗〈信天翁〉一文。廣博的學識可見。〈王幼華書簡〉一文的思考題，是：「美國小說家斯坦貝克（1902-1968）中篇小說《人鼠之間》（鼠和人，1937年），描敘流浪漢渴盼有塊自己的土地，找出這部小說和王幼華的〈天魁草莽錄〉，對照閱讀。」張福盛〈田園印象〉思考題：「找機會靜靜聆聽德布西的〈牧神的午後的序曲〉，再細讀張福盛的這首〈田園印象〉，如果有興趣，再閱讀馬拉美的〈牧神的午後〉。」因之的延伸閱讀可說相當豐富有啟發性，也令人驚訝編者的博學深思。

　　就選文來看，童年回憶的文章不少，如〈玉蘭飄香〉、〈風箏〉、〈夏日蟬吟〉、〈內灣吊橋〉；反映環境惡化的文章，如〈拾荒者〉、〈靈秀的後龍溪〉，在現代化的歷程裡，斷層扞格是勢必難免的。幾乎是所有作家縈懷不去，難以擺脫的夢魘，他們以荒蕪貧瘠、齷齪污濁的意象描摹山城的變遷，凸顯在現代化急遽過程中，油然而生的失落、無

奈、幻滅和絕望的感受。美好的記憶不斷消失，過往的記憶突然湧現，眼前的山城遂變得遙遠無法辨識。天籟成了刺耳的噪音，星辰化為空氣中浮塵。農村鄉間早期的用具，〈磨〉、〈扁擔專家〉，都讓人重溫舊夢。相關的文學理論、寫作技巧的介紹也適當放入，同時每冊的「編後記」簡明扼要交代全書的編纂過程及各篇內涵，都是相當難能可貴。此外，藉著本地作家的翻譯，也讓文學更有世界國際視野。這是讀本甚為難得的編選眼光，誠如該書（第五冊）局長序：「人際關係的接觸與交往，是由近及遠的過程，這經驗使我們想從家鄉文學出發，擴及區域文學，延伸到國家文學、世界文學，讓文學成為人際交流與歷史傳承過程中潛在對話的橋樑。」

三、讓讀本有更多對話空間

五冊讀本，約選錄64位作家，114篇作品，如果能熟讀、細讀，相信對當地文學文化必能有深入了解。為了使讀本有更多討論機會，個人僅提若干問題共同來思考。

讀本入選作家，其次數兩次（含）以上的有：王幼華、江上、李喬、杜榮琛、沉櫻、林壬雨、林海音、邱一帆、洪志明、張典婉、張致遠、梁寒衣、莫渝、陳朝棟、黃恆秋、詹冰、蔡豐全、薛柏谷、謝霜天、鍾喬、羅浪等。這即面臨編選者如何對作者加以介紹，是文字完全相同呢？還是大同小異？或是有進階上的考慮，材料由少漸多，由淺而深？如「江上」，兩次入選散文，一次入選小說，散文兩次介紹，一次忠於日治當時學校體制，使用「公學校」一詞，另冊則使用「國民小學」。在小說處，則一律使用民國紀年，如一九三二年改為「民國二十一年」。又如「林海音」在第四、五冊都入選其散文，第五冊作者介紹除了補上卒年，

反較第四冊為少。又如「梁寒衣」，其著作《迦陵之音》，第二冊列為「散文集」，第四冊列為「短篇小說集」。「沉櫻」，或用「沈櫻」。其本名陳鍈。早期字體「沈」具有沈、沉之意。沈櫻當然也可以讀同姓氏之「沈」，但筆名似乎是和「陳鍈」同音的。讀本中兩種筆名使用上不一致。「謝霜天」，本名謝文玖（第三冊）或謝文玫（第二冊），應是謝文玖。「柏谷」在第三冊頁169與196作者介紹，前處有「加入紀弦的現代派詩人群」。在第四冊薛柏谷另署筆名徐澂，亦選入兩次，頁163譯者介紹謂：「同紀德遺著《回憶錄》乙文作者」，愚意應先介紹說明，此段文字移到同書頁177。易言之，應是後頭的同於前述。而目錄上的作者署名，似乎也是應有體例可循，如柏谷、薛柏谷、徐澂實為同一人，對一般讀者恐將混淆不清。至於行文中的體例尤需統一，如戰後有用西元有用民國。

　　選文缺「戲劇」類，鍾喬是此中佼佼者，但選文所選鍾喬之文與此無關。當然選文有各種考量，或許恰無適當文章可選，或許篇幅過長。說到篇幅，讀本自然不可能選入中、長篇。但不妨做節選作品再做導讀介紹。尤其像李喬、吳濁流都是以長篇小說膾炙人口。此外苗栗客家山歌、民間傳說故事等民間文學都可以考慮選入。第五冊選入解昆樺〈群義・焚夜——霧社事件〉一詩，之後有關此詩之「創作意念」及「解說」，應放在此詩內，似不宜變成選文。〈向羅浪請益〉似也應列入作者羅浪的介紹或導讀裡，獨立為選文，頗為奇特。

　　另外，苗栗出現過不少優秀的作家作品，當然不可能在這五冊全部涵蓋。但似乎可補上：曾信雄、李渡愁、（曾、李二人書後附錄「苗栗縣文字工作者資料」可見，但作品未收入）、林文煌、許仁圖等人。李渡愁，曾加入「四度空間」、「曼陀羅」詩社，並任《長城》詩刊主編，後創立「臺北詩壇俱樂部」，擔任社長。曾獲第22屆國軍新文藝金像獎

散文首獎，第21、22屆聯勤文藝金駝獎散文首獎。詩風婉約，作品中透顯出一種憂鬱的氣質，充滿孤寂之感。曾信雄早期偏重鄉土小說的寫作，刻劃農村、林場之生活風貌，以低層層人物為描述對象。1974年以後，改寫兒童文學作品，以樸實的文筆描繪孩子們的世界。讀本在兒童文學上可以考慮選一些作品。許仁圖，曾任河洛圖書出版社、河洛電影公司、萬隆電影公司負責人，《臺灣時報》記者、文藝組主任兼副刊主編，散文幽默，雜文犀利，小說多取材於社會現實，並深入探討人的尊嚴及弱點。1986年，曾以獄中經驗寫成「阿圖鐵窗十書」，描述囚犯的獄中生活。另外「思考題」的若干問題，如賴江質的〈苗栗頌〉，編者說「將此詩與羅浪的〈山城〉，略做比較異同。」題目設計應是放在讀過下一篇羅浪的〈山城〉之後，比較合適。又如「日本文豪川端康成和臺灣作家吳濁流均有〈山月〉的短篇小說，找機會讀讀。」命題與賴詩的「山作圍牆月作鄰」有關，構想極好。但吳濁流之作為〈海月〉（〈水月（海蜇）〉）[1]，非「山月」。至於小說方面，在體例上似也可考慮與詩文類同有賞讀、思考。這些不成熟的意見，於再版時或可斟酌。

---

[1]　吳濁流此篇小說之篇名有若干問題可留意。拙著《日據時期臺灣小說研究》曾提到吳濁流於〈泥沼中的金鯉魚自述〉謂：「於是我硬起頭皮，苦心三日寫一篇〈水月〉給她看，她稱讚不已，於是代我投臺灣新文學雜誌，僥倖刊出。」然〈水月〉一文實則刊於新文學月報第二號，1936 年 3 月 2 日，題名為〈海月〉。（文史哲出版社，1995 年 2 月，頁 289、290）後來又見李魁賢先生〈水月、水母及其他〉一文有更詳細的說明，此問題頗有意思，可參《文學臺灣》21 期，1997 年 1 月，或《李魁賢文集》（第柒冊）（行政院文化建設委員會出版，2002 年 10 月，頁 149-152）。

四、許一個苗栗的未來

　　一個富有文化內涵的高品質社會進程中，文學是極重要的一環，文學是思想背後的推動力量，是對現實中的生活世界的補救。依王幼華、莫渝的《苗栗縣文學史》，可見苗栗縣自古以來文風鼎盛，從清領以來即人才輩出，詩人團體蓬勃發展；阮蔡文、周鍾瑄、吳延華、黃驤雲、吳子光、蔡啟運、丘逢甲及櫟社陳貫、陳瑚（一門之雙璧），現代文學吳濁流、詹冰、李喬、七等生，及由北京返鄉的林海音等在臺灣具有不可搖撼的重要地位。同輩如江上、謝霜天聲譽亦高。中生代詩人莫渝、杜榮琛；小說家雪眸、王幼華、梁寒衣；報導文學張致遠、張典婉、藍博洲；從事戲劇創作的鍾喬；致力於客家文學的黃恆秋等，可謂各領風騷，較諸其他縣市有過之而無不及。

　　但從整體文學環境來看，此際加強各級文學教育、散播文學種籽；深化寫作技巧、精緻文學批評；剖精析采、挖深織廣文理脈絡；辦理相關文學活動，活潑文學評論與研究風氣，正是亟當努力之處。尤其在臺灣各縣市中學生國語文測驗評比之後，如何恢復苗栗淵源流長的優美文風，可說當務之急。苗栗文化中心時期，即出版作家個人作品，後又有「認識作家」系列，著重於重要作家生平介紹。1997年6月起每年出版一本「文學讀本」，2000年出版《苗栗縣文學史》對此地作家作品，做了非常完整的描述。對於寫作人才的培養、閱讀人口的開發、相關文學活動的舉辦等，都具有推動文學的相當熱情。而此套文學讀本，對鄉土教材編纂實有相當參考作用。目前由教育局編印的鄉土教材，題材的編寫側重於歷史，若能在定稿之前交由文學家及鄉土文學史家加以修訂及

潤飾，使鄉土教材除了是認識鄉土史地的讀物外，也可以是一部文學作品。選則臺灣本土優秀文學作品，使學生直接進入本地文學的閱讀。

　　商業社會的衝擊，視覺藝術的衝擊，這些衝擊在臺灣各地都是相同的。市場經濟和商品化社會使原來被壓抑的慾望表面化了，文學創作的神聖感被褻瀆、被懷疑，人們以幾乎不加節制的態度，是文學為遊戲和娛樂。擺脫了負荷沉重的文學，頓時變得輕飄，狂歡縱情的姿態，普遍缺乏一種人文的關懷、人文的精神，在信仰貧乏的世紀裡，召喚這些與土地人民歷史結合的文學，幾乎不免要受到年輕世代的嘲弄。然而在這些讀本文學作品中，我們看到了臺灣人對土地的認同和關懷，更感受到這一代的生命力和新希望。願苗栗作家們繼續努力，打造更多的苗栗文學的品牌，使苗栗文學的天空，更加星光燦爛。

寫在散文邊上

──賞讀《中華現代文學大系（貳）臺灣1989～2003 散文卷（二）》

　　本書收錄張曉風、杏林子、董橋等二十位作家，作品五十八篇。作家出生年齡自一九四一年起至一九五二年止，期間年歲差距約十年，而作品發表時的年歲約五、六十歲前後，正是中年厚實的人生經驗和廣博的人文知識成熟期，因此他們的散文時見深刻的感悟，思想的啟迪和如沐春風的愉悅。如果分析他們的身份，會發現多數是學者（教授）兼作家，張曉風、董橋、周志文、亮軒、席慕容、鍾玲、黃碧端、柯慶明、陳芳明、蔣勳、顏崑陽、高大鵬、邱坤良、廖玉蕙都是，其他幾位如吳晟、李黎、凌拂也都曾任教職，我在這裡不歸納為學者散文，而僅是著重其身份，謂之為學者所作的散文，而這樣類型的散文有甚麼樣的特殊之處？讀完這些作品之後，大抵感受到不少作品充滿書卷氣，博採中西，融通古今，對東西方歷史、哲學、宗教、文學方面知識的徵引遠遠多於其它類型的散文，深邃的文化意蘊流露無疑，對瞬息萬變的社會保持適切距離的觀察、反省及批判，筆致能感性與理性匯通交融。當然每位作家性情、成長背景不同，其題材與風格也自有不同，吳晟、陳列、邱坤良、廖玉蕙、周志文作品中的民間性，在潑潑刺刺的生命力外，也是情感的寄託，情醇意濃，語樸味淡，感人至深。此外，散文創作的真實性自「五四」新文化運動之後，有很長一段時間被賦予社會性、時代感、真實生活等方面的描寫，散文真實的精神向度被置換為經驗向度的

真實，但隨著對散文創作的不斷反思，散文的真實與虛構，散文的跨文類都有新的認知與實踐，顏崑陽之作即常於筆下馳騁自己的想像，把讀者帶入亦虛亦實，似夢似幻，變化莫測的奇異世界。以下略就各家作品做一賞讀。

張曉風（1942～）的散文體現一種濃厚的故園意識與理想的人格追求，她的文章洗練而生動，可剛可柔、時真時幻，可說出入自在。因此，不管描人、繪景，或敘情、述事，都能得心應手。寫小事理，入細入微，寫大道理，入情入理，像隨時在鞦韆上擺盪的女子，將悲喜歡愁帶給讀者。〈開卷和掩卷〉是作家對於文學教育的關懷與期待，如果只知開卷，而不懂「掩卷冥思」，即使讀破萬卷書又有何用？這「掩卷冥思」，正是學者的必要工夫啊！除了要開卷勤讀還要能掩卷悲喜。〈塵緣〉描寫父親過世後，作家對父親的回憶，更加體悟到生命終究是挽留不住的。〈我撿到了一張身分證〉是對現代人身分的探索，這樣的議題在科技進步、社會變遷快速的時代，更是明顯，安部公房的《箱男子》或吳魯芹的〈數字人生〉對現代人的身分歸屬和存在的證據也有過觸探。信用卡、金融卡、身分證等證件就足以證明自己的身分嗎？「我」究竟是甚麼？那些簡單的學經歷背景就等同於「我」嗎？文瀾起伏，扣人心弦，最後事情急轉直下，身分證根本未遺失，找到時，「我感覺恍若撿到一張身分證」、「我撿到了一個『我』」，洞見燭照出自我生命存在意義的揭示。〈春水初泮的身體——觀雲門《水月》演出〉一文淡雅剔透，抒情靈動，為林懷民的舞作《水月》而作，作家非常細膩且富聯想力描述了舞者擁有一副「被祝福的身體」，並表示自己在雲門的幕前守候了二十五年且願意再守候二十五年，表達其深情之寄盼。〈鞦韆上的女子〉，將「秋千」的來由與象徵意義，細細考證一番，原來文字本身所代表的文化意義，並不是「秋千」兩字而已，最後連結到「我」，讀書和求知

才是我的鞦韆吧？如此寫法，多了一層知性哲理成分，但又不失感性浪漫。張曉風善於運用古典材料，賦古典以新義，結合現代文學創作技巧，靈活修飾文辭語句，散文充滿仁厚渾樸、雋爽、靈秀之氣，暢快展現個人對於情感題材的體悟與理解。

十二歲時罹患類風濕關節炎的**杏林子**（1942～2003），雖然全身關節均告損壞，長期與病魔為伍，但真誠面對苦痛和挫折的堅強毅力，使其生命甘泉汩汩而出，她豁然而自在的現身說法，不僅豐富了自身的生命，也滋養了他人，具現了文學的教化功能。其散文世界處處可見肯定生命之價值，啟發生命之教育，傳遞生命之信息。〈花月正春風〉寫自己與桃花、杏花、荷花相關的故事，但所呈現的風貌與精神內涵依舊是杏林子式的風格，大年初一喜樂的日子，自己卻關節疼痛和重感冒，她卻不當自己是病人而賴床，反而到花市買桃花去，當然她也知臺北空氣污濁不適合種桃花，買不到是意料中的事，在溫柔中可見她生命中的抵抗意志，也見出她性格中對民間、鄉土的喜愛。她的散文經營是一事牽繫一事而自然發展，讓人「不可思議」，所以從桃花盛開的宜婚季節，講到快樂的單身女郎，日子還是灼灼其華的。不能不出牆的杏花也是一樣讓人驚奇的寫法，故鄉是杏花的故鄉，出生月又是杏花花令，買不到桃花，卻看到有紅杏出售，因此想到「紅杏出牆」，想到臺北人生活空間之逼仄閉鎖，現代都市文明之不適人居，自然也要勸人出牆去看看外面世界。荷花這一則仍是寫她想養一缸荷花的心情與經過，文中再牽引出對都市對社會、人心的種種觀察所得，情理綿遠、趣味盎然。寫到最後，讀者都忘了她是病痛之軀，記得的是文中不時出現的詼諧詭譎的俏皮口吻，眼前出現的是活潑調皮的小姑娘正在花市買花的景象哩。

董橋（1942～）一位充滿濃郁中西書卷氣的文人，深厚的文化素養，不斷憶念的舊時月色中的人物和故事，使得他的散文在機械文明充斥的

現代，特顯出一份淡淡的閑適情懷與悠悠懷舊之情。其文字自有一股墨香，觀其文一如品茗聞香，淡淡的花香從寂靜中透窗而入室。〈桂花巷裡桂花香〉一開頭就說「人到中年格外依戀帶著鄉土氣息的景物人事」，通過《晚春情事》引發出來的桂花香、粉香、七里香，甚至是洋場金粉的樟腦味兒、植物園的的荷香，最後呈現的是文學是記憶的追悼，味道通常牽引出濃濃的懷舊之情，不過似乎女作家為多，男性如此細膩的倒是少見了。首尾呼應是董橋文章常見之特色，「對著語文，我聞到的是春燕身上的桂花香」，讀者則在他文章裡的墨香、書香裡聞到其憶舊情懷。董橋身為傳媒、編輯的身分，形成另一種文章風格，〈是心中掌燈的時候了〉可觀其對現代傳媒行業的憂心與期待，自有其識見與眼力，煞尾處一聲是「我們在心中掌燈的時候了」，讓人心頭為之一震，與舊時月色照亮的卵石小徑相襯，筆法不能不謂之高明。〈舊日紅〉、〈古廟〉都選自《從前》一書，從書名即可觀之百種人生，千樣情懷的感舊思懷，瀰漫著淡淡的憂傷。〈舊日紅〉裡，幾把舊摺扇，讓董橋想起年青時代的老師及老師的朋友蕭姨。收藏了一櫃子清末民初大小名家精品的蕭姨過世後，兒子不懂書畫，珍藏的書畫全被蘇州老家遠房親戚騙去。聞說這位遠房親戚，「竟是蕭姨嫁到南洋前的青梅竹馬舊情人」。董橋喟然嘆道：「那幾天，我常常想起蕭姨的粉藍旗袍和墨綠毛衣：崔護薄倖，初戀那片舊日紅，竟跟蕭姨墓草一樣寂寞了。」結尾一樣讓人置身濃厚的文化底蘊，走入悠悠的歷史長廊，有如一支鳴奏曲，一闋詠歎調，餘音裊裊。花時已去，夢裡多愁，〈古廟〉寫廟裡樣樣精通的「煒師傅」，他不是廟裡的和尚，但吸引了作者及一群小夥伴幾乎每天找煒師傅玩，還拜他做師傅練拳。難以忘懷的是童年一睹情事後的種種人事發展，鎮上的有夫之婦桂香嫂「興許是老闆娘借種吧？」他們說。「阿煒那小子鐵打的身體遲早耗乾，說不定還要惹一場刀光之災！」文章寫

到這兒，很容易變成精彩的八卦故事口耳相傳，可董橋卻僅以一句淡淡的文字收束，「那年暑假，我們找不到煒師傅了。」「我初中畢業出外求學，臨走前夕，舅舅帶我到古廟燒香：菜園子荒蕪了，師傅房前那堆雜草更放肆，都半個人那麼高了。」這種滄海桑田的時空變遷，提煉出來的思舊懷人之情，慰藉了當代人心靈的孤獨。要言之，董橋文章看似不經意，但許多輻射的光影最終聚在一塊兒，照應全篇，我私自以為他的散文不僅是通篇文字不可以拆開來看，最好是回歸到原文初始所歸屬的原書，整本書一氣呵成讀下來，更能體味其文章情懷。

　　文人雅士很少不寫到花的，周志文（1942～）的〈野薑花〉雖是極其普通的花，但文章構築出神秘而引人幻夢的意境外，也帶有讓人悠然懷想的情致。他的散文真是耐讀，在多次咀嚼之後，愈是甘醇襲人。在沖淡的筆調下，帶點詩的意境及不特意吊書袋的豐富知識，談野薑花、談皮匠與理髮師、談愛島嶼的人以及沉默的人們，裡頭相當深刻的認識卻是通過簡易凡俗的方式說出，因此他的散文情長、味遠、意深，散發出作者熠熠發光的思想火花與湛然和藹的藝術之美。他寫過樹和花，比如落木、木棉、鳳凰木和野薑花，本書所選的〈野薑花〉一篇，他從學生送來的野薑花，寫到亨利・盧梭的畫，引出少年時帶外甥到河邊採野薑花的經驗，他跳入水中，去花叢間採野薑花，卻看到大大小小的蛇，他在既害怕又震驚中，「被眼前的奧秘而寧靜的秩序震懾住了」，原來樹葉、花朵、水、蛇和瀰漫在四周的空氣，都是這秩序的一部份，人當然也是，不宜干擾或作任何的破壞，這樣的結尾讓人深思，而就文章結構言，很自然縮合了亨利・盧梭的畫作中的危險、緊張、神秘而寧靜世界的秩序，恐懼將消失，心靈也得以安居。

　　周志文也愛寫我們平常習焉不察的小人物，如地下道的小販、小巷裡的算命師、公園中的老人、理髮店的理髮婦及素昧平生的陌生人。他

的寫法很獨特，完全從生活中取材，卻從中提煉出生活或生命的哲理，像〈皮匠與理髮師〉講了托爾斯泰的皮匠的故事，卻筆鋒一轉寫他常去的理髮店，皮匠與理髮師的關係，正式藉著理過無數頭髮的理髮師因之也理解生命的意義的類比而來，作者也在理髮婦人身上看到了天使。〈愛島嶼的人〉以及〈沉默的人們〉兩篇也是寫人，但透顯著現實的重量，尤其是臺灣社會中弱勢的族群，讀完後心中也不免有些苦澀了。總而言之，周志文的散文真誠無偽，有深度和厚度，令人看不勝看。

亮軒（1942～）的散文有為報章雜誌撰寫的時評文章，也有日常生活的感悟，創作思維常從不同角度切入，重新賦予新的意義，並富幽默感及諷諭性。〈失去的早餐〉寫的是忙碌的現代人對早餐的種種態度，他用「失去」兩個字，感覺上就像充斥在現今社會裡那失戀、失業、失婚的話語，本來一日之計在於晨，好好吃頓早餐本是頂要緊的事，但大多數人已經失去了享受早餐，文章對照了今昔用早餐的情景，西洋與日本、臺灣的早餐畫面，寫得風趣橫生。〈輸家物語〉則頗具啟示，如何面對輸的態度與面對「輸」的選擇，其實是生命成長過程中很重要的一件事，但目前的教育都在教導如何贏過別人，很多人輸不起，而造成很多問題。文章從第一次朋友跟亮軒說「趕不上又怎麼樣嘛！」時說起，最後作者感受且接受了這話的意義，認輸認栽使自己爽快也成就別人的光彩，作者善於觀察及思索，提供了各類輸家物語，讀完之後，我們會發現能贏而不贏，或不求贏的態度，正是跳脫「輸贏」的更高境界，反而是一種關懷、成全，可為世間增添更多美麗的樂章。〈花間櫻語〉裡的櫻花，著實讓人癡醉，那億萬朵櫻花把整個天地全妝點得晶瑩玲瓏，讓人禁不住想要「化作煙、化作雨，飛入花心化作花魂，再也不肯多瞄一眼曾經眷戀無限的塵世」，作者訪視櫻花的感動，透過花間櫻語，把

那「倉卒間那麼短暫的擁抱與親吻」化為永恆，讓讀者對此至美也有所期待與回味。

　　席慕蓉（1943～）這位集「詩、文、畫」於一身的才女，從十三歲開始習畫、寫作，二十三歲時即以第一名的成績，畢業於比利時布魯塞爾皇家藝術學院，早期以詩飲譽文壇，近年來，她常回到蒙古草原，這流淌於血脈的呼喚而展開的原鄉之旅，對她的詩文影響都極大，在寫景與敘事間呈現其豐厚的情感深度。〈離別後—異鄉的河流之三〉、〈啟蒙—異鄉的河流之四〉、〈無題〉三篇都選自其散文集《金色的馬鞍》。她沿著閃動著溫柔波光的萊茵河，緩緩揚起對父親的想念、記憶。在她的記憶中，第一次受到父親啟蒙是三、四歲的童稚，啟發她對人世間一切的美好與自由的無限嚮往，最後一次感受到父親的啟蒙，則是在父親大去，哀傷無度地捧著父親的骨灰，走過他生前曾走過無數次，喜愛、讚美的山林之際，從寧靜的風景裡，體會到生死之外的歡喜與平安。走過五十餘年的歲月，父親仍然是她生命中，舉足輕重的啟蒙者。〈無題〉透過飲食寫返鄉後的感思，以雖具蒙古血脈卻非自小成長在此的女兒，對蒙古傳統食物的不適應凸顯了父親深沉的鄉愁及嚮往之情。

　　以「最甜蜜的負荷」一詩膾炙人口的吳晟（1944～），對土地和作物（尤其是稻作）有一份特殊的「愛戀」，在臺灣現代作家中，他是唯一一位長期居住在農村，實地參與農耕勞動的「農民作家」，他的文學創作就像他的生活，以雙手雙腳深深紮入現實的土壤中，土地之息養，鄉情之濃厚，社會之現實，他以堅實的筆觸扣緊了農村與鄉民生活的種種面貌，含蘊了富饒的生命力，被譽為「是土地深處開出來的、有根有葉的生命之花。」他寫〈稻作記事〉娓娓道出稻作文化，及自己深受母親影響的稻作意識。這些相關經驗與知識如非親自參與過是沒法書寫的，本文同時也記錄了農村在「播田」、「收割」時的「換工」過程及

對政府農業政策的批判。〈不如相忘〉則是紀念、懷想父親之作。〈水的歸屬〉作家從武嶺遠觀佐久間鞍部，造訪靜觀部落，尋找濁水溪源頭，提出活水源頭的意義何在？本文可歸屬以生態報導為題的記敘散文，詩文巧妙融合，在作者豐富知識與文學浪漫渾然天成的融合中，對濁水溪做了深入介紹，並提供水土森林保育以人文及生態關懷的角度，闡述並揭示人類已從過去物質仰賴大自然的關係，轉變至今日更迫切需要大自然的心靈救贖。吳晟對土地與河川有著濃厚的感情與依戀，親身從事自然與人文的考察，不管是美好的或者是醜陋的，均以其樸質的文筆，知性與感性交融的行文，進行描繪與批判，展現一貫對鄉土的熱情與用心。

　　鍾玲（1945～）〈碧眼的中國詩隱〉記敘了作者在美國西北岸的華盛頓州訪問三位美國作家的情況，過程平平，沒有什麼特別之處。但是整篇散文的「眼」在標題上的「詩隱」兩字。作者訪問的不是一般的美國作家，而是三個深深熱愛中國古典文學、深受中國古代文化影響的美國人，他們中的兩個曾經在臺灣居住很長時期，娶了中國女人做妻子。他們身居美國，結廬在山林，唱和朋友間，與大自然渾然為一體。作者一路寫來，寫他們的經歷、家居、環境、談話，因為有了這樣的背景，一切都讓人生出好奇：這些碧眼兒是如何在美國作「詩隱」的？

　　文章不長，作者寫人物寫得錯落有致，各有神貌。三個詩隱出場和描寫都不相同：第一位紅松最早出現，他駕駛了一輛過時的車去迎接作者，寫他彬彬有禮，舉止儒雅，通過他來介紹詩隱的工作和居住環境；緊接著第二位邁克出場，他是個詩人，詩歌裡融入了中國的詩情畫意，作者介紹他的妻子和他的詩，突出了邁克的浪漫；第三位是詩人馬明詩，先是在邁克的詩裡出現，後再顯露真身，但只是匆匆一筆過，寫了他的身材魁梧，是一位登山運動員。由家居工作進入詩歌婦人再進入自然大山，境界步步開闊。結尾寫登山、寫大穀、寫奧林匹斯諸神的幻覺，

是神來之筆，居然跳出了「詩隱」的主題，揭示了碧眼兒終究是碧眼兒，大山大海才是他們的根。反過來也暗示：東方文化只能屬於東方人，「詩隱」也不好模仿。

黃碧端（1945～）的散文，無論是寫人，還是論文，看似平淡，卻又不凡。不凡的是作者的眼光，她總是敏銳地發現了事物一般現象背後的相反因素，從而對一般現象進行解構。或許這也不是作者故意追求的效果，她的散文總是切入正題，從容不迫，娓娓道來，但敘述到最後，力圖讓人發現有新的意想不到的結果。正如〈說文人之名〉的短文，說張愛玲，說曹雪芹，又說莎士比亞，狄金遜，引經據典，古今中外，論說該是文人的名聲總也逃不掉。但是作者最後說：「湮失了的天才就湮失了，不會成為我們的例子，真正寂寞身後的，是那些我們從來不曾相識的名字。」我們當然不能因為「不相識」，就否認湮失了的天才曾經存在過，所以，本該是屬於文人的名聲，也是可以「逃掉」的。這對全文的意思進行了消解。再看〈孫將軍印象記〉，文章從曾經寄存於孫立人將軍家的一隻箱子說起，彷彿是在說一個莫泊桑的〈項鏈〉故事，孫將軍遭難以後，百般艱辛中為朋友保存了一個箱子，三十幾年後完璧歸趙，將箱子還給朋友的後人，但箱子裡都是一些不值錢的東西，連原來主人都已經忘記了；文章當然可以看作對孫將軍忠誠一生的讚美，但作者又忍不住要問：歷史回報老將軍的，「會不會類似岳武穆的史評，使他贏得了尊敬，但否定了它的忠誠的絕對意義？」〈張愛玲的冷眼熱情〉裡所分析的是張愛玲性格中的「冷」與「熱」，如今這已是一個人盡所知的悖論，作者主要寫其冷眼外的「熱情」，對人生的熱切、對愛情的期待、對人世的熱忱，從三個不同角度來描寫世人不易見到的張愛玲的「熱情」，以鮮明的反差烘托方式呈顯了張的另一面，予人印象深刻。

　　柯慶明（1946～）文學批評視野頗為獨特，散文創作亦獨樹一幟，他的散文，有描述生命細微的心路歷程以及與往昔師友所傳遞的智慧與輝光。本書三篇都選自《省思札記》，他將其零星片段的心情隨筆結集成書，其優雅內斂的文字將引領讀者找回遺失了的──感動的能力，期許在平凡的生活中能再度尋回值得珍惜與回味的幸福時光。〈閱讀〉篇中，作家欲探討的是在現今各類資訊爆炸的時代，除了凡事講求速度與效率外，尚且能充實我們內在心靈的，究竟還剩下什麼？知識與閱讀並非是等同的汲取，我們或許能在短時間內吸收大量理性客觀的知識，然而能真正提供我們生命力與滋養我們精神養分的，唯有專注細緻的「閱讀」。在全神貫注閱讀的當下，不僅能提昇心靈之純淨，亦能達到寧靜致遠之境地。〈愛情〉是一篇深層討論愛情的存在意義、藝術的小品。有別於一般譁眾取寵的絢麗格調，在這篇散文中我們真切地看到一段最真摯迷人的愛情宣言。作家將愛情的本質抽離現實生活，而建立在一至高無上的純淨境界，愛情讓自己提升也鼓舞對方成長，作者動容地刻畫出兩顆心在交會的瞬間迸發出的燦爛花朵，實質為生命譜出深邃而美好幸福的樂章。此篇看似信手拈來隨意寫下的斷章，但思維活躍，在睿智雅致的筆調中，表達方式不凡，也引領我們思考如何透過愛情，給自己生命帶來一些深刻的意義。〈看瀑布，走！〉寫山路的蜿蜒夜行、寫似真似幻的想像交替、寫瀑布的壯觀澎湃，但更多的是作家與自身契會的心靈對話。全篇聯想豐富，又營造了謐靜的氛圍，在一片荒涼山野之中不見孤寂，反倒是升起一洗滌心靈後平靜悅性的自在。

　　三篇省思札記皆是作家對自身生命一種深層的觀照，他對生存、生活、人性有著深刻的體會，其簡明而沉著的文字風格，著實帶領讀者往內心追求最單純的事物，讓簡單踏實的力量充實我們心靈，真切落實了「生活就是一門藝術」於尋常世間中。

　　陳列（1947～）的散文除描寫個人生命感懷之外，更關懷自然生態與弱勢族群，作品量少而質精，渾樸深厚，有著溫柔敦厚、悲天憫人的人道精神，他以行走大地山河的方式，閱讀臺灣，思維土地，寫山、寫樹、寫雲海日出、寫雪、寫動植物的生生死死，一貫體現對自然對生命的尊重與關懷。〈三月合歡雪〉氛圍安詳卻非死寂，以一個「真」字為引導，透過對宇宙大地、時序、風雲、大自然的秘密抒感，他十分注意自然界與內心之間微妙互動的感覺，內心的沉澱、近似體悟的感覺，呈顯出悠遠境界，使人心思趨於純淨，體認這充塞於天地間的單純與安靜地奧義。他寫原住民、退伍老兵、漁民、礦工的堅韌、悲苦及無奈，流露對社會底層聚落的深沉關切，〈礦村行〉以走入礦村、回憶來時、準備離去這三部分鋪陳礦村的居民無時無刻不在面對死亡。他寫礦村居民面對無望的未來卻依舊不曾絕望，良善居民面對不平的對待仍舊溫和，但任何人見到礦坑災變不斷，山村鬱悶破敗，村民孤苦無助，官方照常因循苟且、資方依然泯滅良心時，怎能不讓人憤懣？

　　陳芳明（1947～）是一位詩人，也是一位文學史家，詩人需要用想像的抒情的世界來傳達自己的內心真實；文學史家需要大量的瑣碎的資料來遮蔽自己的內心真實，而散文應該是誠實的，坦白的，它是詩人的無韻獨白，也是文學史家的形象陳述，散文的語言直逼內心世界的真實。然而陳芳明的內心是複雜的，含混的，曖昧的，政治的激情，叛徒的氣概，漂泊的歲月，逝去的年華，曾經滄海難為水，如今應是到了面對中年過後，鉛華洗盡的時候，他的散文裡流露出怎樣的一份真實的英雄的頹傷。

　　〈霧是我的女兒〉，讓人想起以前余光中的〈我的四個假想敵〉，同樣是中年父親對於自己生命、愛戀的一部分即將遠離的悲鳴，但是在陳芳明的散文裡沒有幽默，沒有歡悅，流亡美國的命運，顛簸流離的生

活，都給自己女兒的童年帶來了陰影，文章裡感人的地方就是從對女兒的懺悔寫到了政治人生的反省，以及對於未來的恐懼。女兒是父親的未來，而沉重神秘莫測的霧又象徵什麼？過去的一段歲月就像是一段少年時期的噩夢，就像一場不成功的戀愛風波，粘粘糊糊地揮之不去，輾轉反側，反倒是成就了這一篇篇散文的悲愁基調。〈風中音樂〉由小鎮上的古典音樂引出對美國歲月鄉村音樂的回憶，〈樓上〉由三十年未遇的老詩人邂逅而勾起人生道路的反省和辯解，總是覺得散文的形式還太簡短，匆匆開始又匆匆結束，滿腹心事還是沒有肺腑傾訴，飽含在散文的字縫行間，霧中悲愁，鄉里音樂，故人情懷又怎得了結？

　　蔣勳（1947～）精擅詩畫，長於藝術史及美學思想，散文鎔鑄了生命與藝術情緣。他的散文，看文字如閑雲野鶴，清風朗月，似不食人間煙火，所以，在自己書畫歷程的體會裡，就有了藝術的緣分「在可有可無之間」的說法；在看戲的童年生活回憶裡，就有了「分享神的福分」的感受，但是，蔣勳散文的真正動人之處，恰在於這些高蹈文字的背後，依然是沉甸甸的現實關懷。作為藝術大家回憶童年的學藝之路，縱然有無邊風月的瀟灑，讓人心有震撼的句子，還是他從顏真卿書法裡看到了「戰亂中生命一絲不苟的的端正」，從臺靜農的字跡裡感受其「即使在南朝，也自有坦蕩自在的生命」；又如在童年看戲中寫到歌仔戲裡加入了河南梆子的細節，民間的包容與豐富，酸楚與無奈，不可一言而道盡。雖然都只有淡淡著墨，卻是生命裡珍藏了一份歷史的厚重。

　　一篇〈不可言說的心事〉感人至深，寫的是老兵們的思鄉之情，追問的是歷史為什麼如此無情，國家政黨民族之類抽象概念與人性中本色的情愛衝突究竟如何協調？簡單的答案是沒有，但人的尊嚴和無奈通過對一齣戲〈四郎探母〉的細讀中，被表達得淋漓盡致。

　　蔣勳的散文技巧很高，他善於把不同的寫法熔鑄於一爐，如在寫老兵的思鄉裡插入了對楊家將故事的歷史考據；在童年看戲的抒情裡加進了顧正秋表演藝術的描寫，看上去似有不諧和，但是，如果刪除了這些片斷，散文就會顯得單薄侷促，藝術格局就變小了。這是一般散文的通病，而在蔣勳的散文裡，被看似不經意的敘述結構輕而易舉地克服了。

　　李黎（1948～）從臺灣去美國，由讀書而定居，走遍了世界各國，形成了李黎散文的廣闊的文化視野和豐富的知識閱歷。但是李黎散文不是一般觀光客的泛泛遊記，也不是一般學者的自我炫耀，她心有所繫，文字裡深深埋藏的，仍然是人文的關懷和人性的溫暖。〈尋找紅氣球〉不是一個有難度的題目，任何一個文學藝術的愛好者到了巴黎這樣的城市，自然會生出親歷文藝夢的癡想。李黎尋訪的是一部兒童電影的街景，結果也是可以預料的：半個世紀以後的滄桑變化，人事俱非，再也無法在找到當年電影藝術中的感覺了，而唯一能夠將人類感情溝通起來的是藝術本身，電影跨越了時空，連接起人類對童年美好幻想的共同記憶。

　　但是這都不是李黎散文的獨特處，讓人感動的是作者寫出了「一個影迷媽媽為她的影迷寶寶發一次童心」啊，「尋找紅氣球」的艱難與失望，都是由作者的兩歲的兒子不厭其煩地喜歡看〈紅氣球〉電影引起的。好奇、探尋、失望都是作者站在兒子的立場上發出來的感受，當她拍到了教堂的照片時她欣喜若狂：「晴兒啊，你會認得出這是什麼地方嗎？」這種帶有童趣的母愛真是天真到極點也偉大到極點，這才使通篇散文活潑起來了，瀰散了靈的感動。

　　散文中描寫飲食也是極普遍的主題，〈食有魚〉中關於世界各國食魚風俗的介紹和描寫固然引人入勝，但是文學的感人力量不會是傳播煮魚的知識，散文從一個女兒在家裡嬌生慣養不會食魚寫起，以身為人母

以後操持家務，學習煮魚而告結束，從煮魚中寄託了普遍的感情：一個女兒對母親的懷念和理解。這或可以說是李黎散文的感人之處。

　　本書所收的顏崑陽（1948～）三篇散文，是散文，也是小說，說其似小說，因為有完整的情節（不是細節），有故事的結構，也有隨著情緒波動而成的特有的敘事節奏。或可以說這也許是顏崑陽的散文風格：在真實與虛構之間，在瀰漫與有序之間，推動著文章走勢運行自如的，不是情緒支配，倒是一種精巧的敘事結構。以〈被拋棄的東西也有他的意見〉為例。如果用一般的散文筆法，這樣的題目是最容易寫成一篇惜物懷舊的抒情文，而這篇散文的含義卻複雜得多，標題中的「他」字在文章裡具體所指時，都被改稱女性的「她」，文章寫的是一個精神病患者去醫院就醫，其病症是妄想被拋棄之物會發表意見，抗議主人「始亂終棄」，但最終，主人自己也被壯漢拖去拋棄，幻覺中，他也是一個被拋棄之物。文章裡所有的被主人拋棄之物全冠上了「她」的人稱指代，在「我」與「她」的關係描寫中，用了「春宮街」來暗示「欲望」的不斷的佔有與追逐，直到被拋棄。而幻覺中的「春宮街」，從尿布店到棺材鋪，無非是漫長的人生，因此，也暗示了人的一生就是在欲望的支配下不斷搶購、佔有、被拋棄，這就是作者描寫的欲望人生。〈貓奴〉與〈窺夢人〉也都是虛構的敘事作品，或以貓的妖冶鬼魅與主人之間構成了欲望的關係，或以「夢」與人的虛偽理性所構成的緊張關係，都暗示了一種苦於欲望煎迫的焦慮和無奈。也許，作者用虛構故事的形式，把這種對欲望恐懼的隱秘情緒更加強烈地表述出來。

　　作為一位知名的散文及專欄作家，高大鵬（1949～）對文學、美學、文化等領域有著廣泛深入的涉獵及獨特的見解，在學識涵養與感性抒情之間，體現了他對藝術哲理審美的價值，開啟了散文的新視界。〈谿山行旅圖〉文思綿密，筆力渾厚，是作家屏息於范寬巨幅山水畫下，有如

醍醐灌頂，仰山詠嘆豪邁磅礡之大氣，面對自然的種種宏偉壯觀巍然氣魄，作家給予崇高的評價，在肅然起敬的同時亦喟嘆自身的渺小，並希冀能與天地萬物共生共存。高大鵬對自然與美的追求已達超然之境界，他秉持著傳統讀書人的風骨，睹物思人，招北宋三百年來士人的魂魄，韋莊、文天祥、王安石、胡瑗、孫復、石介、范仲淹、周敦頤、大程、小程、朱熹、陸象山一代詩人、志士、哲人等，在作家的聲聲呼喚下彷彿一一歸位，著實抒發了自己對前賢的一片衷情，也觸動了自身的無限心事。〈潺潺雙溪入夢來——春回東吳新世紀〉是作家面對山水風物依舊的母校，但心境上卻已是大不同的真情抒發。年少不識愁滋味的那份心情已不復存在，時光流轉中，能剔除雜質留下結晶的其實是作家對自身生命的一份觀照，以及對歷史文化的傳承心與使命感。對先賢哲人的至高推崇展現了作家豐富而雄偉的浩瀚情感，是作家終其一生努力並嚮往的境界所在。兩篇散文至誠至真，風雅真切，充分展現了作家對文學深情而又浪漫的情懷。不論是對谿山的景仰或是對雙溪水的孺慕，正是他安身立命獨善其身的根基與歸宿。

　　人們常常將「戲劇」與「人生」相聯繫，俗話裡所謂的「人生大戲場」「舞臺小世界」，說的都是這層意思。邱坤良（1949～）的專業是研究戲劇藝術，這裡所選的散文，篇篇都與戲劇有關，不但緊緊扣住了人生的意義，而且更加深入一層：深刻寫出了邊緣人生的鑼鼓：民間底層的江湖生涯。散文的境界，應當是開闊的。邱坤良散文的開闊境界來自於對民間世界的深刻同情和歷史理解。他的散文樸實無華，不事雕琢，凸顯出另種審美追求。他所描繪的時間跨度都很長，〈男兒哀歌〉寫民間藝人的同性戀的悲慘一生，〈醫生與燒酒螺〉寫出貧民父子三代的人生態度和追求，〈金光傳習錄〉不僅僅寫金光布袋戲的演變盛衰，還寫了民間藝術的精彩人生，都是由漫長的時間作為敘事的支撐，不單

單寫到了民間藝術在社會變遷中艱辛歷程，更深刻的是寫了歷史變遷中「人」的令人酸楚的遭遇與磨練，江湖的艱辛，藝術的精彩，民間的豐富，人性的追求，風風雨雨盡收筆底。

每一篇散文裡都有作者這個「我」的存在，「我」親歷了民間傳奇，而人物的命運和藝術的變遷都是通過「我」的感受而表現出來，顯示出良知的力量。如〈金光傳習錄〉，本來可以寫成一部知識性的戲劇發展史，但作者從自己小學畢業考試失利（因為蹺課看金光布袋戲）說起，講民間戲劇給兒童帶來的深刻影響，寫到最後，作者已經從事臺灣民間戲劇藝術，推動戲劇發展而獲老藝人的支持，敘述中瀰漫了神采飛揚的精神，讀之趣味無窮。與其說是寫戲，不如說是寫人，寫融入了藝人和觀眾生命體會中的，永遠的金光燦燦的民間藝術。邱坤良的散文看似自由散漫，如同流水的隨意賦形，但自具回環往復的節奏與結構，復於瑣事、小人物中見其真情，實是難得一見的佳構。

王溢嘉（1950～）曾經是臺大醫學系畢業，畢業後從事的是專業寫作以及文化出版工作，不知道王溢嘉如何來回首評說自己的人生道路，夜深人靜，捫心自問，是不是也會生出他在散文中所提出的問題：「我為什麼該在這裡的時候不在這裡，而不必在這裡的時候卻還在這裡？」因為，這樣的問題，只有從作者的心底裡發出來的，這樣的聲音才是真誠而且有震撼性的，這樣的散文才不是無病呻吟而且有思想深度的。

這裡所選的兩篇散文的意境都很簡單，但作者把生活細節的思考寫得很哲學，有著當年文藝散文的痕跡，讓人親切地記憶起六零年代的思潮風雲。〈煉咖啡術〉把喝咖啡作為象徵現代生活的符號，起先三段，分別寫了作者第一次聽到、第一次看到、第一次喝到咖啡的經歷，地點分別是鄉下、臺中和臺北，地點越來越切近現代都市，咖啡的象徵性也越來越明確，與六零年代的現代思潮進入臺灣聯繫在一起，於是，作者

站在今天的立場上來反思現代性、揭示當今文化困境的隱喻也是不言自明的；〈我為什麼在這裡〉彷彿是作者的思想筆記，羅列了一系列生活中、或者是書本中記載的現象，提出了一個類似「我從哪裡來？將到哪裡去？」的問題，但作者似乎更加關注現時，即現時的「我」為什麼在這裡？如果探討下去，可以從靈魂與肉身究竟是同一性還是可以分離存在的分歧深入下去，引起我們後續的思考。

　　兼有作家與教授身份的廖玉蕙（1950～），習於平常中尋找意義，對人間世充滿興味，對生活百態的觀察極細膩，她時以慧黠之心解讀人生，因此常有出人意表的獨特體會。本書所選的四篇散文，以款款的女性細膩描述了人生意義，很多細節，雖然作者描寫的僅僅是她個人的隱秘的感受，但是讓你讀了以後勾起自身的經驗聯想，而久久不能忘懷。如〈永遠的迷離記憶〉，本來是寫一座城市的記憶，可是最打動人的，卻是作者某些童年親情的感受。作者寫生病，由母親背著去醫院治療，這種經驗很多人都有相似的體會，也是母愛的記憶中最深刻的細節之一，作者是這樣寫道：「真的，至今猶記得趴在母親身後，溫暖的鼻息噴在母親後頸後微微反撲回鼻間的感覺。」家人駭笑地挪揄：「你那麼小，哪會有印象！」於是作者也糊塗起來，分不清真實還是記憶。但是這樣的童年細微記憶是真實的，反而是成年以後的人們被太多地雜事紛擾，感到不能理喻。　散文的真實性往往與個人獨特的隱秘感受分不開，這種感受似乎不能被他人所理解，卻構成了散文的不可替代的個性。就如散文中作者的母親記憶裡只有燦爛櫻花，這又是母親的個性所致。〈年過五十〉也是這樣一篇具有獨特的隱秘感受的作品，作為女性作者敢於以年齡為題作文，已經是大勇的表現，何況作者還敢於直接寫出自己因年齡而帶來的心理壓力和困擾。最後一段真是神來之筆，寫得舒緩從

容，以抵禦五十的焦慮。這仍然是作者個別的隱秘的經驗，散文只有寫出自己的個人隱秘的細節，才能夠引起普遍的共鳴。

凌拂（1952～）的散文清空不俗，內容與自然和兒童（教育）密切。她的自然散文不僅僅語言優美靈動，而且文字間流動著生命的體驗，彷彿身臨其境。〈痕跡〉一篇即是作者在人間歲月中的思索與觀探的心靈手札，結構極為隨意自然，或者說，生命的痕跡本來就如羚羊掛角，無跡可尋，作者在敘述中隨著思維跳動，場景不斷轉移，描繪出一個又一個氣韻生動的自然運作的痕跡。如文章第一句：「一天，暗裡來，小徑上什麼都看不見了，但覺有花香。駐足細辨，是相思樹的花氣。」因為暗，不能用眼睛分辨樹和花，卻用嗅覺聞出了花香，花香就是生命的痕跡。當作者躺在大自然的草地上，仰面看著天空，群巒，鳥類，低頭望著河流、花草、水蛇，所有的生命都匯齊了，合奏出自然的交響，處處留下了生命的痕跡，而作者也作為其中一個生命的單元，享受著自然的盛宴。所以，文章的每一個場景看似無序凌亂，綜合起來朗讀，卻有波瀾壯闊的節奏，那是生命的自然節奏啊。

它的兒童主題散文是自然的延伸，孩子也是天籟之聲，如〈教者這一章〉中的阿戊，一個自自然然的九歲兒童，天真無邪，但是成人的紛爭在孩子身上烙下了陰影，但是，就如自然界也有殘酷的一面，人生社會的殘酷不也是自然的一部分嗎？散文裡一個細節的描寫極好，學生們升完旗回教室，調皮的女教師用身體堵在教室門口，孩子們從教師身體的兩邊魚貫而入，女教師說：「呵，我覺得我好像河裡的一塊大石頭，你們是水，從我兩邊流過去，流過我的身體，水沖得我好癢啊！」這是一個多麼好的比喻，水流過石頭，帶走了石頭的生命資訊，石頭也感受了水溫的生命資訊，大自然的生命交流就是這樣進行的，人與人的生命交流，老師與學生的生命交流，不也是這樣「癢癢的」嗎？在自然寫作

與教育改革之間，凌拂以婉約的情感，優美的筆觸，成就了個人獨特的
書寫風格。

新銳文叢　AG0138

新銳文創
INDEPENDENT & UNIQUE

低眉集：
臺灣文學／翻譯、遊記與書評

作　　者	許俊雅
責任編輯	孫偉迪
圖文排版	邱瀞誼
封面設計	王嵩賀

出版策劃	新銳文創
製作發行	秀威資訊科技股份有限公司
	114 台北市內湖區瑞光路76巷65號1樓
	電話：+886-2-2796-3638　傳真：+886-2-2796-1377
	服務信箱：service@showwe.com.tw
	http://www.showwe.com.tw
郵政劃撥	19563868　戶名：秀威資訊科技股份有限公司
展售門市	國家書店【松江門市】
	104 台北市中山區松江路209號1樓
	電話：+886-2-2518-0207　傳真：+886-2-2518-0778
網路訂購	秀威網路書店：http://www.bodbooks.com.tw
	國家網路書店：http://www.govbooks.com.tw
法律顧問	毛國樑　律師
圖書經銷	貿騰發賣股份有限公司
	235 新北市中和區中正路880號14樓
	電話：+886-2-8227-5988　傳真：+886-2-8227-5989

出版日期	2011年12月　初版
定　　價	400元

版權所有・翻印必究（本書如有缺頁、破損或裝訂錯誤，請寄回更換）
Copyright © 2011 by Showwe Information Co., Ltd.
All Rights Reserved

Printed in Taiwan

國家圖書館出版品預行編目

低眉集：臺灣文學／翻譯、遊記與書評／許俊雅著. --
一版. -- 臺北市：新銳文創, 2011.12
　　面；　公分
BOD版
ISBN 978-986-6094-73-6（平裝）

1. 臺灣文學　2. 文學評論

863.2　　　　　　　　　　　　　　101004266

讀者回函卡

感謝您購買本書，為提升服務品質，請填妥以下資料，將讀者回函卡直接寄回或傳真本公司，收到您的寶貴意見後，我們會收藏記錄及檢討，謝謝！

如您需要了解本公司最新出版書目、購書優惠或企劃活動，歡迎您上網查詢或下載相關資料：http:// www.showwe.com.tw

您購買的書名：＿＿＿＿＿＿＿＿＿＿＿＿＿＿＿＿＿＿＿＿＿＿＿＿

出生日期：＿＿＿＿年＿＿＿＿月＿＿＿＿日

學歷：□高中 (含) 以下　　□大專　　□研究所 (含) 以上

職業：□製造業　□金融業　□資訊業　□軍警　□傳播業　□自由業
　　　□服務業　□公務員　□教職　　□學生　□家管　□其它＿＿＿

購書地點：□網路書店　□實體書店　□書展　□郵購　□贈閱　□其他

您從何得知本書的消息？

　□網路書店　□實體書店　□網路搜尋　□電子報　□書訊　□雜誌
　□傳播媒體　□親友推薦　□網站推薦　□部落格　□其他＿＿＿＿＿

您對本書的評價：（請填代號　1.非常滿意　2.滿意　3.尚可　4.再改進）

　封面設計＿＿　版面編排＿＿　內容＿＿　文／譯筆＿＿　價格＿＿

讀完書後您覺得：

　□很有收穫　□有收穫　□收穫不多　□沒收穫

對我們的建議：＿＿＿＿＿＿＿＿＿＿＿＿＿＿＿＿＿＿＿＿＿＿＿＿

＿＿＿＿＿＿＿＿＿＿＿＿＿＿＿＿＿＿＿＿＿＿＿＿＿＿＿＿＿＿＿＿

＿＿＿＿＿＿＿＿＿＿＿＿＿＿＿＿＿＿＿＿＿＿＿＿＿＿＿＿＿＿＿＿

＿＿＿＿＿＿＿＿＿＿＿＿＿＿＿＿＿＿＿＿＿＿＿＿＿＿＿＿＿＿＿＿

請貼
郵票

11466
台北市內湖區瑞光路 76 巷 65 號 1 樓

秀威資訊科技股份有限公司 　　　收

BOD 數位出版事業部

....

（請沿線對折寄回，謝謝！）

姓　　名：＿＿＿＿＿＿＿＿＿　　年齡：＿＿＿＿　　性別：□女　□男

郵遞區號：□□□□□

地　　址：＿＿＿＿＿＿＿＿＿＿＿＿＿＿＿＿＿＿＿＿＿＿

聯絡電話：(日) ＿＿＿＿＿＿＿＿＿＿　(夜) ＿＿＿＿＿＿＿＿＿＿

E-mail：＿＿＿＿＿＿＿＿＿＿＿＿＿＿＿＿＿＿＿＿